六体《文心雕龙》合校

吕义 编著
吕洞达 整理

甘肃教育出版社
甘肃·兰州

图书在版编目（CIP）数据
六体《文心雕龙》合校 / 吕义编著 ; 吕洞达整理.
兰州 : 甘肃教育出版社, 2025. 5. -- ISBN 978-7-5423-6254-4
Ⅰ. I206.2
中国国家版本馆CIP数据核字第2025XU9039号

六体《文心雕龙》合校
吕　义　编著　吕洞达　整理

责任编辑　何佩佩
封面设计　张小乐

出　版　甘肃教育出版社
社　址　兰州市读者大道 568 号　730030
电　话　0931-8773145（编辑部）　0931-8773056（发行部）
传　真　0931-8435009

发　行　甘肃教育出版社　　印　刷　兰州银声印务有限公司
开　本　787毫米×1092毫米　1/16　印　张　25.5　插　页　4　字　数　166千
版　次　2025年5月第1版
印　次　2025年5月第1次印刷
印　数　1~1000
书　号　ISBN　978-7-5423-6254-4　定　价　148.00元

图书若有破损、缺页可随时与印厂联系：0931-8581137

序言

一、唐写本《文心雕龙》残本概说

《文心雕龙》作者刘勰（约465—约532），字彦和，东莞莒县（今山东莒县）人。《文心雕龙》完成于南朝齐代，共五十篇，分为十卷，计三万七千多字。

王力《古代汉语·下册》称：『这部书可以说是六朝以前文学批评的全面总结，是我国古典文学批评史上杰出的巨著。』

敦煌藏经洞中有一件唐人行草书抄本《文心雕龙》（以下简称唐本），计462行。此件存第一篇末尾十三个字，第二篇至第十四篇全，第十五篇存题目『谐隐第十五』五个字。现存英国国家博物馆，编号S.5478。该馆说明：此件纸本，每页长17厘米，宽12厘米。

经统计，唐本存9140余字，虽只存全书四分之一，但也是目前存世之最早抄本。通过唐本可以核对宋、元、明刻本之异同及错误。又其以行草书写成，其中包含大量的通假、异体、俗体及避讳字，对考证中国唐代文字之源流有极大的帮助，对破解敦煌其他行草写卷中的疑难字有重要的启示作用。

二、校释缘起

1995年，余购得林其锬、陈凤金《敦煌遗书文心雕龙残卷集校》（以下简称林本），始知有唐人之写本。林本1至44页，乃唐本全文原大黑白影印片。惜照片上污痕累累，致使许多字句不易辨识，难以临用。

2000年，余购得郑汝中《敦煌写卷行草书法集》（以下简称郑本）。此书238页至283页，每页以纵23厘米之幅，黑白影印唐本《文心雕龙》459行。字比原件大，卷面无污痕，行字清楚，诚为临写之佳本。但郑本少印第137、284、285三行，又248行少印『公』字。郑本之缺，幸好林本齐全，遂得兼而用之。

2016年，马德先生贻我电子版唐本，清晰可爱，且得见残本原貌，用于复核释文，更为得心应手。

余少时，家有线装本《文心雕龙》及《中华活页文选》选注数篇。虽心爱其词句，然不能通解其文义，苦恼者久之。为此请教于家严，答曰：『读书不够。』遂多读古诗文，以求久而能解。『文革』中，线装书《文心雕龙》失遗。

后见书店有范文澜《文心雕龙注》（以下简称范本），余爱其注文收录博富，足供读用，遂即购之。

五十余年过去，余已年向古稀，今以唐本、林本、郑本、范本完成此书之校释工作，缘起于少年时心仪《文心雕龙》也。

三、本册目次

（一）敦煌《文心雕龙》唐本写卷残卷彩印件

（二）唐本及五本校释对照

（三）文字编、检字表和部首表

四、唐本书写时间考

余读范本、林本、郑本及（日）池田温《敦煌文书的世界》，见中外专家对唐本书写时间有七种推定，录之如下：

（一）初唐书。林其锬：『此卷书写时间至迟当不晚于开、天之世，有很大可能性出初唐人手。』

（二）八世纪中叶书。（日）池田温：『我认为这恐怕是八世纪中叶盛唐时期中原写本。』

（三）玄宗以后人书。杨明照：『由《铭箴篇》张昶误为张旭推之，当出玄宗以后人手。』（文见林本）

（四）中唐书。赵万里：『盖中唐士大夫所书。』（文见林本）

（五）初、中唐书。郑汝中：『可以认定为初、中唐之写本。』

（六）唐宣宗时书。姜亮夫：『853年唐宣宗大中七年癸酉，或书《文心雕龙》。』（文见林本）

（七）唐末书。（日）铃木虎雄：『敦煌莫高窟出土本，盖系唐末抄本。』（见林本，又见范本）

余编文字编，见渊（高祖）、世民（太宗）、旦（睿宗），皆缺笔避讳，且『旦』字之避讳，还牵扯到『但』

『怛』『暨』『涅』『量』『嬗』等相关之字。而显、哲（中宗），隆（玄宗），豫（代宗），诵（顺宗），纯（宪宗），恒（穆宗），皆不避讳。依讳字而言，可以断定，唐本《文心雕龙》当书于李旦为帝之时。

李旦一生两次为帝，后当太上皇，禅位于太子李隆基。李旦第一次为帝在684年至690年，第二次为帝在710年至712年，两次共八年。如无别故，《文心雕龙》当书于此八年中。

或问为何不避中宗李显（后更名为哲）之讳？余以为李旦第一次为帝，在武则天废掉李显之年，对于废帝，当然不要避讳。李旦第二次为帝是在中宗李显被韦后毒死后。韦后欲效法武则天当女皇，李隆基起兵杀韦后及安乐公主，尸韦后于市，诸韦襁褓儿无免者。相王李旦登基，废少帝重茂复为温王。如此一来，在李旦、李隆基眼里，李显一支乃是仇家，何避讳之有。

查李隆基在位期间，颜真卿《东方朔画赞碑》不避『显』字。颜真卿《臧怀恪碑》《干禄字书》，史维则《大智禅师碑》，李邕《麓山寺碑》皆不避讳『哲』字。可与写卷互相印证。

或以唐本将『张昶』误为『张旭』，而定唐本当出玄宗以后人之手。余以为当以避讳字定时限，此外刘诗《中国古代书法家》（文物出版社）131页载：『张旭生于唐高宗显庆三年（658），殁于唐玄宗天宝六年（747），享年九十。』唐玄宗712年登基时，张旭已是五十五岁之老臣，焉能只将张旭算是玄宗时人。

或问何以唐本不避武则天之『照』字？查颜真卿《多宝塔碑》《郭家庙碑》，李邕《李思训碑》，徐浩《不空和尚碑》之『照』均不缺笔，足证当时官方碑版不避讳『照』字。

鉴于『隆、豫、诵、纯、恒』皆不缺笔避讳，则唐本书于中晚唐之说是不能成立的。

五、唐本文献价值

当确定了唐本书写时间为684年至690年，或710年至712年之后，以下限712年而言，其时距刘勰去世180年；以上限684年而言，才152年。依此推想，抄写者手中的底本应是隋代或唐初之书，甚至可能是来自南朝的写卷。

以所见范本、林本所载，知唐本之后，有以下一些重要传本：

（一）835年，日本《文镜秘府论》所引本。

（二）983年，北宋刻《太平御览》节录本。

（三）1355年，元至正乙未本。

（四）1407年，明《永乐大典》所引本。

（五）1504年，明弘治本。

（六）1531年，明嘉靖本。

由于版本录字存在异同，许多大家倾心考证，如明代杨升庵、清代黄叔琳等。惜皆未见唐本，因此所言，难免不周。

近读伏俊琏先生《敦煌文学总论》，言简意赅，精当扼要，足证唐本之重要。经伏先生概允，引之如下：

自唐写本发现以来，铃木虎雄、赵万里、范文澜、刘永济、户田浩晓、杨明照、潘重规、饶宗颐、王利器、郭师晋稀及林其锬、陈凤金等先生做过精细的校勘研究，使当代《文心雕龙》校勘成果超越了前人。这一切，皆缘于敦煌本的发现。我们举若干例证进行说明。

1. 元至正本《征圣篇》：「是以政论文，必征于圣，必宗于经。」明代学者杨慎评点认为有脱落，补作：「是以子政论文，必征于圣；稚圭劝学，必宗于经。」范文澜、刘永济、王利器、户田浩晓、郭晋稀先生都认为杨慎补作非是，唐写本是。

2. 元至正本《征圣篇》：「虽欲此言圣，弗可得已。」黄叔琳《辑注》据冯舒、何焯说改「此言」为「訾」。唐写本正作「訾」，证明诸家所改是矣。

3. 元至正本《宗经篇》：「故子夏叹《书》昭昭若日月之明，离离如星辰之行。」唐写本在「明」「行」前分别有「代」「错」二字。范文澜、杨明照、郭晋稀先生都认为此句出《尚书大传》，有「代」「错」二字是。郭先生的译文为：「《尚书》明白得像轮流照耀的太阳和月亮，清晰得像交错运行的星辰。」①

4. 元至正本《辩骚篇》：「丰隆求宓妃，鸩鸟媒娀女。」唐写本作：「驾丰隆，求宓妃；凭鸩鸟，媒娀女。」多「驾」「凭」两个动词，使上下文更为连贯有力。赵万里、刘永济、杨明照、郭晋稀等先生都认为应当从唐写本补上这两个字。

5. 元至正本《辩骚篇》：「《招魂》《招隐》，耀艳而深华。」黄叔琳说：「冯云：《招隐》，《楚辞》本作《大

① 郭晋稀《文心雕龙校注》，兰州：甘肃人民出版社，1984年，第28页。

招》。下云屈宋莫追，疑《大招》为是。』黄侃《札记》也持相同意见。唐写本正作『大招』。可见冯允中的理校，至唐写本出，始有版本证据。『深华』一词也不好理解，唐写本作『采华』，文采华艳的意思，则至正本作『深华』非是。

6. 元至正本《明诗篇》：『至于张衡《怨篇》，清曲可味。』黄叔琳谓应从王应麟《困学纪闻》改『曲』为『典』，对此诸家颇多争议。唐写本作『清典可味』，可以说一锤定音。

7. 黄叔琳《辑注》本《乐府篇》：『故陈思称李延年，闲于增损古辞。』李延年为西汉武帝时人，三国魏曹植何以『称』之？唐写本作『左延年』，令人涣然冰释。左延年，建安时人，见《三国志·杜夔传》。

8. 元至正本《诠赋篇》：『然赋也者，受命于诗人，招宇于楚辞也。』明徐兴公据《太平御览》《玉海》将『招宇』校为『拓宇』，然黄叔琳诸人仍表示怀疑。唐写本作：『然则赋也者，受命于诗人，拓宇于楚词也。』现代学者赵万里、范文澜、杨明照、郭晋稀先生皆认为应据唐写本作『拓宇』；拓宇，谓拓展境界。

9. 元至正本《诠赋篇》：『乱以理篇，迭致文契。』后一句，唐写本作『写送文势』。现在诸家皆谓唐写本是，范文澜、杨明照、王利器、户田浩晓诸先生还对『写送』的意义进行了考察，虽理解有不同，但唐写本『写送文势』四字显示了《文心雕龙》的本来面目，是值得珍视的文字。

10. 元至正本《铭箴篇》：『仲尼革容于敧器，则先圣鉴戒。』后一句唐写本作『列圣鉴戒』。《太平御览》卷590也引作『列圣鉴戒』。按，『列圣』为六朝成语。《文心雕龙·封禅篇》『腾休明于列圣之上』，以『列圣』连文。《宋书·孝武帝纪》『列圣遗式』，又《谢庄传》『示列圣之恒训』，《南齐书·海陵王纪》『列圣继轨』，《文选》左思《魏都赋》『列圣之遗尘』等，并作『列圣』。故赵万里、杨明照皆谓作『列圣』是。

11. 黄叔琳本《哀吊篇》：『汉武封禅，而子侯暴亡，帝伤而作诗。』『子侯』，唐写本作『霍嬗』。这两个字元至正本空缺，《太平御览》引作『霍嬗』，明清学者或校为『霍侯』，或校为『霍光』。范文澜注引《史记·封禅书》及《汉书·霍去病传》考定当作『霍嬗』为是。而唐写本出，使人明白只有作『霍嬗』才是。霍嬗是霍去病的儿子，曾随武帝泰山封禅，暴亡。武帝曾作《伤霍嬗诗》。

12. 元至正本《杂文篇》：『甘意摇骨体，艳词动魂识。』唐写本『骨体』作『骨髓』。杨慎批点《太平御览》，认为当校作『骨髓』。清代学者或以当作『骨体』。唐写本出，更证明杨慎所校是对的。

林其锬、陈凤金《敦煌遗书文心雕龙残卷集校前言》说：『此本虽然仅存全书的百分之二十六强，但就诸家比较一致认为可据以校正今本文字者，已有四百七十余字之多。』上文所举只是很少数的荦荦大者，但从校勘的角度说，唐写本的价值已足以使人惊叹。如果没有唐写本的重大发现，今人阅读《文心雕龙》时，有的疑惑可能永远不能很好地解决；有的虽讲得是头头是道，但却存在着郢书燕说的误解。

六、唐本书体

关于唐本书体问题，林本前言曰：『其书体潘重规认为是章草，伦敦大英博物馆（英国国家博物馆）说明作行书，我们求教于王蘧常先生，他以为当是行书。』

郑汝中先生文：『此卷通篇为草书、行书合参之书体，有的学者认为是章草作品，有的认为是行书，笔者认为应当是行草书。』

遍观此卷，行书、今草相间，基本上见不到完整的章草写法。与章草名帖《平复帖》《急就章》《月仪帖》

《出师颂》的字形相校，可一目了然，此卷绝不是章草书。

英国国家博物馆之说明作行书，或写说明者不甚了解中国草书，或未做行草字量化统计，而作出的目测之言，只对了一半。

余编文字编收单字头1705字，其中有草书写法之字945个，占55.4%。依数据而言，郑汝中先生断其为行草书是正确的。

七、唐本书艺浅议

郑汝中先生言：『因其书体不同于其他行草，它确具有章草之隶法笔意，但无提顿分张之势。用笔简练、流畅、圆润，合乎草书法度，但又夹杂大量行体写法。结字规范，瘦长劲利，筋骨俊爽，有独特的体系，潇洒自如，字与字并不连带，而每字之中盘曲映带，点画奇崛，极具姿态。诚为草书中特精之佳作，它与其他今草、章草的写法均不相同，独具一格。』

余以为郑先生之文已很全面，在此结合具体例字，进行归纳浅议，以抒愚见，以就正焉。

（一）楷书功底扎实

此卷总称行草书，然其中许多字与楷无异。如29行与190行『三』字之三横用笔各不相同，俨如『上潜锋平勒，中背笔仰策，下紧趯复收』之式。114行『卜』之点如坠石之态。1行『效』、24行『勿』、90行『人』、335行『采』之结字，直为欧褚精楷。442行『剖』之竖钩、461行『心』之矮钩，外方内圆，美而雄强，有魏碑之气。203行『丞』下之横用点法，显然来自北魏书风，精能之致。凡卷中行楷之字，其转折皆具楷法规矩，透露出书写者扎实的楷书功底。

（二）行书潇洒流丽

此卷行草结字基本上是纵向取势，结字挺拔潇洒。283行『荷』上两点顾盼生姿，430行『叶』与文字编58页『异』下两点又变化多端。328行『勒』与398行『升』，连笔而书，自然连贯，流畅不滞。130行『人』用正反捺，370行『人』用反捺，458行『之』一笔书出，显有《兰亭序》之风味。就结字而言，59行『稽』、279行『天』似从《兰亭序》移来；252行『高』、445行『影』几与《圣教序》之写法相合；287行『穆』与王羲之《日月如驰帖》写法极似；382行『创』之刀旁与《蒸湿帖》『剋』之刀旁如出一辙。如此众多之处与王家书风相合，说明书者之行书绝非自造，而是渊源有自。如此小字，行笔流畅自然，方圆兼用，经得住推敲，的是佳物。

（三）今草娴熟别致

余对唐本今草最感兴趣，以其字形不但一如行书娴熟精练，而且传承分明，许多字形看似难辨，然细寻古帖，又往往可以互相印对。如文字编65页『罪』、84页『非』、85页『靡』，右边高钩上皆书三小撇，初觉怪异，待查唐张旭《肚痛帖》之『非』即是如此。《肚痛帖》之『非』在《草字编》中乃是孤例，昔虽熟知，然不敢用。又文字编14页五个草书『刘』字，其左似行书『兀』字，右为连笔竖刀旁，《草字编》只在《汇辨》内收有一例字作此形，此形出于《阁帖》卷三刘穆之《推迁帖》，昔亦作孤例而不敢用于创作，今后则可放心使用了。

若将目光向唐以后推移，可见宋米芾《中秋登海岱楼作诗帖》之『穷』字与文字编61页之『穷』字如出一手，由此可见传承。又明张瑞图《王维诗墨迹》之『穷』字与唐本颇为神似，直令人怀疑张瑞图临过唐本。

此外，唐本中许多草书字形与传统草书字形不一，可称别致。如32页『存、孝』二字，五个『孝』上下结构作「七子」，「七」之尾无牵丝；七个「存」亦是上下结构作「七子」，唯「七」之尾作勾横，与下部「子」相牵连。又如36页「乐」，在传统草书「乐」上多一点。又如74页「辈」，其上「非」作横三点。如此草书构形，余查《草字编》与(日)《书法大字典》，均无此种写法，然可理解、可识认。如此字形在文字编中尚多，如「在、征、审、察、曰、有、然、华、郑、虞、鹿、丽」等字，余皆一一注之，庶可于学术上给读者以涓埃之助。

唐初去章草时代不远，想当时好事者多能见前人之遗迹，是以笔下每有古之遗风。如36页「极」、44页「流」、46页「物」、92页「马」，皆有章草遗韵，颇为可爱。又如90页「饰、饱、馀」之「食」旁，与《出师颂》「饯」之「食」旁均似行书之「令」。《草字编》只有《出师颂》一例，今则有十余例如此，可证《出师颂》之「饯」为隋唐时写法无疑，其之原本绝非伪本。

由于书者有坚实的楷书基础，故其字除上述所言优点外，余以为总体观之：落笔坚决准确，行笔劲迅而不逾矩，转折顿挫有力而不笨拙，结字稳定精到。其撇画如刀锋劲挺锐利，使转如钢筋盘曲圆活，刚劲与圆活相得益彰。虽然其字每小在厘米以下，然悬针垂露之异毫无含糊之处。

此卷行草，笔笔自楷书来，是以其书如武林高手，桩功坚实，绝无花拳绣腿之态。诚如宋米芾所言：「得笔，则虽细为髭发亦圆；不得笔，虽粗如椽亦扁。」余每将唐本之字放大至径寸而观之，其气势依然俱在，此诚唐人小字用大字法的精品之作。

对于唐本中有些字，如文字编2页「两」和84页「雨」不分；419行「轻」耶「轻」耶颇费思量；203行「谢」与「衡」之形，足供商榷。如此问题余皆笺注细解。由于学识浅陋，舛误必多，恭请大方之家不吝赐教。

八、结束语

如今，余以为，要弘扬敦煌文化，亟须有大量敦煌藏行草书精品写卷面世，才能达到普及之可能。为此，深盼广大出版界，有计划地将大部头精品行草写卷以原大本形式影印出版。影印卷子无释文也没关系，只要将完整的卷子影印出来，就能给书界同仁一个学习和校释的机会。诚能如此，只要大家黾勉同心，致力于校释敦煌行草写卷的工作，就一定能达成目标。

吕　义

目录

敦煌《文心雕龙》唐本写卷残卷彩印件 …… 001
唐本及五本校释对照 …… 047
文字编、检字表和部首表 …… 280
后记 …… 388

敦煌《文心雕龙》唐本写卷残卷彩印件

该敦煌写卷残卷是由唐朝人书写，存第一篇末尾十三个字，第二篇至第十四篇全文，第十五篇题目『谐隐第十五』五个字。

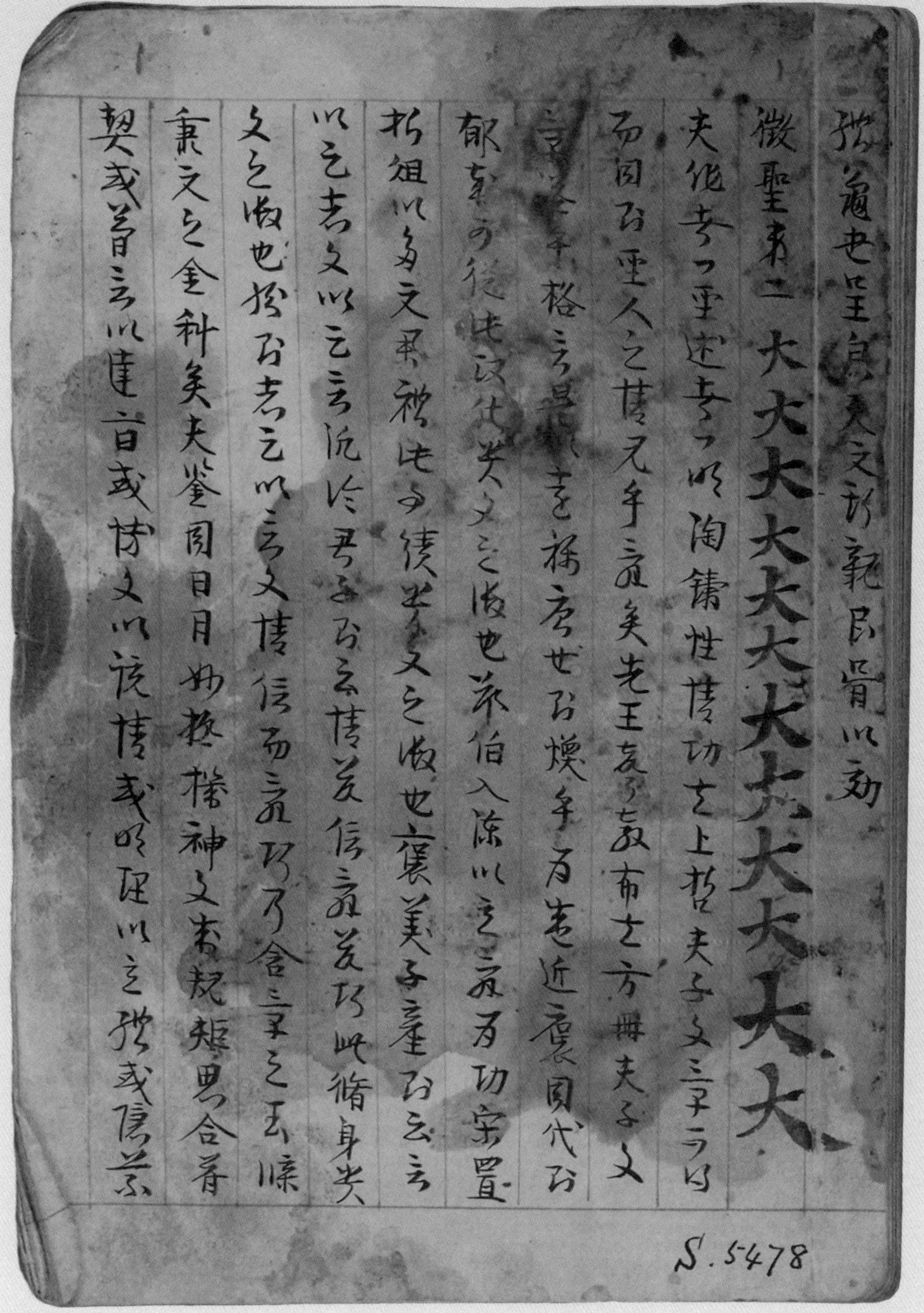

體龜書呈貌天文斯觀民胥以効
徵聖第二
大大大大大大大大大大大大
夫作者曰聖述者曰明陶鑄性情功在上哲夫子文章可
得而聞則聖人之情見乎文辭矣先王聲教布在方冊夫子文
采溢乎格言是以遠稱唐世則煥乎為盛近褒周代則
郁哉可從此政化貴文之徵也鄭伯入陳以立辭為功宋置
折俎以多文舉禮此事蹟貴文之徵也褒美子產則云
以足志文以足言泛論君子則云情欲信辭欲巧此脩身貴
文之徵也然則志足而言文情信而辭巧乃含章之玉牒
秉文之金科矣夫鑒周日月妙極機神文成規矩思合符
契或簡言以達旨或博文以該情或明理以立體或隱義
S.5478

《文心雕龙》唐本写卷　23-1

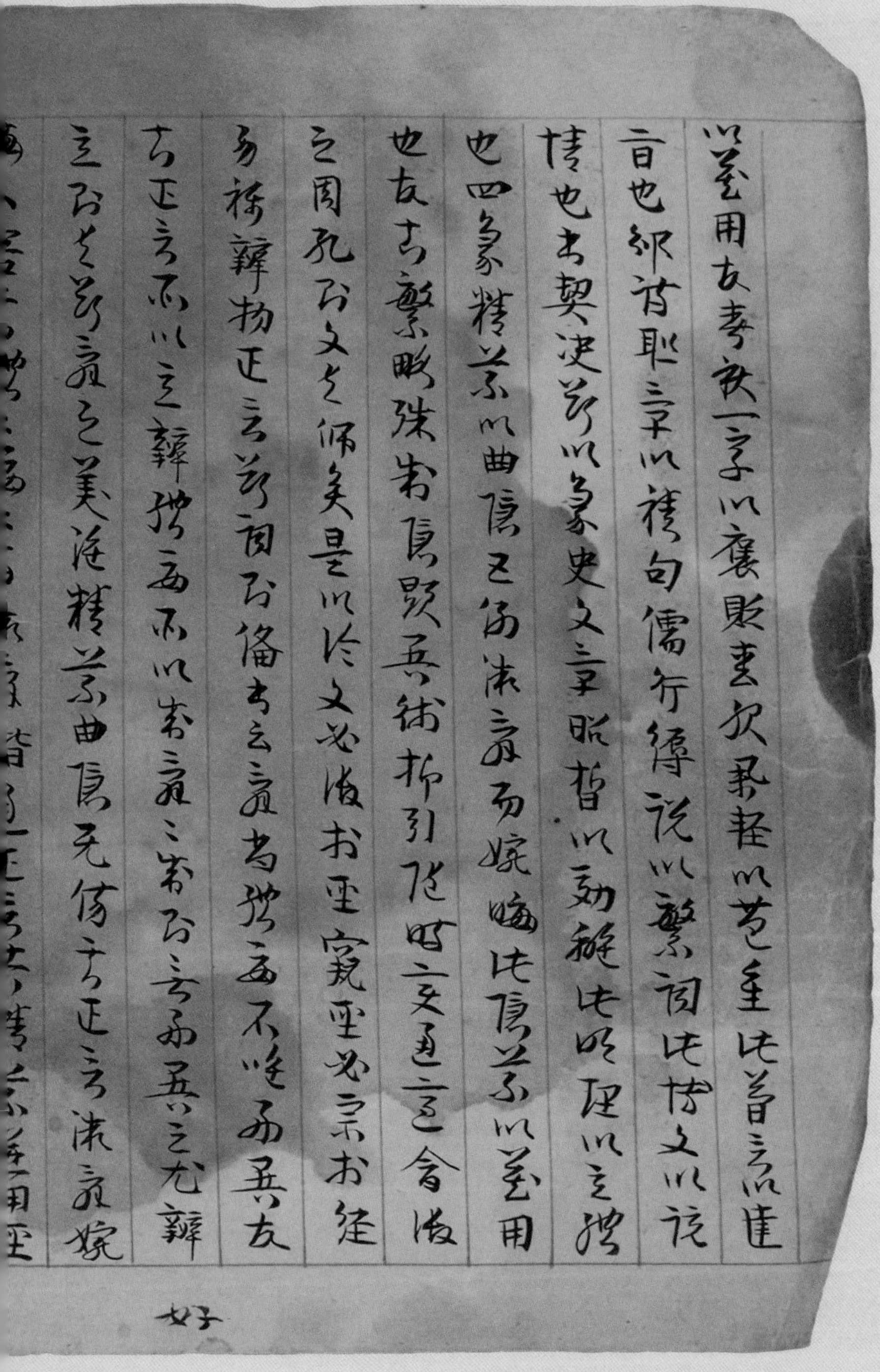

以藏用故春秋一字以褒貶喪服舉輕以苞重此簡言以達
旨也邠詩聯章以積句儒行縟說以繁辭此博文以該
情也書契決斷以象夬文章昭晰以效離此明理以立體
也四象精義以曲隱五例微辭以婉晦此隱義以藏用
也故知繁略殊形隱顯異術抑引隨時變通會適
之周孔則文有師矣是以論文必徵於聖窺聖必宗於經
易稱辯物正言斷辭則備書云辭尚體要不惟好異故
知正言所以立辯體要所以成辭辭成無好異之尤辯
立有斷辭之義雖精義曲隱無傷其正言微辭婉晦
不害其體要體要與微辭偕通正言共精義並用聖

女子

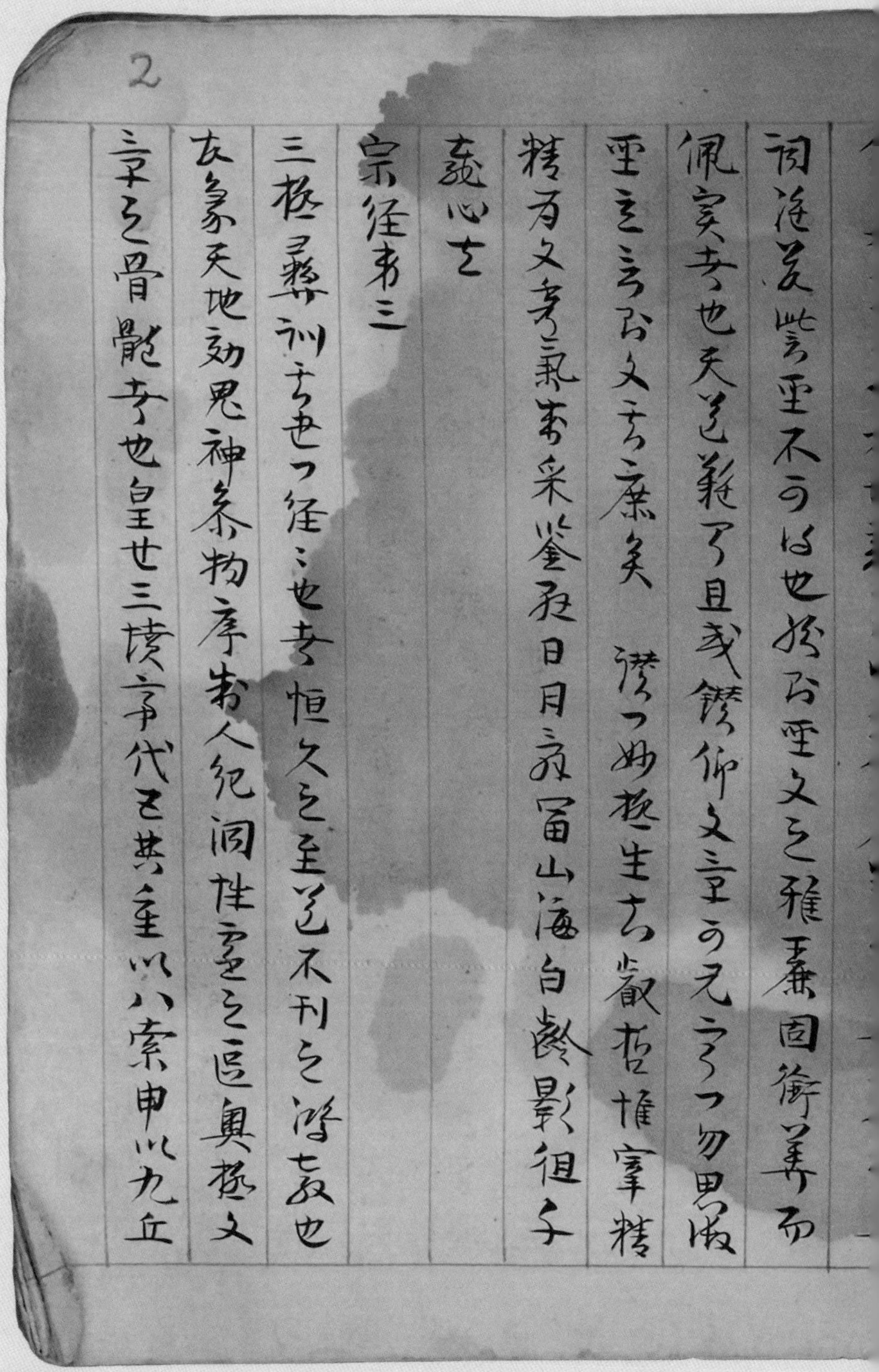
2

詞雖欲訾聖不可得也然聖文之雅麗固銜華而
佩實者也天道難聞猶或鑽仰文章可見胡寧勿思徵
聖立言則文其庶矣　讚曰妙極生知睿哲惟宰精
理爲文秀氣成采鑒懸日月辭富山海百齡影徂千
載心在
宗經第三
三極彝訓其書言經經也者恒久之至道不刊之鴻教也
故象天地效鬼神參物序制人紀洞性靈之奧區極文
章之骨髓者也皇世三墳帝代五典重以八索申以九丘

《文心雕龙》唐本写卷　23-2

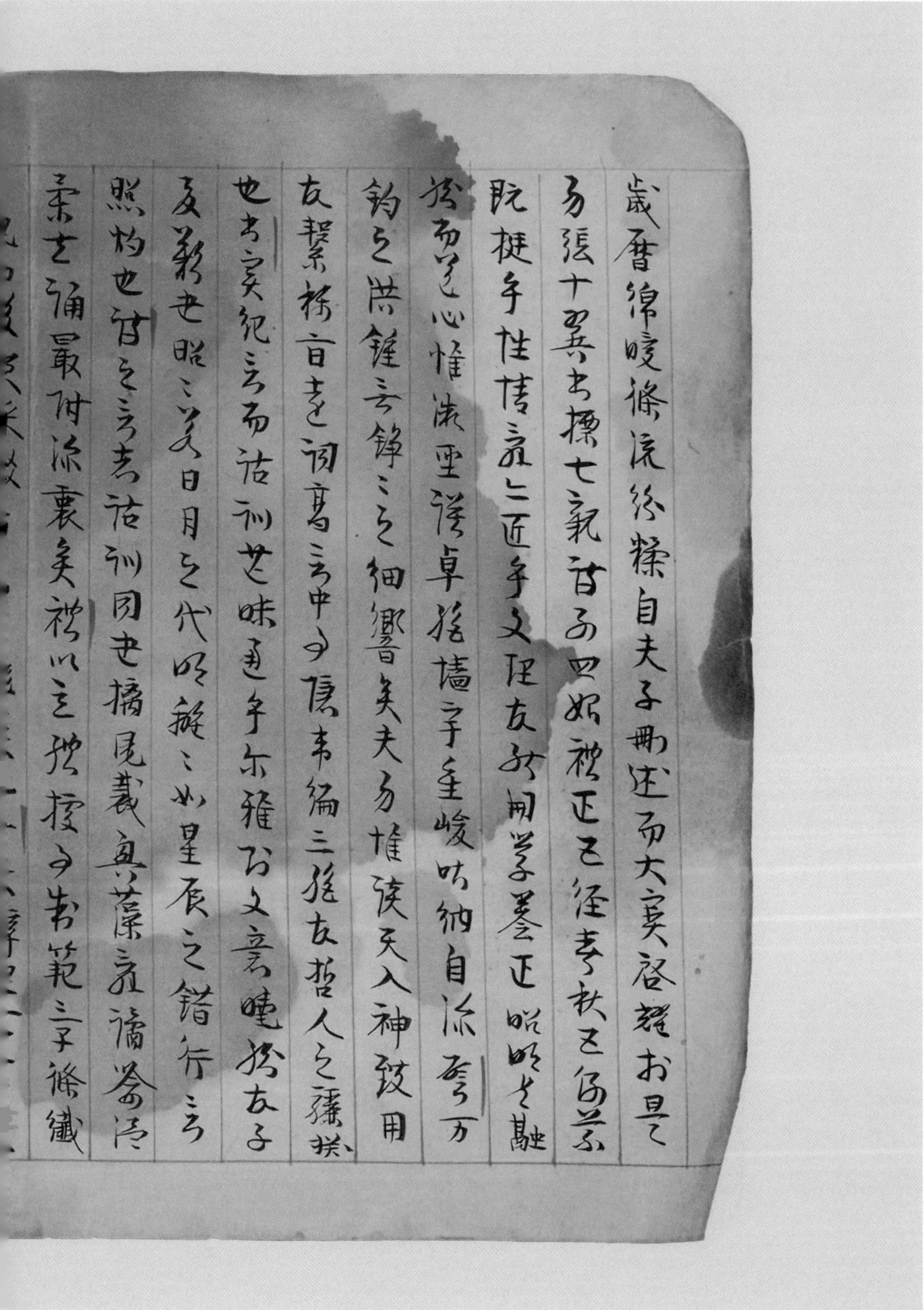

歲曆綿曖條流紛糅自夫子刪述而大寶啓耀於是
易張十翼書標七觀詩列四始禮正五經春秋五例義
既挺乎性情辭亦匠乎文理故能開學養正昭明有融
然而道心惟微聖謨卓絕牆宇重峻吐納自深譬萬
鈞之洪鐘無錚錚之細響矣夫易惟談天入神致用
故繫稱旨遠辭文言中事隱韋編三絕故哲人之驪淵
也書實記言而詁訓茫昧通乎爾雅則文意曉然故子
夏歎書昭昭若日月之代明離離如星辰之錯行言
照灼也詩主言志詁訓同書摛風裁興藻辭譎喻溫
柔在誦最附深衷矣禮以立體據事制範章條纖

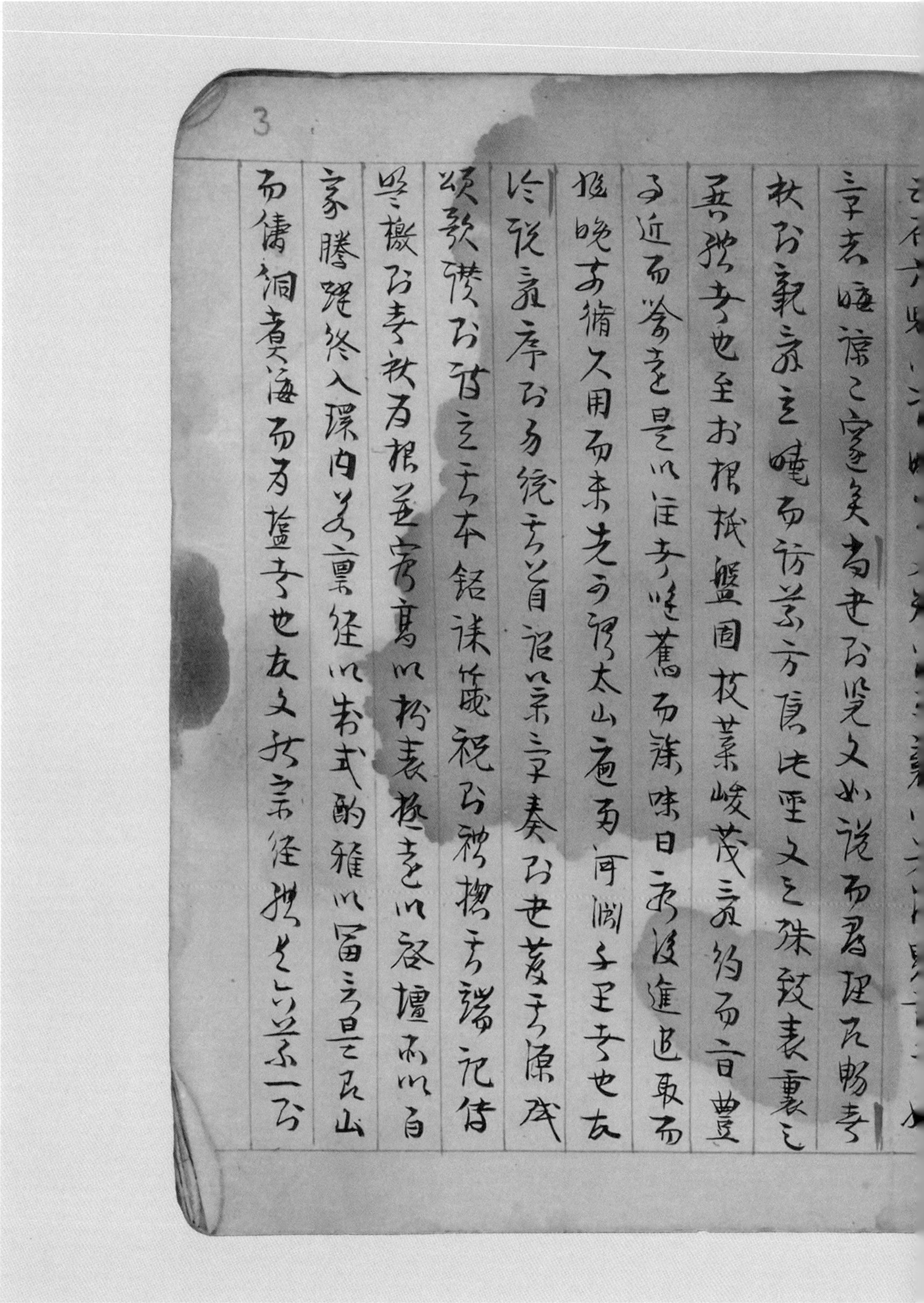

3

章志晦諒已邃矣書則覽文如詭而尋理即暢春
秋則觀辭立曉而訪義方隱此聖文之殊致表裏之
異體者也至於根柢盤固枝葉峻茂辭約而旨豐
事近而喻遠是以往者雖舊而餘味日新後進追取而
非晚前修久用而未先可謂太山遍雨河潤千里者也故
論說辭序則易統其首詔策章奏則書發其源賦
頌歌讚則詩立其本銘誄箴祝則禮總其端紀傳
盟檄則春秋為根並窮高以樹表極遠以啟疆所以百
家騰躍終入環內若稟經以制式酌雅以富言是仰山
而鑄銅煮海而為鹽者也故文能宗經體有六義一則

《文心雕龙》唐本写卷　23-3

情深而不詭二則風清而不雜三則事信而不誕四則義貞而不回五則體約而不蕪六則文麗而不淫揚子比雕玉以作器謂五經之含文也夫文以行立行以文傳四教所先符采相濟邁德樹聲莫不師聖而建言修辭鮮克宗經是以楚艷漢侈流弊不還正末歸本不其懿歟　贊曰三極彝道訓深稽古致化惟一分教斯五性靈鎔匠文章奧府淵哉鑠乎群言之祖

正緯第四

夫神道闡幽天命微顯馬龍出而大易興神龜見而洪

炳而緯候稠疊孝論昭晳而鈎讖葳蕤按經驗緯其
偽有四蓋緯之成經其猶織綜絲麻不雜布帛乃成
今經正緯奇倍擿千里其偽一矣經顯世訓緯隱神教
世訓宜廣神教宜約而今緯多於經神理更繁其偽二
矣有命自天乃稱符讖而八十一篇皆託於孔子則是堯
造綠圖昌制丹書其偽三矣商周之前圖籙頻見春秋
之末群經方備先緯後經體乖織綜其偽四矣偽既
倍擿則義異自明經足訓矣緯何預焉夫綠圖之見乃
昊天休命事以瑞聖義非配經故河不出圖夫子有歎

《文心雕龙》唐本写卷　23-4

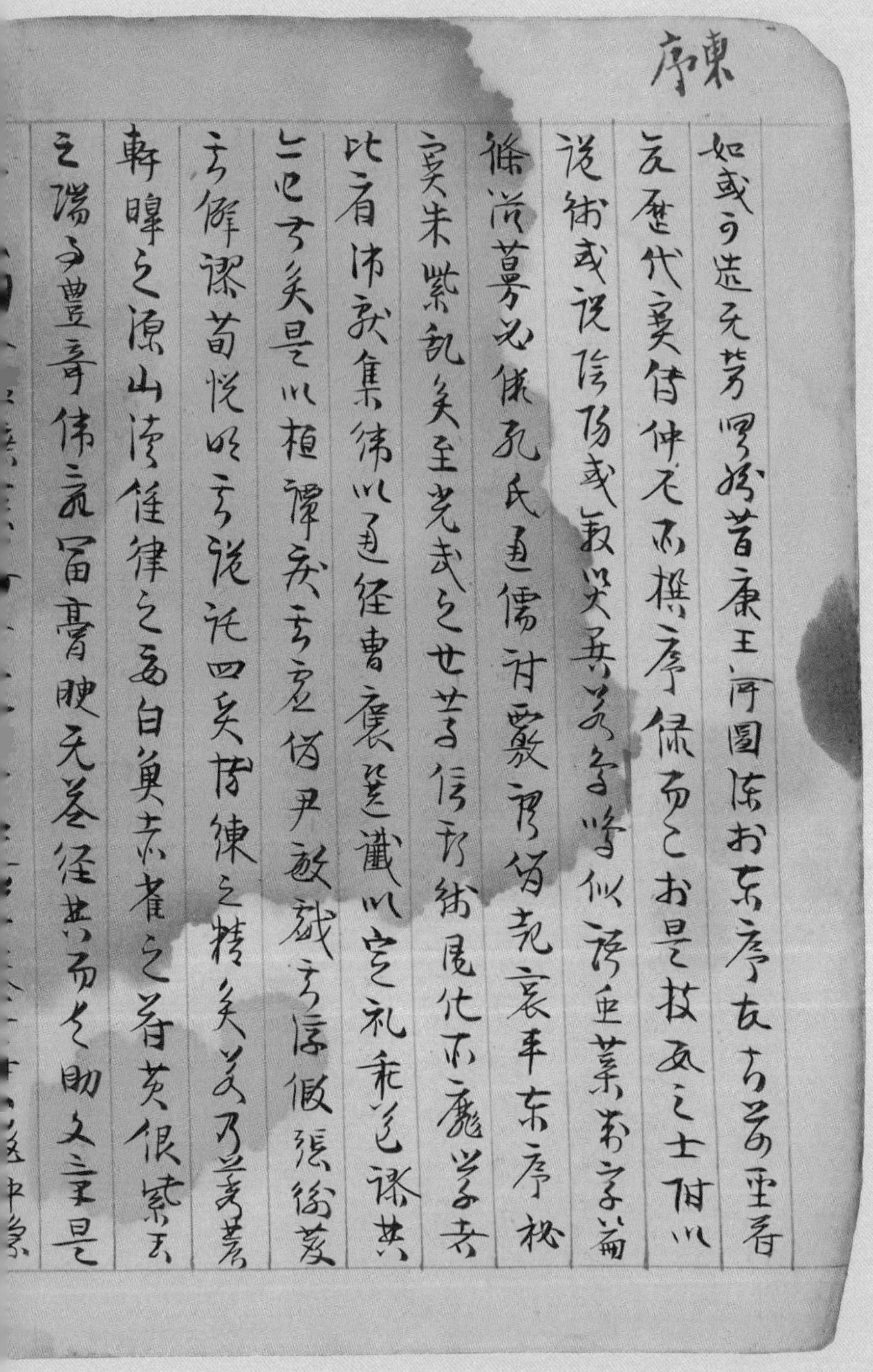

東序

如或可造無勞喟然昔康王河圖陳於東序故知前世
符命歷代寶傳仲尼所撰序錄而已於是伎數之士附以
詭術或說陰陽或序災異若鳥鳴似語蟲葉成字篇
條滋蔓必假孔氏通儒討覈謂起哀平東序祕
寶朱紫亂矣至光武之世篤信斯術風化所靡學者
比肩沛獻集緯以通經曹褒選讖以定禮乖道謬典
亦已甚矣是以桓譚疾其虛偽尹敏戲其浮假張衡發
其僻謬荀悅明其詭託四賢博練論之精矣若乃羲農
軒皞之源山瀆鍾律之要白魚赤烏之符黃金紫玉
之瑞事豐奇偉辭富膏腴無益經典而有助文章是

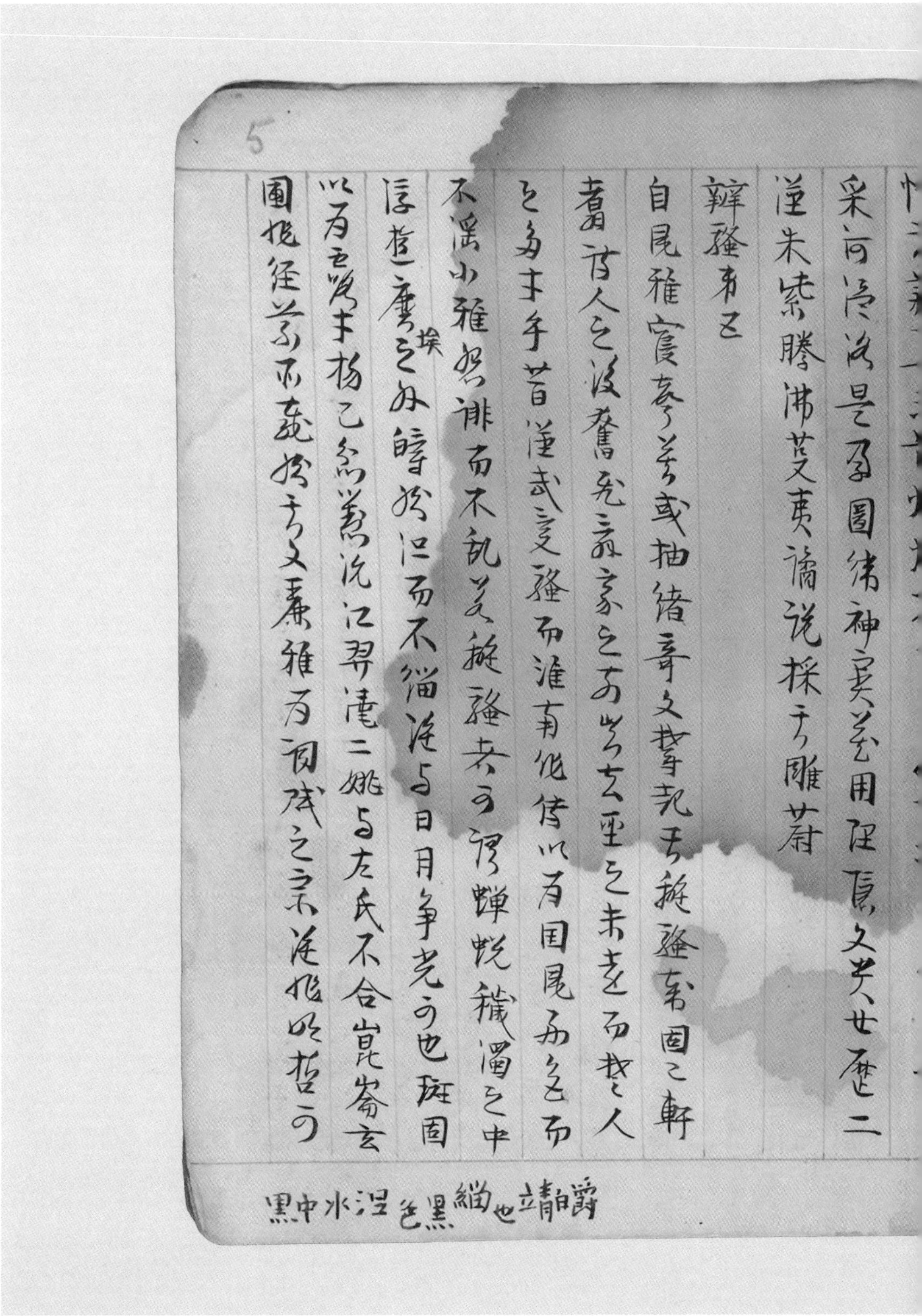

5

采河溫洛是孕圖緯神寶藏用理隱文貴世歷二
漢朱紫騰沸芟夷譎詭採其雕蔚
辯騷第五
自風雅寢聲莫或抽緒奇文鬱起其離騷哉固已軒
翥詩人之後奮飛辭家之前豈去聖之未遠而楚人
之多才乎昔漢武愛騷而淮南作傳以為國風好色而
不淫小雅怨誹而不亂若離騷者可謂兼之蟬蛻穢濁之中
浮游塵埃之外皭然涅而不緇雖與日月爭光可也班固
以為露才揚己忿懟沉江羿澆二姚與左氏不合崑崙玄
圃非經義所載然其文辭麗雅為詞賦之宗雖非明哲可

皭靖也 緇黑色 涅水中黑

《文心雕龙》唐本写卷　23-5

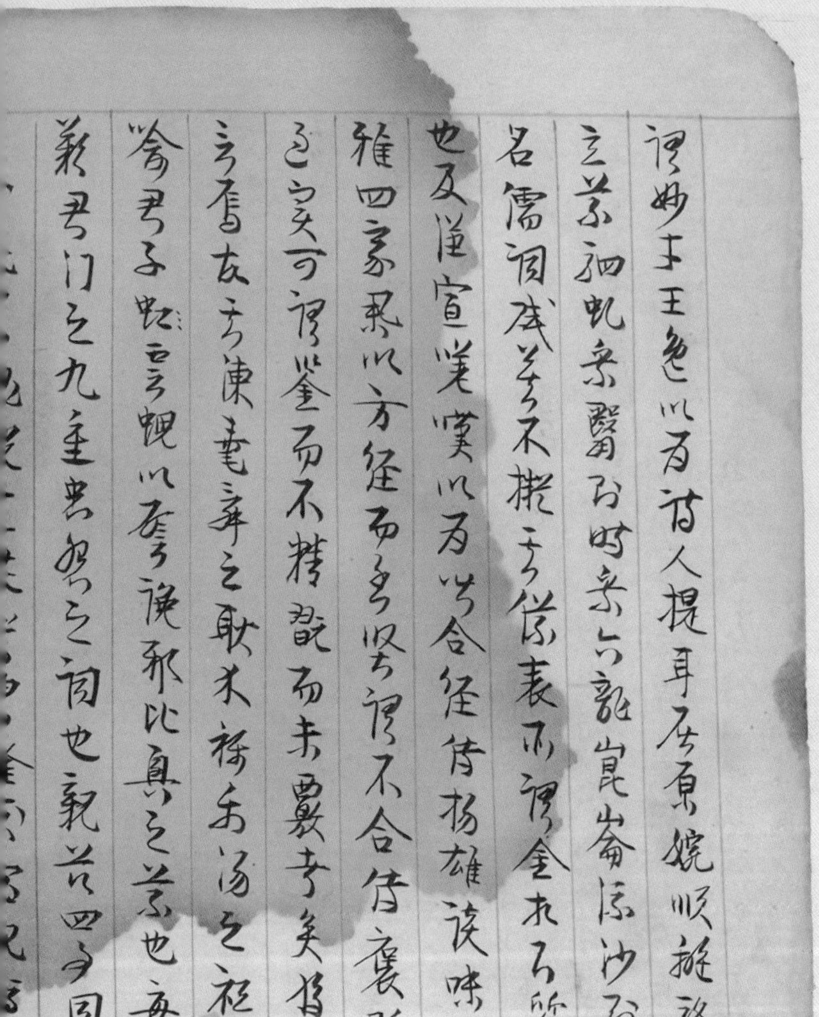

謂妙才王逸以為詩人提耳屈原婉順離騷之文依經
立義駟虬乘翳則時乘六龍崑崙流沙則禹貢敷土
名儒辭賦莫不擬其儀表所謂金相玉質百世無匹者
也及漢宣嗟嘆以為皆合經術揚雄諷味亦言體同詩
雅四家舉以方經而孟堅謂不合傳褒貶任聲抑揚
過實可謂鑒而不精翫而未覈者矣將覈其論必徵
言焉故其陳堯舜之耿介稱湯武之祗敬典誥之體也虬龍以
喻君子雲蜺以譬讒邪比興之義也每一顧而掩涕
歎君門之九重忠怨之辭也觀茲四事同於風雅者也

譎怪之談也依彭咸之遺則從子胥以自適狷狹之志
也士女雜坐亂而不分指以為樂娛酒不廢沉湎日夜
舉以為歡荒淫之意也指此四事異於經典者也故論
其典誥則如彼語其夸誕則如此固知楚辭者體憲於三
代而風雜於戰國乃雅頌之博徒而詞賦之英傑也觀
其所樹骨鯁所樹肌膚所附雖取鎔經旨亦自鑄偉
辭故騷經九章朗麗以哀志九歌九辯綺靡以傷情遠
遊天問瓌詭而惠巧招魂大招耀艷而采華卜居標放
言之致漁父寄獨往之才故能氣往轢古辭來切今驚

《文心雕龙》唐本写卷　23-6

采絕豔難与並能矣自九懷之下遽躡其跡而屈宋逸
步莫之能追故其叙情怨則鬱伊而易感述離居則
愴怏而難懷論山水則循聲而得貌言節候則披文而
見時是以枚賈追風以入麗馬揚沿波而得奇其衣被詞
人非一代也故才高者菀其鴻裁中巧者獵其豔辭吟諷
者銜其山川童蒙者拾其香草若能憑軾以倚雅頌
懸轡以馭楚篇酌奇而不失其貞翫華而不墜其實則
顧盼可以驅辭力欬唾可以窮文致亦不復乞靈於長卿
假寵於子淵矣　贊曰不有屈原豈見離騷驚才風逸
壯志煙高山川無極情理實勞金相玉式豔溢錙毫

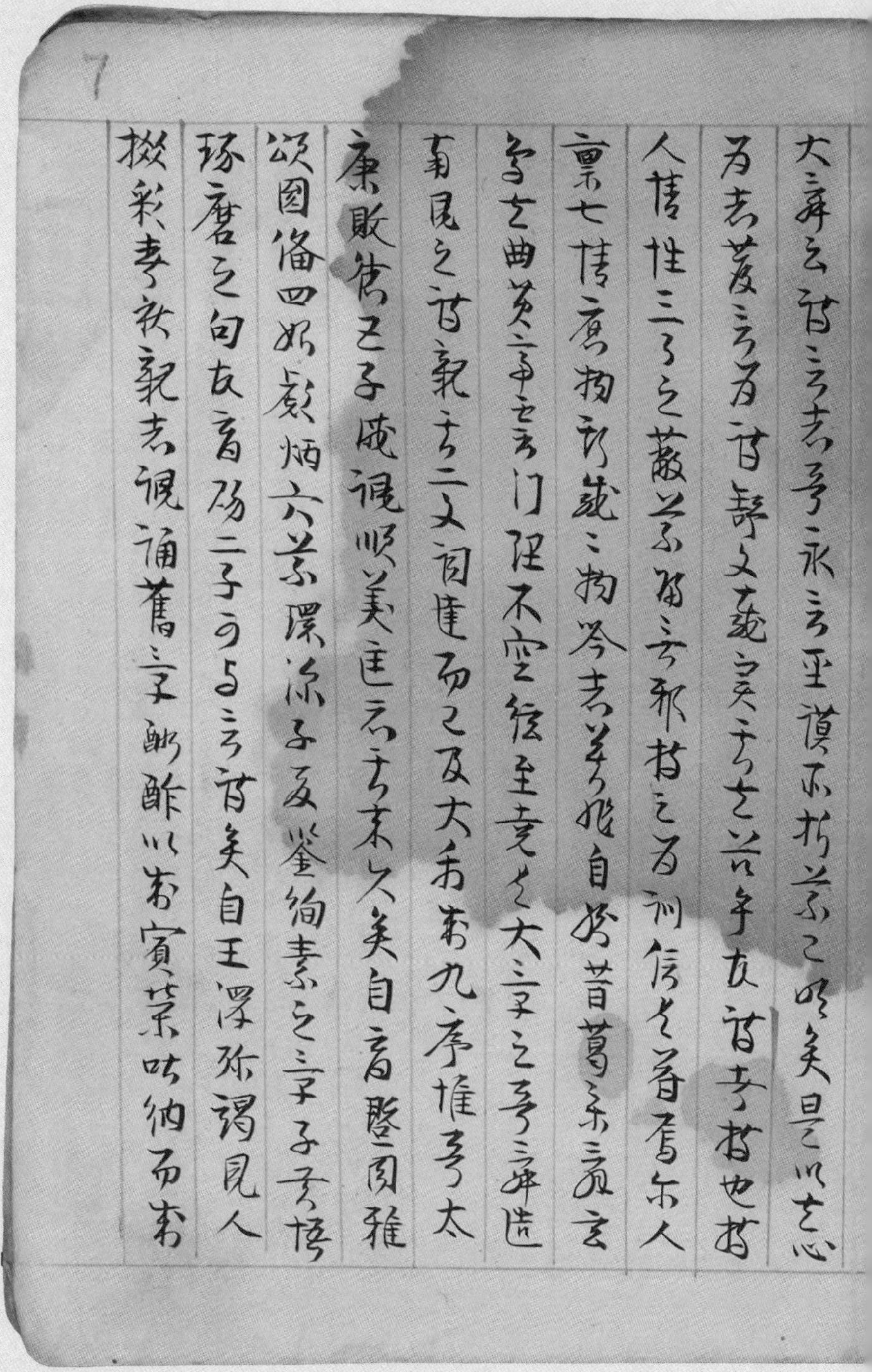

7

大舜云詩言志哥永言聖謨所析義已明矣是以在心
為志發言為詩舒文載實其在茲乎詩者持也持
人情性三百之蔽義歸無邪持之為訓有符焉爾人
稟七情應物斯感感物吟志莫非自然昔葛天樂辭云
玄鳥在曲黃帝云門理不空綺至堯有大唐之歌舜造
南風之詩觀其二文辭達而已及大禹成功九序惟歌太
康敗德五子咸諷順美匡惡其來久矣自商暨周雅
頌圓備四始彪炳六義環深子夏監絢素之章子貢悟
琢磨之句故商賜二子可與言詩自王澤殄竭風人
輟采春秋觀志諷誦舊章酬酢以為賓榮吐納而成

《文心雕龙》唐本写卷　23-7

身文逮楚国諷怨則離騷為刺秦皇滅典亦造仙詩漢
初四言韋孟首唱匡諫之義繼軌周人孝武愛文柏梁
列韻嚴馬之徒屬詞無方至成帝品錄三百餘篇朝
章国采亦云周備而詞人遺翰莫見五言所以李陵班婕
見疑於後代也案召南行露始肇半章孺子滄浪亦
有全曲暇豫優歌遠見春秋邪徑童謠近在成世閱時
取證則五言久矣又古詩佳麗或稱枚叔其孤竹一篇則
傅毅之詞比采而推兩漢之作也觀其結體散文
直而不野婉轉附物怊悵切情實五言之冠冕也至於

路而爭驅並憐風月狎池苑述恩榮叙酣宴慷慨以
任氣磊落以使才造懷指事不求纖密之巧驅辭逐貌
唯取昭晢之能此其所同也及正始明道詩雜仙心何
晏之徒率多浮淺唯嵇志清峻阮旨遥深故能標焉
若乃應璩百壹獨立不懼辭譎義貞亦魏之遺直也
晉世群才稍入輕綺張左潘陸比肩詩衢采縟於正
始力柔於建安或析文以爲妙或流靡以自妍此其大略也
江左篇製溺乎玄風嗤笑徇務之志崇盛亡機之
談袁孫之下雖各有雕采而詞趣一揆莫與爭雄所以景

《文心雕龙》唐本写卷　23-8

純仙以篇挺拔而為俊矣宋初文詠體有因革莊老告退
而山水方滋儷采百字之偶爭價一句之奇情必極貌以
寫物辭必窮力而追新此近世之所競也故鋪觀列代而
情變之數可鑒撮舉同異而綱領之要可明矣若夫四言
正體則雅潤為本五言流調則清麗居宗華實異用唯
才所安故平子得其雅叔夜含其潤茂先凝其清景陽
振其麗兼善則子建仲宣偏美則太沖公幹然詩有
恒裁思無定位隨性適分鮮能圓通若妙識所難其
易也將至忽以為易其難也方來至於三六雜言則出自
篇什離合之發則萌於圖讖回文所興則道原為始聯

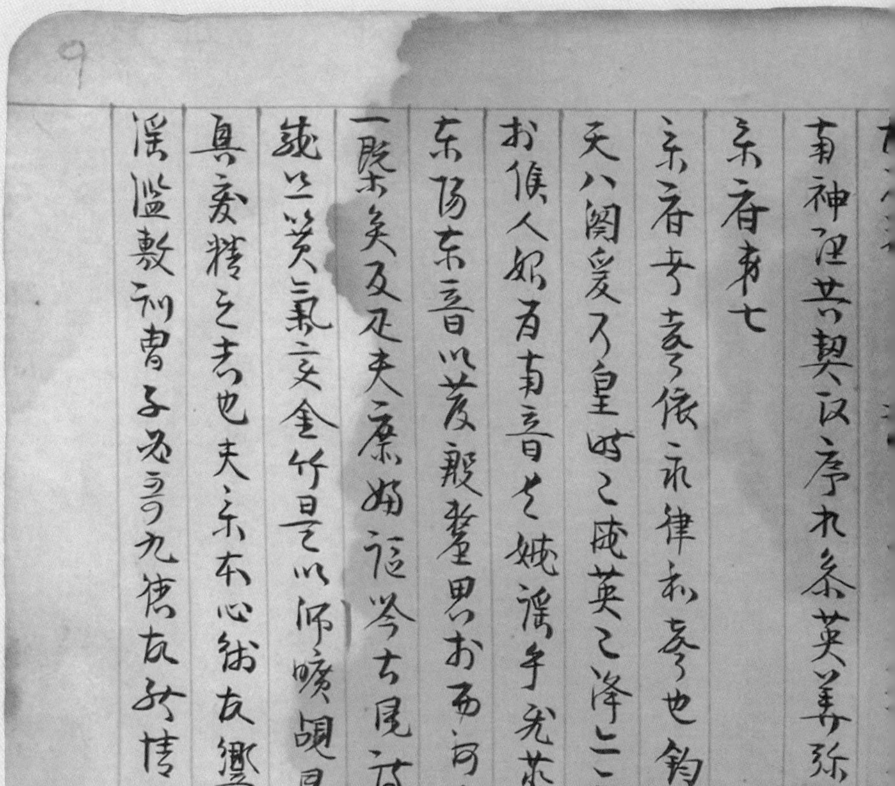

9

有神理共契政序相參英華彌縟萬代永耽

樂府第七

樂府者聲依永律和聲也鈞天九奏既其上帝葛
天八闋爰及皇時自咸英以降亦無得而論矣至於塗山歌
於候人始為南音有娀謠乎飛燕始為北聲夏甲歎於
東陽東音以發殷整思於西河西音以興音聲推移亦不
一概矣匹夫庶婦謳吟土風詩官採言樂胥被律志
感絲簧氣變金竹是以師曠覘風於盛衰季札鑒微於
興廢精之至也夫樂本心術故響浹肌髓先王慎焉務塞
淫濫敷訓胄子必歌九德故能情感七始化動八風自雅聲

《文心雕龙》唐本写卷　23-9

浸微溺音騰沸秦燔樂經漢初紹復制氏紀其鏗鏘
叔孫定其容典於是武德興乎高祖四時廣於孝文雖
摹韶夏而頗襲秦舊中和之響闃其不還暨武帝崇
禮始立樂府總趙代之音撮齊楚之氣延年以曼聲協
律朱馬以騷體製歌桂華雜曲麗而不經赤雁羣篇
靡而非典河間薦雅而罕御故汲黯致譏於天馬也至
宣帝雅頌詩效鹿鳴邇及元成稍廣淫樂正音乖
俗其難也如此暨後漢郊廟惟雜雅章辭雖典文而
律非夔曠至於魏之三祖氣爽才麗宰割辭調音靡

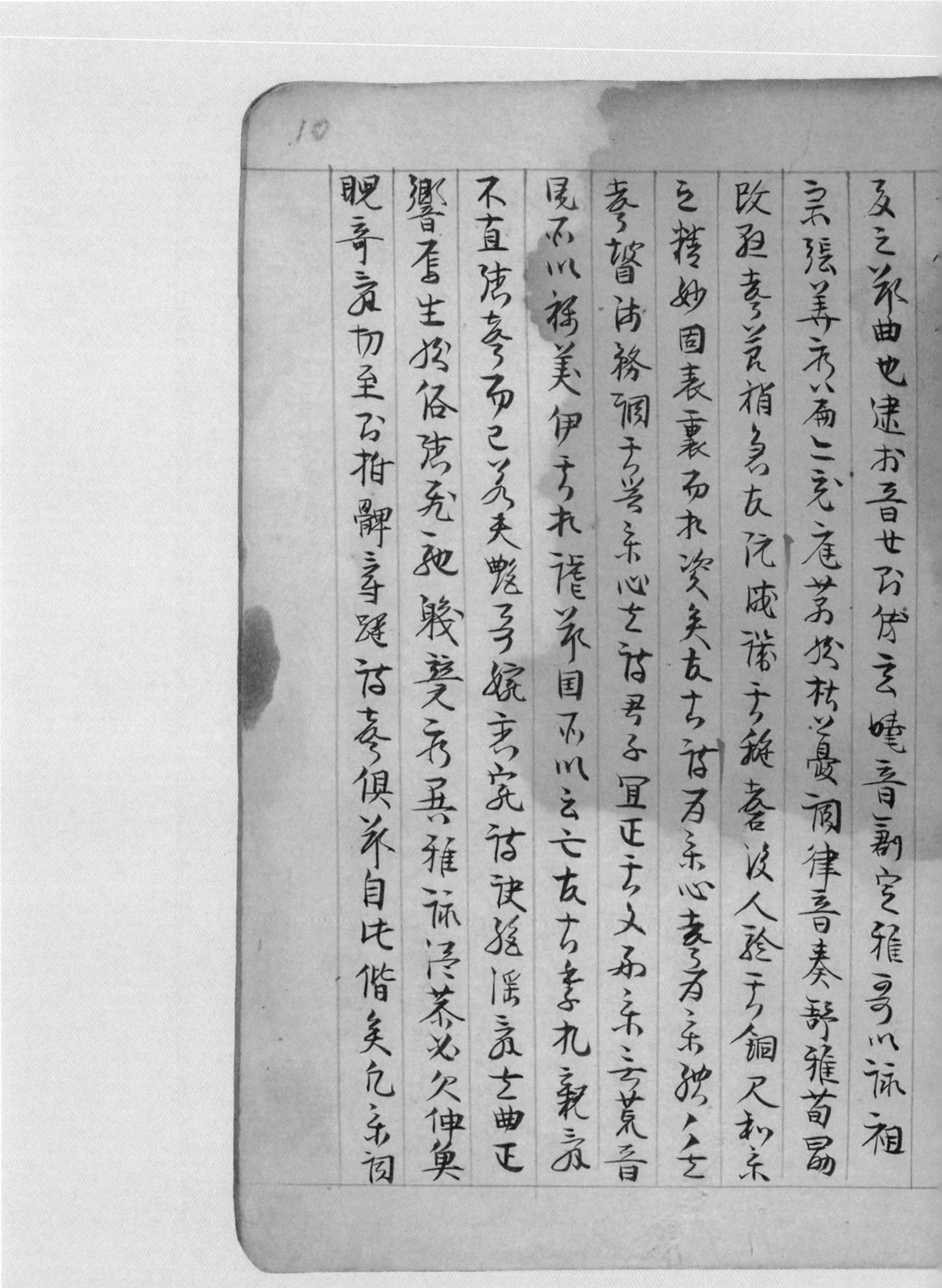
10

夏之郊曲也逮於晉世則傅玄曉音創定雅歌以詠祖
宗張華新篇亦充庭萬然杜夔調律音奏舒雅荀勖
改懸聲節哀急故阮咸譏其離聲後人驗其銅尺和樂
之精妙固表裏而相資矣故知詩為樂心聲為樂體
聲瞽師務調其器樂心在詩君子宜正其文好樂無荒晉
風所以稱遠伊其相謔鄭國所以云亡故知季札觀辭
不直聽聲而已若夫艷歌婉孌怨志詄絕淫辭在曲正
響焉生然俗聽飛馳職競新異雅詠溫恭必欠伸魚
睨奇辭切至則拊髀雀躍詩聲俱鄭自此階矣凡樂辭曰

《文心雕龙》唐本写卷　23-10

曰詩詠聲曰歌聲來被辭辭繁難節故陳思稱左延年閑
於增損古辭多者則宜減之明貴約也觀高祖之詠大
風孝武之歎來遲歌童被聲莫敢不協子建士衡
咸有佳篇並無詔伶人故事謝絲管俗稱乖調蓋未
思也至於軒岐鼓吹漢世鐃挽雖戎喪殊事而總入樂
府繆朱所致亦有可算焉昔子政品文詩與歌別故略
序樂篇以標區界也　贊曰八音摛文樹辭為體謳吟
坰野金石雲陛韶響難追鄭聲易啟豈惟觀樂於
焉識禮

詮賦第八

序則同義傳說則異體總其歸塗實相枝幹劉向明不歌而頌班固稱古詩之流也至如鄭莊之賦大隧士蔿之賦狐裘結言短韻詞自己作雖合賦體明而未融及靈均唱騷始廣聲貌然賦也者受命於詩人而拓宇於楚辭也於是荀況禮智宋玉風釣爰錫名號與詩畫境六義附庸蔚成大國遂客主以首引極聲貌以窮文斯蓋別詩之原始命賦之厥初也秦世不文頗有雜賦漢初詞人順流而作陸賈扣其端賈誼振其緒枚馬播其風王揚騁其勢皋朔已下品物畢圖繁積於宣時校閱於成世進御之賦千有餘首討其源流信興楚

《文心雕龙》唐本写卷　23-11

而吉甫美矣夫京殿苑獵述行序志並體国經野義
尚光大既履端於唱序亦歸餘於總乱序以建言首引
情本乱以理篇寫送文勢按那之卒章閔馬稱乱故
知殷人輯頌楚人理賦斯並鴻裁之寰域雅文之樞轄
也至於草區禽族庶品雜類則觸興致情因變取會
擬諸形容則言務纖密象其物宜則理貴側附斯又
小制之區畛奇巧之機要也觀夫荀結隱語事數自
環宋發夸談實始淫麗枚乘菟園舉要以會新相如上
林繁類以成艷賈誼鵩鳥致辨於情理子淵洞簫窮變

12

家並詞賦之英傑也及仲宣靡密發篇必遒偉長博
通時逢壯采太沖安仁策勳於鴻規士衡子安底績於流
制景純綺巧縟理有餘彥伯梗概情韻不匱亦魏晉
之賦首也原夫登高之旨蓋覩物興情情以物興故義
必明雅物以情觀故詞必巧麗麗詞雅義符采相勝如組
織之品朱紫畫繪之著玄黃文雖雜而有質色雖糅
而有本此立賦之大體也然逐末之儔蔑棄其本雖讀千
賦愈惑體要遂使繁華損枝膏腴害骨無貴風軌
莫益勸戒此揚子所以追悔於雕蟲貽誚於霧縠者也

《文心雕龙》唐本写卷　23-12

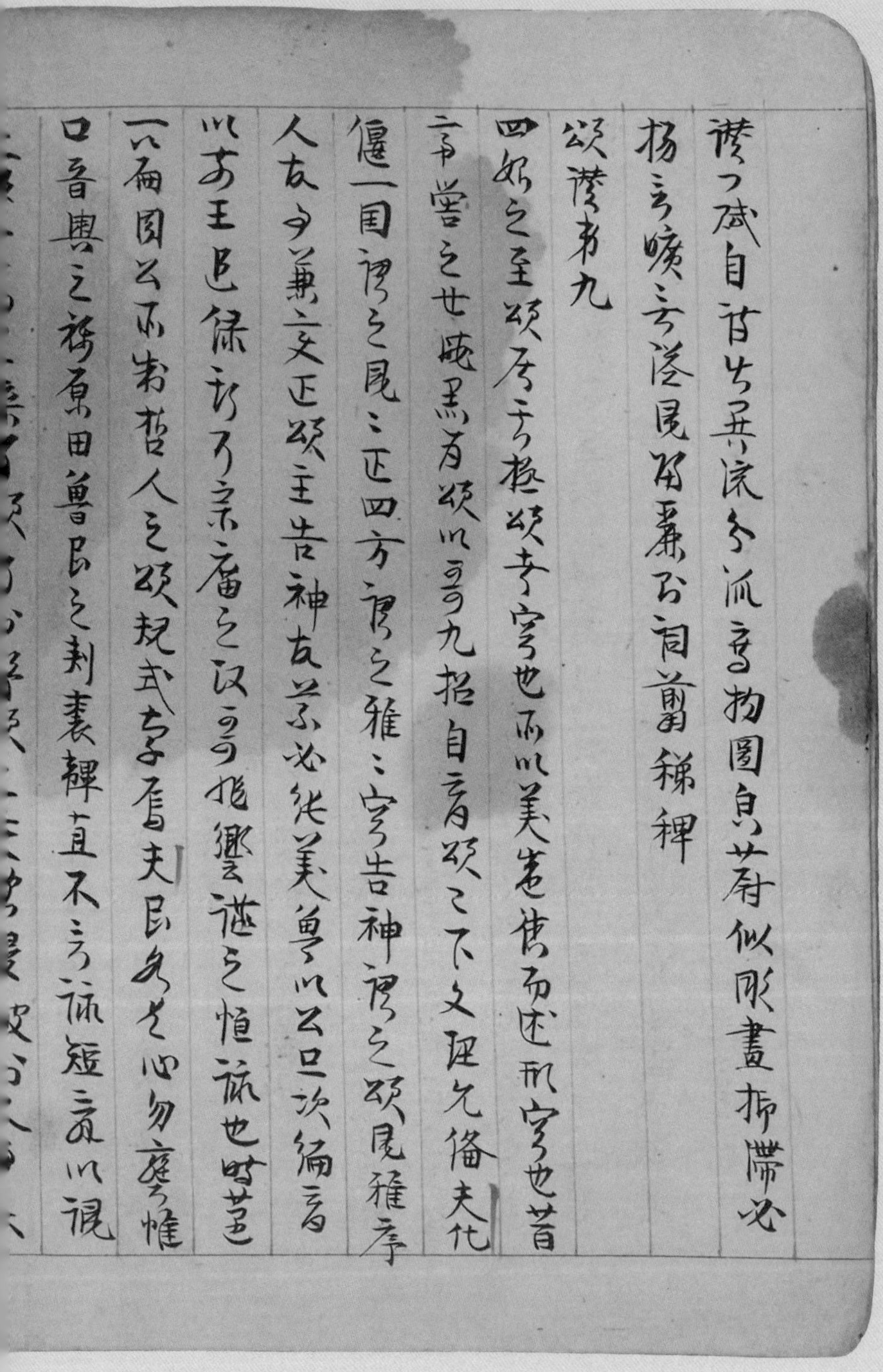

讃曰賦自詩出異流分派寫物圖皃蔚似彫畫抑滯必
揚言曠無隘風歸麗則辭翦稊稗

頌讃第九

四始之至頌居其極頌者容也所以美盛德而述形容也昔
帝嚳之世咸墨為頌以歌九招自商已下文理允備夫化
偃一國謂之風ミ正四方謂之雅ミ容告神謂之頌風雅序
人事兼變正頌主告神義必純美魯以公旦次編商
以前王追錄斯乃宗廟之正歌非饗讌之恒詠也時邁
一篇周公所製哲人之頌規式存焉夫民各有心勿壅惟
口晉輿之稱原田魯民之刺裘鞸直不言詠短辭以諷

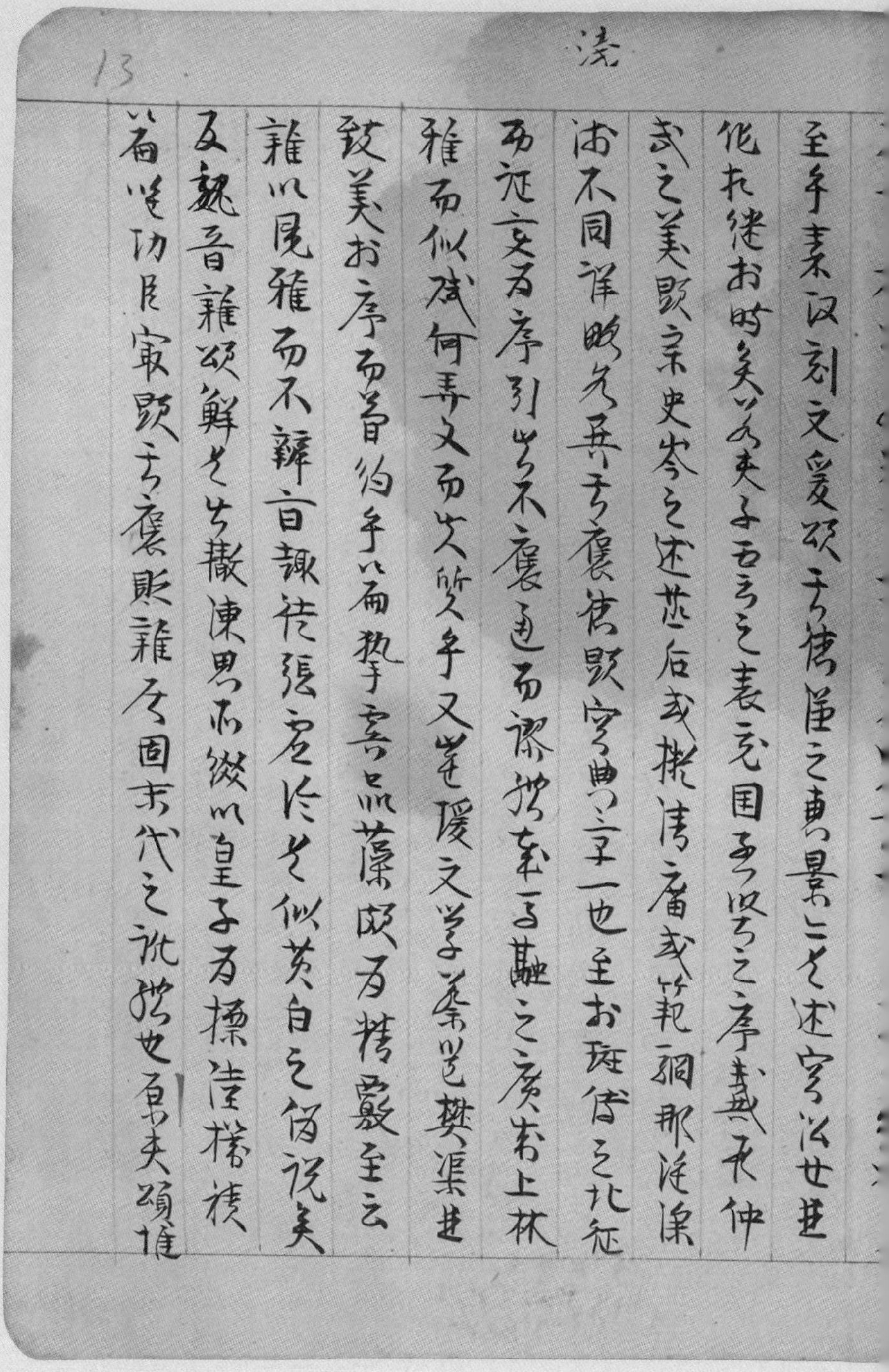

13

浅

至于秦政刻文爰颂其德汉之惠景亦有述容沿世并
作相继于时矣若夫子云之表充国孟坚之序戴武仲
之美显宗史岑之述熹后或拟清庙或范駉那浅深
虽不同详略各异其褒德显容典章一也至于班傅之北征
西巡变为序引岂不褒过而谬体哉马融之广成上林
雅而似赋何弄文而失质乎又崔瑗文学蔡邕樊渠并
致美于序而简约乎篇挚虞品藻颇为精覈至云
杂以风雅而不辨旨趣徒张虚论有似黄白之伪说矣
及魏晋杂颂鲜有出辙陈思所缀以皇子为标陆机积
篇惟功臣最显其褒贬杂居固末代之讹体也原夫颂惟

《文心雕龙》唐本写卷　23-13

典懿辭必清傈敷寫似賦而不入華侈之區敬慎如銘而
異乎規戒之域揄揚以發藻汪洋以樹儀唯纖巧曲致與
情而變其大體所底如斯而已　讚者明也助也昔虞舜
之祀樂正重讚蓋唱發之辭也及益讚于禹伊陟讚
於巫咸並颺言以明事嗟歎以助辭故漢置鴻臚以唱
拜為讚即古之遺語也至相如屬筆始讚荊軻及史
班固書託讚褒貶約文以總錄頌體以論辭也又紀傳
後評亦同其名而仲治流別謬稱為述失之遠矣及景
純注爾雅動植讚之義兼美惡亦猶頌之變耳然本其

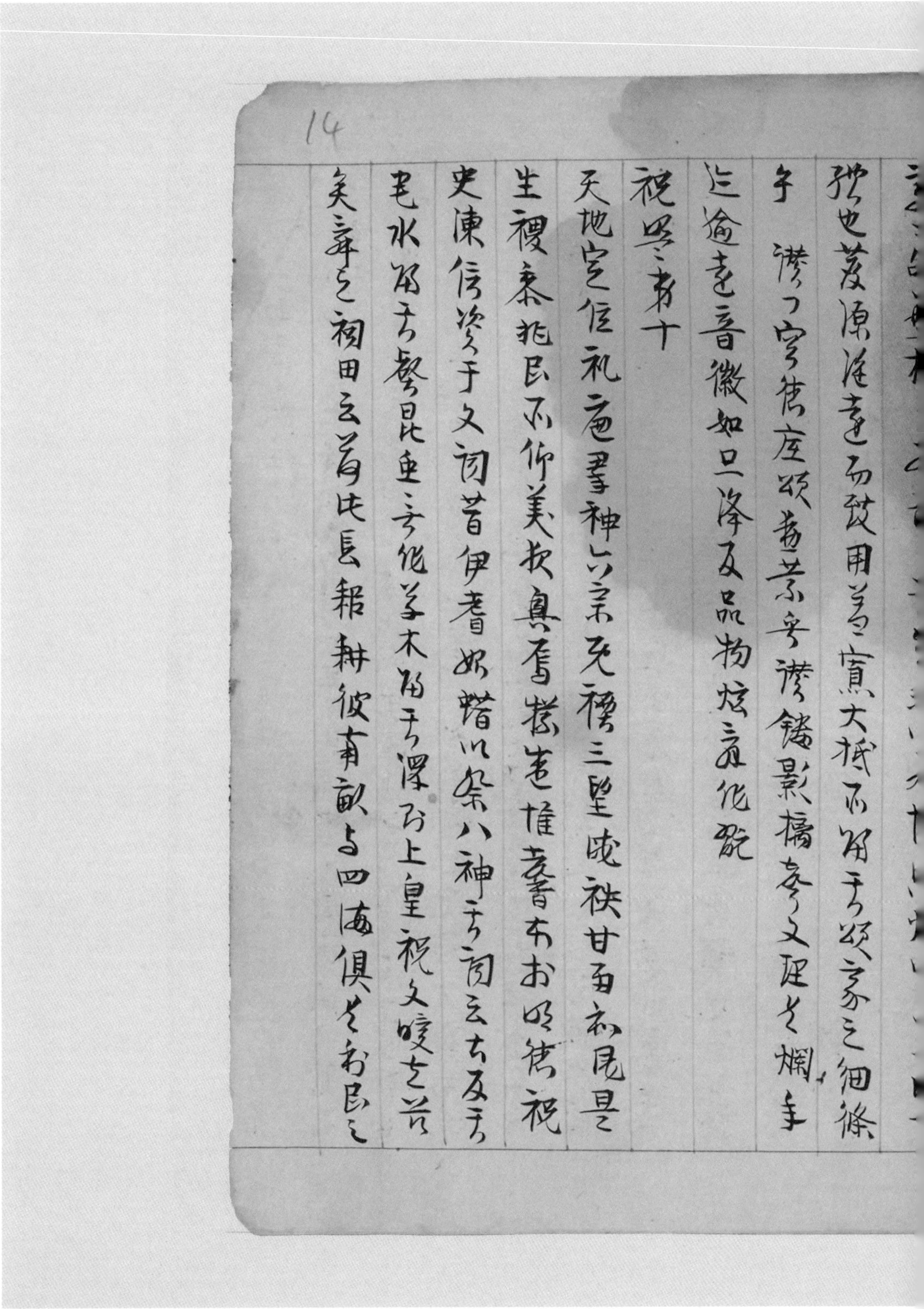
14

殊也發源雖遠而致用蓋寡大抵所歸其頌家之細條
乎 讚曰容德底頌勳業垂讚鏤影攄聲文理有爛年
迹逾遠音徽如旦降及品物炫辭作翫

祝盟第十

天地定位祀遍群神六宗既禋三望咸秩甘雨和風是
生稷黍兆民所仰美報興焉犧盛惟馨本於明德祝
史陳信資乎文辭昔伊耆始蜡以祭八神其辭云土反其
宅水歸其壑昆蟲毋作草木歸其澤 上皇祝文爰在茲
矣舜之祠田云荷此長耜耕彼南畝四海俱有於民之

《文心雕龙》唐本写卷　23-14

志頗形於言矣至於商履聖敬日躋玄牡告天以万方罪己即郊禋之辭也素車禱旱以六事責躬則雩禜之文也及周之太祝掌六祝之辭是以庶物咸生陳於天地之郊旁作穆穆唱於迎日之拜夙興夜處言於祔廟之祝多福無疆布於少牢之饋宜社類禡莫不有文所以寅虔於神祇嚴恭於宗廟也自春秋以下黷祀諂祭祝幣史辭靡神不至至於張老賀室致美於歌哭之禱蒯聵臨戰獲祐於筋骨之請雖造次顛沛必於祝矣若夫楚辭招魂可謂祝辭之組麗者也逮漢氏羣祀肅其百禮既總碩儒之義亦參方士之術所以祕祝

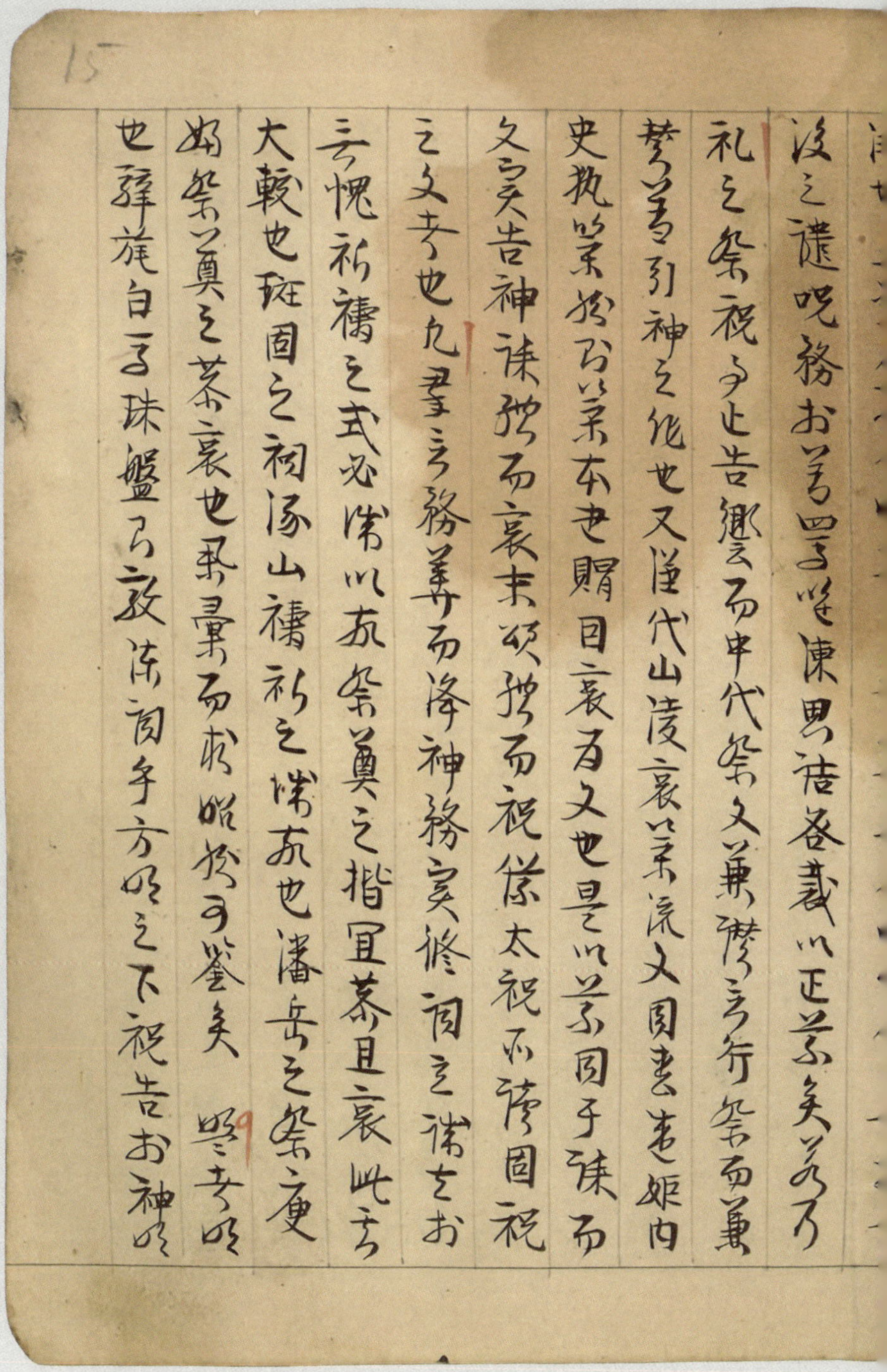

《文心雕龙》唐本写卷　23-15

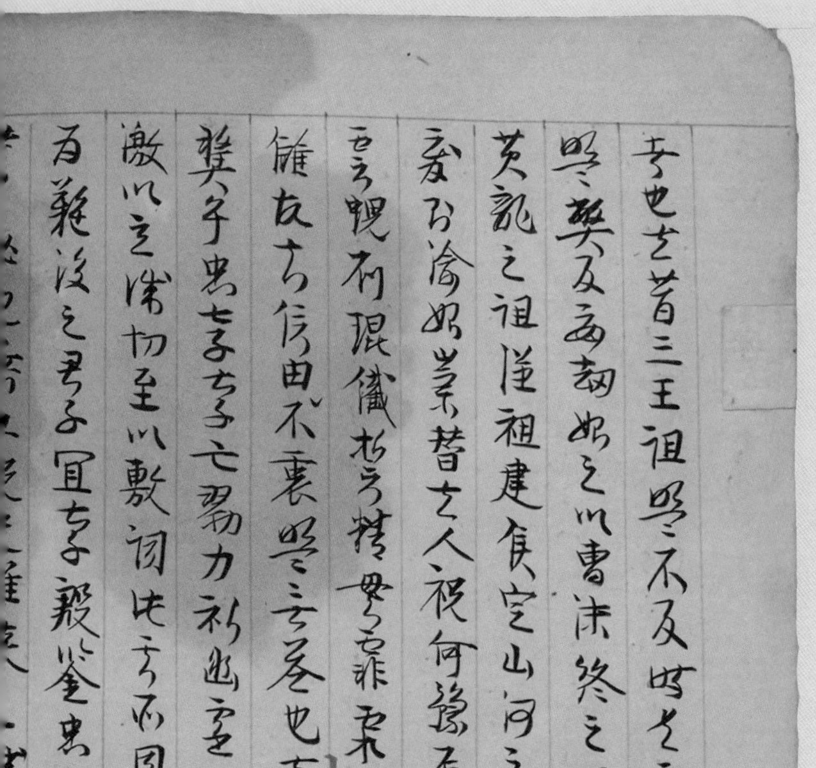
者也在昔三王詛盟不及時有要誓結言而退周衰屢
盟以及要劫始之以曹沫終之以毛遂及秦昭盟夷設
黃龍之詛漢祖建侯定山河之誓然義存則克終道
廢則渝始崇替在人祝何預焉若夫臧洪歃血辭截
雲蜺劉琨鐵誓精貫霏霜而無補於晉漢反為仇
讎故知信不由衷盟無益也夫盟之大體必序危機
獎忠孝共存亡戮心力祈幽靈以取鑒指九天以為正
感激以立誠切至以敷辭此其所同也然非辭之難處
辭為難後之君子宜存殷鑒忠信可矣無恃神焉

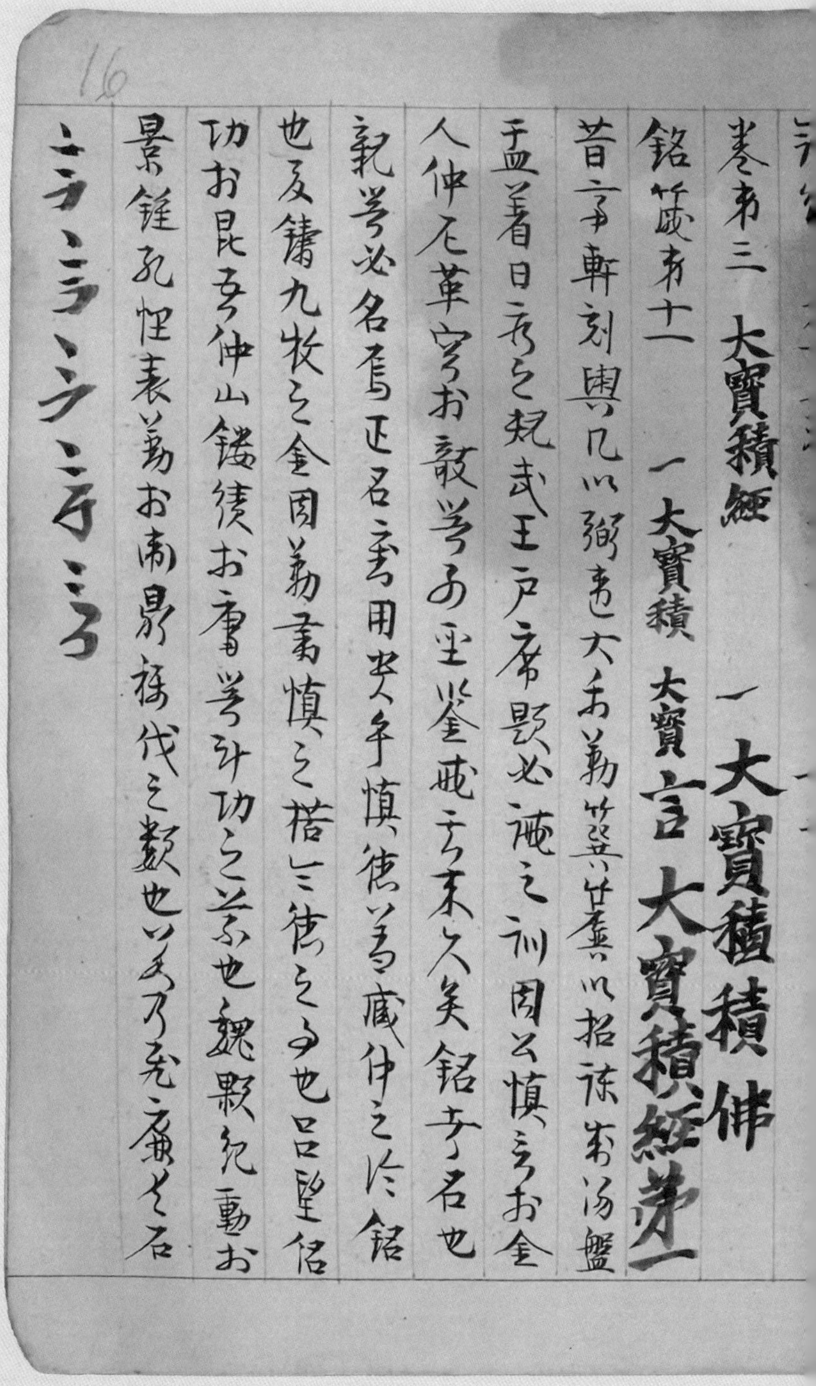

16

巻第三　大寶積經　一　大寶積積　佛

銘箴第十一　一　大寶積　大寶　言　大寶積經第一

昔帝軒刻輿几以弼違大禹勒筍虡而招諫成湯盤

盂著日新之規武王戶席題必誡之訓周公慎言於金

人仲尼革容於欹器則先聖鑒戒其來久矣銘者名也

觀器必名焉正名審用貴乎慎德蓋臧仲之論銘

也夏鑄九牧之金鼎周勒肅慎之楛矢令德之事也呂望銘

功於昆吾仲山鏤績於庸器計功之義也魏顆紀勳於

景鍾孔悝表勤於衛鼎稱伐之類也若乃飛廉有石

《文心雕龙》唐本写卷　23-16

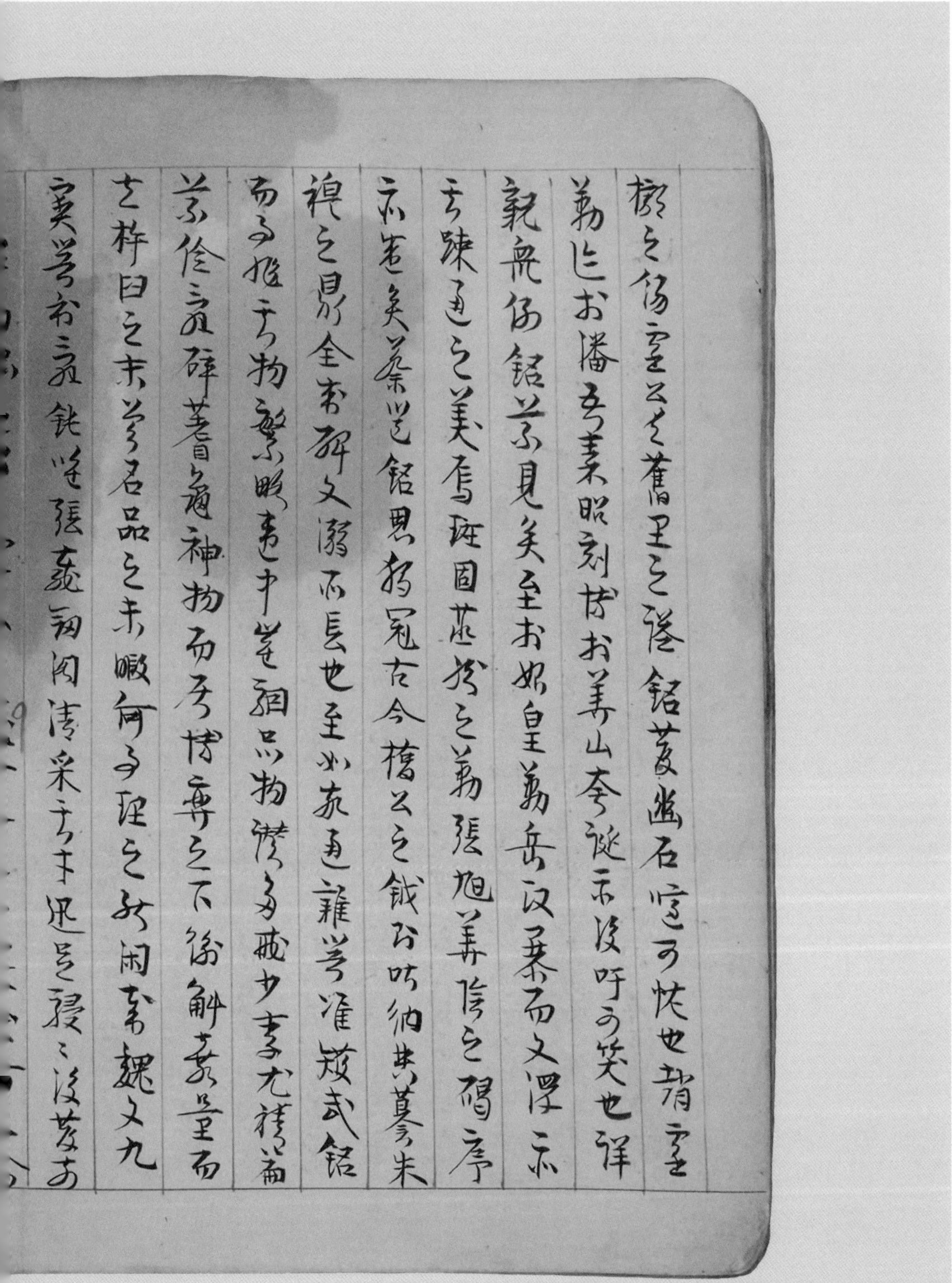

棺之錫靈公有奪里之謚銘發幽石吁可怪也趙靈
勒迹於番吾秦昭刻博於華山夸誕示後吁可笑也詳
觀衆例銘義見矣至於始皇勒岳政暴而文澤亦
有疏通之美焉若班固燕然之勒張昶華陰之碣序
亦盛矣蔡邕銘思獨冠古今橋公之鉞吐納典謨朱
穆之鼎全成碑文溺所長也至如敬通雜器準矱武銘
而事非其物繁略違中崔駰品物贊多戒少李尤積篇
義儉辭碎蓍龜神物而居博弈之下衡斛嘉量而
在臼杵之末曾名品之未暇何事理之能閑哉魏文九
寶器利辭鈍唯張載劍閣其才清采迅足駸駸後發

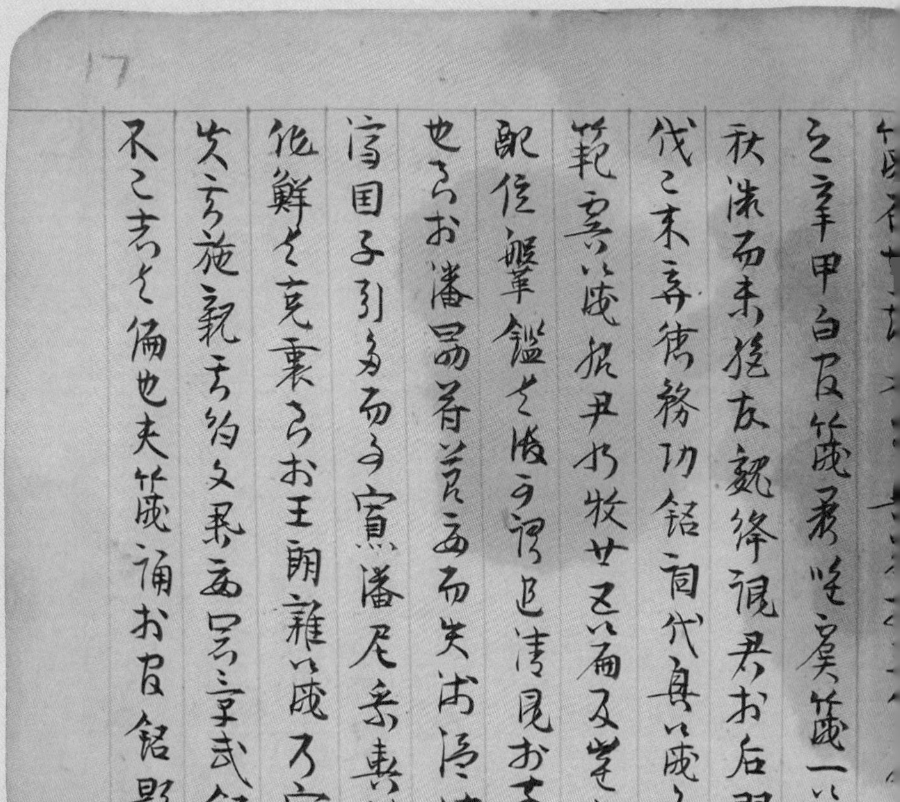

17

之辛甲白官箴闕唯虞箴一篇體義備焉迄至春
秋微而未絕故魏絳諷君於后羿楚子訓人於在勤戰
伐之來棄德務功銘詞代興以箴文萎絕至揚雄稽古始
範虞以箴作卿尹州牧廿五以篇及崔胡補綴總稱百官指
配位鞶鑑可徵信所謂追清風於前古攀辛甲於後代者
也至於潘勖符節要而失淺溫嶠傅臣博而患繁王
濟國子引多而事寡潘尼乘輿義正而體蕪凡斯繼
作鮮有克衷至於王朗雜以箴乃寘巾履得其戒慎而
失其所施觀其約文舉要憲章武銘而水火井竈繁辭
不已志有偏也夫箴誦於官銘題於器名目雖異而警

《文心雕龙》唐本写卷　23-17

戒實同箴全禦過故文資確切銘兼褒讚故體貴弘
潤其取事也必覈以辨其摛文也必簡而深此其大要也
然矢言之道蓋闕庸器之制久淪所以箴銘寡用罕
施後代惟秉文君子宜酌其遠大焉　讚フ銘ニ矣[illegible]
表箴惟德軌有佩于言无鑒于水秉茲貞厲警乎
立履義典則弘文約爲美

誄碑第十二

周世盛德有銘誄之文大夫之材臨喪能誄誄者累也累
其德行旌之不朽也夏商已前其詳靡聞周雖有誄未

18

逮尼父之卒哀公作誄觀其慭遺之辭烏呼之歎
雖非叡作古式存焉至柳妻之誄惠子則辭哀而
韻長矣暨乎漢世承流而作揚雄之誄元后文實繁
穢沙麓撮其要而摯疑成篇安有累德述尊而闊略四
句乎杜篤之誄有譽前代吳誄雖工而他篇頗疏
以見稱光武而改盼千金哉傅毅所製文體倫序蘇
順崔瑗辨絜相參觀其序事如傳辭靡律調固誄
之才也潘岳構意專師孝山巧於敘悲易入新切所以隔
代相望能徽厥聲者也至如崔駰誄趙劉陶誄黃

《文心雕龙》唐本写卷　23-18

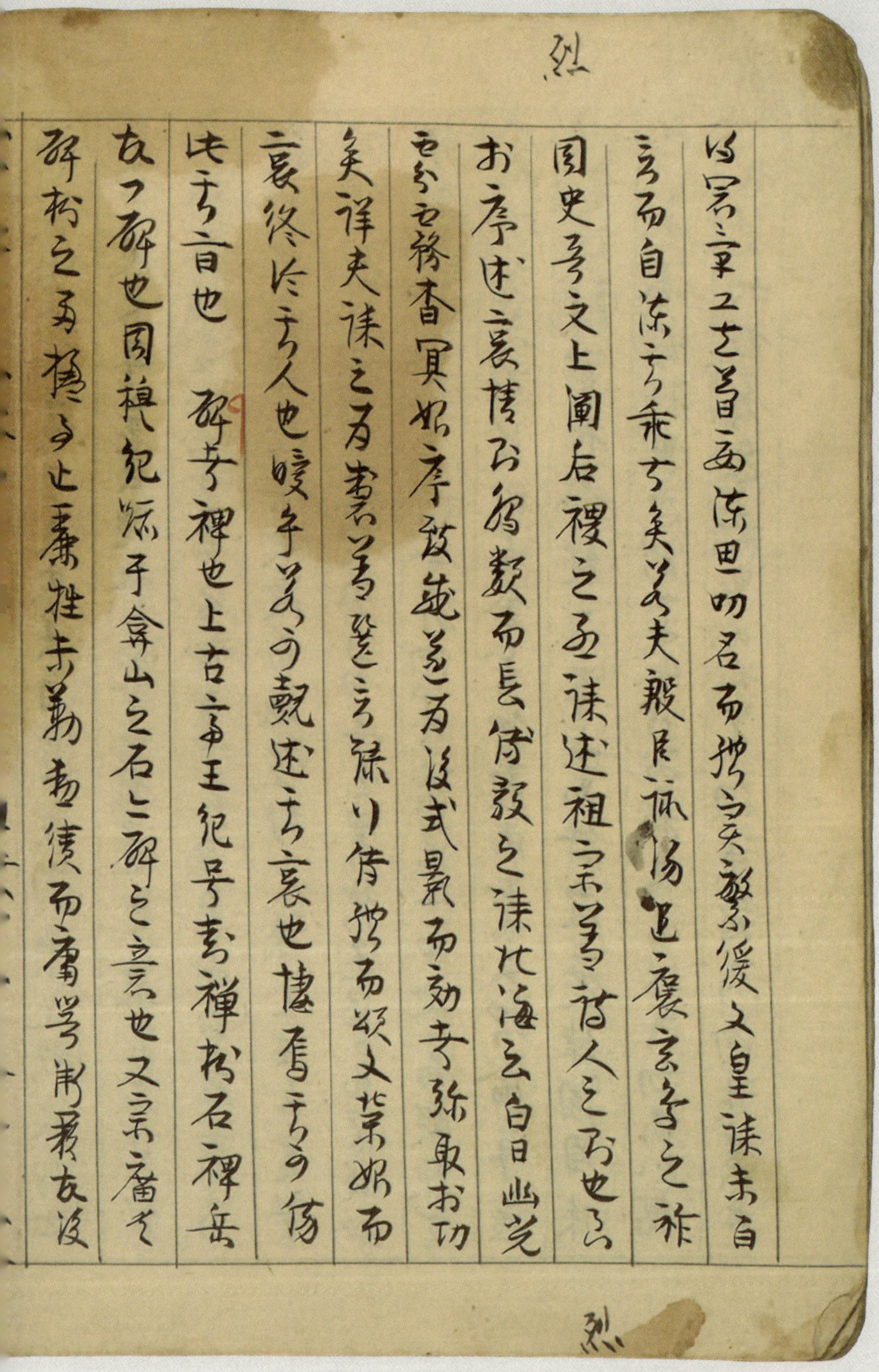
烈
得宪章工在简要陈思叨名而体实繁缓文皇诔末百
言自陈其乖甚矣若夫殷臣咏汤追褒玄鸟之祚
周史歌文上阐后稷之烈诔述祖宗盖诗人之则也至
于序述哀情则触类而长傅毅之诔北海云白日幽光
雰雾杳冥始序致感遂为后式景而效者弥取于功
矣详夫诔之为制盖选言录行传体而颂文荣始而
哀终论其人也暧乎若可觌道其哀也凄焉如可伤
此其旨也　碑者埤也上古帝王纪号封禅树石埤岳
故曰碑也周穆纪迹于弇山之石亦古碑之意也又宗庙有
碑树之两楹事止丽牲未勒勋绩而庸器渐阙故后
烈

19

骨鯁訓典陳郭二文句無擇言周胡衆碑莫非清允其
敘事也該而要其綴采也雅而澤清詞轉而不窮巧
義出而卓立察其為才自然而至矣孔融所創有慕
伯喈張陳兩文辨給足采亦其亞也及孫綽為文志在
於碑溫王郗庾辭多枝雜桓彝一篇最為辨裁矣夫
屬碑之體資乎史才其序則傳其文則銘標序盛德
必見清風之華昭紀鴻懿必見峻偉之烈此碑之致也
夫碑實銘器銘實碑文因器立名事先於誄是以勒石
讚勳者入銘之域樹碑述亡者同誄之區焉　讚曰
寫遠追虛碑誄以立銘德慕行光采允集觀風似面聽

《文心雕龙》唐本写卷　23-19

辭如泣石墨鐫華頹影豈戢

哀弔第十三

賦憲之謚短折曰哀哀者依也悲實依心故曰哀也以辭遣哀蓋下流之悼故不在黃髮必施夭昏昔三良殉秦百夫莫贖事均夭枉黃鳥賦哀抑亦詩人之哀辭乎暨漢武封禪而霍嬗暴亡帝傷而作詩亦哀辭之類矣降及後漢汝陽王亡崔瑗哀辭始變前式然履突鬼門怪而不　駕龍乘雲仙而不哀又卒章五言頗似歌謠亦髣髴乎漢武也至於蘇順張升並述哀文雖

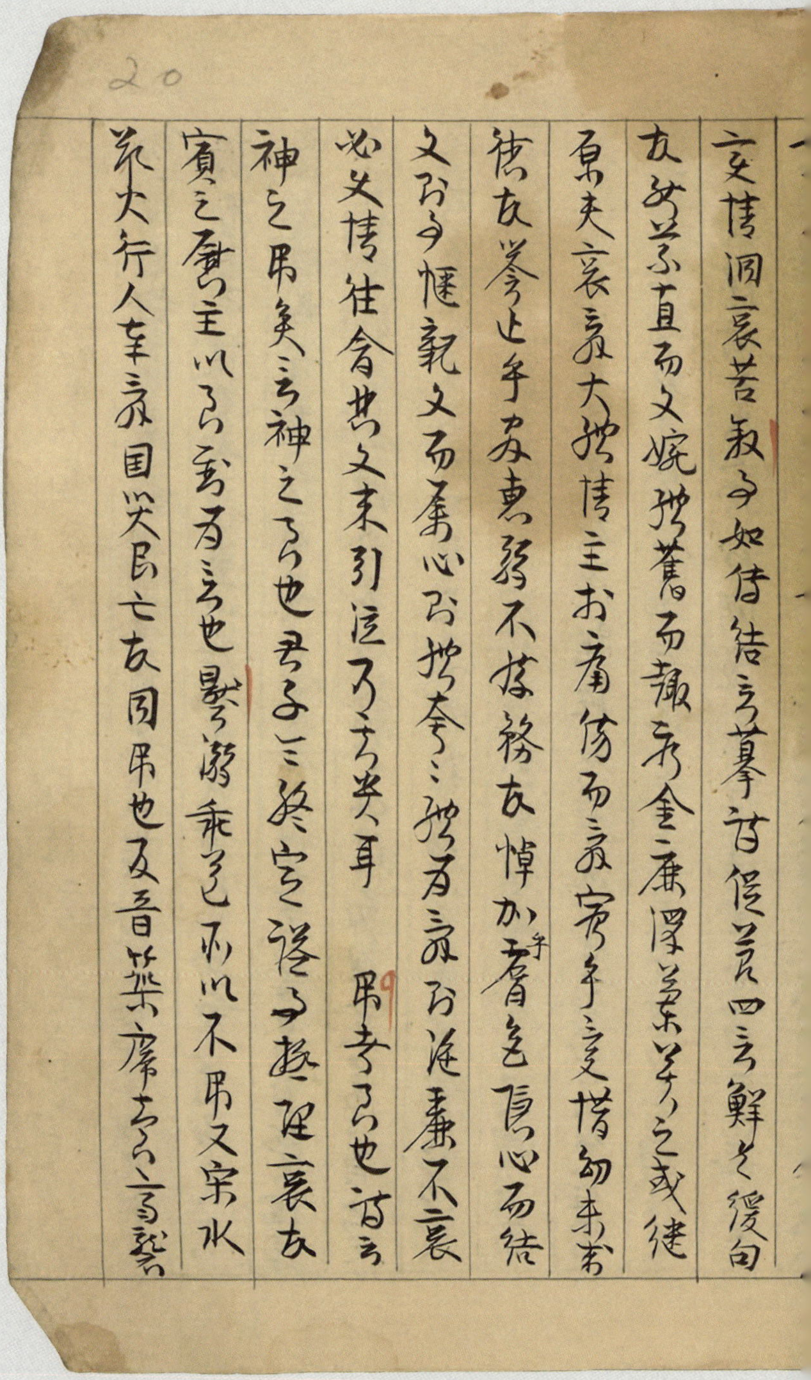
20

變情洞哀苦敘事如傳結言摹詩促節四言鮮有緩句
故能義直而文婉體舊而趣新金鹿澤蘭莫之或繼
原夫哀辭大體情主於痛傷而辭窮乎愛惜幼未成
德故譽止於察惠弱不勝務故悼加乎膚色隱心而結
文則事愜觀文而屬心則體奢奢體為辭則雖麗不哀
必使情往會悲文來引泣乃其貴耳　弔者至也詩云
神之弔矣言神之至也君子令終定謚事極理哀故
賓之慰主以至到為言也壓溺乖道所以不弔矣又宋水
鄭火行人奉辭國災民亡故同弔也及晉築虒臺齊襲

《文心雕龙》唐本写卷　23-20

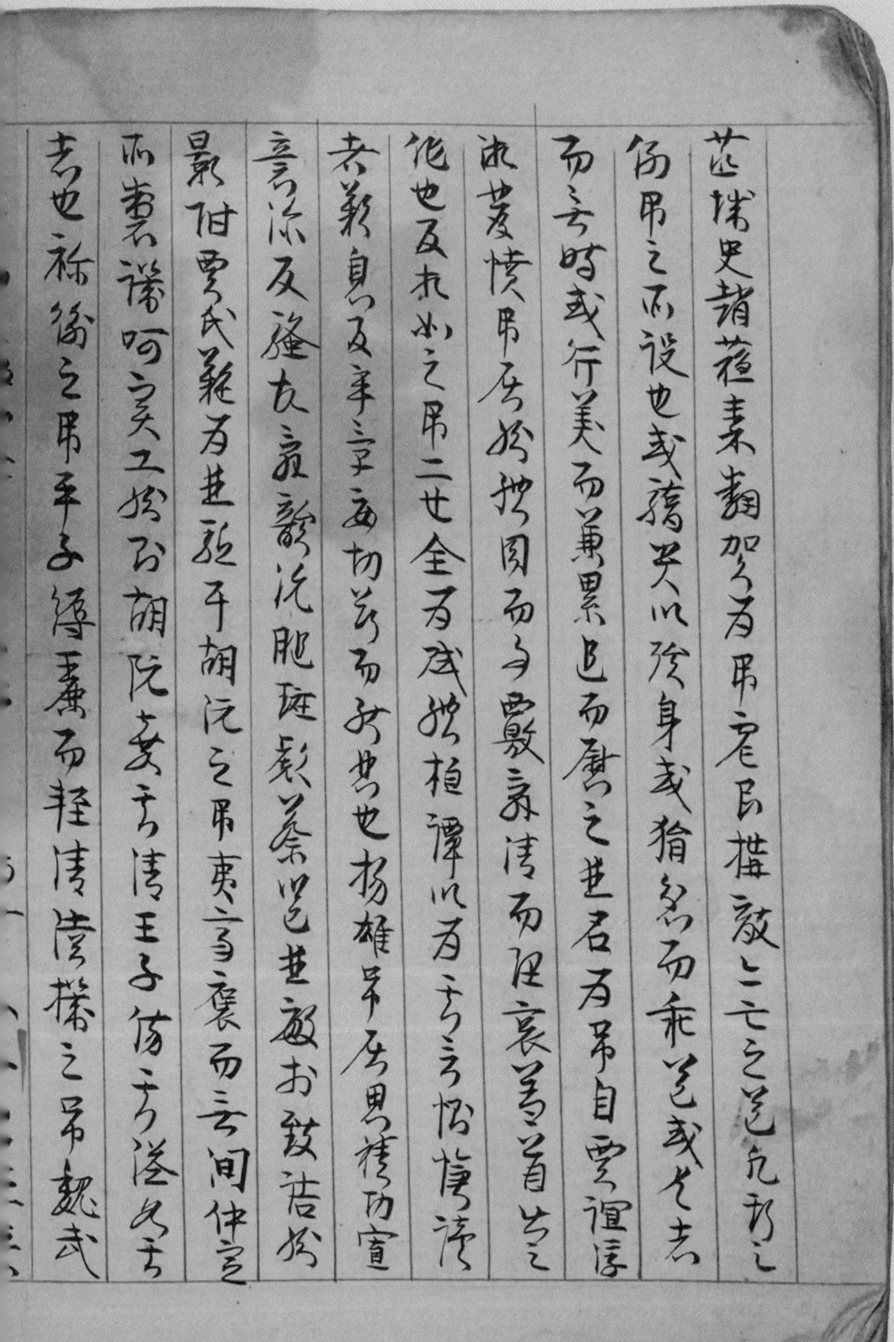

燕城史趙蘇秦翻賀為弔虐民構敵亦亡之道凡斯之
例弔之所設也或驕貴以殞身或狷忿而乖道或有志
而無時或行美而兼累追而慰之並名為弔自賈誼浮
湘發憤弔屈體同而事覈辭清而理哀蓋首出之
作也及相如之弔二世全為賦體桓譚以為其言惻愴讀
者歎息及卒章要切斷而能悲也揚雄弔屈思積功寡
意深文略故辭韻沈膇班彪蔡邕並敏於致詰然
影附賈氏難為並驅耳胡阮之弔夷齊褒而無間仲宣
所製譏呵實工然則胡阮嘉其清王子傷其隘各其
志也禰衡之弔平子縟麗而輕清陸機之弔魏武

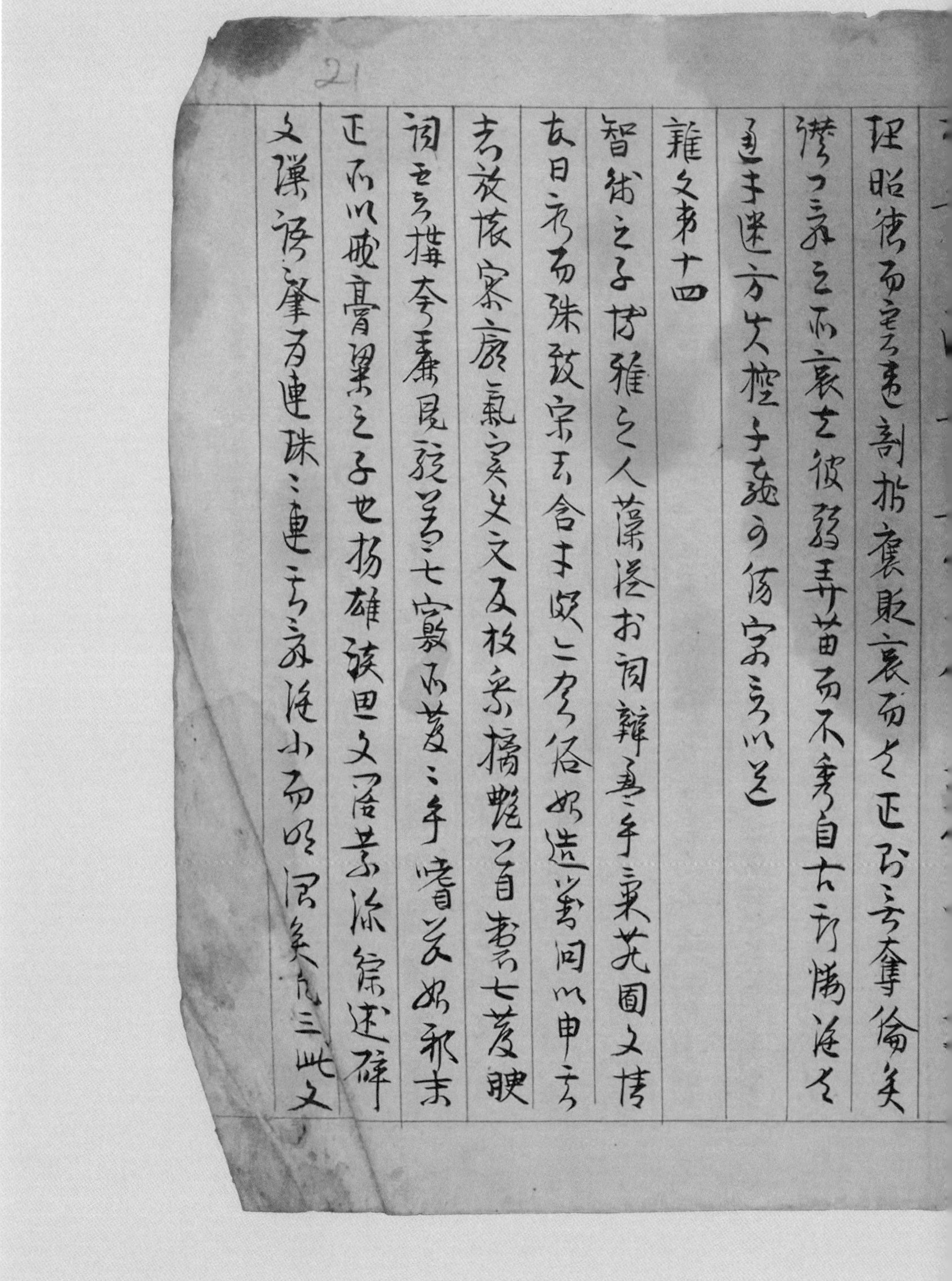
21

理昭德而塞違剖析褒貶哀而有正則無奪倫矣
讚曰辭之所哀在彼弱弄苗而不秀自古斯慟雖有
通才迷方失控千載可傷寓言以送

雜文第十四

智術之子博雅之人藻溢於詞辯盈乎氣苑囿文情
故日新而殊致宋玉含才頗亦負俗始造對問以申其
志放懷寥廓氣實使之及枚乘摛艷首製七發腴
詞雲搆夸麗風駭蓋七竅所發發乎嗜欲始邪末
正所以戒膏粱之子也揚雄覃思文闊業深綜述碎
文瑣語肇為連珠連其辭雖小而明潤矣凡此三文

《文心雕龙》唐本写卷　23-21

文章之枝派暇豫之末造也自對問以後東方朔效而
廣之名為客難託古慰志疏而有辨揚雄解嘲
雜以諧謔迴環自釋頗亦為工班固賓戲含懿采之華
崔駰達旨吐典言之裁張衡應間密而兼雅崔寔
答譏整而微質蔡邕釋誨體奧而文炳景純客傲
情見而采蔚雖迭相祖述然屬篇之高者也至於陳
思客問辭高而理疏庾敳客咨意榮而文悴斯類甚
眾無所取才矣原夫茲文之設乃發憤以表志身
挫憑乎道勝時屯寄於情泰莫不淵岳其心麟鳳

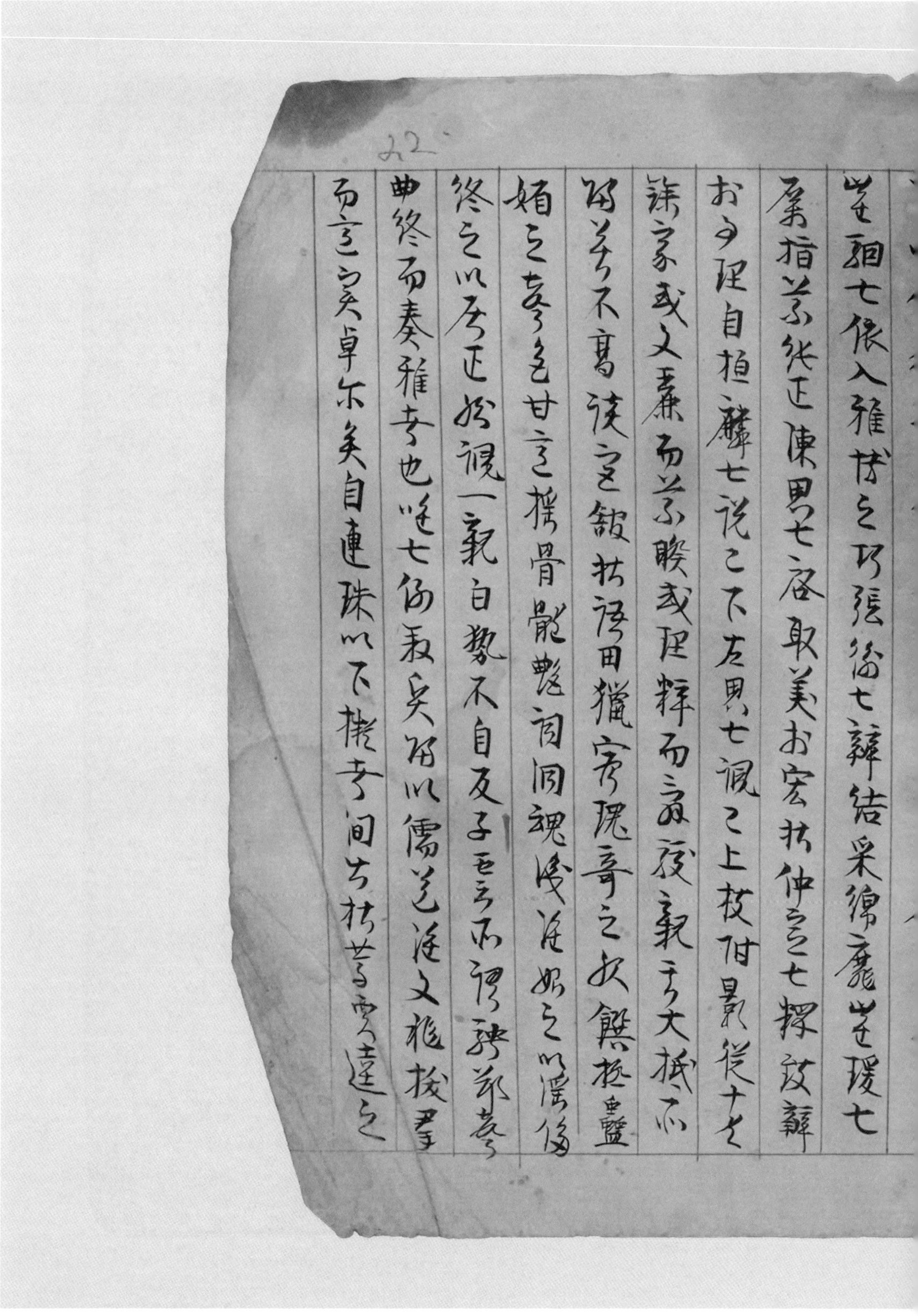

22

崔駰七依入雅揚之巧張衡七辨結采綿靡崔瑗七
厲指義純正陳思七啓取美於宏壯仲宣之七釋致辨
於事理自桓麟七說之下左思七諷之上枝附影從十有
餘家或文麗而義睽或理粹而辭駁觀其大抵所
歸莫不高談宮館壯語田獵窮瑰奇之服饌極蠱
媚之聲色甘意搖骨髓艷詞洞魂識雖始之以淫侈
終之以居正然諷一勸百勢不自反子雲所謂騁鄭聲
曲終而奏雅者也唯七厲叙賢歸以儒道雖文非拔羣
而意實卓爾矣自連珠以下擬者間出杜篤賈逵之

《文心雕龙》唐本写卷　23-22

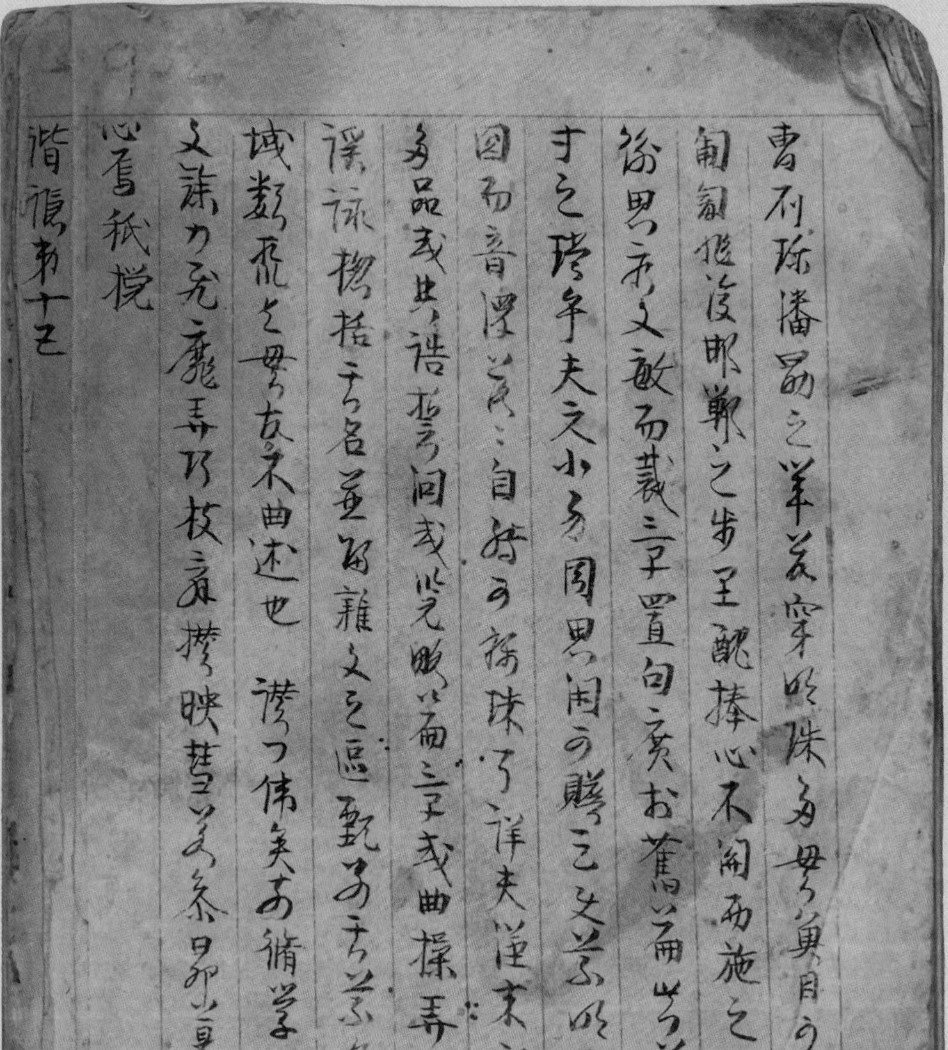

曹劉珍潘勗之輩欲穿明珠多貫魚目可謂壽陵
匍匐非復邯鄲之步里醜捧心不關西施之顰矣唯士
衡運思理新文敏而裁章置句廣於舊篇豈慕朱仲四
寸之璫乎夫文小易周思閑可贍足使義明而詞淨事
圓而音澤磊磊自轉可稱珠耳詳夫漢來雜文名號
多品或典誥誓問或覽略篇章或曲操弄引或吟諷
謠詠總括其名並歸雜文之區甄別其義各入討論之
域類聚有貫故不曲述也　贊曰偉矣前修學堅才飽負
文餘力飛靡弄巧枝辭攢映嘒若參昴慕顰之徒
心焉祇攪
諧讔第十五

《文心雕龙》唐本写卷　23-23

唐本及五本校释对照

此六本对照部分以敦煌唐本《文心雕龙》写卷存字之行列为准，依次为唐本、宋本、元本、黄本、范本和余之吕释，以见六本异同之字。

敦煌唐本《文心雕龙》写卷残卷保留了《文心雕龙》第一篇里的最后一行，一直到第十五篇《谐隐》，完整的为第二篇到第十四篇。

宋本，也就是《太平御览》本，是宋朝四大部书之一，但它只是把《文心雕龙》里的文章进行了摘录，并非按照《文心雕龙》的顺序进行完整的引用。所以宋本一栏并非每行都有字。

元本，是元朝至正年间的刻本。这个本子是个全文本，但里面也有缺字的情况，后来人给其补过。这是《文心雕龙》最早的全卷本。所以，唐本、宋本和元本一起构成了『龙学』所依据的底本。

黄本，就是清朝黄叔琳的注本。黄叔琳把明朝的注和校统一收录进来，又对元朝的本子做了校对，所以黄本可以说是基于明朝和清朝初年研究成果之上的本子。黄本现存于国家图书馆。

范本是范文澜的注本。之所以引用范文澜的本子，是因为范文澜在其注本里所用的字，全部都是繁体字，但与我们今天所用的繁体字，即所谓通行繁体字还有区别。通过范文澜的注本，读者能看到那个时代的繁体字到底是什么样的。

第六个本子叫吕释，是余校释的，就不写作吕本了。释文用钢笔小楷写成，且严格忠实于敦煌写卷的原卷。

总之，此六本各具特色，读者可以通览唐、宋、元、清及现代的繁体字，并对不同历史时期极具代表性的字形一目了然。

第1行

吕释	范本	黄本	元本	宋本	唐本
體龜書呈皃天文斯觀民胥以効	體，龜書呈貌。天文斯觀，民胥以傚。	體、龜書呈貌、天文斯觀、民胥以傚、	體龜書呈貌天文斯觀民胥以傚		體龜書呈皃天文斯觀民胥以効

第2行

吕释	范本	黄本	元本	宋本	唐本
徵聖弟二	徵聖第二	徵聖第二	徵聖第二		徵聖弟二

第3行

吕释	范本	黄本	元本	宋本	唐本
夫作者曰聖述者曰明陶鑄性情功在上哲夫子文章可得	夫作者曰聖，述者曰明〔二〕，陶鑄性情，功在上哲〔三〕，夫子文章，可得	夫作者曰聖述者曰明陶鑄性情功在上哲夫子文章可得	夫作者曰聖述者曰明陶鑄性情功在上哲夫子文章可得		夫作者曰聖述者曰明陶鑄性情功在上哲夫子文章可得

第4行

吕释	范本	黄本	元本	宋本	唐本
而聞則聖人之情見乎辭矣先王聖教布在方冊夫子文	而聞〔四〕，則聖人之情，見乎文辭矣孫云唐寫本無文字〔五〕。先王聖化，孫云唐寫本作聲教布在方册〔六〕：夫子	而聞則聖人之情見乎文辭矣先王聖化布在方冊夫子	而聞則聖人之情見乎文辭矣先王聖化布在方冊夫子		而聞則聖人之情見乎辭矣先王聲教布在方冊夫子文

第5行

吕释	范本	黄本	元本	宋本	唐本
章溢乎格言是以遠稱唐世則煥乎爲盛近褒周代則	風采，孫云唐寫本作文章溢於格言〔七〕。是以遠稱唐世，則煥乎爲盛；近褒周代，則	風采溢於格言是以遠稱唐世則煥乎爲盛近褒周代則	風采溢于格言是以遠稱唐世則煥乎爲盛近褒周代則		章溢乎格言是以遠稱唐世則煥乎爲盛近褒周代則

第6行

吕释	范本	黄本	元本	宋本	唐本
郁哉可從此政化貴文之徵也鄭伯入陳以立辭爲功宋置	郁哉可從〔八〕：此政化貴文之徵也。鄭伯入陳，以文一作立鈴木云案諸本作立燉煌本亦作立辭爲功〔九〕；宋置	郁哉可從此政化貴文之徵也鄭伯入陳以文一作立辭爲功宋置	郁哉可從此政化貴文之徵也鄭伯入陳以立辭爲功宋置		郁哉可從此政化貴文之徵也鄭伯入陳以立辭爲功宋置

第7行

唐本	折俎以多文舉禮此事績貴文之徵也褒美子產則云言
宋本	
元本	折組以多方舉禮此事跡貴文之徵也褒美子產則云言
黄本	折組以多文(元作方孫改)舉禮此事蹟貴文之徵也褒美子產則云言
范本	折組，以多文(元作方孫改鈴木云案諸本文作方燉煌本作文)舉禮〔一〇〕：此事蹟(孫云唐寫本作績)貴文之徵也〔一一〕。褒美子產，則云言
吕释	折俎以多文舉禮此事績貴文之徵也褒美子產則云言

第8行

唐本	以足志文以足言沉論君子則云情欲信辭欲巧此脩身貴
宋本	
元本	以足志又以足言泛論君子則云情欲信辭欲巧此脩身貴
黄本	以足志文以足言泛論君子則云情欲信辭欲巧此修身貴
范本	以足志，文以足言；泛論君子，則云情欲信，辭欲巧〔一二〕：此修身貴
吕释	以足志文以足言沉論君子則云情欲信辭欲巧此脩身貴

第9行

吕释	范本	黄本	元本	宋本	唐本
文之徵也然則志足以言文情信而辭巧乃含章之玉牒	文之徵也。然則志（元作忠謝改趙云唐寫本正作志）足而（孫云唐寫本作以）言文，情信而辭巧，迺含章之玉牒，	文之徵也然則志（元作忠謝改）足而言文情信而辭巧迺含章之玉牒	文之徵也然則志足而言文情信而辭巧迺含章之玉牒		文之徵也然則志足以言文情信而辭巧乃含章之玉牒

第10行

吕释	范本	黄本	元本	宋本	唐本
秉文之金科矣夫鑒周日月妙極機神文成規矩思合符	秉文之金科矣〔三〕。夫鑒周（鈴木云閔本周作同）日月，妙極機（疑作幾鈴木云案燉煌本作機）神〔四〕；文成規矩，思合符	秉文之金科矣夫鑒周日月妙極機（疑作幾）神文成規矩思合符	秉文之金科矣夫鑒周日月妙極機神文成規矩思合符		秉文之金科矣夫鑒周日月妙極機神文成規矩思合符

第11行

唐本	宋本	元本	黄本	范本	吕释
契或簡言以達旨或博文以該情或明理以立體或隱義		契或簡言以達旨或博文以該情或明理以立體或隱義	契或簡言以達旨或博文以該情或明理以立體或隱義	契；或簡言以達旨，或博文以該情，或明理以立體，或隱義	契或簡言以達旨或博文以該情或明理以立體或隱義

第12行

唐本	宋本	元本	黄本	范本	吕释
以藏用故春秋一字以褒貶喪服舉輕以苞重此簡言以達		以藏用故春秋一字以褒貶喪服舉輕以包重此簡言以達	以藏用故春秋一字以褒貶喪服舉輕以包重此簡言以達	以藏用〔一五〕。故春秋一字以褒貶〔一六〕，喪服舉輕以包（孫云唐寫本作苞）重〔一七〕，此簡言以達	以藏用故春秋一字以褒貶喪服舉輕以苞重此簡言以達

第13行

唐本	宋本	元本	黄本	范本	吕释
旨也邠詩聯章以積句儒行縟說以繁詞此博文以該		旨也邠詩聯章以積句儒行縟說以繁辭此博文以該	旨也。邠詩聯章以積句。儒行縟說以繁辭。此博文以該	旨也。邠詩聯章以積句〔一八〕，儒行縟說以繁辭（孫云唐寫本作詞）〔一九〕，此博文以該	旨也邠詩聯章以積句儒行縟說以繁詞此博文以該

第14行

唐本	宋本	元本	黄本	范本	吕释
情也書契決斷以象史文章昭哲以効離此明理以立體		情也書契斷決以象夬文章昭哲以象離此明理以立體	情也。書契斷決以象夬。文章昭晣以象離。此明理以立體	情也。書契斷決（孫云唐寫本作決斷）以象夬〔二〇〕，文章昭晣（譚校晣作哲）以象（孫云唐寫本作効）離〔二一〕，此明理以立體	情也書契決斷以象史文章昭哲以効離此明理以立體

第15行

唐本	也四象精義以曲隱五例微辭而婉晦此隱義以藏用
宋本	
元本	也四象精義以曲隱五例微辭以婉晦此隱義以藏用
黄本	也。四象精義以曲隱。五例微辭以婉晦。此隱義以藏用
范本	也。四象精義以曲隱〔二二〕，五例微辭以婉晦〔二三〕，此隱義以藏用
吕释	也四象精義以曲隱五例微辭而婉晦此隱義以藏用

第16行

唐本	也故知繁略殊制隱顯異術抑引隨時變通適會徵
宋本	
元本	也故知繁略殊形隱顯異術抑引隨時變通會適徵
黄本	也。故知繁略殊形。隱顯異術。抑引隨時。變通會適。徵
范本	也。故知繁略殊形，孫云唐寫本形作制隱顯異術，抑引隨時，變通會適孫云唐寫本會適作適會〔二四〕，徵
吕释	也故知繁略殊制隱顯異術抑引隨時變通適會徵

第 17 行

唐本	之周孔則文有師矣是以論文必徵於聖窺聖必宗於經
宋本	
元本	之周孔則文有師矣是以政論文必徵於聖必宗於經
黄本	之周孔。則文有師矣。是以子（元脫楊補）政論文、必徵於聖、稚圭勸學、（四字元脫楊補）必宗於經
范本	之周孔，則文有師矣。是以子（元脫楊補）政論文，必徵於聖；稚圭勸學，（四字元脫楊補）必宗於經（是以子政論文四句孫云唐寫本作是以論文必徵於聖窺聖必宗於經）〔一五〕。
吕释	之周孔則文有師矣是以論文必徵於聖窺聖必宗於經

第 18 行

唐本	易稱辨物正言斷詞則備書云辭尚體要不唯好異故
宋本	
元本	易稱辨物正言斷辭則備書云辭尚體要弗惟好異故
黄本	、易稱辨物正言、斷辭則備、書云辭尚體要、弗惟好異、故
范本	易稱辨物正言，斷辭（孫云唐寫本作詞）則備〔一六〕；書云辭尚體要，弗惟好異（孫云唐寫本弗作不惟作唯）〔一七〕。故
吕释	易稱辨物正言斷詞則備書云辭尚體要不唯好異故

第19行

吕释	范本	黄本	元本	宋本	唐本
知正言所以立辯體要所以成辭辭成則無好異之尤辯	知正言所以立辯，孫云唐寫本作辨 體要所以成辭；辭成孫云唐寫本成下有則字 無好異之尤，辯	知正言所以立辯、體要所以成辭、辭成無好異之尤辯	知正言所以立辯體要所以成辭辭成無好異之尤辯		知正言所以立辯體要所以成辭辭成則無好異之尤辯

第20行

吕释	范本	黄本	元本	宋本	唐本
立則有斷辭之美雖精義曲隱无傷其正言微辭婉	立有斷辭之義。孫云唐寫本辯作辨立下有則字義作美 雖精義曲隱，無傷其正言；微辭婉	立有斷辭之義雖精義曲隱。無傷其正言。微辭婉	立有斷辭之義雖精義曲隱無傷其正言微辭婉		立則有斷辭之美雖精義曲隱无傷其正言微辭婉

第22行

吕释	范本	黄本	元本	宋本	唐本
人之文章亦可見也顏闔以為仲尼飾羽而畫徒事華	人之文章，亦可見也。顏闔以爲仲尼飾羽而畫，徒莊子作從鈴木云梅本校注同事華	人之文章亦可見也顏闔以爲仲尼飾羽而畫徒莊子作從事華	人之文章亦可見也顏闔以爲仲尼飾羽而畫徒事華		

第21行

吕释	范本	黄本	元本	宋本	唐本
晦不害其體要體要与微辭偕通正言共精義並用聖	晦，不害其體要。體要與微辭偕通，正言共精義並用；聖	晦不害其體要體要與微辭偕通正言共精義並用聖	晦不害其體要體要與微辭偕通正言共精義並用聖		

第23行

吕释	范本	黄本	元本	宋本	唐本
詞雖欲訾聖不可得也然則聖文之雅麗固銜華而	辭。孫云唐寫本作詞雖欲訾聖，訾字一作此言二字誤鈴木云敦煌本作訾一字弗可得已孫云唐寫本弗作不已作也〔二八〕。然則聖文之雅麗，固銜華而	辭雖欲訾聖訾字一作此言二字誤弗可得已然則聖文之雅麗。固銜華而、	辭雖欲此言聖弗可得已然則聖文之雅麗固銜華而		詞雖欲訾聖不可得也然則聖文之雅麗固銜華而

第24行

吕释	范本	黄本	元本	宋本	唐本
佩實者也天道難聞且或鑽仰文章可見寧曰勿思徵	佩實者也。天道難聞，猶孫云唐寫本猶作且或鑽仰；文章可見，胡寧孫云唐寫本胡寧作寧曰〔二九〕勿思？若孫云唐寫本無若字徵	佩實者也。天道難聞猶或鑽仰文章可見胡寧勿思若徵	佩實者也天道難聞猶或鑽仰文章可見胡寧勿思若徵		佩實者也天道難聞且或鑽仰文章可見寧曰勿思徵

第25行

吕释	范本	黄本	元本	宋本	唐本
聖立言則文其庶矣　讚曰妙極生知叡哲惟宰精	聖立言，則文其庶矣。贊曰：妙極生知，睿（孫云唐寫本作叡）哲惟宰。精	聖立言、則文其庶矣　贊曰　妙極生知、睿哲惟宰、精	聖立言則文贊曰妙極生知睿哲惟宰精		

第26行

吕释	范本	黄本	元本	宋本	唐本
精為文秀氣成采鑒懸日月辭冨山海白齡影徂千	理爲文，秀氣成采。鑒懸日月，辭富山海。百齡影徂，千	理爲文、秀氣成采、鑒懸日月、辭富山海、百。齡。影。徂。千。	理爲文秀氣成采鑒懸日月辭富山海百齡影徂千		

第27行

吕释	范本	黄本	元本	宋本	唐本
載心在	載心在。	載。心。在。	載心在		載心在

第28行

吕释	范本	黄本	元本	宋本	唐本
宗經第三	宗經第三	宗經第三	宗經第三		宗經第三

第29行	
唐本	三極彝訓其書曰經〻也者恒久之至道不刊之鴻教也
宋本	三極彝訓其書曰經經也者恒久之至道不刊之鴻教也
元本	三極彝訓其書言經經也者恒久之至道不刊之鴻教也
黄本	三極彝訓其書言經經也者恒久之至道不刊之鴻教也
范本	三極彝訓〔一〕，其書言經（趙云言作曰御覽六百八引言亦作曰）〔二〕。經也者，恒久之至道，不刊之鴻教也〔三〕。
吕释	三極彝訓其書曰經經也者恒久之至道不刊之鴻教也

第30行	
唐本	故象天地効鬼神叅物序制人紀洞性靈之區奧極文
宋本	
元本	故象天地效鬼神參物序制人紀洞性靈之奧區極文
黄本	故象天地效鬼神叅物序制人紀洞性靈之奧區極文
范本	故象天地，效（孫云唐寫本作効）鬼神，參物序，制人紀，洞性靈之奧區（孫云唐寫本作區奧），極文
吕释	故象天地効鬼神叅物序制人紀洞性靈之區奧極文

第31行

吕释	范本	黄本	元本	宋本	唐本
章之骨髓者也皇世三墳帝代五典重以八索申以九丘	章之骨髓者也〔四〕。皇世三墳，帝代五典，重以八索，申以九邱〔五〕	章之骨髓者也皇世三墳帝代五典重以八索申以九邱	章之骨髓者也皇世三墳帝代五典重以八索申以九丘		章之骨髓者也皇世三墳帝代五典重以八索申以九丘

第32行

吕释	范本	黄本	元本	宋本	唐本
歲曆綿曖條流紛糅自夫子刪述而大寶啓耀於是	歲歷緜曖，條流紛糅。自夫子刪述，而大寶咸一作啓趙云咸作啓御覽引此文亦作啓耀〔六〕。於是	歲歷綿曖條流紛糅自夫子刪述而大寶咸一作啓耀於是	歲歷綿曖條流紛糅自夫子刊述而大寶咸耀於是	自夫子刪述而大寶啓耀於是	歲曆綿曖條流紛糅自夫子刪述而大寶啓耀於是

第33行

唐本	宋本	元本	黄本	范本	吕释
易張十翼書標七觀詩列四始禮正五經春秋五例	易張十翼書標七觀詩列四始禮正五經春秋五例義	易張十翼書標七觀詩列四始禮正五經春秋五例義	易張十翼書標七觀。詩列四始。禮正五經。春秋五例。義	易張十翼〔七〕，書標七觀〔八〕，詩列四始〔九〕，禮正五經〔一〇〕，春秋五例〔一一〕，義	易張十翼書標七觀詩列四始禮正五経春秋五例義

第34行

唐本	宋本	元本	黄本	范本	吕释
既挺乎性情辭亦匠乎文理故能開學養正昭明有融	既埏乎性情辭亦匠乎文理故能開學養政昭明有融	既極乎性情辭亦匠於文理故能開學養正昭明有融	既極乎性情。辭亦匠於文理、故能開學養正、昭明有融	既極（趙云御覽引作埏）乎性情，辭亦匠於文理〔一二〕，故能開學養正，昭明有融〔一三〕	既挺乎性情辭亦匠乎文理故能開學養正昭明有融

第35行

唐本	宋本	元本	黄本	范本	吕释
然而道心惟微聖謨卓絕墻宇重峻吐納自深譬万	然而道心惟微聖謨卓絕墻宇重峻吐納者深譬萬	然而道心惟微聖謀卓絕墻宇重峻而吐納自深譬萬	然而道心惟微聖謨元作謀改謨卓絕、墻宇重峻。而吐納自深。譬萬	然而道心惟微，聖謨元作謀改謨顧校作謀鈴木云王本作謀卓絕，牆宇重峻，而孫云唐寫本無而字吐納自孫云明抄本御覽六百八引自作者深。譬萬	然而道心惟微聖謨卓絕墻宇重峻吐納自深譬万

第36行

唐本	宋本	元本	黄本	范本	吕释
鈞之洪鍾無錚錚之細響矣夫易惟談天入神致用	鈞之鴻鍾無錚錚之細響矣夫易惟談天入神致用	鈞之洪鍾無錚錚之細響矣易惟談天人神致用	鈞之洪鍾。無錚錚之細響矣。夫易惟談天夫字從御覽增入一作人從御覽改神致用、	鈞之洪鍾，鈴木云閔本作鐘無錚錚之細響矣〔一四〕。夫易惟談天夫字從御覽增〔一五〕，入一作人從御覽改鈴木云案諸本作人敦煌本作入神致用〔一六〕。	鈞之洪鍾無錚錚之細響矣夫易惟談天入神致用

第37行

唐本	宋本	元本	黄本	范本	吕释
故繫稱旨遠詞高言中事隱韋編三絕故哲人之驪淵	故繫稱旨遠辭文言中事隱韋編三絕固哲人之驪淵	故繫稱旨遠辭高言中事隱韋編三絕固哲人之驪淵	故繫稱旨遠辭文（元作高孫改）言中事隱韋編三絕固哲人之驪淵	故繫稱旨遠辭文，（元高孫改孫云唐寫本作高）言中事隱〔一七〕，韋編三絕，固（孫云唐寫本作故）哲人之驪淵	故繫稱旨遠詞高言中事隱韋編三絕故哲人之驪淵

第38行

唐本	宋本	元本	黄本	范本	吕释
也書實紀言而詁訓芒昧通乎尔雅則文意曉然故子	也書實紀言而詁訓茫昧通乎尔雅則文意曉然故子	也書實記言而詁訓茫昧通乎爾雅則文意曉然故子	也、書實記言、而訓詁茫昧、通乎爾雅、則文意曉然、故子	也〔一八〕。書實記（孫云唐寫本作紀）言〔一九〕，而訓詁（孫云唐寫本訓詁作詁訓譚校作詁訓）茫昧，通乎爾雅，則文意曉然〔二〇〕。故子	也書實紀言而詁訓芒昧通乎尔雅則文意曉然故子

第39行

吕释	范本	黄本	元本	宋本	唐本
夏歎書昭昭若日月之代明離離如星辰之錯行言	夏歎書，昭昭若日月之明，孫云唐寫本明上有代字離離如星辰之行，孫云唐寫本行上有錯字言	夏歎書、昭昭若日月之明、離離如星辰之行、言	夏歎書昭昭若日月之明離離如星辰之行言	夏歎書昭昭若日月之明離離如星辰之行言	夏歎書昭昭若日月之代明離離如星辰之錯行言

第40行

吕释	范本	黄本	元本	宋本	唐本
照灼也詩之言志詁訓同書摛風裁興藻辭譎喻溫	昭孫云唐寫本作照灼也〔三一〕。詩主孫云唐寫本作之言志，詁訓孫云御覽作訓詁同書〔三二〕，摛風裁興，藻辭譎喻〔三三〕，溫	昭灼也、詩主言志、詁訓同書、摛風裁興、藻辭譎喻、溫	昭灼也詩主言志訓同書摛風裁興藻辭譎喻溫	昭灼也詩主言志詁訓周書摛風裁興藻詞譎喻溫	照灼也詩之言志詁訓同書摛風裁興藻辭譎喻溫

第41行

吕释	范本	黄本	元本	宋本	唐本
柔在誦最附深衷矣禮以立體據事制範章條纖	柔在顧云在作茌誦，故孫云御覽引此無故字最附深衷矣〔二四〕。禮以一作貫立體，一本下有宏用二字鈴木云案諸本作禮記立體宏用黃注貫疑記誤閩本宏作弘嘉靖本體下無宏用二字據事剬孫云唐寫本剬作制範，章條纖	柔在誦、故最附深衷矣、禮以一作貫立體、一本下有弘用二字據事剬範、章條纖、	柔在誦敢最附深衷矣禮李立體據事剬範章條纖	柔在誦最附哀矣禮以立體據事章條纖	柔在誦最附深衷矣禮以立體據事制範章條纖

第42行

吕释	范本	黄本	元本	宋本	唐本
曲執而後顯採綴片言莫非寶也春秋辨理一字見義	曲，執而後顯，採掇生疑作片孫云唐寫本作片言，莫非寶也〔二五〕。春秋辨理，四句一十六字元脫朱按御覽補一字見義〔二六〕，	曲、執而後顯、採掇生疑作片言、莫非寶也、春秋辨理、四句一十六字元脫朱按御覽補一字見義、	曲一字見義	曲執而後顯採掇片言莫非寶也春秋辯理一字見義	曲執而後顯採綴片言莫非寶也春秋辨理一字見義

第43行

唐本	宋本	元本	黄本	范本	吕释
五石六鶂以詳略成文雉門兩觀以先後顯旨其婉	五石六鷁以詳備成文雉門兩觀以先後顯旨婉	五石六鷁以詳略成文雉門兩觀以先後顯旨其婉	五石六鷁、以詳略成文、雉門兩觀、以先後顯旨、其婉	五石六鷁，孫云御覽作鶂以詳略孫云御覽作備成文〔二七〕；雉門兩觀，以先後顯旨〔二八〕；其孫云御覽無其字婉	五石六鷁以詳略成文雉門兩觀以先後顯旨其婉

第44行

唐本	宋本	元本	黄本	范本	吕释
章志晦諒已邃矣尚書則覽文如詭而尋理即暢春	章志晦源已邃矣尚書則覽文如詭而尋理則暢春	章志晦諒以邃矣尚書則覽文如詭而尋理即暢春	章志晦、諒以邃矣。尚書則覽文如詭、而尋理即暢。春	章志晦，諒以孫云御覽作源已唐寫本以作已邃矣〔二九〕。尚書則覽文如詭，而尋理即孫云御覽作則暢；春	章志晦諒已邃矣尚書則覽文如詭而尋理即暢春

第45行

唐本	宋本	元本	黄本	范本	吕释
秋則觀辭立曉而訪義方隱此聖文之殊致表裏之	秋則觀辭立曉而訪義方隱此聖文殊致表裏之	秋則觀辭立曉而訪義方隱此聖人之殊致表裏之	秋則觀辭立曉而訪義方隱此聖人之殊致表裏之	秋則觀辭立曉，而訪義方隱。此聖人（孫云唐寫本人作文）之（孫云御覽無之字）殊致，表裏之	秋則觀辭立曉而訪義方隱此聖文之殊致表裏之

第46行

唐本	宋本	元本	黄本	范本	吕释
異體者也至於根柢盤固枝葉峻茂辭約而旨豐	異體者也	異體者也至根柢槃深枝葉峻茂辭約而旨豐	異體者也至根柢槃深枝葉峻茂辭約而旨豐	異體者也〔三〇〕。至根柢槃深，（孫云唐寫本作至於根柢盤固）枝葉峻茂，辭約而旨豐，	異體者也至於根柢盤固枝葉峻茂辭約而旨豐

第47行

唐本	宋本	元本	黄本	范本	吕释
事近而喻遠是以往者雖舊而餘味日新後進追取而		事近而喻遠是以往者雖舊餘味日新後進追取而	事近而喻遠。是以往者雖舊。餘味日新。後進追取而	事近而喻遠，是以往者雖舊，餘（孫云唐寫本餘上有而字）味日新，後進追取而	事近而喻遠是以往者雖舊而餘味日新後進追取而

第48行

唐本	宋本	元本	黄本	范本	吕释
非晚前脩久用而未先可謂太山遍雨河潤千里者也故		非曉前脩文用而未先可謂太山徧雨河潤千里者也故	非晚。（元作曉）前修文（一作運）用而未先。可謂太山徧雨。河潤千里者也。故	非晚，（元作曉）前修文（一作運孫云唐寫本文作久）用而未先〔三一〕，可謂太山徧雨，河潤千里者也〔三二〕。故	非晚前脩久用而未先可謂太山遍雨河潤千里者也故

第49行					
唐本	宋本	元本	黄本	范本	吕释
		論說辭序則易統其首詔策章奏則書發其源賦	論說辭序。則易統其首。一作旨 詔策章奏。則書發其源。賦	論說辭序，則易統其首；一作旨鈴木云栴本首作旨嘉靖本敦煌本作首 詔策章奏，則書發其源；賦	論說辭序則易統其首詔策章奏則書發其源賦

第50行					
唐本	宋本	元本	黄本	范本	吕释
		頌謌讚則詩立其本銘誄箴祝則禮總其端紀傳	頌謌讚。則詩立其本。銘誄箴祝。則禮總其端。紀傳	頌謌讚，則詩立其本；銘誄箴祝，則禮總其端；紀傳	頌歌讚則詩立其本銘誄箴祝則禮揔其端記傳

第51行

唐本	宋本	元本	黄本	范本	吕释
盟檄則春秋爲根並窮高以樹表極遠以啟疆所以百		銘檄則春秋爲根並窮高以樹表極遠以啓疆所以百	銘朱云當作移檄則春秋爲根並窮高以樹表極遠以啓疆所以百	銘朱云當作移孫云唐寫本紀作記銘作盟檄，則春秋爲根〔三三〕：並窮高以樹表，極遠以啓疆，所以百	盟檄則春秋爲根並窮高以樹表極遠以啟疆所以百

第52行

唐本	宋本	元本	黄本	范本	吕释
家騰躍終入環內若稟經以制式酌雅以富言是即山		家騰躍終入環內者也若稟經以製式酌雅以富言是仰山	家騰躍終入環內者也若稟經以製式酌雅以富言是仰山	家騰躍，終入環內者也孫云唐寫本無者也二字〔三四〕。若稟經以製式，酌雅以富言，是仰孫云唐寫本仰作卽山	家騰躍終入環內若稟經以制式酌雅以富言是即山

第53行

吕释	范本	黄本	元本	宋本	唐本
而鑄銅煑海而爲鹽者也故文能宗經體有六義一則	而鑄銅，煑海而爲鹽也孫云唐寫本也上有者字〔三五〕。故文能宗經，體有六義：一則	而。鑄銅。煑。海。而。爲鹽。也。故文能宗經。體有六義。一則	而鑄銅煑海而爲鹽也故文能宗經體有六義一則		而鑄銅煑海而爲鹽者也故文能宗經體有六義一則

第54行

吕释	范本	黄本	元本	宋本	唐本
情深而不詭二則風清而不雜三則事信而不誕四則義	情深而不詭，二則風清而不雜，三則事信而不誕，四則義	情深而不詭。二則風清而不雜。三則事信而不誕。四則義	情深而不詭二則風清而不雜三則事信而不誕四則義		情深而不詭二則風清而不雜三則事信而不誕四則義

第55行

吕释	范本	黄本	元本	宋本	唐本
貞而不回五則體約而不蕪六則文麗而不淫故揚子比	直〔孫云唐寫本直作貞〕而不回，五則體約而不蕪，六則文麗而不淫：揚子〔孫云唐寫本揚上有故字 鈴木云岡本王本嘉靖本揚並從木不從手〕比	直而不回。五則體約而不蕪。六則文麗而不淫。揚子比	直而不回五則體約而不蕪六則文麗而不淫揚子比		貞而不回五則體約而不蕪六則文麗而不淫故揚子比

第56行

吕释	范本	黄本	元本	宋本	唐本
雕器（玉）以作器謂五経之含文也夫文以行立行以文傳四	雕玉以作器，謂五經之含文也〔三六〕。夫文以行立，行以文傳，四	雕玉以作器。謂五經之含文也。夫文以行立行以文傳四	雕玉以作器謂五經之含文也夫文以行立行以文傳四		雕器（玉）以作器謂五経之含文也夫文以行立行以文傳四

第57行

唐本	宋本	元本	黄本	范本	吕释
教而先符采相濟邁德樹聲莫不師聖而建言脩詞		教所先符采相濟勵德樹聲莫不師聖而建言脩辭	教所先符采相濟勵德樹聲。莫不師聖。而建言脩辭。	教所先，符采相濟，勵（孫云唐寫本勵作邁）德樹聲〔三七〕，莫不師聖；而建言修辭，（孫云唐寫本作詞）	教所先符采相濟邁德樹聲莫不師聖而建言修詞

第58行

唐本	宋本	元本	黄本	范本	吕释
鮮克宗経是以楚艶漢侈流弊不還極正歸本不其		鮮克宗經是以楚艷漢侈流弊不還正末歸本不其	鮮克宗經。是以楚豔漢侈。流弊不還。正末歸本。不其	鮮克宗經。是以楚豔漢侈，流弊不還，正末（孫云唐寫本作極正）歸本，不其	鮮克宗経是以楚艶漢侈流弊不還極正歸本不其

第59行

吕释	范本	黄本	元本	宋本	唐本
懿哉 讚曰三極彝道訓深稽古致化惟一分教斯五	懿歟〔三八〕！ 贊曰：三極彝道，訓深稽古。鈴木云案三極彝訓已見正文此道訓二字疑錯置致化歸孫云唐寫本作惟一，分教斯五。	懿歟。贊曰 三極彝道訓深稽古致化歸一分教斯五	懿歟 贊曰 三極彝道訓深稽古致化歸一分教斯五		懿哉 讚曰三極彝道訓深稽古致化惟一分教斯五

第60行

吕释	范本	黄本	元本	宋本	唐本
性靈鎔匠文章奧府淵哉鑠乎羣言之祖	性靈鎔匠，文章奧府。淵哉鑠乎！群言之祖。	性靈鎔匠。文章奧府。淵哉鑠乎。羣言之祖。	性靈鎔匠文章奧府淵哉鑠乎群言之祖		性靈鎔匠文章奧府淵哉鑠乎羣言之祖

第61行

唐本	宋本	元本	黄本	范本	吕释
正緯弟四		正緯第四	正緯第四	正緯第四〔一〕	正緯弟四

第62行

唐本	宋本	元本	黄本	范本	吕释
夫神道闡幽天命微顯馬龍出而大易興神龜見而洪		夫神道闡幽天命微顯馬龍出而大易興神龜見而洪	夫神道闡幽天命微顯馬龍出而大易興神龜見而洪	夫神道闡幽，天命微顯〔二〕，馬龍出而大易興〔三〕，神龜見而洪	夫神道闡幽天命微顯馬龍出而大易興神龜見而洪

第63行

唐本	範燿故繫詞稱河出圖洛出書聖人則之斯其謂也但
宋本	
元本	範燿故繫辭稱河出圖洛出書聖人則之斯之謂也但
黃本	範燿故繫辭稱河出圖洛出書聖人則之斯之謂也但
范本	範燿。〔孫云唐寫本作燿〕〔四〕故繫辭稱河出圖，洛〔顧校作雒〕出書，聖人則之，斯之〔孫云唐寫本作其〕謂也。但
吕释	範燿故繫詞稱河出圖洛出書聖人則之斯其謂也但

第64行

唐本	世夐文隱好生矯託真雖存矣偽亦憑焉夫六經彪
宋本	
元本	世夐文隱好生矯誕眞雖存矣僞亦憑焉夫六經彪
黃本	世夐文隱好生矯誕眞雖存矣僞亦憑焉夫六經彪
范本	世夐文隱，好生矯誕，〔孫云唐寫本誕作託〕眞雖存矣，僞亦憑焉〔五〕。夫六經彪
吕释	世夐文隱好生矯託真雖存矣偽亦憑焉夫六經彪

第65行					
吕释	范本	黄本	元本	宋本	唐本
炳而緯候稠疊考論昭哲而鈎識葳蕤酌經驗緯其	炳，而緯候稠疊〔六〕；孝孫云唐寫本作考論昭晳，元作哲許改顧校作晳而鈎識葳蕤〔七〕，按孫云唐寫本作酌經驗緯，其	炳、而緯候稠疊、孝論昭晳、元作哲許改而鈎識葳蕤、按經驗緯其	炳而緯候稠疊孝論昭哲而鈎識葳蕤按經驗緯其		炳而緯候稠疊考論昭哲而鈎識葳蕤酌經驗緯其

第66行					
吕释	范本	黄本	元本	宋本	唐本
僞有四蓋緯之成經其猶織綜絲麻不雜布帛乃成	僞有四：蓋緯之成經，其猶織綜，絲麻不雜，布帛乃成〔八〕；	僞有四蓋緯之成經其猶織綜絲麻不雜布帛乃成	僞有四蓋緯之成經其猶織綜絲麻不雜布帛乃成		僞有四蓋緯之成經其猶織綜絲麻不雜布帛乃成

第67行

唐本	宋本	元本	黄本	范本	吕释
今經正緯奇倍摘千里其僞一矣經顯世訓緯隱神教		今經正緯奇倍摘千里其僞一矣經顯聖訓也緯隱神教	今經正緯奇倍擿千里其僞一矣經顯聖訓也緯隱神教	今經正緯奇，倍擿（趙云擿作摘）千里，其僞一矣（顧校作也）〔九〕。經顯，聖訓也；（孫云唐寫本聖作世無也字）緯隱，神教	今経正緯奇倍摘千里其偽一矣経顯世訓緯隱神教

第68行

唐本	宋本	元本	黄本	范本	吕释
世訓宜廣神教宜約而緯多於經神理更繁其僞二		也聖訓宜廣神教宜約而今緯多於經神理更繁其二	也聖訓宜廣神教宜約而今緯多於經神理更繁其僞二	也。（孫云唐寫本無也字）聖（孫云唐寫本聖作世）訓宜廣，神教宜約；而今（孫云唐寫本無今字）緯多於經，神理更繁，其僞二	世訓宜廣神教宜約而緯多於経神理更繁其偽二

第69行

吕释	范本	黄本	元本	宋本	唐本
矣有命自天乃稱符識而八十一篇皆託於孔子則是堯	矣（顧校作也）〔一〇〕。有命自天，迺稱符讖，而八十一篇，皆託於孔子，則是堯	矣有命自天迺稱符讖而八十一篇皆託於孔子則是堯	也有命自天迺稱符讖而八十一篇皆託於孔子則是堯		矣之命自天乃稱符識而八十一篇皆託於孔子則是堯

第70行

吕释	范本	黄本	元本	宋本	唐本
造緑圖昌制丹書其僞三矣商周已前緑圖頻見春秋	造綠圖，昌制丹書，其僞三矣（顧校作也）〔一一〕。商周以前，圖籙（孫云唐寫本作綠圖）頻見，春秋	造緑圖昌制丹書其僞三矣商周以前圖録頻見春秋	造録圖昌制丹書其僞三矣商周以前圖録頻見春秋		造緑圖昌制丹書其偽三矣商周以前緑圖頗見春秋

第71行

吕释	范本	黄本	元本	宋本	唐本
之末羣経方備先緯後経體乖織綜其僞四矣僞既	之末，群經方備，先緯後經，體乖織綜，其僞四矣顧校作也〔三〕。僞既	之末羣經方備先緯後經體乖織綜其僞四矣僞既	之末群經方備先緯後經體乖織綜其僞四矣僞既		之末羣経方備先緯後経體乖織綜其僞四矣僞既

第72行

吕释	范本	黄本	元本	宋本	唐本
倍摘則義異自明経足訓矣緯何預焉夫録圖之見乃	倍疑作掊摘，則義異自明；經足訓矣，緯何豫趙云豫作預焉！原夫圖籙孫云唐寫本原字無圖籙作綠圖之見，迺孫云唐寫本作乃	倍疑作掊摘則義異自明經足訓矣緯何豫焉原夫圖籙之見迺	倍摘則義異自明經足訓矣緯何豫焉原夫圖籙之見迺		倍摘則義異自明経足訓矣緯何預焉夫録圖之見乃

第73行

吕释	范本	黄本	元本	宋本	唐本
昊天休命事以瑞聖義非配經故河不出圖夫子有歎	昊天休命，事以瑞聖，義非配經。故河不出圖，夫子有歎，	昊天休命事以瑞聖義非配經故河不出圖夫子有歎	昊天休命事以瑞聖義非配經故河不出圖夫子有歎		昊天休命事以瑞聖義非配經故河不出圖夫子有歎

第74行

吕释	范本	黄本	元本	宋本	唐本
如或可造无勞喟然昔康王河圖陳於東序故知前聖符	如或可造，無勞喟然〔三〕。昔康王河圖，陳於東序〔四〕，故知前世孫云唐寫本世作聖符	如或可造無勞喟然昔康王河圖陳於東序故知前世符	如或可造無勞喟然昔康王河圖陳於東序故知前世符		如或可造无勞喟然昔康王河圖陳於東序故知前聖符

第75行

吕释	范本	黄本	元本	宋本	唐本
命歷代寶傳仲尼所撰序録而已於是技數之士附以	命，歷代寶傳，仲尼所撰，序録而已。於是伎孫云唐寫本作技數之士，附以	命歷代寶傳仲尼所撰序録而已於是伎數之士、附以	命歷代寶傳仲尼所撰序録而已於是伎數之士附以		命歷代寶傳仲尼所撰序録而已於是技數之士附以

第76行

吕释	范本	黄本	元本	宋本	唐本
詭術或説陰陽或叙災異若鳥鳴似語虫葉成字篇	詭術，或説陰陽，或序災異，若鳥鳴似語，蟲葉成字〔一五〕，篇	詭術、或説陰陽、或序災異、若鳥鳴似語、蟲葉成字、篇	詭術或説陰陽或序災異若鳥鳴似語虫葉成字篇		詭術或説陰陽或敘災異若鳥鳴似語虫葉成字篇

第77行

唐本	宋本	元本	黄本	范本	吕释
條滋蔓必假孔氏通儒討覈謂僞起哀平東序祕		條滋蔓必假孔氏通儒討覈謂起哀平東序祕	條滋蔓必假孔氏、通儒討覈、謂起哀平、東序秘	條滋蔓，必假（鈴木云敦煌本假作徵）孔氏，通儒討覈，謂（孫云唐寫本謂下有僞字）起哀平，東序祕	條滋蔓必假孔氏通儒討覈謂僞起哀平東序秘

第78行

唐本	宋本	元本	黄本	范本	吕释
寶朱紫亂矣至光武之世篤信斯術風化所靡學者		寶朱紫亂矣至於光武之世篤信斯術風化所靡學者	寶、朱紫亂矣至於光武之世、篤信斯術、風化所靡、學者	寶，朱紫亂矣〔一六〕。至於（趙云無於字）光武之世，篤信斯術，風化所靡，學者	寶朱紫乱矣至光武之世篤信斯術風化所靡學者

第79行					
吕释	范本	黄本	元本	宋本	唐本
比肩沛獻集緯以通経曹褒選讖以定礼乖道謬典	比肩，沛獻集緯以通經〔一七〕，曹褒撰孫云唐寫本撰作選鈴木云岡本撰作制讖以定禮〔一八〕，乖道謬典，	比肩沛獻集緯以通經曹褒撰讖以定禮乖道謬典	比肩沛獻集緯以通經曹褒撰讖以定禮乖道謬典		比肩沛獻集緯以通經曹褒選讖以定禮乖道謬典

第80行					
吕释	范本	黄本	元本	宋本	唐本
亦已甚矣是以桓譚疾其虛僞尹敏戲其浮假張衡發	亦已甚矣。是以桓譚疾其虛僞〔一九〕，尹敏戲疑作⿰火戲鈴木云戲字諸本同玉海嘉靖本作戯其深瑕孫云唐寫本作浮假〔二〇〕，張衡發	亦已甚矣是以桓譚疾其虛僞尹敏戲疑作⿰火戲其深瑕張衡發	亦已甚矣是以桓譚疾其虛僞尹敏戲其深瑕張衡發		亦已甚矣是以桓譚疾其虛僞尹敏戲其浮假張衡發

第81行

唐本	宋本	元本	黄本	范本	吕释
其僻謬荀悦明其詭託四賢博練之精矣若乃羲農		其僻謬荀悦明其詭誕四賢博練論之精矣若乃羲農	其僻謬、荀悦明其詭誕、四賢博練論之精矣、若乃羲農	其僻謬〔二一〕，荀悦明其詭誕（孫云唐寫本誕作託〔二二〕），四賢博練，論之精矣。若乃羲農	其僻謬荀悦明其詭託四賢博練之精矣若乃羲農

第82行

唐本	宋本	元本	黄本	范本	吕释
軒皡之源山瀆鍾律之要白魚赤雀之符黄銀紫玉		軒皡之源山瀆鍾律之要白魚赤烏之符黄金紫玉	軒皡之源。山瀆鍾律之要。白魚赤烏之符。黄金紫玉	軒皡之源〔二三〕，山瀆鍾律之要〔二四〕，白魚赤烏（孫云唐寫本作雀）之符〔二五〕，黄金（孫云唐寫本金作銀）紫玉	軒皡之源山瀆鍾律之要白魚赤雀之符黄銀紫玉

第83行

吕释	范本	黄本	元本	宋本	唐本
之瑞事豐奇偉辭富膏腴无益經典而有助文章是	之瑞（元作理 孫改）〔二六〕，事豐奇偉，辭富膏腴，無益經典，而有助文章〔二七〕。是	之瑞（元作理 孫改）事豐奇偉。辭富膏腴。無益經典。而有助文章。是	之瑞事豐奇偉辭富膏腴無益經典而有助文章是		之瑞事豐奇偉辭富膏腴无益經典而有助文章是

第84行

吕释	范本	黄本	元本	宋本	唐本
以古來詞人捃摭英華平子慮其迷學奏令禁絕仲豫	以後（孫云唐寫本後作古）來辭人，採（孫云唐寫本採作捃）摭英華，平子恐（孫云唐寫本作慮）其迷學，奏令禁絕；仲豫	以後來辭人。採摭英華。平子恐其迷學。奏令禁絕。仲豫	以後來辭人採摭英華平子恐其迷學奏令禁絕仲豫		以古來詞人捃摭英華平子慮其迷學奏令禁絕仲豫

第85行

吕释	范本	黄本	元本	宋本	唐本
惜其雜真未許煨燔前代配經故詳論焉 讚曰	惜其雜眞，未許煨燔；前代配經，故詳論焉。贊曰：	惜其雜眞、未許煨燔。前代配經、故詳論焉、贊曰	惜其雜真、未許煨燔前代配經故詳論焉 贊曰		惜其雜真未許煨燔前代配經故詳論焉 讚曰

第86行

吕释	范本	黄本	元本	宋本	唐本
采河温洛是孕圖緯神寶藏用理隱文貴世歷二	滎（孫云唐寫本作采）河溫洛，是孕圖緯（顧校作雜）〔二八〕。神寶藏用，理隱文貴。世歷二	滎河溫洛、是孕圖緯、神寶藏用、理隱文貴、世歷二	滎河温洛是孕圖緯神寶藏用理隱文貴世歷二		采河温洛是孕圖緯神寶藏用理隱文貴世歷二

第 87 行

吕释	范本	黄本	元本	宋本	唐本
漢朱紫騰沸芰夷譎詭採其雕蔚	漢，朱紫騰沸。芰夷譎詭，糅孫云唐寫本作採其雕蔚。	漢朱紫騰沸芰夷譎詭、糅其雕蔚	漢朱紫騰沸芰夷譎詭糅其雕蔚		漢朱紫騰沸芰夷譎詭採于雕蔚

第 88 行

吕释	范本	黄本	元本	宋本	唐本
辨騷弟五	辨騷第五〔一〕	辨騷第五	辯騷第五		辨騷弟五

第89行

唐本	自風雅寢聲莫或抽緒奇文鬱起其離騷哉固已軒
宋本	
元本	自風雅寢聲莫或抽緒奇文鬱起其離騷哉固已軒
黄本	自風雅寢聲、莫或抽緒、奇文鬱起、其離騷哉固已軒
范本	自風雅寢聲，莫或抽緒，奇文鬱起，其離騷哉！固已軒
吕释	自風雅寢聲莫或抽緒奇文鬱起其離騷哉固已軒

第90行

唐本	翥詩人之後奮飛辭家之前豈去聖之未遠而楚人
宋本	
元本	翥詩人之後奮飛辭家之前豈去聖之未遠而楚人
黄本	翥詩人之後奮飛辭家之前、豈去聖之未遠、而楚人
范本	翥詩人之後，奮飛辭家之前，豈去聖之未遠，而楚人
吕释	翥詩人之後奮飛辭家之前豈去聖之未遠而楚人

第91行

唐本	宋本	元本	黄本	范本	吕释
之多才乎昔漢武愛騷而淮南作傳以爲國風好色而		之多才乎昔漢武愛騷而淮南作傳以爲國風好色而	之多才乎昔漢武愛騷而淮南作傳以爲國風好色而	之多才乎〔二〕！昔漢武愛騷，而淮南作傳〔三〕，以爲國風好色而	之多才乎昔漢武愛騷而淮南作傳以為国風好色而

第92行

唐本	宋本	元本	黄本	范本	吕释
不淫小雅怨誹而不亂若離騷者可謂蟬蛻穢濁之中		不淫小雅怨謗而不亂若離騷者可謂兼之蟬蛻穢濁之中	不淫小雅怨誹元作謗許改而不亂若離騷者可謂兼之蟬蛻穢濁之中	不淫，小雅怨誹元作謗許改而不亂。若離騷者，可謂兼之。孫云唐寫本無兼之二字蟬蛻穢濁之中，	不淫小雅怨誹而不乱若離騷者可謂蟬蛻穢濁之中

第93行					
唐本	宋本	元本	黄本	范本	吕释
浮游塵（埃）之外皭然涅而不緇雖與日月爭光可也班固		浮游塵埃之外皭然涅而不緇雖與日月爭光可也班固	浮游塵埃之外皭然涅而不緇雖與日月爭光可也班固	浮游塵埃之外，皭然涅而不緇，雖與日月爭光可也〔四〕。班固	浮遊塵埃之外皭然涅而不緇雖与日月爭光可也班固

第94行					
唐本	宋本	元本	黄本	范本	吕释
以為露才揚己忿懟沉江羿澆二姚与左氏不合崑崙玄		以爲露才揚己忿懟沉江羿澆二姚與左氏不合崑崙懸	以爲露才揚己忿懟沉江羿澆二姚與左氏不合崑崙懸一作玄	以爲露才揚己，忿懟沉江；羿澆二姚，與左氏不合；崑崙懸一作玄孫云唐寫本作玄	以為露才揚己忿懟沉江羿澆二姚与左氏不合崑崙玄

第95行	
唐本	圍非經義所載然其文麗雅爲詞賦之宗雖非明哲可
宋本	
元本	圍非經義所載然其文辭麗雅爲詞賦之宗雖非明哲可
黄本	圍非經義所載然其文辭麗雅爲詞賦之宗雖非明哲可
范本	圍，非經義所載；然其文辭（孫云唐寫本辭字無）麗雅，爲詞賦之宗，雖非明哲，可
吕释	圍非経義所載然其文麗雅為詞賦之宗雖非明哲可

第96行	
唐本	謂妙才王逸以爲詩人提耳屈原婉順離騷之文依經
宋本	
元本	謂妙才王逸以爲詩人提耳屈原婉順離騷之文依經
黄本	謂妙才王逸以爲詩人提耳屈原婉順離騷之文依經
范本	謂妙才〔五〕。王逸以爲詩人提耳，屈原婉順，離騷之文，依經
吕释	謂妙才王逸以為詩人提耳屈原婉順離騷之文依経

第97行

唐本	宋本	元本	黃本	范本	吕释
立義駟虬乘翳則時乘六龍崑崙流沙則禹貢敷土		立義駟虬乘翳則時乘六龍崑崙流沙則禹貢敷土	立義駟虬乘翳則時乘六龍崑崙流沙則禹貢敷土	立義：駟虬乘翳；鈴木云洪本翳作鷖可從諸本皆誤 則時乘六龍；崐崙流沙，則禹貢敷土：	立義駟虬乘翳則時乘六龍崑崙流沙則禹貢敷土

第98行

唐本	宋本	元本	黃本	范本	吕释
名儒詞賦莫不擬其儀表所謂金相玉質百世无足者		名儒辭賦莫不擬其儀表所謂金相玉質百世無匹者	名儒辭賦莫不擬其儀表所謂金相玉質百世無匹者	名儒辭賦，莫不擬其儀表，所謂金相玉質，百世無匹者	名儒詞賦莫不擬其儀表所謂金相玉質百世无足者

第99行

唐本	宋本	元本	黄本	范本	吕释
也及漢宣嗟嘆以爲皆合經傳楊雄談味亦言體同詩		也及漢宣嗟歎以爲皆合經術楊雄諷味亦言體同詩	也及漢宣嗟歎以爲皆合經術揚雄諷味亦言體同詩	也〔六〕。及漢宣嗟歎，以爲皆合經術趙云術作傳〔七〕；揚雄諷孫云唐寫本作談味，亦言體同詩	也及漢宣嗟嘆以爲皆合經傳楊雄談味亦言體同詩

第100行

唐本	宋本	元本	黄本	范本	吕释
雅四家舉以方經而孟堅謂不合傳褒貶任聲抑揚		雅四家舉以方經而孟堅謂不合傳褒貶任聲抑揚	雅四家舉以方經而孟堅謂不合傳褒貶任聲抑揚	雅〔八〕。四家舉以方經，而孟堅謂不合傳；鈴木云洪本傳下有體字褒貶任聲，抑揚	雅四家舉以方經而孟堅謂不合傳褒貶任聲抑揚

第101行

吕释	范本	黄本	元本	宋本	唐本
過實可謂鑒而不精翫而未覈者矣將覈其論必徵	過實，可謂鑒而弗（孫云唐寫本作不）精，翫而未覈者也（孫云唐寫本作矣）〔九〕。將覈其論，必徵	過實可謂鑒而弗精翫而未覈者也將覈其論必徵	過實可謂鑒而弗精翫而未覈者也將覈其論必徵		過實可謂鑒而不精翫而未覈者矣將覈其論必徵

第102行

吕释	范本	黄本	元本	宋本	唐本
言焉故其陳堯舜之耿介稱禹湯之祇敬也虯龍以	言焉。故其陳堯舜之耿介，稱湯武（孫云唐寫本湯武作禹湯）之祗敬，典誥之體也〔一〇〕；譏桀紂之猖披，（鈴木云諸本同洪本披作狂）傷羿澆之顛隕，規諷之旨也；虯龍以	言焉故其陳堯舜之耿介稱湯武之祗敬典誥之體也譏桀紂之猖披傷羿澆之顛隕規諷之旨也虯龍以	言焉故其陳堯舜之耿介稱湯禹之祗敬典誥之體也譏桀紂之猖披傷羿澆之顛隕規諷之旨也虯龍以		言焉故其陳堯舜之耿介稱禹湯之祇敬也虯龍以

第103行					
唐本	宋本	元本	黄本	范本	吕释
喻君子虹雲蜺以譬讒邪比興之義也每一顧而掩涕		喻君子雲蜺以譬讒邪比興之義也每一顧而淹涕	喻君子。雲蜺以譬讒邪。比興之義也。每一顧而淹涕。	喻君子，雲蜺以譬讒邪，比興之義也；每一顧而掩涕，	喻君子虹雲蜺以譬讒邪比興之義也每一顧而掩涕

第104行					
唐本	宋本	元本	黄本	范本	吕释
歎君門之九重忠怨之詞也觀茲四事同乎風雅者也		歎君門之九重忠怨之辭也觀茲四事同于風雅者也	歎君門之九重。忠怨之辭也。觀茲四事。同於風雅者也。	歎君門之九重，忠怨之辭孫云唐寫本作詞也：觀茲四事，同於孫云唐寫本作乎風雅者也〔一一〕。	歎君門之九重忠怨之詞也觀茲四事同乎風雅者也

第105行

吕释	范本	黄本	元本	宋本	唐本
至於託雲龍說迂怪駕豐隆求宓妃憑鴆鳥媒娀	至於託雲龍，說迂怪，豐（孫云唐寫本豐上有駕字）隆求宓妃，鴆（孫云唐寫本鴆上有憑字）鳥媒娀	至於託雲龍。說迂怪。豐隆求宓妃。鴆鳥媒娀	至於託雲龍說迂怪豐隆求宓妃鴆鳥媒娀		至於託雲龍說迂怪駕豐隆求宓妃憑鴆鳥媒娀

第106行

吕释	范本	黄本	元本	宋本	唐本
女詭異之詞也康回傾地夷羿斃日木夫九首土伯三目	女，詭異之辭（孫云唐寫本作詞）也；康回傾地，夷羿彃（元作蔽孫改趙云作斃）日〔二一〕，木夫（元作天謝改）九首，土伯三目（元作足朱改）〔二二〕，	女。詭異之辭也。康回傾地。夷羿彃（元作蔽孫改）日。木夫（元作天謝改）九首。土伯三目。（元作足朱改）	女詭異之辭也康回傾地夷羿蔽日木天九首土伯三		女詭異之詞也康回傾地夷羿斃日木夫九首土伯三目

第107行

吕释	范本	黄本	元本	宋本	唐本
譎怅之談也依彭咸之遺則從子胥以自適狷狭之志	譎怪之談也；依彭咸之遺則，從子胥以自適〔一四〕，狷狹之志	譎恠之談也。依彭咸之遺則。從子胥以自適。狷狹之志	譎怪之談也依彭咸之遺則從子胥以自適狷狹之志		譎怅之談也依彭咸之遺則從子胥以自適猶狭之志

第108行

吕释	范本	黄本	元本	宋本	唐本
也士女雜坐乱而不分指以為樂娛酒不廢沉湎日夜	也；士女雜坐，亂而不分，指以爲樂〔一五〕，娛酒不廢，沉湎日夜，	也。士女雜坐。亂而不分。指以爲樂。娛酒不廢沉湎日夜。	也士女雜座亂而不分指以爲樂娛酒不廢沉湎日夜		也士女雜坐亂而不分指以爲樂娛酒不廢沉湎日夜

第109行

唐本	宋本	元本	黃本	范本	吕释
舉以為歡荒淫之意也指此四事異於經典者也故論		舉以爲權荒淫之意也摘此四事異乎經典者故論	舉以爲懽荒淫之意也。摘此四事。異乎經典者也。故論	舉以爲懽，鈴木云洪本作歡荒淫之意也〔一六〕：摘孫云唐寫本作指此四事，異乎孫云唐寫本作於經典者也。故論	舉以為歡荒淫之意也指此四事異於經典者也故論

第110行

唐本	宋本	元本	黃本	范本	吕释
其典誥則如彼語其夸誕則如此固知楚詞者體憲於三		其典誥則如彼語其本誕則如此固知楚辭者體憲於三	其典誥則如彼。語其夸誕則如此。固知楚辭者。體慢元作憲朱據宋本楚辭改於三	其典誥則如彼，語其夸誕則如此；固知楚辭者，體慢元作憲朱據宋本楚辭改孫云唐寫本作憲於三	其典誥則如彼語其夸誕則如此固知楚詞者體憲於三

第111行

版本	文字
唐本	代而風雜於戰国乃雅頌之博徒而詞賦之英傑也觀
宋本	
元本	代而風雅於戰國乃雅頌之博徒而詞賦之英傑也觀
黄本	代。而風雅於戰國。乃雅。頌之。博徒。而詞賦之英傑也。觀
范本	代，而風雅（孫云唐寫本作雜）於戰國，乃雅頌之博徒，而詞賦之英傑也〔一七〕。觀
吕释	代而風雜於戰国乃雅頌之博徒而詞賦之英傑也觀

第112行

版本	文字
唐本	其所樹骨鯁所樹肌膚所附雖取鎔經旨亦自鑄緯
宋本	
元本	其骨鯁所樹肌膚所附雖取鎔經意亦自鑄偉
黄本	其骨鯁所樹。肌膚所附。雖取鎔經意。亦自鑄偉
范本	其骨鯁所樹，肌膚所附，雖取鎔經意，（孫云唐寫本作旨）亦自鑄偉（趙云偉作緯）
吕释	其所樹骨鯁所樹肌膚所附雖取鎔經旨亦自鑄緯

第114行

吕释	范本	黄本	元本	宋本	唐本
遊天問瓌詭而慧巧招魂大招耀艷而采華卜居標放	遊天問〔二一〕，瓌詭而惠孫云唐寫本作慧巧〔二二〕；招魂招隱馮云招隱楚辭本作大招下云屈宋莫追疑大招爲是孫云唐寫本招隱作大招鈴木云洪本亦作大招〔二三〕，耀豔而深孫云唐寫本作采華；卜居標放	遊天問瓌詭而惠巧。招魂招隱馮云招隱楚辭本作大招下云屈宋莫追疑大招爲是耀豔而深華卜居標放	遊天問瓌詭而惠巧招魂招隱耀艷而深華卜居標放		遊天問瓌詭而慧巧招魂大招耀艷而采華卜居標放

第113行

吕释	范本	黄本	元本	宋本	唐本
辭騷經九章朗麗以哀志九哥九辯靡妙以傷情遠	辭〔一八〕。故騷經九章〔一九〕，朗麗以哀志；九歌九辯孫云唐寫本作辨〔二〇〕，綺靡孫云唐寫本作靡妙無綺字以傷情；遠	辭。故騷經九章朗麗以哀志。九歌九辯綺靡以傷情。遠	辭故騷經九章朗麗以哀志九歌九辯綺靡以傷情遠		辭騷經九章朗麗以哀志九哥九辯靡妙以傷情遠

第115行	
唐本	言之致漁父寄獨往之才故能氣往轢古辭來切今驚
宋本	
元本	言之致漁父寄獨往之才故能氣往轢古辭來切今驚
黄本	言之致。漁父寄獨往之才。故能氣往。轢古。辭來切今。驚。
范本	言之致〔一四〕；漁父寄獨往之才〔一五〕。故能氣往轢古，辭來切今，驚
吕释	言之致漁父寄獨往之才故能氣往轢古辭來切今驚

第116行	
唐本	采絕艷難与並能矣自九懷已下遽躡其迹而屈宋逸
宋本	
元本	采絕豔難與並能矣自九懷以下遽躡其跡而屈宋逸
黄本	采。絕。豔。難與並能矣自九懷以下遽躡其跡。而屈宋逸
范本	采絕豔，難與並能矣。自九懷以下，遽躡其跡〔一六〕，而屈宋逸
吕释	采絕艷難与並能矣自九懷已下遽躡其迹而屈宋逸

第 117 行

吕释	范本	黄本	元本	宋本	唐本
步莫之能追故其敍情怨則鬱伊而易感述離居則	步，莫之能追。故其敍情怨〔一七〕，則鬱伊而易感；述離居，則	步莫之能追故其敘情怨則鬱伊而易感。述離居則	步莫之能追故其敘情怨則鬱伊而易感述離居則		步莫之能追故其敍情怨則鬱伊而易感述離居則

第 118 行

吕释	范本	黄本	元本	宋本	唐本
愴怏而難懷論山水則循聲而得皃言節候則披文而	愴怏而難懷；論山水，則循聲而得貌；言節候，則披文而	愴怏而難懷。論山水，則循聲而得貌。言節候，則披文而	愴怏而難懷論山水則循聲而得貌言節候則披文而		愴怏而難懷論山水則循聲而得皃言節候則披文而

第119行

唐本	宋本	元本	黄本	范本	吕释
見時是以枚賈追風以入麗馬揚沿波而得奇其衣被辭		見時是以枚賈追風以入麗馬揚沿波而得奇其衣被詞	見時。是以枚賈追風以入麗。馬揚沿波而得奇。其衣被詞	見時。是以枚賈追風以入麗，馬揚沿波而得奇〔二八〕，其衣被詞	見時是以枚賈追風以入麗馬楊沿波而得奇其衣被辭

第120行

唐本	宋本	元本	黄本	范本	吕释
人非一代也故才高者菀其鴻裁中巧者獵其艷詞吟諷		人非一代也故才高者菀其鴻裁中巧者獵其艷辭吟諷	人非一代也故才高者菀其鴻裁中巧者獵其艷辭吟諷	人，非一代也。故才高者菀趙云菀作苑其鴻裁〔二九〕，中巧者獵其豔辭〔三〇〕，吟諷	人非一代也故才高者菀其鴻裁中巧者獵其艷詞吟諷

第121行

吕释	范本	黄本	元本	宋本	唐本
者銜其山川童蒙者拾其香草若能憑軾以倚雅頌	者銜其山川，童蒙者拾其香草。若能憑軾以倚雅頌，	者銜其山川。童蒙者拾其香草。若能憑軾以倚雅頌。	者銜其山川童蒙者拾其香草若能憑軾以倚雅頌		者銜其山川童蒙者拾其香草若能憑軾以倚雅頌

第122行

吕释	范本	黄本	元本	宋本	唐本
懸孌以馭楚篇酌奇而不失居貞翫華而不墜其實則	懸孌以馭楚篇，酌奇而不失其貞；孫云唐寫本作貞 翫華而不墜其實，則	懸孌以馭楚篇。酌奇而不失其貞。翫華而不墜其實。則	懸孌以馭楚篇酌奇而不失其貞翫華而不墜其實則		懸孌以馭楚篇酌奇而不失居貞翫華而不墜其實則

第123行					
吕释	范本	黄本	元本	宋本	唐本
顧盻可以駈辭力欬唾可以窮文致亦不復乞靈於長卿	顧盼可以驅辭力，欬唾可以窮文致，亦不復乞靈於長卿，	顧盼可以驅辭力。欬唾可以窮文致亦不復乞靈於長卿。	傾盼可以[illegible]辭力欬唾可以窮文致亦不復乞靈於長卿		顧盻可以駈辭力欬唾可以窮文致亦不復乞靈於長卿

第124行					
吕释	范本	黄本	元本	宋本	唐本
假寵於子淵矣 讚曰不有屈平豈見離騷驚才風逸	假寵於子淵矣〔三〕。贊曰：不有屈原，豈見離騷。驚才風逸，	假寵於子淵矣。贊曰不有屈原豈見離騷驚才風逸	假寵於子淵矣 贊曰不有屈原豈見離騷驚才風逸		假寵於子淵矣 讚曰不有屈平豈見離騷驚才風逸

第125行

唐本	宋本	元本	黄本	范本	吕释
壯采烟高山川無極情理實勞金相玉式艷逸錙毫		壯志煙高山川無極情理實勞金相玉式絶益[illegible]豪	壯志煙高山川無極情理實勞金相玉式艷溢錙毫 元作絶益稱豪朱改宋本楚辭改	壯志孫云唐寫本作采煙鈴木云洪本校注云煙一作雲高〔三〕。山川無極，情理實勞。金相玉式，豔溢錙毫。元作絶益稱豪朱改宋本楚辭改孫云唐寫本溢作逸	壯采烟高山川無極情理實勞金相玉式艷逸錙毫

第126行

唐本	宋本	元本	黄本	范本	吕释
卷弟二		文心雕龍卷第二	文心雕龍卷第二	文心雕龍 卷二	卷弟二

第 127 行

吕释	范本	黄本	元本	宋本	唐本
明詩第六	明詩第六	明詩第六	明詩第六		明詩第六

第 128 行

吕释	范本	黄本	元本	宋本	唐本
大舜云詩言志哥永言聖謨所析義已明矣是以在心	大舜云：詩言志，歌永言。聖謨所析，義已明矣〔一〕。是以在心	大舜云詩言志歌永言聖謨所析義已明矣是以在心	大舜云詩言志歌永言聖謀所析義已明矣是以在心		大舜云詩言志哥永言聖謨所析義已明矣是以在心

第129行

唐本	宋本	元本	黄本	范本	吕释
爲志發言爲詩舒文載實其在茲乎故詩者持也持	詩者持也持	爲志發言爲詩舒文載實其在茲乎詩者持也持	爲志發言爲詩舒文載實其在茲乎詩者、持也、持	爲志，發言爲詩，舒文載實，其在茲乎〔二〕！詩（孫云唐寫本詩上有故字）者，持也，持	為志發言為詩舒文載實其在茲乎故詩者持也持

第130行

唐本	宋本	元本	黄本	范本	吕释
人情性三百之蔽義歸無邪持之為訓信有符焉尒人	人情性三百之蔽義歸無邪持之爲訓有符焉尒人	人情性三百之蔽義，歸無邪持之爲訓有符焉尒人	人情性、三百之蔽、義歸無邪、持之爲訓、有符焉爾、人	人情性；三百之蔽，義歸無邪，持之爲訓，有（孫云唐寫本有上有信字）符焉爾〔三〕。人	人情性三百之蔽義歸無邪持之為訓信在符焉尔人

第131行

吕释	范本	黄本	元本	宋本	唐本
稟七情應物斯感〻物吟志莫非自然昔葛樂辭云	稟七情，應物斯感，感物吟志，莫非自然〔四〕。昔葛天氏樂辭云：孫云唐寫本無天氏二字又無云字 郝云云字疑衍 云	稟七情應物斯感感物吟志莫非自然昔葛天氏樂辭云	稟七情應物斯感感物吟志莫非自然昔葛天氏樂辭云	稟七情應物斯感感物吟志莫非自然	稟七情應物斯感〻物吟志莫非自然昔葛樂辭云

第132行

吕释	范本	黄本	元本	宋本	唐本
鳥在曲黃帝雲門理不空絃至堯有大章之哥舜造	鳥在曲〔五〕，黃帝雲門，理不空綺朱云當作絃孫云唐寫本綺作絃〔六〕，至堯有大唐一作章孫云唐寫本唐作章之歌，舜孫云御覽五八六舜作虞造	鳥在曲黃帝雲門理不空綺朱云當作絃至堯有大唐一作章之歌舜造	鳥在曲黃帝雲門理不空綺至堯有大唐之歌舜造	堯有大唐之歌虞造	鳥在曲黃帝雲門理不空絃至堯有大章之哥舜造

第133行					
吕释	范本	黄本	元本	宋本	唐本
南風之詩觀其二文詞達而已及大禹成九序惟哥太	南風之詩，觀其二文，辭達而已〔七〕。及大禹成功，九序（顧校序作敍）惟歌〔八〕；太（孫云御覽太作少）	南風之詩、觀其二文辭達而已、及大禹成功、九序惟歌、太	南風之詩觀其二文辭達而已及大禹成功九序惟歌太	南風之詩觀其二文詞達而已及大禹成功九序惟歌少	南風之詩觀其二文詞達而已及大禹成九序惟哥太

第134行					
吕释	范本	黄本	元本	宋本	唐本
康敗德五子咸諷順美匡惡其来久矣自商暨周雅	康敗德，五子咸怨（孫云唐寫本怨作諷御覽亦作諷）〔九〕：順美匡惡，其來久矣〔一〇〕。自商暨周，雅	康敗德、五子咸怨、順美匡惡、其來久矣、自商暨周、雅	康敗德五子咸怨順美匡惡其來久矣自商暨周雅	康敗德五子咸諷順美匡惡其來久矣自商暨周雅	康敗德五子咸諷順美匡惡其來久矣自商暨周雅

第135行

唐本	宋本	元本	黄本	范本	吕释
頌圓備四始彪炳六義環深子夏鑒絢素之章子貢悟	頌圓備四始彪炳六義環深子夏鑒絢素之章子貢悟	頌圓備四始彪炳六義環深子夏監絢素之章子貢悟	頌圓備、四始彪炳、六義環深、子夏監絢素之章子貢悟	頌圓備，四始彪炳，六義環深〔二〕。子夏監（孫云唐寫本作鑒鈴木云御覽亦作鑒）絢素之章，子貢悟	頌圓備四始彪炳六義環深子夏鑒絢素之章子貢悟

第136行

唐本	宋本	元本	黄本	范本	吕释
琢磨之句故商賜二子可与言詩矣自王澤弥竭風人	琢磨之句故商賜二子可以言詩自王澤弥竭風人	琢磨之句故商賜二子可與言詩自王澤殄竭風人	琢磨之句故商賜二子可與言詩自王澤殄竭、風人	琢磨之句；故商賜二子，可與（孫云御覽作以）言詩（孫云唐寫本有矣字）〔三〕。自王澤殄（孫云御覽作彌）竭，風人	琢磨之句故商賜二子可与言詩矣自王澤弥竭風人

第 137 行

唐本	掇彩春秋觀志諷誦舊章酬酢以成賓榮吐納而成
宋本	輟采春秋觀志以諷誦舊章酬酢以爲賓榮吐納而成
元本	輟采春秋觀志諷誦舊章酬酢以爲賓榮吐納而成
黄本	輟采、春秋觀志、諷誦舊章、酬酢以爲賓榮、吐納而成
范本	輟采，（孫云唐寫本作掇彩）春秋觀志，（孫云御覽志下有以字）諷誦舊章，酬酢以爲（孫云唐寫本作成）賓榮，吐納而成
吕释	掇彩春秋觀志諷誦舊章酬酢以成賓榮吐納而成

第 138 行

唐本	身文逮楚国諷怨則離騷爲刺秦皇滅典亦造仙詩漢
宋本	聲文逮楚國諷怨則離騷爲刺秦王滅典亦造仙詩漢
元本	身文。逮楚國諷怨則離騷爲刺秦皇滅典亦造仙詩漢
黄本	身文、逮楚國諷怨、則離騷爲刺、秦皇滅典、亦造仙詩。漢
范本	身文〔三〕。逮楚國諷怨，則離騷爲刺。秦皇滅典，亦造仙詩〔四〕。漢
吕释	身文逮楚国諷怨則離騷爲刺秦皇滅典亦造仙詩漢

第139行

唐本	宋本	元本	黃本	范本	吕释
初四言韋孟首唱匡諫之義繼軌周人孝武愛文柏梁	初四言韋孟首唱匡諫之義継軌周人孝武愛文栢梁	初四言韋孟首唱匡諫之義繼軌周人孝武愛文栢梁	初四言、韋孟首唱、匡諫之義、繼軌周人、孝武愛文、栢梁	初四言，韋孟首唱〔一五〕，匡諫之義，繼軌周人。孝武愛文，柏梁	初四言韋孟首唱匡諫之義継軌周人孝武愛文柏梁

第140行

唐本	宋本	元本	黃本	范本	吕释
列韻嚴馬之徒屬詞無方至成帝品録三百餘篇朝	列韻、嚴馬之徒屬詞無方至成帝品録三百餘篇朝	列韻嚴馬之徒屬辭無方至成、帝品録三百餘篇朝	列韻、嚴馬之徒、屬辭無方、至成帝品録三百餘篇、朝	列韻〔一六〕，嚴馬之徒，屬辭孫云唐寫本作詞御覽亦作詞無方〔一七〕。至成帝品録，三百餘篇〔一八〕，朝	列韻嚴馬之徒屬詞無方至成帝品録三百餘篇朝

第141行

唐本	宋本	元本	黃本	范本	吕释
章國采亦云周備而詞人遺翰莫見五言所以李陵班婕	章國采亦云周備而詞人遺翰莫見五言所以李陵班婕	章國采亦云周備而辭人遺翰莫見五言所以李陵班婕妤	章國采、亦云周備、而辭人遺翰、莫見五言、所以李陵班婕妤、	章國采，亦云周備；而辭人遺翰，莫見五言，所以李陵班婕妤，孫云唐寫本無妤字御覽亦無妤字	章国采亦云周備而詞人遺翰莫言五言所以李陵班婕

第142行

唐本	宋本	元本	黃本	范本	吕释
見擬於後代也案邵南行露始肇半章孺子滄浪亦	見擬於前代按邵南行露始肇半章孺子滄浪亦	見疑於後代也桉召南行露始肇半章孺子滄浪亦	見疑於後代也、按名南行露、始肇半章、孺子滄浪、亦	見疑於後孫云御覽後作前顧校亦作前代也〔一九〕。按召南行露，始肇半章；孺子滄浪，亦	見疑於後代也案邵南行露始肇半章孺子滄浪亦

第143行

唐本	宋本	元本	黄本	范本	吕释
有全曲暇豫優哥遠見春秋邪徑童謡近在成世閲時	有全曲暇豫優歌遠見春秋邪溪童謡近在成世閲時	有全曲暇豫優歌遠見春秋邪徑童謡近在成世閲時	有全曲、暇豫優歌、遠見春秋、邪徑童謡、近在成世、閲時	有全曲〔二〇〕；暇豫優歌，遠見春秋；邪徑童謠，近在成世；閲時	有全曲暇豫優哥遠見春秋邪径童謡近在成世閲時

第144行

唐本	宋本	元本	黄本	范本	吕释
取徵則五言久矣又古詩佳麗或稱枚叔其孤竹一篇則	取徵則五言久矣又古詩佳麗或稱放叔其孤竹一篇則	取證則五言久矣又古詩佳麗或稱枚叔其孤竹一篇則	取證、一作徵則五言久矣、又古詩佳麗、或稱枚叔、其孤竹一篇、則	取證，一作徵孫云唐寫本證作徵御覽亦作徵則五言久矣〔二一〕。又古詩佳麗，或稱孫云御覽有於字枚叔，其孤竹一篇，則	取徵則五言久矣又古詩佳麗或稱枚叔其孤竹一篇則

第145行

唐本	傅毅之辭比彩而推故兩漢之作也觀其結體散文
宋本	傅毅之詞比采而推固兩漢之作乎觀其結躰散文
元本	傅毅之詞比采而推兩漢之作乎觀其結體散文
黄本	傅毅之詞比采（一作類）而推兩漢之作乎觀其結體散文
范本	傅毅之詞，比采（一作類孫云唐寫本作彩）而推，兩（孫云唐寫本兩上有故字 鈴木云御覽兩上有固字）漢之作乎（孫云唐寫本乎作也）〔三〕？觀其結體散文，
吕释	傅毅之辭比彩而推故兩漢之作也觀其結體散文

第146行

唐本	直而不野婉轉附物怊悵切情實五言之冠冕也至如
宋本	直而不野宛轉附物惆悵切情實五言之冠冕也至於
元本	直而不野婉轉附物怊悵切情實五言之冠冕也至於
黄本	直而不野婉轉附物怊悵切情實五言之冠冕也至於
范本	直而不野，婉轉附物，怊（鈴木云御覽作惆）悵切情，實五言之冠冕也〔三〕。至於（孫云唐寫本於作如）
吕释	直而不野婉轉附物怊悵切情實五言之冠冕也至如

第147行

唐本	宋本	元本	黄本	范本	吕释
張衡怨篇清典可味仙詩緩歌雅有新聲暨建安	張衡怨篇清典可味仙詩緩歌雅有新聲暨建安	張衡怨篇清曲可味仙詩緩歌雅有新聲暨建安	張衡怨篇。清典（一作曲從紀聞改）可味、仙詩緩歌、雅有新聲、暨建安	張衡怨篇，清典（一作曲從紀聞改趙云曲作典孫云御覽亦作典）可味；仙詩緩歌，雅有新聲〔四〕。暨建安	張衡怨篇清典可味仙詩緩哥雅有新聲暨建安

第148行

唐本	宋本	元本	黄本	范本	吕释
之初五言騰躍文帝陳思縱轡以騁節王徐應劉望	之初五言騰踴文帝陳思縱轡以騁節王徐應對望	初五言騰踴文帝陳思縱轡以騁節王徐應劉望	之初、五言騰踊、文帝陳思、縱轡以騁節、王徐應劉、望	之初，五言騰踊（孫云唐寫本作躍）：文帝陳思，縱轡以騁節〔五〕；王徐應劉，望	之初五言騰躍文帝陳思縱轡以騁節王徐應劉望

第149行	
唐本	路而争驱并怜风月狎池苑述恩荣叙酣宴慷慨以
宋本	路而爭驅並憐風月狎池苑述恩榮序酣宴慷慨以
元本	路而爭驅並憐風月狎池苑述恩榮敘酣宴慷慨以
黄本	路而爭驅、並憐風月。狎池苑述恩榮。敘酣宴。慷慨以
范本	路而爭驅〔二六〕。並憐風月，狎池苑，述恩榮，敘酣宴，慷慨以
吕释	路而争駈並怜風月狎池苑述恩榮叙酣宴慷慨以

第150行	
唐本	任氣磊落以使才造懷指事不求纖密之巧驅詞逐皃
宋本	任氣磊落以使才造懷指事不求纖密之巧驅詞逐皃
元本	任氣磊落以使才造懷指事不求纖密之巧驅辭逐貌
黄本	任氣磊落以使才造懷指事不求纖密之巧驅辭逐貌
范本	任氣，磊落以使才；造懷指事，不求纖密之巧；驅辭逐貌，
吕释	任氣磊落以使才造懷指事不求纖密之巧駈詞逐皃

第151行					
唐本	宋本	元本	黄本	范本	吕释
唯取昭晳之能此其所同也及正始明道詩雜僊心何	唯取昭晰之能此其所用也及正始明道詩雜仙心何	唯取昭晢之能此其所同也乃正始明道詩雜仙心何	唯取昭晰之能此其所同也乃正始明道詩雜仙心何	唯取昭晰（顧校晰作晳）之能：此其所同也〔二七〕。乃（孫云唐寫本作及御覽亦作及）正始明道，詩雜仙心，何	唯取昭晳之能此其所同也及正始明道詩雜僊心何

第152行					
唐本	宋本	元本	黄本	范本	吕释
晏之徒率多浮淺唯嵇志清峻阮旨遙深故能標焉	晏之徒率多浮淺唯嵇志清峻阮旨遥深	晏之徒率多浮淺唯嵇志清峻阮旨遥深故能標焉	晏之徒率多浮淺唯嵇志清峻阮旨遥深故能摽焉	晏之徒，率多浮淺〔二八〕。唯嵇志清峻，阮旨遥深，故能標焉。（孫云御覽無此一句）〔二九〕	晏之徒率多浮淺唯嵇志清峻阮旨遙深故能標焉

第 154 行

吕释	范本	黄本	元本	宋本	唐本
晉世羣才稍入輕綺張左潘陸比肩時衢采縟於正	晉世群才，稍入輕綺，張潘左（孫云唐寫本作左潘御覽亦作左潘）陸，比肩詩衢〔三一〕，采縟於正	晉世羣才、稍。入輕。綺。張潘左陸比肩詩衢、采縟於正	晉世羣才稍入輕綺張潘左陸比肩詩衢采縟於正	晉世群才稍入輕綺張左潘陸比肩詩衢采縟於正	晉世羣才稍入輕綺張左潘陸比肩詩衢采縟於正

第 153 行

吕释	范本	黄本	元本	宋本	唐本
若乃應瑒百壹獨立不懼辭譎義貞亦魏之遺直也	若乃應璩百一，獨立不懼，辭譎義貞，（孫云御覽作具）亦魏之遺直也〔三〇〕。	若乃應璩百一、獨立不懼辭譎義貞亦魏之遺直也	若乃應璩百一獨立不懼辭譎義貞亦魏之遺直也	若乃應璩百一獨立不懼詞譎義具魏之遺直也	若乃應瑒白壹獨立不懼辭譎義貞亦魏之遺直也

第155行	
唐本	始力柔於建安或折文以爲妙或流靡以自妍此其大略也
宋本	始力柔於建安或析文以爲武或流靡以自研此其大略也
元本	始力柔於建安或栟文以爲妙或流靡以自妍此其大略也
黄本	始。力柔於建安。或栟文以爲妙。或流靡以自妍。此其大略也
范本	始，力柔於建安，或栟（趙云作折）文以爲妙，或流靡以自妍，此其大略也〔三〕。
吕释	始力柔於建安或析文以為妙或流靡以自妍此其大略也

第156行	
唐本	江左以篇製溺乎玄風蚩笑徇務之志崇盛亡機之
宋本	江左篇製溺於玄風羞笑徇務之志崇盛忘機之
元本	江左篇製溺乎玄風嗤笑徇務之志崇盛亡機之
黄本	江左篇製。溺乎玄風。嗤笑徇務之志。崇盛亡機之
范本	江左篇製，溺乎（孫云御覽作於）玄風，嗤（孫云唐寫本作蚩）笑徇務之志，崇盛亡（趙云亡作忘孫云御覽亦作忘郝云梅本作忘機）機之
吕释	江左篇製溺乎玄風羞笑徇務之志崇盛忘機之

第 157 行

唐本	宋本	元本	黄本	范本	吕释
談袁孫已下雖各有雕采而詞趣一揆莫與爭雄所以景	談袁孫已下雖各有雕采而詞趣一揆莫與爭雄所以景	談袁孫已下雖各有雕采而辭趣一揆莫與爭雄所以景	談。袁孫已下。雖各有雕采。而辭趣一揆。莫與爭雄。所以景	談；袁孫已下，雖各有雕采，而辭趣一揆，莫與（孫云唐寫本作能）爭雄；所以景	談袁孫已下雖各有雕采而詞趣一揆莫能爭雄所以景

第 158 行

唐本	宋本	元本	黄本	范本	吕释
純仙篇挺拔而為儁矣宋初文詠體有因革莊老告退	純仙篇挺拔而爲儁也宋初文詠體有因革嚴老告退	純仙篇挺拔而爲俊矣宋初文詠體有因革莊老告退	純仙篇。挺拔而爲俊矣。宋初文詠。體有因革。莊老告退	純仙篇，挺拔而爲俊矣（孫云唐寫本作儁御覽作儁也）〔三〕。宋初文詠，體有因革，莊老告退，	純仙篇挺拔而為儁矣宋初文詠體有因革嚴老告退

第159行

唐本	宋本	元本	黄本	范本	吕释
而山水方滋儷采百字之偶爭價一句之奇情必極皃以	而山水方滋儷采百家之偶爭價一句之奇情必極貌以	而山水方滋儷采百字之偶爭價一句之奇情必極貌以	而山水方滋儷采百字之偶爭價一句之奇情必極貌以	而山水方滋，儷采百字（孫云御覽作家）之偶，爭價一句之奇，情必極貌以	而山水方滋儷采百字之偶爭價一句之奇情必極皃以

第160行

唐本	宋本	元本	黄本	范本	吕释
寫物辭必窮力而追新此近世之所競也故鋪觀列代而	寫物必窮力而追新此近代之所竟也故鋪觀列代而	寫物辭必窮力而追新此近世之所競也故鋪觀列代而	寫物辭必窮力而追新此近世之所競也故鋪觀列代而	寫物，辭必窮力而追新：此近世之所競也〔三四〕。故鋪觀列代，而	寫物辭必窮力而追新此近世之所競也故鋪觀列代而

第161行

吕释	范本	黄本	元本	宋本	唐本
情變之數可鑒撮舉同異而綱領之要可明矣若夫四言	情變之數可監；（孫云唐寫本監作鑒）撮舉同異，而綱領之要可明矣。若夫四言	情變之數可監撮舉同異而綱領之要可明矣若夫四言	情變之數可監撮舉同異而綱領之要可明矣若夫四言	情變之數可監撮舉同異而綱領之要可明矣若夫四言	情變之數可鑒撮舉同異而綱領之要可明矣若夫四言

第162行

吕释	范本	黄本	元本	宋本	唐本
正體雅潤淵為本五言流調則清麗居宗華實異用唯	正體，則雅潤爲本；五言流調，則（兩則字從御覽增鈴木云案燉本亦並有諸本無）清麗居宗；華實異用，惟	正體則雅潤爲本、五言流調、則（兩則字從御覽增）清麗居宗、華實異用、唯	正體雅潤爲本五言流調清麗居宗華實異用唯	正體則雅潤爲本五言流調則清麗居宗華實異用惟	正體雅潤淵為本五言流調則清麗居宗華實異用唯

第163行

吕释	范本	黄本	元本	宋本	唐本
才所安故平子得其雅叔夜合其潤茂先擬其清景陽	才所安〔三五〕。故平子得其雅，叔夜含（孫云唐寫本含作合）其潤，茂先凝（趙云凝作擬孫云御覽作擬）其清，景陽	才所安故平子得其雅叔夜含其潤茂先凝其清景陽	才所安故平子得其雅叔夜含其潤茂先凝其清景陽	才所安故平子得其雅叔夜合其潤茂先擬其清景陽	才所安故平子得其雅叔夜合其潤茂先擬其清景陽

第164行

吕释	范本	黄本	元本	宋本	唐本
震其麗兼善則子建仲宣偏美則太冲公幹然詩有	振其麗；兼（孫云御覽兼上有若字）善則子建仲宣，偏美則太沖公幹〔三六〕。然詩有	振其麗兼善則子建仲宣偏美則太冲公幹然詩有	振其麗兼善則子建仲宣偏美則太冲公幹然詩有	振其麗若兼善則子建仲宣偏美則太冲公幹然詩有	震其麗兼善則子建仲宣偏美則太冲公幹然詩有

第165行

唐本	恒裁思無定位隨性適分鮮能圓通若妙識所難其
宋本	恒裁思無定位隨性適分鮮能圓通若妙識所難其
元本	恒裁思無定位隨性適分鮮能通圓若妙識所難其
黄本	恒裁思無定位隨性適分鮮能通圓若妙識所難其
范本	恆裁，思無定位，隨性適分，鮮能通圓。孫云唐寫本作圓通御覽亦作圓通 若妙識所難，其
吕释	恒裁思無定位隨性適分鮮能圓通若妙識所難其

第166行

唐本	易也將至忽以爲易其難也方來至於三六雜言則出自
宋本	易也將至忽以爲易其難也方來矣至於三六雜言則出自
元本	易也將至忽之爲易其難也方來至於三六雜言則自出
黄本	易也將至忽之爲易其難也方來至於三六雜言則出自
范本	易也將至；忽之孫云唐寫本之作以御覽亦作以爲易，其難也方來〔三七〕。至於三六雜言，則出自
吕释	易也將至忽以爲易其難也方來至於三六雜言則出自

第167行

唐本	宋本	元本	黄本	范本	吕释
篇什合離之發則萌於圖讖迴文所興則道原爲始	篇什離合之發則萌於圖讖迴文所興則道原爲始	篇什離合之發則明於圖讖回文所興則道原爲始	篇什、離合之發則明於圖讖、回文所興則道原爲始、	篇什〔三八〕；離合之發，則明孫云則下有亦字御覽明作萌趙云明作萌於圖讖〔三九〕；回文所興，則道原爲始〔四〇〕；	篇什合離之發則亦萌於圖讖迴文所興則道原爲始

第168行

唐本	宋本	元本	黄本	范本	吕释
聯句共韻則柏梁餘製巨細或殊情理同致總歸詩囿	聯句共韻則栢梁餘製巨細或殊情理同致總歸詩囿	聯句共韻則栢梁餘製巨細或殊情理同致總歸詩囿	聯句共韻、則柏梁餘製、巨細或殊、情理同致、總歸詩囿、	聯句共韻，則柏梁餘製：巨細或殊，情理同致，總歸詩囿，	聯句共韻則柏梁餘製巨細或殊情理同致總歸詩囿

第169行

吕释	范本	黄本	元本	宋本	唐本
故不繁云　讚曰民生而志詠哥所含興發皇世風流二	故不繁云。贊曰：民生而志，詠歌所含。興發皇世，風流二	故不繁云、贊曰民生而志、詠歌所含、興發皇世、風流二	故不繁云　贊曰民生而志詠歌所含興發皇世風流二	故不繁云	故不繁云　讚曰民生而志詠哥所含興發皇世風流二

第170行

吕释	范本	黄本	元本	宋本	唐本
南神理共契政序相參英華弥縟万代永躭	南。神理共契，政序相參。英華彌縟，萬代永耽。	南、神理共契政序相參、英華彌縟、萬代永耽、	南神理共契政序相參英華彌縟萬代永耽		南神理共契政序相參英華弥縟万代永躭

第171行

吕释	范本	黄本	元本	宋本	唐本
樂府第七	樂府第七	樂府第七	樂府第七		樂府第七

第172行

吕释	范本	黄本	元本	宋本	唐本
樂府者聲依永律和聲也鈞天九奏曁其上帝葛	樂府者，聲依永，律和聲也〔一〕。鈞天九奏，既（孫云唐寫本作曁）其上帝〔二〕；葛	樂府者聲依永律和聲也鈞天九奏既其上帝葛	樂府者聲依永律和聲也鈞天九奏旣其上帝葛		樂府者聲依永律和聲也鈞天九奏曁其上帝葛

第173行

唐本	宋本	元本	黄本	范本	吕释
天八闋爰乃皇時已咸英已降亦無得而論矣至於塗山哥		天八闋爰乃皇時自咸英以降亦無得而論矣至於塗山歌	天八闋、爰乃皇時、自咸英以降、亦無得而論矣、至於塗山歌	天八闋，爰乃皇時[三]。自咸英以降，亦無得而論矣[四]。至於塗山歌	天八闋爰乃皇時已咸英已降亦無得而論矣至於塗山哥

第174行

唐本	宋本	元本	黄本	范本	吕释
扵候人始為南音有娀謡乎飛鷰始為北聲夏甲歎扵		於候人始爲南音有娀謡乎飛燕始爲北聲夏甲歎於	扵候人、始爲南音。有娀謡乎飛燕、始爲北聲。夏甲歎於	於候人，始爲南音；有娀謡乎飛燕，始爲北聲；夏甲歎於	扵候人始為南音有娀謡乎飛鷰始為北聲夏甲歎扵

第175行

吕释	范本	黄本	元本	宋本	唐本
東陽東音以發般整思於西河西音以興心聲推移亦不	東陽，東音以發；殷⿱敕皿（元作⿱龍毛孫云唐寫本作盭）思於西河，西音以興：音（趙云音作心）聲推移，亦不	東陽東音以發。殷整（元作⿱龍毛）思於西河、西音以興。音聲推移、亦不	東陽東音以發殷⿱龍毛思于西河西音以興音聲推移亦不		东阳东音以发般整思於西河西音以興心声推移亦不

第176行

吕释	范本	黄本	元本	宋本	唐本
一槩矣及疋夫庶婦謳吟土風詩官采言樂胥被律志	一概矣〔五〕。匹（元作及許改孫云唐寫本及下有疋字）夫庶婦，謳吟土風，詩官採言，樂盲（元作育許改趙云育作胥）被律，志	一槩矣、匹（元作及許改）夫庶婦、謳吟土風、詩官採言、樂盲（元作育許改）被律、志	一槩矣及夫庶婦謳吟土風詩官採言樂育被律志		一槩矣及疋夫庶婦謳吟土風詩官采言樂胥被律志

第177行

吕释	范本	黄本	元本	宋本	唐本
感絲篁氣變金竹是以師曠覘風於盛衰季札鑒微於	感絲篁，氣變金石〔孫云唐寫本作竹〕〔六〕。是以師曠覘風於盛衰，季札鑒微於	感絲篁。氣變金石。是以師曠覘風於盛衰。季札鑒微於	感絲篁氣變金石是以師曠覘風於盛衰季札鑒微於		感絲篁氣變金竹是以師曠覘風於盛衰季札鑒微於

第178行

吕释	范本	黄本	元本	宋本	唐本
興廢精之志也夫樂本心術故響浹肌髓先王慎焉務塞	興廢，精之至也〔孫云唐寫本至作志〕〔七〕。夫樂本心術，故響浹肌髓，先王慎焉，務塞	興廢。精之至也。夫樂本心術故響浹肌髓先王慎焉務塞	興廢精之至也夫樂本心術故響浹肌髓先王慎焉務塞		興廢精之志也夫樂本心術故響浹肌髓先王慎焉務塞

第179行					
唐本	宋本	元本	黄本	范本	吕释
滛濫敷訓胄子必歌九德故能情感七始化動八風自雅聲		淫濫敷訓胄子必歌九德故能情感七始化動八風自雅聲	淫濫敷訓胄子必歌九德故能情感七始化動八風自雅聲	淫濫〔八〕。敷訓胄子，必歌九德，故能情感七始〔九〕，化動八風〔一〇〕。自雅聲	淫濫敷訓胄子必哥九德故能情感七始化動八風自雅聲

第180行					
唐本	宋本	元本	黄本	范本	吕释
浸微溺音騰沸秦燔樂經漢初紹復制氏紀其鏗鏘		浸微溺音騰沸秦燔樂經漢初紹復制氏紀其鏗鏘	浸微溺音騰沸、秦燔樂經、漢初紹復、制氏紀其鏗鏘、	浸微，溺音騰沸〔一一〕，秦燔樂經，漢初紹復，制氏紀其鏗鏘，	浸微溺音騰沸秦燔樂經漢初紹復制氏紀其鏗鏘

第181行

吕释	范本	黄本	元本	宋本	唐本
叔孫定其容與於是武德興於高祖四時廣於孝文雖	叔孫定其容與〔三〕；於是武德興乎高祖，四時廣於孝文，雖	叔孫定其容與於是武德興乎高祖、四時廣於孝文、雖	叔孫定其容與於是武德興乎高祖四時廣於孝文雖		叔孫定其容與於是武德興於高祖四時廣於孝文雖

第182行

吕释	范本	黄本	元本	宋本	唐本
摹韶夏而頗襲秦舊中和之響闋其不還暨武帝崇	摹韶夏，而頗襲秦舊，中和之響，闋其不還〔三〕。暨武帝崇	摹韶夏、而頗襲秦舊、中和之響、闋其不還、暨武帝崇	摹韶夏而頗襲秦舊中和之響闋其不還暨武帝崇		摹韶夏而頗襲秦舊中和之響闋其不還暨武帝崇

第183行

吕释	范本	黄本	元本	宋本	唐本
祀始立樂府總趙代之音撮齊楚之氣延年以曼聲協	禮，孫云唐寫本禮作祀始立樂府〔一四〕，總趙代之音，撮齊楚之氣〔一五〕；延年以曼聲協	禮始立樂府總趙代之音撮齊楚之氣延年以曼聲協	禮始立樂府總趙代之音撮齊楚之氣延年以曼聲協		祀始立樂府總趙代之音撮齊楚之氣延年以曼聲協

第184行

吕释	范本	黄本	元本	宋本	唐本
律朱馬以騷體制哥桂華雜曲麗而不経赤鴈羣篇	律，朱譚云沈校朱改枚馬以騷體製歌〔一六〕；桂華雜曲，麗而不經；赤雁羣篇，	律，朱馬以騷體製歌。桂華雜曲。麗而不經。赤鴈羣篇。	律朱馬以騷體製歌桂華雜曲麗而不經亦鴈群篇		律朱馬以騷體制哥桂華雜曲麗而不経赤鴈羣篇

第186行

唐本	宣帝雅詩頌效鹿鳴逮及元成稍廣淫樂正音乖
宋本	
元本	宣帝雅頌詩效鹿鳴邇及元成稍廣淫樂正音乖
黄本	宣帝雅頌詩效鹿鳴邇及元成稍廣淫樂正音乖
范本	宣帝雅頌，（孫云唐寫本無頌字）詩（孫云唐寫本詩下有頌字）效鹿鳴〔一九〕。邇（孫云唐寫本邇作逮）及元成，稍廣淫樂，正音乖
吕释	宣帝雅詩頌效鹿鳴逮及元成稍廣淫樂正音乖

第185行

唐本	靡而非典河間薦雅而罕御故汲黯致譏於天馬也至
宋本	
元本	靡而非典河間薦雅而罕御故汲黯致譏於天馬也至
黄本	靡而非典河間薦雅而罕御。故汲黯致譏於天馬也。至
范本	靡而非典〔一七〕；河間薦（孫云唐寫本作 薦）雅而罕御，故汲黯致譏於天馬也〔一八〕。至
吕释	靡而非典河間薦雅而罕御故汲黯致譏於天馬也至

第187行

吕释	范本	黄本	元本	宋本	唐本
俗其難也如此暨後漢郊庙惟新雅章詞雖典文而	俗，其難也如此〔二〇〕。暨後（孫云唐寫本後下有漢字）郊廟，惟雜（孫云唐寫本雜作新）雅章，辭雖典文，而	俗其難也如此暨後郊廟、惟雜雅章、辭雖典文。而	俗其難也如此暨後郊廟惟雜雅章辭雖典文而		俗云難也如此暨後郊庙惟新雅章詞雖典文而

第188行

吕释	范本	黄本	元本	宋本	唐本
律非夔曠至於魏之三祖氣爽才麗宰割詞調音靡	律非夔曠〔二一〕。至於魏之三祖，氣爽才麗，宰割辭調，音靡	律非夔曠至。於魏之三祖、氣爽才麗、宰割辭調、音靡	律非夔曠至于魏之三祖氣爽才麗宰割辭調音靡		律非夔曠至於魏之三祖氣爽才麗宰割詞調音靡

第189行

吕释	范本	黄本	元本	宋本	唐本
節平觀其北上衆引秋風列篇或述酣宴或傷羈戍	節平〔三〕。觀其北上衆引，秋風列篇，或述酣宴，或傷羈戍，	節平、觀其壮上衆引、秋風列篇、或述酣宴、或傷羈戍、	節平觀其兆上衆引秋風列篇或述酣宴或傷羈戍		節平觀其北上衆引秋風列篇或述酣宴或傷羈戍

第190行

吕释	范本	黄本	元本	宋本	唐本
志不出於慆蕩辭不離於哀思雖三調之正聲實韶	志不出於淫孫云唐寫本作慆蕩，辭不離於哀思，雖三調之正聲，實韶	志不出於淫蕩、辭不離於哀思、雖三調之正聲。實韶	志不出於滔蕩辭不離於哀思雖三調之正聲實韶		志不出於慆蕩辭不離於哀思雖三調之正聲實韶

第191行					
吕释	范本	黄本	元本	宋本	唐本
夏之鄭曲也逮於晉世則傅玄曉音創定雅歌以詠祖	夏之鄭曲也〔二三〕。逮於晉世，則傅玄曉音，創定雅歌，以詠祖	夏之鄭曲也。逮於晉世、則傅玄曉音、創定雅歌、以詠祖	夏之鄭曲也逮於晉世則傅玄曉音創定雅歌以詠祖		夏之鄭曲也逮於晉世則傅玄曉音創定雅歌以詠祖

第192行					
吕释	范本	黄本	元本	宋本	唐本
宗張華新篇亦充庭萬然杜夔調律音奏舒雅荀勗	宗〔二四〕；張華新篇，亦充庭萬〔二五〕。然杜夔調律，音奏舒雅；荀勖	宗、張華新篇、亦充庭萬、然杜夔調律、音奏舒雅、荀勗	宗張華新篇亦充庭萬然杜夔調律音奏舒雅荀勗		宗張華亦以篇二充庭萬於杜夔調律音奏舒雅荀勗

第 193 行

唐本	宋本	元本	黄本	范本	吕释
改懸聲節稍急故阮咸譏其離磬後人驗其銅尺和樂		改懸聲節哀急故阮咸譏其離聲後人驗其銅尺和樂	改懸、聲節哀急故阮咸譏其離聲、後人驗其銅尺、和樂	改懸，聲節哀（孫云唐寫本哀作稍）急；故阮咸譏其離聲，（孫云唐寫本作磬）後人驗其銅尺〔二六〕，和樂（孫云唐寫本樂下有之字）	改懸聲節稍急故阮咸譏其離磬後人驗其銅尺和樂

第 194 行

唐本	宋本	元本	黄本	范本	吕释
之精妙固表裏而相資矣故知詩爲樂心聲爲樂體樂體在		精妙固表裏而相資矣故知詩爲樂心聲爲樂體樂在	精妙、固表裏而相資矣、故知詩。爲。樂。心聲。爲樂體樂體在	精妙，固表裏而相資矣〔二七〕。故知詩爲樂心，聲爲樂體；樂體在	之精妙固表裏而相資矣故知詩爲樂心聲爲樂體樂體在

第195行

唐本	宋本	元本	黄本	范本	吕释
聲瞽師務調其器樂心在詩君子宜正其文好樂無荒晉		聲瞽師務調其器樂心在詩君子宜正其文好樂無荒晉	聲瞽師務調其器樂心在詩君子宜正其文好樂無荒晉	聲，瞽師務調其器；樂心在詩，君子宜正其文〔三八〕。好樂無荒，晉	聲瞽師務調其器樂心在詩君子宜正其文好樂無荒晉

第196行

唐本	宋本	元本	黄本	范本	吕释
風所以稱美伊其相謔鄭国所以云亡故知季札觀辭		風所以稱遠伊其相謔鄭國所以云亡故知季札觀辭	風所以稱遠伊其相謔鄭國所以云亡故知季札觀辭	風所以稱遠；孫云唐寫本作美 伊其相謔，鄭國所以云亡。故知季札觀辭，	風所以稱美伊其相謔鄭国所以云亡故知季札觀辭

第197行

吕释	范本	黄本	元本	宋本	唐本
不直聽聲而已若夫艷哥婉戀宛詩訣絕淫辭在曲正	不直聽聲而已〔二九〕。若夫豔歌婉孌，怨志詄絕，孫云唐寫本作宛詩詄絕譚校詄改訣 淫辭在曲，正	不直聽聲而已。若夫豔歌婉孌。怨志詄絕。淫辭。在曲。正。	不直聽聲而已若夫豔歌婉變怨志訣絕淫辭在曲正		不直聽聲而已若夫艷哥婉戀宛詩訣絕淫辭在曲正

第198行

吕释	范本	黄本	元本	宋本	唐本
響焉生然俗聽飛馳職競新異雅詠溫恭必欠伸魚	響焉生〔三〇〕？然俗聽飛馳，職競新異；雅詠溫恭，必欠伸魚	響。焉生。然俗聽飛馳。職競新異。雅詠溫恭。必欠伸魚	響焉生然俗聽飛馳職競新異雅詠溫恭必欠伸魚		響焉生然俗聽飛馳職競新異雅詠溫恭必欠伸魚

第199行

唐本	宋本	元本	黄本	范本	吕释
睨奇辭切至則拊髀爵躍詩聲俱鄭自此偕矣凡樂詞		睨奇辭切至則拊髀雀躍詩聲俱鄭自此階矣凡樂辭	睨。奇辭切至。則拊髀雀躍。詩聲俱鄭。自此階矣。凡樂辭	睨；奇辭切至，則拊髀雀躍；詩聲俱鄭，自此階（孫云唐寫本作偕）矣〔三〕。凡樂辭	睨奇辭切至則拊髀爵躍詩聲俱鄭自此偕矣凡樂詞

第200行

唐本	宋本	元本	黄本	范本	吕释
曰詩詠聲曰哥聲來被詞〻繁難節故陳思稱左延年閑		曰詩詩聲曰歌聲來被辭辭繁難節故陳思稱李延年閑	曰詩。詩聲曰歌。聲來被辭。辭繁難節。故陳思稱李延年閑	曰詩，詩（孫云唐寫本詩作詠）聲曰歌，聲來被辭，辭繁難節；故陳思稱李（孫云唐寫本李作左）延年閑	曰詩詠聲曰哥聲來被詞〻繁難節故陳思稱左延年閑

第201行

吕释	范本	黄本	元本	宋本	唐本
於增損古辭多者則宜減之明貴約也觀高祖之詠大	於增損古辭，多者則宜減之，明貴約也〔三二〕。觀高祖之詠大	於增損古辭。多者則宜減之。明貴約也。觀高祖之詠大	於增損古辭多者則宜減之明貴約也觀高祖之詠大		於增損古辭多者則宜減之明貴約也觀高祖之詠大

第202行

吕释	范本	黄本	元本	宋本	唐本
風孝武之歎來遲哥童被聲莫敢不協子建士衡	風，孝武之歎來遲，歌童被聲，莫敢不協〔三三〕；子建士衡，	風孝武之歎來遲。歌童被聲。莫敢不協。子建士衡。	風孝武之歎來遲歌童被聲莫敢不協子建士衡		風孝武之歎來遲哥童被聲莫敢不協子建士衡

第203行

唐本	宋本	元本	黄本	范本	吕释
亟乏佳篇並無詔伶人故事謝絲管俗稱乖調蓋未		咸有佳篇並無詔伶人故事謝絲管俗稱乖調蓋未	咸有佳篇。並無詔伶人。故事謝絲管。俗稱乖調蓋未	咸（鈴木云燉本咸作亟）有佳篇，並無詔伶人，故事謝絲管〔一四〕，俗稱乖調，蓋未	亟有佳篇並無詔伶人故事謝絲管俗稱乖調蓋未

第204行

唐本	宋本	元本	黄本	范本	吕释
思也至於軒岐鼓吹漢世鐃挽雖戎喪殊事而總入樂		思也至于斬伎鼓吹漢世鐃挽雖戎喪殊事而並總入樂	思也。至於斬（俞羨長云疑作軒）伎（疑作岐）鼓吹漢世鐃挽雖戎喪殊事而並總入樂	思也〔一五〕。至於斬（俞羨長云疑作軒）伎（疑作岐趙云斬伎作軒岐）鼓吹，漢世鐃挽，雖戎喪殊事，而並（孫云唐寫本無並字）總入樂	思也至於軒岐鼓吹漢世鐃挽雖戎喪殊事而總入樂

第205行

吕释	范本	黄本	元本	宋本	唐本
府繆朱所改亦有可筭焉昔子政品文詩与哥别故略	府〔三六〕，繆襲所致，鈴木云燉本襲作朱致作改 亦有可算焉〔三七〕。昔子政品文，詩與歌别，故略	府繆襲所致亦有可算焉昔子政品文詩與歌别故略	府繆襲所致亦有可筭焉昔子政品文詩與歌别故略		府繆朱所改亦有可筭焉昔子政品文詩与哥别故略

第206行

吕释	范本	黄本	元本	宋本	唐本
序樂篇以標區界也 讚曰八音摛文樹詞爲體謳吟	具孫云唐寫本具作序 樂篇，以標區界孫云唐寫本有也字〔三八〕。贊曰：八音摛文，樹辭爲體。謳吟	具樂篇以標區界贊曰八音摛文樹辭爲體謳吟	具樂篇以標區界贊曰八音摛文樹辭爲體謳吟		序樂篇以標區界也 讚曰八音摛文樹詞爲體謳吟

第207行

吕释	范本	黄本	元本	宋本	唐本
坰野金石雲陛韶響難追鄭聲易啓豈惟觀樂於	坰野，金石雲陛。韶響難追，鄭聲易啓。豈惟觀樂，於	坰野。金石雲陛。韶響難追鄭聲易啓、豈惟觀樂於	坰野金石雲陛韶響難追鄭聲易啓豈惟觀樂於		坰野金石雲陛韶響難追鄭聲易啓豈惟觀樂於

第208行

吕释	范本	黄本	元本	宋本	唐本
焉識禮	焉識禮。	焉識禮	焉識禮		焉識禮

第209行					
唐本	宋本	元本	黄本	范本	吕释
銓賦第八		詮賦第八	詮賦第八	詮賦第八	銓賦第八

第210行					
唐本	宋本	元本	黄本	范本	吕释
詩有六義其二曰賦=者鋪也鋪彩摛文體物寫志也昔	詩有六義其二曰賦賦者鋪也鋪采摛文躰物寫志也昔	詩有六義其二曰賦賦者鋪也鋪采摛文體物寫志也昔	詩有六義、其二曰賦、賦者、鋪也、鋪采摛文、體物寫志也、昔	詩有六義，其二曰賦。賦者，鋪也；鋪采〔孫云唐寫本作彩〕摛文，體物寫志也〔一〕。昔	詩有六義其二曰賦=者鋪也鋪彩摛文體物寫志也昔

第211行

吕释	范本	黄本	元本	宋本	唐本
邵公稱公獻詩師箴瞽賦傳云登高能賦可爲大夫詩	邵（吕覽作召）公稱公卿（孫云唐寫本無卿字）獻詩，師箴（孫云唐寫本箴下有瞽字御覽五八七引有瞽字譚云洮校賦上當脱瞍字）賦〔二〕。傳云：登高能賦，可爲大夫。詩	邵（吕覽作召）公稱公卿獻詩師箴賦傳云登高能賦可爲大夫詩	邵公稱公卿獻詩師箴賦傳云登高能賦可爲大夫詩	邵公稱公卿獻詩師箴瞽賦傳云登高能賦可爲大夫詩	邵公稱公卿獻詩師箴瞽賦傳云登高能賦可爲大夫詩

第212行

吕释	范本	黄本	元本	宋本	唐本
序則同義傳說則異體總其歸塗實相枝幹故劉向	序則同義，傳説則異體，總其歸塗，實相枝幹〔三〕。劉向云（孫云唐寫本劉上有故字云字無御覽亦有故字無云字）	序則同義傳説則異體總其歸塗實相枝幹劉向云	序則同義傳說則異體總其歸塗實相枝幹劉向云	序則同義傳說則異體總其歸塗實相枝幹故劉向	序則同義傳説則異體總其歸塗實相枝幹故劉向

第213行

唐本	宋本	元本	黄本	范本	吕释
明不哥而頌班固稱古詩之流也至如鄭莊之賦大隧士	明不歌而頌班固稱古詩之流至如鄭莊之賦大隧士	明不歌而頌班固稱古詩之流也至如鄭莊之賦大隧士	明不歌而頌班固稱古詩之流也至如鄭莊之賦大隧士	明不歌而頌，班固稱古詩之流也〔四〕。至如鄭莊之賦大隧，士	明不哥而頌班固稱古詩之流也至如鄭莊之賦大隧士

第214行

唐本	宋本	元本	黄本	范本	吕释
蔿之賦狐裘結言短韻[辭]自已作雖合賦體明而未融	蔿之賦狐裘結言短韻詞自已作雖合作賦躰明而未融	蔿之賦狐裘結言拉韻詞自已作雖合賦體明而未融	蔿之賦狐裘結言拉韻詞自已作雖合賦體明而未融	蔿之賦狐裘，結言拉孫云唐寫本拉作短韻，詞自已作，雖合賦體，明而未融〔五〕。	蔿之賦狐裘結言短韻辭自已作雖合賦體明而未融

第215行

吕释	范本	黄本	元本	宋本	唐本
及靈均唱騷始廣聲皃然則賦也者受命於詩人而拓宇	及靈均唱騷，始廣聲貌。然（孫云唐寫本然下有則字御覽引亦有則字）賦也者，受命於詩人，（孫云唐寫本人下有而字御覽亦有而字）拓（疑作括趙云作拓字鈴木云案御覽玉海燉本並作拓字）宇	及靈均唱騷始廣聲皃然賦也者受命於詩人拓（疑作括）宇	及靈均唱騷始廣聲貌然賦也者受命於詩人招宇	及靈均唱騷始廣聲貌然則賦也者受命於詩人而柘宇	及靈均唱騷始廣聲皃然則賦也者受命於詩人而拓宇

第216行

吕释	范本	黄本	元本	宋本	唐本
於楚詞也於是荀況禮智宋玉風均爰錫命號与詩畫	於楚辭（孫云御覽有者字）也〔六〕。於是荀況禮智〔七〕，宋玉風鈞〔八〕，爰錫名號，與詩畫	於楚辭也於是荀況禮智宋玉風鈞爰錫名號與詩畫	於楚辭也於是荀況禮智宋玉風鈞爰錫名號與詩畫	於楚辭者也於是荀況禮智宋玉風鈞爰錫名號與詩畫	於楚詞也於是荀況禮智宋玉風均爰錫名号与詩畫

第217行

吕释	范本	黄本	元本	宋本	唐本
境六義附庸蔚成大国遂客主以守引極形皃以窮文	境〔九〕，六義附庸，蔚成大國。遂（許云當作述）客主（元作至趙云至作主）以首（孫云唐寫本作守）引，極聲（元脫曹補孫云唐寫本作形字）貌以窮文，	境六義附庸蔚成大國遂（許云當作述）客主（元作至）以首引極聲（元脫曹補）貌以窮文	境六義附庸蔚成大國遂客至以首引極貌以窮文	境六義附庸蔚成大國遂客主以首引極聲貌以窮文	境六義附庸蔚成大国遂客主以守引極形皃以窮文

第218行

吕释	范本	黄本	元本	宋本	唐本
斯盖別詩之原始命賦之厥初也秦世不文頗有雜賦	斯蓋別詩之原始，命賦之厥初也〔一〇〕。秦世不文，頗有雜賦〔一一〕。	斯蓋別詩之原始命賦之厥初也秦世不文頗有雜賦	斯蓋別詩之原始命賦之厥初也秦世不文頗有雜賦	斯蓋別詩之源始命賦之厥初也秦世不文頗有雜賦	斯盖別詩之原始命賦之厥初也秦世不文頗有雜賦

第219行

版本	文字
唐本	漢初詞人循流而作陸賈扣其端賈誼振其緒枚馬播
宋本	漢初辭人循流而作陸賈扣其端賈誼振其緒枚馬洞
元本	漢初辭人順流而作陸賈扣其端賈誼振其緒枚馬同
黄本	漢初詞人、順流而作、陸賈扣其端、賈誼振其緒、枚馬同
范本	漢初詞人，順（孫云唐寫本順作循御覽亦作循）流而作，陸賈扣其端，賈誼振其緒，枚馬同（孫云唐寫本同作播御覽作洞）
吕释	漢初詞人循流而作陸賈扣其端賈誼振其緒枚馬播

第220行

版本	文字
唐本	其風王揚騁其勢皐翔已下品物畢圖繁闋積於宣
宋本	其風王揚騁其勢皐朔以下品物畢圖繁積於宣
元本	其風王揚騁其勢皐翔已下品物畢圖繁積於宣
黄本	其風、王揚騁其勢、皐朔（元作翔曹改）已下、品物畢圖、繁積於宣
范本	其風，王揚騁其勢，皐朔（元作翔曹改趙云翔作朔）已下，品物畢圖〔三〕。繁積於宣
吕释	其風王揚騁其勢皐翔已下品物畢圖繁闋積於宣

第221行

唐本	宋本	元本	黄本	范本	吕释
時校閲於成世進御之賦千有餘首討其源流信興楚	時校閲於成世進御之賦千有餘首討其源流信興楚	時校閲於成世進御之賦千有餘首討其源流信興楚	時、校閲於成世、進御之賦千有餘首、討其源流、信興楚	時，校閲於成世，進御之賦千有餘首，討其源流，信興楚	時校閲於成世進御之賦千有餘首討其源流信興楚

第222行

唐本	宋本	元本	黄本	范本	吕释
而盛漢矣若夫京殿苑獵述行叙志並體国經野義	而盛漢矣若夫京殿苑獵述行叙志並體國經野義	而盛漢矣夫京殿苑獵述行序志並體國經野義	而盛漢矣、夫京殿苑獵述行序志並體國經野、義	而盛漢矣〔二三〕。夫（孫云唐寫本夫上有若字御覽亦有若字）京殿苑獵，述行序（孫云唐寫本作敍御覽亦作敍）志，並體國經野，義	而盛漢矣若夫京殿苑獵述行叙志並體国經野義

第223行

唐本	宋本	元本	黄本	范本	吕释
尚光大既履端於唱序亦歸餘於揔亂序以建言首引	尚光大既履端於唱序亦歸餘於總詞序以建言首引	尚光大既履端於唱敘亦歸餘於總亂序以建言首引	尚光大、既履端於倡序、亦歸餘於總亂、序以建言、首引	尚光大，既履端於倡（孫云唐寫本作唱御覽亦作唱）序，亦歸餘於總亂〔四〕。序以建言，首引	尚光大既履端於唱序亦歸餘於揔乱序以建言首引

第224行

唐本	宋本	元本	黄本	范本	吕释
情本亂以理篇寫送文勢案那之卒章閔馬稱亂故	情本詞以理篇寫送文勢	情本辭以理篇迭致文契桉那之卒章閔焉稱亂故	情本亂以理篇、迭致文契、按那之卒章、閔馬（元作焉朱改）稱亂、故	情本；亂以理篇，迭致文契（孫云唐寫本作寫送文勢御覽亦作寫送文勢）〔一五〕。按那之卒章，閔馬（元作焉朱改）稱亂，故	情本乱以理篇寫送文勢案那之卒章閔馬稱乱故

第 225 行

唐本	宋本	元本	黄本	范本	吕释
知殷人緝頌楚人理賦斯並鴻裁之環域雅文之樞轄		知殷人輯頌楚人理賦斯並鴻裁之寰域雅文之樞轄	知殷人輯頌楚人理賦、斯並鴻裁之寰域、雅文之樞轄	知殷人輯（孫云唐寫本作緝）頌，楚人理賦，斯並鴻裁之寰（孫云唐寫本作環）域，雅文之樞轄	知殷人緝頌楚人理賦斯並鴻裁之環域雅文之樞轄

第 226 行

唐本	宋本	元本	黄本	范本	吕释
也至於草區禽族庶品雜類則觸興置情因變取會		也至於草區禽族鹿品雜類則觸興致情因變取會	也至於草區禽族、庶（元作鹿，曹改）品雜類、則觸興致情、因變取會、	也〔一六〕。至於草區禽族，庶（元作鹿，曹改）品雜類，則觸興致（孫云唐寫本作置）情，因變取會：	也至於草區禽族庶品雜類則觸興置情因變取會

第227行

吕释	范本	黄本	元本	宋本	唐本
擬諸形容則言務纖密象其物宜則理貴側附斯又	擬諸形容，則言務纖密；象其物宜，則理貴側附；斯又	擬諸形容。則言務纖密。象其物宜。則理貴側附。斯又	擬諸形容則言務纖密象其物宜則理貴側附斯又		擬諸形容則言務纖密象其物宜則理貴側附斯又

第228行

吕释	范本	黄本	元本	宋本	唐本
小製之區畛奇巧之機要也觀夫荀結隱語事數自	小制（孫云唐寫本作製）之區畛，奇巧之機要也〔一七〕。觀夫荀結隱語，事數自	小制之區畛、奇巧之機要也、觀夫荀結隱語。事數自	小制之區畛奇巧之機要也觀夫荀結隱語事數自	觀夫荀結隱語事義自	小製之區畛奇巧之機要也觀夫荀結隱語事數自

第229行

吕释	范本	黄本	元本	宋本	唐本
環宋發夸談實始淫麗枚乘兔園舉要以會新相如上	環；孫云御覽敷作義環作懷 宋發巧 孫云唐寫本作夸御覽作誇 談，實始淫麗〔一八〕；枚乘兎園，舉要以會新〔一九〕；相如上	環。宋發巧談。實始淫麗。枚乘兔園。舉要以會新。相如上	環宋發巧談實始淫麗枚乘菟園舉要以會新相如上	懷宋發誇談實始淫麗枚乘兔園舉要以會新相如上	環宋發夸談實始淫麗枚乘兔園舉要以會新相如上

第230行

吕释	范本	黄本	元本	宋本	唐本
林繁類以成艷賈誼服鳥致辨於情裏子淵洞簫窮變	林，繁類以成豔〔二〇〕；賈誼鵩鳥，致辨於情理 孫云唐寫本作裏 〔二一〕；子淵洞簫，窮變	林。繁類以成豔。賈誼鵩鳥。致辨於情理。子淵洞簫。窮變	林繁類以成艷賈誼鵩鳥致辨於情理子淵洞簫窮變	林繁類以成艷賈誼鵩鳥致辨於情理子淵洞簫窮變	林繁類以成艷賈誼服鳥致辨於情裏子淵洞簫窮變

第231行

唐本	宋本	元本	黄本	范本	吕释
於聲皃孟堅兩都明絢以雅贍張衡二京迅拔以宏富子	於聲貌孟堅兩都明絢以贍雅張衡二京迅拔宏富子	於聲貌孟堅兩都朋約以雅贍張衡二京迅拔·以宏富子	於聲皃。孟堅兩都。明絢（元作朋約朱改御覽改）以雅贍。張衡二京。迅發（一作拔）以宏富。子	於聲貌〔三二〕；孟堅兩都，明絢（元作朋約朱依御覽改）以雅贍（孫云御覽作贍雅）〔三三〕；張衡二京，迅發（一作拔孫云唐寫本作拔御覽亦作拔）以宏富〔三四〕；子	於聲皃孟堅兩都明絢以雅贍張衡二京迅拔以宏富子

第232行

唐本	宋本	元本	黄本	范本	吕释
雲甘泉構深偉之風延壽靈光含飛動之勢凡此十	雲甘泉構深偉之風延壽靈光含飛動之勢凡此十	雲甘泉構深瑋之風延壽靈光合飛動之勢凡此十	雲甘泉。構深瑋之風。延壽靈光。含飛動之勢。凡此十	雲甘泉，構深瑋（孫云唐寫本作偉御覽亦作偉）之風〔三五〕；延壽靈光，含飛動之勢〔三六〕：凡此十	雲甘泉構深偉之風延壽靈光含飛動之勢凡此十

第233行

吕释	范本	黄本	元本	宋本	唐本
家並詞賦之英傑也及仲宣靡密發篇必遒偉長博	家，並辭賦之英傑也。及仲宣靡密，發端（孫云唐寫本作篇御覽亦作篇）必遒〔二七〕；偉長博	家。並辭賦之英傑也。及仲宣靡密。發端必遒。偉長博	家並辭賦之流也及仲宣靡密發端必遒偉長博	家並辭賦之英傑也及仲宣靡密發篇必遒偉長博	家並詞賦之英傑也及仲宣靡密發以篇必遒偉長博

第234行

吕释	范本	黄本	元本	宋本	唐本
通時逢壯采太冲安仁策勳於鴻規士衡子安底績於流	通，（孫云御覽作遒博）時逢壯采〔二八〕；太沖安仁，策勳於鴻規〔二九〕；士衡子安，底績於流	通。時逢壯采。太沖安仁。策勳於鴻規。士衡子安。底績於流	通時逢壯采太冲安仁策勳於鴻規士衡子安底績於流	通時逢壯采太冲安仁策勳於鴻規士衡子安底績於流	通時逢壯采太冲安仁策勳於鴻規士衡子安底績於流

第235行

唐本	宋本	元本	黄本	范本	吕释
制景純綺巧縟理有餘彥伯槩梗情韻不匱亦魏晉	製景純綺巧縟理有餘彥伯梗槩情韻不匱亦魏晉	制景純綺巧縟理有餘彥伯梗槩情韻不匱亦魏晉	制。景純綺巧。縟理有餘。彥伯梗槩。情韻不匱。亦魏晉	制孫云御覽作製〔三〇〕；景純綺巧，縟理有餘〔三一〕；彥伯梗概，情韻不匱〔三二〕：亦魏晉	制景純綺巧縟理有餘彥伯槩梗情韻不匱亦魏晉

第236行

唐本	宋本	元本	黄本	范本	吕释
之賦首也原夫登高之旨蓋覩物興情情以物興故義	之賦首也原夫登高之旨蓋覩物興情情以物興故義	之賦首也原夫登高之旨蓋覩物興情情以物興故義	之賦首也。原夫登高之旨。蓋覩物興情。情以物興。故義	之賦首也。原夫登高之旨，蓋覩物興情。情以物興，故義	之賦首也原夫登高之旨蓋覩物興情情以物興故義

第237行	
唐本	必明雅物以情覩故詞必巧麗﹦詞雅義符采相勝如組
宋本	必明雅物以情觀故詞必巧麗麗辭雅義符采相勝如組
元本	必明雅物以情觀故詞必巧麗麗詞雅義符采相勝·如組
黄本	必明雅、物以情觀、故詞必巧麗。麗詞雅義、符采相勝、如組
范本	必明雅；物以情觀，孫云唐寫本作覩 故詞必巧麗。麗詞雅義，符采相勝，如組、
吕释	必明雅物以情覩故詞必巧麗﹦詞雅義符采相勝如組

第238行	
唐本	織之品朱紫畫繪之差玄黃文雖雜而有質色雖糅
宋本	織之品朱紫畫繪之著玄黃文雖雜而有實色雖糅
元本	織之品朱紫畫繪之著玄黃文雖新而有質色、雖糅
黄本	織之品朱紫畫繪之著玄黃文雖新而有質色雖糅
范本	織之品朱紫，畫繪之著孫云御覽作差 玄黃，文雖新而有質，孫云唐寫本新作雜御覽質作實 色雖糅
吕释	織之品朱紫畫繪之差玄黃文雖雜而有質色雖糅

第239行

唐本	宋本	元本	黄本	范本	吕释
而有儀此立賦之大體也然逐末之儔蔑棄其本雖讀千	而有儀此立賦之大躰也然逐末之儔蔑棄其本雖讀千	而有儀此立賦之大體也然逐末之儔蔑棄其本雖讀、千	而有本、一作儀此立賦之大體也然逐末之儔、蔑棄其本、雖讀千	而有本，一作儀孫云唐寫本作義此立賦之大體也〔三三〕。然逐末之儔，蔑棄其本，雖讀千	而有義此立賦之大體也然逐末之儔蔑弃其本雖讀千

第240行

唐本	宋本	元本	黄本	范本	吕释
賦會惑體要遂使繁華損枝膏腴害骨無實風軌	首逾惑躰要遂使繁華折枝膏腴害骨無貫風軌	賦愈惑體要遂使繁華損枝膏腴害骨無貴風軌	賦、愈惑體要遂使繁華損枝。膏腴害骨。無貴風軌	賦，孫云御覽作千首愈惑體要〔三四〕；遂使繁華損孫云御覽作折枝，膏腴害骨，無貴趙云作實風軌，	賦會惑體要遂使繁華損枝膏腴害骨無實風軌

第241行	
唐本	莫益勸戒此揚子所以追悔於雕蟲貽誚於霧縠者也
宋本	莫益勸戒此揚子所以追悔於雕蟲貽誚於霧縠者也
元本	莫益勸戒此揚子所以追悔雕蟲貽誚於霧縠者也
黄本	莫益勸戒、此揚子所以追悔於雕蟲。貽誚於霧縠者也。
范本	莫益勸戒〔三五〕：此揚子所以追悔於雕蟲，貽誚於霧縠者也〔三六〕。
吕释	莫益勸戒此揚子所以追悔於雕虫貽誚於霧縠者也

第242行	
唐本	讚曰賦自詩出異流分派寫物圖皃蔚似彫畫抑滯必
宋本	
元本	贊曰賦自詩出分岐異派寫物圖貌蔚似雕畫析滯必
黄本	贊曰賦自詩出、分岐異派、寫物圖皃、蔚似雕畫、析滯必
范本	贊曰：賦自詩出，分岐異派（孫云唐寫本作異流分派）〔三七〕。寫物圖貌，蔚似雕畫。析（趙云作抑）滯必
吕释	讚曰賦自詩出異流分派寫物圖皃蔚似彫畫抑滯必

第243行

吕释	范本	黄本	元本	宋本	唐本
揚言曠無隘風歸麗則詞翦稊稗	揚，言庸孫云唐寫本作曠無隘〔三八〕。風歸麗則，辭翦美稗趙云作詞翦稊稗〔三九〕。	揚言庸無隘、風歸麗則、辭翦美稗	揚言庸無隘風歸麗則辭翦美稗		揚言曠無隘風歸麗則辭翦稊稗

第244行

吕释	范本	黄本	元本	宋本	唐本
頌讚弟九	頌讚第九〔一〕	頌讚第九	頌讚第九		頌讚弟九

第245行

唐本	宋本	元本	黄本	范本	吕释
四始之至頌居其極頌者容也所以美盛德而述形容也昔	四始之至頌居其極頌者容也所以美盛德而述形容也昔	四始之至頌居其極頌者容也所以美盛德而述形容也昔	四始之至、頌居其極、頌者容也、所以美盛德而述形容也、昔	四始之至，頌居其極。頌者，容也，所以美盛德而述形容也〔二〕。昔	四始之至頌居其極頌者容也所以美盛德而述形容也昔

第246行

唐本	宋本	元本	黄本	范本	吕释
帝嚳之世咸黑爲頌以哥九招自商頌已下文理允備夫化	帝嚳之世咸累爲頌以歌九招自商頌已下文理允備夫化	帝嚳之世咸墨爲頌以歌九部自商已下文理允備夫化	帝嚳之世咸墨爲頌以歌九韶自商已下文理允備夫化	帝嚳之世，咸墨（孫云唐寫本墨作黑）爲頌，以歌九韶（孫云唐寫本韶作招御覽五八八引亦作招）〔三〕。自商（趙云作商頌孫云御覽有頌字）已下，文理允備（郝云一本作克備）〔四〕。夫化	帝嚳之世咸黑爲頌以哥九招自商頌已下文理允備夫化

第247行

唐本	宋本	元本	黄本	范本	吕释
偃一国謂之風〻正四方謂之雅〻容告神謂之頌風雅序	偃一國謂之風風正四方謂之雅雅容告神謂之頌風雅序	偃一國謂之風風正四方謂之雅容告神明謂之頌風雅序	偃一國謂之風風正四方謂之雅容告神明謂之頌風雅序	偃一國謂之風，風正四方謂之雅，容告神明謂之頌。（孫云容上有雅字明字無）風雅序	偃一国謂之風〻正四方謂之雅〻容告神謂之頌風雅序

第248行

唐本	宋本	元本	黄本	范本	吕释
人故事兼〻變正頌主告神故義必純美魯以公旦次編商	人故事資變正頌主告神故義必純美魯以旦次編商	人事兼變正頌主告神義必純美魯以公旦次編商人	人事兼變正頌主告神義必純美魯國（元脱曹補）以公旦次編商人	人，事兼變正；（孫云事上有故字御覽兼作資）頌主告神，義（孫云義上有故字）必純美〔五〕。魯國（元脱曹補鈴木云燉本無國字）以公旦次編，商人（孫云唐寫本無人字御覽亦無人字）	人故事兼變正頌主告神故義必純美魯以公旦次編商

第249行

吕释	范本	黄本	元本	宋本	唐本
以前王追録斯乃宗庿之政哥非饗讌之恒詠也時邁	以前王追錄，斯乃宗廟之正歌，非讌饗（孫云御覽唐寫本作饗讌顧校作饗讌）之常（孫云常作恆）詠也〔六〕。時邁	以前王追録、斯乃宗廟之正歌、非讌饗之常詠也、時邁	以前王追録斯乃宗廟之正歌非饗讌之常咏也時邁	以前王追録斯乃宗廟之正歌非饗燕之恒詠也時邁	以前王追録斯乃宗庿之政哥非饗讌之恒詠也時邁

第250行

吕释	范本	黄本	元本	宋本	唐本
一篇周公所制哲人之頌規式存焉夫民各有心勿壅惟	一篇，周公所製，（孫云唐寫本作制）哲人之頌，規式存焉〔七〕。夫民各有心，勿壅惟	一篇、周公所製、哲人之頌、規式存焉、夫民各有心、勿壅惟	一篇周公所製哲人之頌規式存焉夫民各有心勿壅惟	一篇周公所製哲人之頌規式存焉夫	一篇周公所制哲人之頌規式存焉夫民各有心勿壅惟

第251行

唐本	宋本	元本	黄本	范本	吕释
口晉輿之稱原田魯民之刺裘鞸直不言詠短辭以諷		口晉輿之稱原田魯民之刺裘鞸直言不詠短辭以諷	口、晉輿（元作興，曹改）之稱原田、（元作由，曹改）魯民之刺裘鞸、直言不詠、短辭以諷、	口。晉輿（元作興曹改，趙云作與）之稱原田，（元作由曹改）魯民之刺裘鞸，直言不（趙云言不作不言）詠，短辭以諷，	口晉輿之稱原田魯民之刺裘鞸直不言詠短辭以諷

第252行

唐本	宋本	元本	黄本	范本	吕释
丘明子高並諜爲頌斯則野頌之文揚浸被於人事矣		丘明子高並諜爲誦斯則野誦之變體浸被乎人事矣	邱明子高並諜爲誦、斯則野誦之變體。浸被乎人事矣。	邱明子高，並諜爲誦，（孫云唐寫本作頌）斯則野誦之變體，浸被乎人事矣（趙云誦作頌乎作於）〔八〕。	丘明子高並諜爲頌斯則野頌之變體浸被於人事矣

第253行

唐本	宋本	元本	黄本	范本	吕释
及三閭橘頌、情彩芬芳比類寓言乃覃及乎細物矣	三閭橘頌情采芬芳比類屬興又覃及細矣	及三閭橘頌情采芬芳比類寓意又覃及細物矣	及三閭橘頌情采芬芳比類寓意。又覃及細物矣。	及三閭橘頌，情采孫本西巡，元作逝孫云唐比類寓意，孫云御覽作屬興又覃及細物矣孫云唐寫本又作乃細上有乎字〔九〕。	及三閭橘頌辭彩芬芳比類寓意乃覃及乎細物矣

第254行

唐本	宋本	元本	黄本	范本	吕释
至乎秦政刻文爰頌其德漢之惠景亦有述容沿世並	至於秦政刻文爰頌其德漢之惠景亦有述容沿世並	至於秦政刻文爰頌其德漢之惠景亦有述容沿世並	至於秦政刻文爰頌其德漢之惠景亦有述容、沿世並	至於秦政刻文，爰頌其德〔一〇〕，漢之惠景，亦有述容，沿世並	至乎秦政刻文爰頌其德漢之惠景亦有述容沿世並

第255行

唐本	作相継於時矣若夫子雲之表充国孟堅之序戴侯仲
宋本	作相繼於時矣若夫子雲之表充國孟堅之序戴侯
元本	作相繼於時矣若夫子雲之表充國孟堅之序戴侯仲
黄本	作、相繼於時矣、若夫子雲之表充國、孟堅之序戴侯
范本	作，相繼於時矣〔一一〕。若夫子雲之表充國〔一二〕，孟堅之序（孫云御覽作頌）戴侯〔一三〕，
吕释	作相継於時矣若夫子雲之表充国孟堅之序戴侯仲

第256行

唐本	武之美顯宗史岑之述燕后或擬清廟或範駉那雖深
宋本	武仲之美顯宗史岑之述僖后或擬清廟或範駉那雖深
元本	武之美顯宗史岑之述僖后或擬清廟或範坰那雖深
黄本	武仲之美顯宗、史岑之述熹（元作僖曹改）后、或擬清廟、或範駉那。雖
范本	武仲之美顯宗〔一四〕，史岑之述熹（元作僖曹改鈴木云御覽作僖玉海作熹燉本作燕）后〔一五〕，或擬淸廟，或範駉那（顧校作坰那），雖淺深
吕释	武之美顯宗史岑之述燕后或擬清廟或範駉那雖深

第 257 行

唐本	宋本	元本	黄本	范本	吕释
淺不同詳略各異其褒德顯容典章一也至於班傅之北征	淺不同詳略有異其褒德顯容典章一也	淺不同詳略各異其褒德顯容典章一也至於班傅之北征	淺深不同。詳略各異。其褒德顯容。典章一也。至於班傅之北征	不同，詳略各〔孫云御覽作有〕異，其褒德顯容，典章一也〔一六〕。至於班傅之北征	淺不同詳略各異其褒德顯容典章一也至於班傅之北征

第 258 行

唐本	宋本	元本	黄本	范本	吕释
西征變為序引豈不褒過而謬體哉馬融之廣成上林		西逝變為序引豈不褒過而謬體哉馬融之廣城上林	西巡〔元作逝〕變爲序引、豈不褒過而謬體哉。馬融之廣成上林、〔疑作東巡〕	西巡，〔元作逝　孫云唐寫本作征〕變爲序引，豈不褒過〔趙云過作遹〕而謬體哉〔一七〕！馬融之廣成上林，〔疑作東巡　鈴木云玉海作上林〕	西征變為序引豈不褒通而謬體哉馬融之廣成上林

第259行

唐本	宋本	元本	黃本	范本	吕释
雅而似賦何弄文而失質乎又崔瑗文學蔡邕樊渠並		雅而似賦何弄文而失質乎又崔瑗文學蔡邕樊渠並	雅而似賦、何弄文而失質乎。又崔瑗文學、蔡邕樊渠、並	雅而似賦，何弄文而失質乎〔一八〕！又崔瑗文學，蔡邕樊渠，並	雅而似賦何弄文而失質乎又崔瑗文學蔡邕樊渠並

第260行

唐本	宋本	元本	黃本	范本	吕释
致美於序而簡約乎篇摯虞品藻頗為精覈至云		致美於序而簡約乎篇摯虞品藻頗為精覈至云	致美於序、而簡約乎篇、摯虞品藻、頗爲精覈、至云	致美於序，而簡約乎篇〔一九〕；摯虞品藻，頗爲精覈，至云	致美於序而簡約乎篇摯虞品藻頗爲精覈至云

第 261 行

唐本	宋本	元本	黄本	范本	吕释
雜以風雅而不辯旨趣徒張虛論有似黃白之僞說矣		雜以風雅而不變旨趣徒張虛論有似黃白之僞說矣	雜以風雅，而不變旨趣。徒張虛論，有似黃白之僞說矣。	雜以風雅，而不變（孫云唐寫本變作辨）旨趣，徒張虛論，有似黃白之僞說矣〔三〇〕。	雜以風雅而不辯旨趣徒張虛論有似黃白之僞說矣

第 262 行

唐本	宋本	元本	黄本	范本	吕释
及魏晉雜頌鮮有出轍陳思所綴以皇子爲標陸機積		及魏晉辨頌鮮有出轍陳思所綴以皇子為標陸機積	及魏晉辨頌，鮮有出轍。陳思所綴，以皇子為標，陸機積	及魏晉辨（孫云唐寫本作雜）頌，鮮有出轍。陳思所綴，以皇（鈴木云玉海皇下有太字）子爲標〔三一〕；陸機積	及魏晉雜頌鮮有出轍陳思所綴以皇子爲標陸機積

第263行	
唐本	篇唯功臣冣顯其褒貶雜居固末代之訛體也原夫頌惟
宋本	原夫頌惟
元本	篇惟功臣最顯其褒貶雜居固末代之訛體也原夫頌惟
黄本	篇。惟功臣最顯。其褒貶雜居。固末代之訛體也。原夫頌惟
范本	篇，惟功臣最顯〔三〕；其褒貶雜居，固末代之訛體也。原夫頌惟
吕释	篇唯功臣冣顯其褒貶雜居固末代之訛體也原夫頌惟

第264行	
唐本	典懿詞必清鑠敷寫似賦而不入華侈之區敬慎如銘而
宋本	典懿詞必清鑠敷寫似賦而不入華侈之區敬慎如銘而
元本	典雅辭必清鑠敷寫似賦而不入華侈之區敬慎如銘而
黄本	典雅。辭必。清鑠。敷寫似賦。而不入。華侈。之區。敬慎如。銘。而。
范本	典雅，孫云唐寫本雅作懿御覽亦作懿 辭必清鑠；敷寫似賦，而不入華侈之區；敬慎如銘，而
吕释	典懿詞必清鑠敷寫似賦而不入華侈之區敬慎如銘而

第265行

唐本	異乎規戒之域揄揚以發藻汪洋以樹儀雖纖巧曲致與
宋本	異於規式之域揄揚以發藻汪洋以樹儀雖纖巧曲致與
元本	異乎規戒之域揄揚以發藻汪洋以樹義唯纖曲巧致與
黄本	異乎規戒之域揄揚以發藻。汪洋以樹義。一作儀唯纖曲巧致與
范本	異乎規戒之域。揄揚以發藻，汪洋以樹義。一作儀唯纖曲巧致，孫云唐寫本唯作雖曲巧作巧曲與趙云與作與
吕释	異乎規戒之域揄揚以發藻汪洋以樹儀雖纖巧曲致與

第266行

唐本	情而變其大體所弘如斯而已 讚者明也助也昔虞舜
宋本	情而變其大體所弘如斯而已 讚者明也助也昔虞舜
元本	情而變其大體所底如斯而已讚者明也昔虞舜
黄本	情而變。其大體所底。如斯而已。讚者、明也、助也二字從御覽增昔虞舜
范本	情而變，其大體所底，孫云唐寫本底作弘御覽作宏如斯而已〔三〕。讚者，明也，助也二字從御覽增譚云案御覽有助也二字黃本從之似不必有鈴木云御覽數本有二字〔四〕。昔虞舜
吕释	情而變其大體所弘如斯而已 讚者明也助也昔虞舜

第267行					
吕释	范本	黄本	元本	宋本	唐本
之祀樂正重讚蓋唱發之詞也及益贊于禹伊陟贊	之祀，樂正重讚，蓋唱發之辭也〔五〕。及益讚（趙云作贊）於禹，伊陟讚（孫云唐寫本兩讚字皆作贊）	之祀、樂正重讃、蓋唱發之辭也、及益讃於禹、伊陟讃	之祀樂正重讃蓋唱發之辭也及益讃于禹伊陟贊	之祀樂正重贊蓋唱發之詞也及益贊于禹伊陟贊	之祀樂正重讚蓋唱發之詞也及益讚于禹伊陟讚

第268行					
吕释	范本	黄本	元本	宋本	唐本
扵巫咸並颺言以明事嗟歎以助辭故漢置鴻臚以唱	於巫咸，並颺言以明事，嗟嘆以助辭也（孫云唐寫本無也字御覽也上有者字）〔六〕。故漢置鴻臚，以唱	於巫咸、並颺言以明事、嗟歎以助辭也、故漢置鴻臚以唱	于巫咸並颺言以明事嗟歎以助辭也故漢置鴻臚以唱	于巫咸並颺言以明事嗟嘆以助詞者也故漢置鴻臚以唱	於巫咸並颺言以明事嗟歎以助辭故漢置鴻臚以唱

第269行

唐本	宋本	元本	黄本	范本	吕释
拜为讚即古之遗語也至相如属筆始讚荆軻及史	拜爲讚即古之遺語也至如相如屬詞如賛荆軻及史	拜爲讚即古之遺語也至相如屬筆始讚荆輙及史	拜爲讚、即古之遺語也、至相如屬筆、始讚荆軻、及遷史	拜（顧校拜作言）爲讚，即古之遺語也〔二七〕。至相如屬筆，（孫云御覽筆作詞 鈴木云玉海作詞）始讚荆軻〔二八〕。及遷史	拜為讚即古之遺語也至相如屬筆始讚荆軻及史

第270行

唐本	宋本	元本	黄本	范本	吕释
斑固也託讚褒貶約文以總録頌体而論詞也又紀傳	班書記以讚褒貶約文以總録頌體而論詞又紀傳	班固書託賛褒貶約文以總録頌體以論辭又紀傳	固書、託讚褒貶、約文以總録、頌體以論辭、又紀傳	固書，託讚褒貶（孫云唐寫本書御覽作及史班 作及史班固書記以讚褒貶）〔二九〕。約文以總錄，頌體以論辭，（孫云唐寫本以作而辭下有也字）又紀傳	斑固書託讚褒貶約文以總録頌體而論詞也又紀傳

第271行

吕释	范本	黄本	元本	宋本	唐本
後評亦同其名而仲治流別謬稱爲述失之遠矣及景	後（元作修朱改御覽改）評，亦同其名。而仲治流別，謬稱爲述，失之遠矣〔三〇〕。及景	後（元作修朱改御覽改）評、亦同其名、而仲治流別、謬稱爲述、失之遠矣、及景	後評亦同其名而仲治流別謬稱爲述失之遠矣及景	後評亦同其名而仲治流別謬稱爲述失之遠矣及景	後評亦同其名而仲治流別謬稱為述失之遠矣及景

第272行

吕释	范本	黄本	元本	宋本	唐本
純注尔雅動植賛之事兼美恶亦猶頌之設耳然本其	純注（趙云注下有爾字）雅，動植必讚，（一作讚之從御覽改）義（趙云義作事）兼美惡，亦猶頌之有（孫云御覽有有字）變耳〔三一〕。然本其	純注雅、動植必讚、（一作讚之從御覽改）義兼美惡、亦猶頌之變耳、然本其	純注雅動植讚之義兼美惡亦猶頌之變耳然其	純任雅動植必讃讃兼美惡亦猶頌之有變耳然本其	純注尔雅動植賛之事兼美恶亦猶頌之設耳然本其

第273行

吕释	范本	黄本	元本	宋本	唐本
爲義事生奬歎所以古來篇體促而不曠必結言於四	爲義，（本字從御覽增）事生奬歎，所以古來篇體，促而不廣：（一作曠從御覽改鈴木云梅本燉本作曠）必結言於四	爲義（本字從御覽增）事生奬歎，所以古來篇體。促而不廣。（一作曠從御覽改）必結言於四	為義事生奬歎所以古來篇體促而不曠必結言於四	爲義事生奬歎所以古來篇體促而不曠必結言於四	爲義事生奬歎所以古來篇體促而不曠必結言於四

第274行

吕释	范本	黄本	元本	宋本	唐本
字之句盤桓乎數韻之詞約舉以盡情照灼以送文此其	字之句，盤桓乎數韻之辭；約舉以盡情，昭灼以送（孫云御覽作策）文，此其	字之句。盤桓乎數韻之辭。約舉以盡情。昭灼以送文。此其	字之句盤桓乎數韻之辭約舉以盡情昭灼以送文此其	字之句槃桓乎數韻之詞約舉以盡情照灼以送文此其	字之句盤桓乎數韻之詞約舉以盡情照灼以送文此其

第275行

吕释	范本	黄本	元本	宋本	唐本
體也發源雖遠而致用蓋寡大抵所歸其頌家之細條	體也。發源（孫云御覽作言）雖遠，而致用蓋寡，大抵所歸，其頌家之細條	體也。發源雖遠。而致用蓋寡。大抵所歸。其頌家之細條	體也發源雖遠而致用蓋寡大抵所歸其頌家之細條	體也發言雖遠而致用蓋寡大抵所歸其頌家之細條	體也發源雖遠而致用蓋寡大抵所歸其頌家之細條

第276行

吕释	范本	黄本	元本	宋本	唐本
乎讚曰容德底頌勳業垂讚鏤影摛聲文理有爛年	乎（鈴木云御覽作也）〔三〕！贊曰：容體（孫云唐寫本體作德）底頌，勳業垂讚。鏤彩（鈴木云燉本作影）摛文，（趙云文作聲）聲（趙云聲作文）理有爛。年	乎。贊曰容體底頌勳業垂讚鏤彩摛文聲理有爛年	乎贊曰容體底頌勳業垂讚鏤影摛文聲理有爛年	也	乎讚曰容德底頌勳業垂讚鏤影摛聲文理有爛年

第277行

吕释	范本	黄本	元本	宋本	唐本
迹逾远音徵如旦降及品物炫辭作翫	積癸云積作迹愈遠，音徵如旦。降及品物，炫辭作翫。	積逾遠音徵如旦、降及品物、炫辭作翫、	積逾遠音徵如旦降及品物炫辭作翫		迹逾远音徵如旦降及品物炫辭作翫

第278行

吕释	范本	黄本	元本	宋本	唐本
祝盟弟十	祝盟第十〔一〕	祝盟第十	祝盟第十		祝盟弟十

第279行

呂釋	范本	黃本	元本	宋本	唐本
天地定位礼遍羣神六宗既禋三望咸秩甘雨和風是	天地定位，祀徧群神，元作臣朱改趙云祀作禮臣作神 六宗旣禋〔二〕，三望咸秩〔三〕。甘雨和風，是	天地定位，祀徧羣神、元作臣朱改 六宗旣禋三望咸秩甘雨和風是	天地定位祀徧羣臣六宗旣禋三望咸秩甘雨和風是		天地定位礼徧群神六宗既禋三望咸秩甘雨和風是

第280行

呂釋	范本	黃本	元本	宋本	唐本
生稷黍兆民所仰美報興焉犧盛惟馨本於明德祝	生黍稷，孫云唐寫本作稷黍 兆民所仰，美報興焉。犧盛惟馨，本於明德，祝	生黍稷兆民所仰美報興焉犧盛惟馨本於明德祝	生黍稷兆民所仰美報興焉犧盛惟馨本於明德祝		生稷黍兆民所仰美報興焉犧盛惟馨本於明德祝

第281行

吕释	范本	黄本	元本	宋本	唐本
史陳信資于文詞昔伊耆始蜡以祭八神其詞云土反其	史陳信，資乎文辭〔四〕。昔伊耆（元作祁柳改顾校作祈）始蜡，以祭八神。其辭云：土反（元作及許改）其	史陳信、資乎文辭、昔伊耆（元作祁柳改）始蜡、以祭八神、其辭云、土反（元作及許改）其	史陳信資乎文辭昔伊祈始蜡以祭八神其辭云土及其		史陳信資于文詞昔伊耆始蜡以祭八神其詞云土反其

第282行

吕释	范本	黄本	元本	宋本	唐本
宅水歸其壑昆蟲無作草木歸其澤則上皇祝文暖在茲	宅，水歸其壑，昆蟲無作，草木歸其澤。則上皇祝文，爰在茲	宅、水歸其壑、昆蟲無作、草木歸其澤、則上皇祝文、爰在茲	宅水歸其壑昆蟲無作草木歸其澤則上皇祝文爰在茲		宅水歸其壑昆蟲無作草木歸其澤則上皇祝文暖在茲

第283行

唐本	宋本	元本	黄本	范本	吕释
矣舜之祠田云荷此長耜耕彼南畝与四海俱有利民之		矣舜之祠田云荷此長耜耕彼南畝四海俱有利民之	矣舜之祠田云荷此長耜耕彼南畝四海俱有利民之	矣〔五〕。舜之祠田云：荷此長耜，耕彼南畝，四（孫云唐寫本四上有與字）海俱有。利民之	矣舜之祠田云荷此長耜耕彼南畝与四海俱有利民之

第284行

唐本	宋本	元本	黄本	范本	吕释
志頌形於言矣至於商履聖敬日躋玄牡告天以万方方罪		志頌形於言矣至於商履聖敬日躋玄牡告天以萬方罪	志頌形於言矣至於商履聖敬日躋玄牡告天以萬方罪	志，頌形於言矣〔六〕。至於商履，聖敬日躋，玄牡告天，以萬方罪	志頌形於言矣至於商履聖敬日躋玄牡告天以万方方罪

第285行

唐本	宋本	元本	黄本	范本	吕释
已即郊禋之辭也素車禱旱以六事責躬即雩禜之		巳即郊禋之祠也素車禱旱以六事責躬則雩禜之	已、即郊禋之詞也。素車禱旱以六事責躬則雩禜之	已，即郊禋之詞也〔七〕；素車禱旱，以六事責躬，則（孫云唐寫本作即）雩禜之	已即郊禋之辭也素車禱旱以六事責躬即雩禜之

第286行

唐本	宋本	元本	黄本	范本	吕释
文也及周之太祝掌六祝之辭是以庶物咸生陳於天		文也及周之太祝掌六祝之辭是以庶物咸生陳於天	文也。及周之大祝掌六祝之辭、是以庶物咸生、陳於天	文也〔八〕。及周之大祝，掌六祝（孫云唐寫本作祀）之辭，是以庶物咸生，陳於天	文也及周之太祝掌六祝之辭是以庶物咸生陳於天

第287行

吕释	范本	黄本	元本	宋本	唐本
地之郊旁作穆〻唱於迎日之拜夙興夜寐言於祔廟	地之郊；旁作穆穆，唱於迎日之拜〔九〕；夙興夜處，鈴木云燉本處作寐言於祔廟	地之郊、旁作穆穆、唱於迎日之拜、夙興夜處言於附廟	地之郊旁作穆〻唱於迎日之拜夙興夜處言於附廟		地之郊旁作穆〻唱於迎日之拜夙興夜寐言於祔廟

第288行

吕释	范本	黄本	元本	宋本	唐本
之祀多福无彊布於少牢之饋宜社類禡莫不有文	之祝〔一〇〕；多福無疆，布於少牢之饋〔一一〕；宜社類禡，莫不有文〔一二〕。	之祝、多福無疆、布於少牢之饋宜社類禡、莫不有文、	之祝多福無疆、布於少牢之饋宜社類禡莫不有文		之祀多福无彊布於少牢之饋宜社類禡莫不有文

第289行

唐本	宋本	元本	黄本	范本	吕释
所以寅虔於神祇嚴恭於宗廟也自春秋已下黷祀諂		所以寅虔於神祇嚴恭於宗廟也春秋已下黷祀諂	所以寅虔許補於神祇。嚴恭於宗廟也。春秋已下、黷祀諂	所以寅虔許補於神祇，嚴恭於宗廟也。春孫云唐寫本春上有自字秋已下，黷祀諂	所以寅虔於神祇嚴恭於宗廟也自春秋已下黷祀諂

第290行

唐本	宋本	元本	黄本	范本	吕释
祭祝獘史詞靡神不至〻如張老賀室致美於哥哭之		祭祀幣史辭靡神不至至於張老成室致善於歌哭之	祭、祝幣史辭、靡神不至、至於張老成室、致善於歌哭之	祭，祝鈴木云梅本閔本岡本張本祝作祀幣史辭，靡神不至。至於張老成孫云唐寫本於作如成作賀室，致善孫云唐寫本作美於歌哭之	祭祝獘史詞靡神不至〻如張老賀室致美於哥哭之

第291行

唐本	宋本	元本	黄本	范本	吕释
禱蒯聵臨戰獲祐於筋骨之請雖造次顛沛必於祝		禱蒯聵臨戰復佑於筋骨之請雖造次顛沛必於祝	禱、蒯聵臨戰獲佑於筋骨之請、雖、造、次、顛沛。必、於祝	禱〔一三〕；蒯聵臨戰，獲佑（孫云作祜）於筋骨之請〔一四〕；雖造次顛沛，必於祝	禱蒯聵臨戰獲祐於筋骨之請雖造次顛沛必於祝

第292行

唐本	宋本	元本	黄本	范本	吕释
矣若夫楚詞招魂可謂祝辭之組麗者也逮漢氏羣		矣若夫楚辭招魂可謂祝辭之組纚也漢之群	矣。若夫楚辭招魂可謂祝辭之組纚也。漢之羣	矣。若夫楚辭招魂，可謂祝辭之組纚也（趙云作麗也上有者字）〔一五〕。漢（孫云漢上有逮字）之（之作氏）群	矣若夫楚詞招魂可謂祝辭之組麗者也逮漢氏羣

第293行

吕释	范本	黄本	元本	宋本	唐本
祀肅其百礼既揔碩儒之義亦叅方士之術所以秘祝	祀，肅其旨一作百孫云唐寫本作百禮〔一六〕，既總碩儒之儀，孫云唐寫本作義亦參方士之術〔一七〕。所以祕祝	祀、肅其旨一作百禮、既總碩儒之儀、亦參方士之術、所以祕祝	祀肅其旨禮既總碩儒之儀亦參方士之術所以祕祝		祀肅其百礼既揔碩儒之義亦叅方士之術所以秘祝

第294行

吕释	范本	黄本	元本	宋本	唐本
移過異乎成湯之心振子毆疫同於越巫之説體失之	移過，異於成湯之心〔一八〕；侲子毆疫，元作毆疾王改同乎越巫之祝孫云唐寫本作說〔一九〕：禮鈴木云王本同諸本禮作體失之	移過。異於成湯之心。侲子毆疫。元作毆疾王改同乎越巫之祝。禮失之	移過異於成湯之心侲子毆疾同乎越巫之祝體失之		移過異乎成湯之心振子毆疫同於越巫之説體失之

第295行

吕释	范本	黄本	元本	宋本	唐本
漸也至如黃帝有呪耶之文東方翔有罵鬼之書於是	漸也。至如黃帝有祝邪之文〔三〇〕，東方朔有罵鬼之書〔三一〕，於是	漸也。至如黃帝有祝邪之文東方朔有罵鬼之書於是	漸也至如黃帝有祝邪之文東方朔有罵鬼之書於是		漸也至如黃帝有呪耶之文東方翔有罵鬼之書於是

第296行

吕释	范本	黄本	元本	宋本	唐本
後之譴呪務於善罵唯陳思誥咎裁以正義矣若乃	後之譴呪，務於善罵。唯陳思誥咎，元脫曹補孫云唐寫本作誥 裁以正義矣〔三二〕。若乃	後之譴呪。務於善罵。唯陳思誥咎。元脫曹補 裁以正義矣。若乃	後之譴呪務於善罵唯陳思誥裁以正義矣若乃		後之譴呪務於善罵唯陳思誥咎裁以正義矣若乃

第297行

吕释	范本	黄本	元本	宋本	唐本
礼之祭祝事止告饗而中代祭文兼讚言行祭而兼	禮之祭祀，孫云唐寫本作祝事止告饗；而中代祭文，兼讚言行，祭而兼	禮之祭祀。事止告饗。而中代祭文。兼讚言行。祭而兼	禮之祭祀事止告饗而中代祭文兼讚言行祭而兼		礼之祭祝事止告饗而中代祭文兼讚言行祭而兼

第298行

吕释	范本	黄本	元本	宋本	唐本
贊蓋引神之作也又漢代山陵哀策流文周喪盛姬内	讚，趙云作贊蓋引神鈴木云閔本神作伸而孫云唐寫本作之作也〔三〕。又漢代山陵，哀策流文〔四〕，周喪盛姬，内	讚。蓋引神而作也。又漢代山陵哀策流文周喪盛姬内	讚蓋引神而作也又漢代山陵哀策流文周喪盛姬内		贊蓋引神之作也又漢代山陵哀策流文周喪盛姬内

第299行

吕释	范本	黄本	元本	宋本	唐本
史執策然則策本書贈因哀為文也是以義同于誄而	史執策〔二五〕。然則策本書贈，孫云唐寫本作賵因哀而孫云唐寫本無而字爲文也〔二六〕。是以義同於誄〔二七〕，而	史執策、然則策本書贈、因哀而爲文也、是以義同於誄。而	史執策然則策本書贈因哀而爲文也是以義同於誄而		史執策然則策本書贈因哀為文也是以義同于誄而

第300行

吕释	范本	黄本	元本	宋本	唐本
文實告神誄體而哀末頌體而祝儀太祝所讀固祝	文實告神，誄首而哀末，頌體而祝一作呪儀，太史所作之讚，因周	文實告神。誄首而哀末。頌體而祝一作呪。儀太史所作之讚。因周	文實告神誄首而哀末頌體而呪儀太史所作之讚、因周		文實告神誄體而哀末頌體而祝儀太祝所讀固祝

第301行

唐本	宋本	元本	黄本	范本	吕释
之文者也凡羣言務華而降神務實修詞之誠在於		之祝文也凡羣言發華而降神實務脩辭立誠在於	之祝文也。凡羣言發華而降神務實脩辭立誠在於	之祝文也（孫云唐寫本作太祝所讀固祝之文者也）〔三八〕。凡群言發華，而降神務實，修辭立誠，在於	之文者也凡羣言務華而降神務實修詞立誠在於

第302行

唐本	宋本	元本	黄本	范本	吕释
無愧祈禱之式必誠以敬祭奠之楷宜恭且哀此其		無媿祈禱之式必誠以敬祭奠之楷宜恭且哀此其	無媿。祈禱之式。必誠以敬。祭奠之楷。宜恭且哀。此其	無媿。（趙云作愧）祈禱之式，必誠以敬；祭奠之楷，宜恭且哀：此其	無愧祈禱之式必誠以敬祭奠之楷宜恭且哀此其

第303行	
唐本	大較也班固之祠涿山禱祈之誠敬也潘岳之祭庾
宋本	
元本	大較也班固之祀濛山祈禱之誠敬也潘岳之祭庾
黄本	大較也。班固之祀濛山、祈禱之誠敬也、潘岳之祭庾
范本	大較也〔二九〕。班固之祀濛（孫云唐寫本作涿）山，祈禱之誠敬也〔三〇〕；潘岳之祭庾
吕释	大較也班固之祠涿山禱祈之誠敬也潘岳之祭庾

第304行	
唐本	婦祭奠之恭哀也舉彙而求昭然可鑒矣　盟者明
宋本	
元本	婦奠祭之恭哀也舉彙而求昭然可鑒矣盟者明
黄本	婦、奠祭之恭哀也舉彙而求、昭然可鑒矣盟者、明
范本	婦，奠祭之恭哀也〔三一〕：舉彙而求，昭然可鑒矣。盟者，明
吕释	婦祭奠之恭哀也舉彙而求昭然可鑒矣　盟者明

第305行

唐本	宋本	元本	黄本	范本	吕释
也騂旄白馬珠盤玉敦陳詞乎方明之下祝告於神明		也騂毛白馬珠盤玉敦陳辭乎方明之下祝告於神明	也、騂毛白馬、珠盤玉敦陳辭乎方明之下、祝告於神明	也〔三二〕。騂毛（孫云唐寫本作旄）白馬，珠盤玉敦〔三三〕，陳辭乎方明之下，祝告於神明	也騂旄白馬珠盤玉敦陳詞乎方明之下祝告於神明

第306行

唐本	宋本	元本	黄本	范本	吕释
者也在昔三王詛盟不及時有要誓結言而退周衰屢		者也在昔三王詛盟不及時有要誓結言而退周衰屢	者也、在昔三王、詛盟不及、時有要誓、結言而退、周衰屢	者也〔三四〕。在昔三王，詛盟不及，時有要誓，結言而退〔三五〕。周衰屢	者也在昔三王詛盟不及時有要誓結言而退周衰屢

第307行

吕释	范本	黄本	元本	宋本	唐本
盟弊及要劫始之以曹沫終之以毛遂及秦昭盟夷設	盟，以及要契孫云唐寫本以作弊契作劫〔三六〕，始之以曹沫，終之以毛遂〔三七〕。及秦昭盟夷，設	盟、以及要契、始之以曹沫、終之以毛遂、及秦昭盟夷設	盟以及要契始之以曹沫終之以毛遂及秦昭盟夷設		盟弊及要劫始之以曹沫終之以毛遂及秦昭盟夷設

第308行

吕释	范本	黄本	元本	宋本	唐本
黄龍之祖漢祖建侯定山河之誓然義存則克終道	黃龍之詛；漢祖建侯，定山河之誓〔三八〕。然義存則克終，道	黃龍之詛、漢祖建侯、定山河之誓、然義存則克終道	黃龍之詛漢祖建侯定山河之誓然義存則克終道		黄龍之祖漢祖建侯定山河之誓然義存則克終道

第 309 行

唐本	宋本	元本	黄本	范本	吕释
廢則渝始崇替在人祝何豫焉若夫臧洪唼血辭截		廢則渝始崇替在人呪何預焉若夫臧洪歃辭氣截	廢則渝始、崇替在人、呪何預焉若夫臧洪歃辭、氣截	廢則渝始，崇替在人，呪〔孫云唐寫本作祝〕何預焉？若夫臧洪歃辭，〔孫云唐寫本作唼血〕氣截	廢則渝始崇替在人祝何豫焉若夫臧洪唼血辭截

第 310 行

唐本	宋本	元本	黄本	范本	吕释
雲蜺劉琨鐵誓精貫霏霜而無補漢晉而反為仇		雲蜺劉琨鐵誓精貫霏霜而無補於晉漢反爲仇	雲蜺、劉琨鐵誓、精貫霏霜、而無補於晉漢、反爲仇	雲蜺〔三九〕；劉琨鐵誓，精貫霏霜〔四〇〕：而無補於〔孫云唐寫本無於字〕晉漢，反爲仇	雲蜺劉琨鐵誓精貫霏霜而無補漢晉而反為仇

第311行

唐本	宋本	元本	黄本	范本	吕释
雖故知信由不衷盟無益也夫盟之大體必序危機		雖故知信不由衷盟無益也夫盟之大體必序危機	雖故知信不由衷盟無益也夫盟之大體。必。序。危機。	雖。故知信不由衷，盟無益也〔四二〕。夫盟之大體，必序危機，	雖故知信由不衷盟無益也夫盟之大體必序危機

第312行

唐本	宋本	元本	黄本	范本	吕释
獎乎忠孝存亡戮力祈幽靈以取鑒指九天以爲正感		獎忠孝共存亡戮心力祈幽靈以取鑒指九天以爲正感	獎。忠。孝。共。存。亡。戮。心。力。祈。幽。靈。以。取鑒。指。九。天。以。爲。正。感。	獎孫云唐寫本有乎字忠孝，共存亡，戮心力，孫云唐寫本無共字無心字祈幽靈以取鑒，指九天以爲正，感	獎乎忠孝存亡勠力祈幽靈以取鑒指九天以爲正感

第313行

吕释	范本	黄本	元本	宋本	唐本
激以立誠切至以數詞此其所同也然非詞之難處辭	激以立誠，切至以數辭，此其所同也。然非辭之難，處辭	激以立誠切至以數辭此其所同也然非辭之難處辭	激以立誠切至以數辭此其所同也然非辭之難處辭		激以立誠切至以數詞此其所同也然非詞之難處辭

第314行

吕释	范本	黄本	元本	宋本	唐本
為難後之君子宜存殷鑒忠信可矣無恃神焉	爲難。後之君子，宜在孫云唐寫本作存殷鑒，忠信可矣，無恃神焉！	爲難後之君子宜在殷鑒忠信可矣無恃神焉	爲難後之君子宜在殷鑒忠信可矣無恃神焉		為難後之君子宜存殷鑒忠信可矣無恃神焉

第315行

唐本	宋本	元本	黃本	范本	吕释
讚曰秘祀唼血祝史惟談立誠在肅脩詞必甘季代弥		贊曰毖祀欽明祝史惟談立誠在肅脩辭必甘季代彌	贊曰毖祀欽明、祝史惟談、立誠在肅、脩辭必甘、季代彌	贊曰：毖祀欽明（孫云唐寫本作唼血）〔四二〕，祝史惟談。立（顧校作意）誠在肅，脩辭必甘。季代彌	讚曰秘祀唼血祝史惟談立誠在肅脩詞必甘季代弥

第316行

唐本	宋本	元本	黃本	范本	吕释
飾絢言朱藍神之来格不貴無慙		飾絢言朱藍神之來格所貴無慙	飾、絢言朱藍、神之來格、所貴無慚、	飾，絢言朱藍。神之來格，所貴（顧校貴作責）無慚。	飾絢言朱藍神之来格所貴無慙

第317行

吕释	范本	黄本	元本	宋本	唐本
卷弟三	文心雕龍 卷三	文心雕龍卷第三	文心雕龍卷第三		卷弟三　大寶積經　一　大寶積積佛

第318行

吕释	范本	黄本	元本	宋本	唐本
銘箴弟十一	銘箴第十一	銘箴第十一	銘箴第十一		銘箴弟十一　一　大寶積　大寶　言　大寶積經弟一

第319行

唐本	宋本	元本	黄本	范本	吕释
昔帝軒刻輿几以弼違大禹勤筍簴以招諫成湯盤	昔軒轅帝刻輿以弼違太禹勤筍簴以招諫成湯盤	昔帝軒刻輿几以弼違大禹勤筍簴而招諫成湯盤	昔帝軒刻輿几以弼違大禹勤筍簴而招諫成湯盤	昔帝軒（孫云御覽五百九十引作軒轅帝鈴木云玉海作黄帝無昔字）刻輿几以弼違〔一〕，大禹勤筍（孫云唐寫本作簨）簴而招諫〔二〕，成湯盤	昔帝軒刻輿几以弼違大禹勤簨簴以招諫成湯盤

第320行

唐本	宋本	元本	黄本	范本	吕释
盂著日新之規武王戶席題必誡之訓周公慎言於金	盂著日新之規武王户席題必誡之訓周公慎言於金	盂著日新之規武王户席題必戒之訓周公慎言於金	盂著日新之規武王户席題必戒之訓周公慎言於金	盂，著日新之規〔三〕，武王戶席，題必戒（孫云唐寫本作誡御覽亦作誡）之訓〔四〕，周公慎言於金	盂著日新之規武王户席題必誡之訓周公慎言於金

第321行

唐本	宋本	元本	黄本	范本	吕释
人仲尼革容於敧器列聖鑒戒其來久矣銘者名也	人仲尼革容於欹器列聖鑒戒其來久矣故銘者名也	人仲尼革容於欹器則先聖鑒戒其來久矣故銘者銘也	人仲尼革容於欹器則先聖鑒戒其來久矣故銘者名也	人〔五〕，仲尼革容於欹器，則先（孫云唐寫本御覽則字無先作列）聖鑒戒，其來久矣〔六〕。故（孫云唐寫本無故字）銘者，名也，	人仲尼革容於敧器列聖鑒戒其来久矣銘者名也

第322行

唐本	宋本	元本	黄本	范本	吕释
觀器必名焉正名審用貴乎慎德蓋臧仲之論銘	觀器必也正名審用貴乎慎德蓋臧武仲之論銘	觀器必也正名審用貴乎盛德蓋臧武仲之論銘	觀器必也正名審用貴乎盛德蓋臧武仲之論銘	觀器必也（孫云唐寫本必也作必名焉）正名，審用貴乎盛（孫云唐寫本盛作慎）德〔七〕。蓋臧武（孫云唐寫本無武字）仲之論銘	觀器必名焉正名審用貴乎慎德蓋臧仲之論銘

第323行

唐本	宋本	元本	黄本	范本	吕释
也夏鑄九牧之金周勒肅慎之楛令德之事也呂望銘	也曰天子令德諸侯計功大夫稱伐夏鑄九牧之金周勒肅慎之楛令德之事也呂望銘	也曰天子令德諸侯計功大夫稱代夏鑄九牧之金鼎周勒肅慎之楛矢令德之事也呂望銘	也。曰天子令德諸侯計功。大夫稱伐。夏鑄九牧之金鼎。周勒肅慎之楛矢。令德之事也。呂望銘	也，曰：天子令德，諸侯計功，大夫稱伐〔八〕。夏鑄九牧之金鼎，周勒肅愼之楛矢，孫云唐寫本鼎字矢字無御覽亦無此二字令德之事也〔九〕；呂望銘	也夏鑄九牧之金周勒肅慎之楛令德之事也呂望銘

第324行

唐本	宋本	元本	黄本	范本	吕释
功於昆吾仲山鏤績於庸器計功之義也魏顆紀勳於	功於昆吾仲山鏤績於庸器計功之義也魏顆紀勳於	功於昆吾仲山鏤績於庸器計功之義也魏顆紀勳於	功於昆吾。仲山鏤績於庸器。計功之義也。魏顆紀勳於	功於昆吾，仲山鏤績於庸器，計功之義也〔一〇〕；魏顆紀勳於	功於昆吾仲山鏤績於庸器計功之義也魏顆紀勳於

第325行

唐本	宋本	元本	黄本	范本	吕释
景鍾孔悝表勤於衛鼎稱伐之類也若乃飛廉有石	景鍾孔悝表勤於衛鼎稱伐之類也若乃飛廉有石	景銘孔悝表勤於衛鼎稱代之類也若乃飛廉有石	景鐘。元作銘曹改孔悝表勤於衛鼎稱伐之類也。若乃飛廉有石	景鐘，元作銘曹改趙云銘作鐘孔悝表勤於衛鼎，稱伐之類也〔二〕。若乃飛廉有石	景鍾孔悝表勤於衛鼎稱伐之類也若乃飛廉有石

第326行

唐本	宋本	元本	黄本	范本	吕释
槨之鍚靈公有舊里之謚銘發幽石噫可怗也趙靈	槨之錫雲公有奪里之謚銘發幽石噫可恠也趙靈	廓之錫靈公有蒿里之謚銘發幽石吁可怪矣趙靈	槨之錫。靈公有蒿里之謚銘發幽石。吁可恠矣。趙靈	槨之錫，靈公有蒿里趙云蒿作舊之謚，銘發幽石，吁可怪矣孫云唐寫本吁作噫矣作也御覽亦作噫也〔三〕！趙靈	槨之鍚靈公有舊里之謚銘發幽石噫可怗也趙靈

第 327 行					
吕释	范本	黄本	元本	宋本	唐本
勤迹於潘吾秦昭刻博於華山夸誕示後吁可笑也詳	勤跡於番吾，元作禺楊改秦昭刻博元作傳朱改於華山，夸誕示後，吁可笑元作茂又作戒也〔三〕！詳	勤跡於番吾。元作禺楊改秦昭刻博元作傳朱改於華山。夸誕示後。吁可笑元作茂又作戒也。詳	勤跡於番禺秦昭刻傳於華山夸誕示後吁可茂也詳	勤跡於潘吾秦昭刻傳於華山夸誕示後吁可笑也詳	勤迹於潘吾秦昭刻博於華山夸誕示後吁可笑也詳

第 328 行					
吕释	范本	黄本	元本	宋本	唐本
觀衆例銘義見矣至於始皇勒岳政暴而文澤亦	觀衆例，銘義見矣〔一四〕。至於始皇勒岳，政暴而文澤，亦	觀衆例。銘義見矣。至於始皇勒岳。政暴而文澤。亦	觀衆例銘義見矣至於始皇勒岳政暴而文澤亦	觀衆例銘義見矣至於始皇勒岳政暴而文澤亦	觀衆例銘義見矣至於始皇勒岳政暴而文澤亦

第329行

吕释	范本	黄本	元本	宋本	唐本
其疎通之美焉班固燕然之勒張旭華陰之碣序	有疎通之美焉〔一五〕。若孫云唐寫本無若字御覽若下有乃字班固燕然之勒，張昶孫云唐寫本昶作旭華陰之碣，序	有疎通之美焉。若班固燕然之勒。張昶華陰之碣。序	有疎通之美焉若班固燕然之勒張昶華陰之碣序	有疎通之美焉若乃班固燕然之勒張旭華陰之碣序	有疎通之美焉班固燕然之勒張旭華陰之碣序

第330行

吕释	范本	黄本	元本	宋本	唐本
亦盛矣蔡邕銘思獨冠古今橋公之鉞則吐納典謩朱	亦盛矣〔一六〕。蔡邕銘思，獨冠古今。孫云御覽作蔡邕之銘思燭古今橋元作僑孫改公之鉞，元作箴孫云御覽作箴吐納典謨；朱	亦盛矣。蔡邕銘思。獨冠古今。橋元作僑孫改公之鉞元作箴吐納典謨。朱	亦盛矣蔡邕銘思獨冠古今僑公之箴吐納典謨朱	亦成矣蔡邕之銘思燭古今橋公之鉞則吐納典謩朱	亦盛矣蔡邕銘思獨冠古今橋公之鉞吐納典謩朱

第331行

唐本	穆之鼎全成碑文溺所長也至如敬通雜器準鑊武銘
宋本	穆之鼎全成碑文溺所長也至如敬通新器鑊淮武銘
元本	穆之鼎全成碑文溺所長也至如敬通雜器準鑊戒銘
黄本	穆之鼎。全成碑文。溺所長也。至如敬通雜器。準鑊戒銘。
范本	穆之鼎，全成碑文，溺所長也〔一七〕。至如敬通雜器，準鑊戒孫云唐寫本戒作武銘，
吕释	穆之鼎全成碑文溺所長也至如敬通雜器準鑊武銘

第332行

唐本	而事非其物繁略違中崔駰品物讚多戒少李尤積篇
宋本	而事非其物繁略違中崔駰品物讚多戒少李尤積篇
元本	而事非其物繁略違中崔駰品物讚多戒少李尤積篇
黄本	而事非其物。繁略違中。崔駰品物。讚多戒少。李尤積篇。
范本	而事非其物，繁略違中〔一八〕。崔駰品物，讚多戒少〔一九〕；李尤積篇，
吕释	而事非其物繁略違中崔駰品物讚多戒少李尤積篇

第333行

唐本	宋本	元本	黄本	范本	吕释
義儉辭碎著龜神物而居博弈之下衡斛嘉量而	義儉辭碎著龜神物而居博弈之下衡斛嘉量而	義儉辭碎著龜神物而居博奕之中衡斛嘉量而	義儉辭碎。著龜神物、而居博弈之中。衡斛嘉量、而	義儉辭碎。著龜神物，而居博弈之中；孫云居寫本中作下御覽亦作下 衡斛嘉量，而	義儉辭碎著龜神物而居博弈之下衡斛嘉量而

第334行

唐本	宋本	元本	黄本	范本	吕释
在杵臼之末曾名品之末暇何事理之能閑哉魏文九	在杵臼之末曾名品之未暇何事理之能閑哉魏文九	在臼杵之末曾名品之未暇何事理之能閑哉魏文九	在臼杵之末。曾名品之未暇。何事理之能閑哉。魏文九	在臼杵孫云唐寫本作杵臼御覽亦作杵臼之末：曾名品之未暇，何事理之能閑哉〔二〇〕？魏文九	在杵臼之末曾名品之末暇何事理之能閑哉魏文九

第335行

吕释	范本	黄本	元本	宋本	唐本
寶器利辭鈍唯張載劍閣清采其才迅足駸〻後發前	寶，器利辭鈍〔三〕。唯張載（元作采謝改）劍閣，其才清采，（孫云唐寫本作清采其才）迅足駸駸，後發前	寶。器利辭鈍。唯張載（元作采謝改）劍閣。其才清采。迅足駸駸。後發前	寶器利辭鈍唯張采劍閣其才清采迅足駸駸後發前	寶器利辭鈍惟張載劍閣其才清彩迅足駸駸後發前	寶器利辭鈍唯張載劍閣清采其才迅足駸〻後發前

第336行

吕释	范本	黄本	元本	宋本	唐本
至詺勒岷漢得其宜矣 箴者針也所以攻疾防患喻	至，勒銘（孫云勒銘作詺勒）岷漢，得其宜矣〔三〕。箴者，（孫云唐寫本有針也二字）所以攻疾防患，喻	至。勒銘岷漢。得其宜矣。箴者、所以攻疾防患喻	至勒銘岷漢得其宜矣箴者所以攻疾防患喻	至銘勒岷漢得其宜矣 箴所以攻疾除患喻	至詺勒岷漢得其宜矣 箴者針也所以攻疾防患喻

第337行

吕释	范本	黄本	元本	宋本	唐本
箴石也斯文之興盛於三代夏商二箴餘句頗存周	鍼石也孫云御覽五八八引此作箴所以攻疾除患喻鍼石烜〔三三〕。斯文之興，盛於三代。夏商二箴，餘句頗存〔三四〕。及周	鍼石也、斯文之興盛於三代、夏商二箴餘句頗存、及周	箴石也斯文興盛於三代夏商二箴餘句頗存及周	針石烜又曰斯文之興盛於三代夏商二箴餘句頗存及周	箴石也斯文之興盛於三代夏商二箴餘句頗存周

第338行

吕释	范本	黄本	元本	宋本	唐本
之辛甲百官箴闕唯虞箴一篇體義備焉迄至春	之辛甲百官箴孫云唐寫本及字無箴下有闕唯虞箴四字一篇，體義備焉。迄至春	之辛甲百官箴一篇、體義備焉、迄至春	之辛甲百官箴一篇體義備焉迄至春	之辛甲百官箴闕唯虞箴一篇體義備焉迄至春	之辛甲百官箴闕唯虞箴一篇體義備焉迄至春

第 339 行

吕释	范本	黄本	元本	宋本	唐本
秋微而未絕故魏絳諷君於后羿楚子訓人於在勤戰	秋，微而未絕。故魏絳諷君於后羿，楚子訓民於在勤〔五〕。戰	秋、微而未絕、故魏絳諷君於后羿、楚子訓民於在勤、戰	秋微而未絕故魏絳諷君於后羿楚子訓民於在勤戰	秋微而未絕故魏絳諷君於后羿楚子訓人於在勤戰	秋溦而未絕故魏絳諷君於后羿楚子訓人於在勤戰

第 340 行

吕释	范本	黄本	元本	宋本	唐本
伐已來弃德務功銘詞代興箴文萎絕至揚雄稽古始	代以來，棄德務功，銘辭代興，箴文委（孫云唐寫本作萎，御覽亦作萎）絕。至揚雄稽古，始	代已來、棄德務功。銘辭代興。箴文委絕。至揚雄稽古、始	伐巳來棄德務功銘辭代興箴文委絕至楊雄稽古始	伐巳來棄德務功銘辭代興箴文萎絕至楊雄稽古始	伐已來弃德務功銘詞代興以箴文萎絕至揚雄稽古始

第341行

唐本	宋本	元本	黃本	范本	吕释
範虞箴卿尹州牧廿五篇及崔胡補綴揔稱百官指事	範虞箴卿尹州牧二十篇及崔胡補綴揔稱百官指事	範虞箴卿尹州牧廿五篇及崔胡補綴總稱百官指事	範虞箴作卿尹州牧二十五篇、及崔胡補綴、總稱百官、指事	範虞箴，作（孫云唐寫本及御覽皆無作字）卿尹（孫云唐寫本有九字）州牧二十五（鈴木云御覽無五字）篇。及崔胡補綴，總稱百官，指事	範虞箴卿尹州牧廿五篇及崔胡補綴揔稱百官指事

第342行

唐本	宋本	元本	黃本	范本	吕释
配位鞶鑑有徵可謂追清風於前古攀辛甲於後代者	配位鞶鑑有徵可謂追清風於前古攀辛甲於後代者	配位鞶鑑可徵信所謂追清風於前古攀辛甲於後代者	配位、鞶鑑可徵、信所謂追清風於前古。攀辛甲於後代者	配位，鞶鑑可（趙云可作有）徵，信所（孫云唐寫本所作可無信字）謂追清風於前古，攀辛甲於後代者	配位鞶鑑有徵可謂追清風於前古攀辛甲於後代者

第343行

吕释	范本	黄本	元本	宋本	唐本
也至於潘勗符節要而失淺温嶠侍臣博而患繁王	也〔二六〕。至於潘勗符節，要而失淺〔二七〕；温嶠傳趙云傳作侍臣，博而患繁〔二八〕；王	也。至於潘勗符節、要而失淺、温嶠傳臣、博而患繁、王	也至於潘勗符節要而失淺温嶠傳臣博而患繁王	也至於潘勗符節要而失淺温嶠侍臣博而患繁王	也至於潘勗符節要而失浅温嶠侍臣博而患繁王

第344行

吕释	范本	黄本	元本	宋本	唐本
濟国子引多而事寡潘尼乘輿義正而體蕪凡斯継	濟國子，引廣一作多事雜一作寡趙云作引多而事寡〔二九〕；潘尼乘輿，義正趙云正下有而字體蕪〔三〇〕：凡斯繼	濟國子、引廣一作多事雜、一作寡潘尼乘輿、義正、體蕪、凡斯繼	濟國子引廣事寡潘尼乘輿義正體蕪凡斯繼	濟國子引多事寡潘君乘輿義正體蕪凡斯繼	濟国子引多而事寡潘尼乘輿義正而體蕪凡斯継

第345行	
唐本	
宋本	作鮮有克衷至於王朗雜箴乃寘巾屨得其戒慎而
元本	作鮮有克衷至於王朗雜箴乃寘巾屨得其戒慎而
黄本	作、鮮有克衷、至於王朗雜箴、乃寘巾履得其戒慎、而
范本	作，鮮有克衷。至於王朗雜箴，乃寘巾履，（趙云履作屨）得其戒慎，而
吕释	作鮮有克衷至於王朗雜箴乃寘巾屨得其誡慎而

第346行	
唐本	
宋本	失其所施觀其約文舉要憲章武銘而水火井竈繁辭
元本	失其所施觀其約文舉要憲章戒銘而水火井竈繁辭
黄本	失其所施、觀其約文舉要、憲章戒銘、而水火井竈繁辭
范本	失其所施。觀其約文舉要，憲章戒（趙云作武）銘，而水火井竈，繁辭
吕释	失其施觀其約文舉要憲章武銘而水火井竈繁辭

第347行

唐本	宋本	元本	黄本	范本	吕释
不已志有偏也夫箴誦於官銘題於器名用雖異而警	不已志有偏也夫箴誦於經銘題於器名用雖異而警	不已志有偏也夫箴誦於官銘題於器名目雖異而警	不已、志有偏也、夫箴誦於官。銘題於器。名目雖異而警	不已，志有偏也〔三〕。夫箴誦於官，銘題於器（鈴木云御覽官作經），名目（趙云目作用）雖異，而警	不已志有偏也夫箴誦於官銘題於器名用雖異而警

第348行

唐本	宋本	元本	黄本	范本	吕释
戒實同箴全禦過故文資确切銘兼褒讚故體貴弘	戒實同箴全禦過故文資确切銘兼褒讚故理貴弘	戒實同箴全禦過故文資确切銘兼褒讚故體貴弘	戒實同箴全禦過故文資确（元作確，朱改）切銘兼褒讚故體貴弘	戒實同。箴全禦過，故文資确（元作確，朱改）切；銘兼褒讚，故體貴弘	戒實同箴全禦過故文資确切銘兼褒讚故體貴弘

第 349 行

唐本	宋本	元本	黄本	范本	吕释
潤之取事也必覈以辨之摛文也必簡而深之大要也	潤取其要也	潤其取事也必覈以辨其摛文也必簡而深此其大要也	潤。其取事也。必覈（元作覆）以辨。其摛文也。必簡而深。此其大要也。	潤：其取事也必覈（元作覈）以辨，其摛文也必簡而深，此其大要也〔三一〕。	潤其取事也必覈以辨其摛文也必簡而深此其大要也

第 350 行

唐本	宋本	元本	黄本	范本	吕释
然矣言之道蓋闕庸器之制久淪所以箴銘寡用罕	然矣言之道蓋闕庸器之制久淪所以箴銘寶用罕	然矣言之道蓋闕庸器之制久淪所以箴銘異用罕	然矣言之道蓋闕庸器之制久淪所以箴銘異用罕	然矣言之道蓋闕，庸器之制久淪，所以箴銘異（趙云異作寡）用，罕	然矣言之道盖闕庸器之制久淪所以箴銘寡用罕

第 351 行

吕释	范本	黄本	元本	宋本	唐本
施後代唯秉文君子宜酌其遠大者焉 讃曰銘實器	施於（孫云唐寫本於作後御覽五八八引亦作後）代〔三三〕。惟秉文君子，宜酌其遠大焉。贊曰：銘實	施於代惟秉文君子宜酌其遠大焉 贊曰銘實	施代惟秉文君子宜酌其遠大焉 贊曰銘實	施後代惟秉文君子宜酌其遠大矣	施後代唯秉文君子宜酌其遠大者焉 讃曰銘實器

第 352 行

吕释	范本	黄本	元本	宋本	唐本
表箴唯德軌有佩于言無鑒于水秉茲貞厲警乎	表器（趙云作器表）〔三四〕，箴惟德軌。有佩於言，無鑒於水。秉茲貞厲，敬言乎	表器箴惟德軌、有佩於言、無鑒於水、秉茲貞厲敬言乎	表器箴惟德軌有佩于言無鑒于水秉茲貞厲敬言乎		表箴唯德軌有佩于言無鑒于水秉茲貞厲警乎

第353行

唐本	宋本	元本	黄本	范本	吕释
立履義典則弘文約爲美		履義典則弘文約爲美	履義、典則弘、文約爲美、	履孫云唐寫本作響乎立履〔三五〕。義典則弘，文約爲美。	立履義典則弘文約爲美

第354行

唐本	宋本	元本	黄本	范本	吕释
誄碑第十二		誄碑第十二	誄碑第十二	誄碑第十二	誄碑第十二

第355行

吕释	范本	黄本	元本	宋本	唐本
周世盛德有銘誄之文大夫之才臨喪能誄〻者累也累	周世盛德，有銘誄之文〔一〕。大夫孫云明抄本御覽五九六引大夫上有士字之材，臨喪能誄〔二〕。誄者，累也；孫云御覽五九六無累也累	周世盛德有銘誄之文、大夫之材、臨喪能誄、誄者、累也、累	周世盛德有銘誄之文大夫之材臨喪能誄誄者累也累	周世盛德有銘誄之文士大夫之才臨喪能誄誄者累	周世盛德有銘誄之文大夫之才臨喪能誄〻者累也累

第356行

吕释	范本	黄本	元本	宋本	唐本
其德行旌之不朽也夏商已前其詞靡聞周雖有誄未	其德行，旌之不朽也〔三〕。夏商已前，其詳孫云唐寫本詳作詞靡聞〔四〕。周雖有誄，未	其德行旌之不朽也、夏商已前其詳靡聞、周雖有誄未	其德行旌之不朽也夏商已前其詳靡聞周雖有誄未	其德行旌之不朽也夏商以前其詳靡聞周雖有誄未	其德行旌之不朽也夏商已前其詞靡聞周雖有誄未

第357行

唐本	宋本	元本	黄本	范本	吕释
被於士又賤不誅貴幼不誅長其在万乘則稱天以誅之	被於士又賤不誅貴幼而不誅長其萬乘則稱天以誅之	被於士又賤不誅貴幼不誅長在萬乘則稱天以誅之	被于士、又賤不誅貴、幼不誅長、在萬乘則稱天以誅之、	被于士〔五〕。又賤不誅貴，幼不誅長；在（孫云唐寫本在上有其字）萬乘則稱天以誅之，	被於士又賤不誅貴幼不誅長其在万乘則稱天以誅之

第358行

唐本	宋本	元本	黄本	范本	吕释
讀誅定謚其節文大矣自魯莊戰乘丘始及於士	讀誅定謚其節文大矣自魯莊戰乘丘始及於士	讀誅定謚其節文大矣自魯莊戰乘丘始及於士	讀誅定謚其節文大矣、自魯莊戰乘邱、始及于士、	讀誅定謚，其節文大矣〔六〕。自魯莊戰乘丘，始及于士〔七〕。	讀誅定謚其節文大矣自魯莊戰乘丘始及於士

第359行

吕释	范本	黄本	元本	宋本	唐本
逮尼父之卒哀公作誄觀其慭遺之辭烏呼之歎	逮（鈴木云御覽逮作迨）尼父（孫云唐寫本父下有之字）卒，哀公作誄。觀其慭遺之切，（孫云唐寫本作辭御覽亦作辭）嗚呼之歎，	逮尼父卒、哀公作誄、觀其慭遺之切嗚呼之歎、	逮尼父卒哀公作誄觀其慭遺之切嗚呼之歎	迨尼父之卒哀公作誄觀其慭遺之辭嗚呼之歎	逮尼父之卒哀公作誄觀其慭遺之辭烏呼之歎

第360行

吕释	范本	黄本	元本	宋本	唐本
雖非睿作古式存焉至柳妻之誄惠子則辭哀而	雖非叡作，古式存焉〔八〕。至柳妻之誄惠子，則辭哀而	雖非叡作、古式存焉、至柳妻之誄惠子、則辭哀而	雖非叡作古式存焉至柳妻之誄惠子則辭哀而	雖非叡作古式存焉至柳妻之誄惠子則辭哀而	雖非睿作古式存焉至柳妻之誄惠子則辭哀而

第361行

吕释	范本	黄本	元本	宋本	唐本
韻長矣暨于漢世承流之作楊雄之誄元后文實繁	韻長矣〔九〕。暨乎漢世，承流而作。揚雄之誄元后，文實煩（趙云煩作繁）	韻長矣、暨乎漢、世、承流而作、揚雄之誄元后、文實煩	韻長矣暨乎漢世承流而作揚雄之誄元后文實煩、	韻、長矣暨于漢世承流而作楊雄之誄元后文實煩	韻長矣暨于漢世承流而作揚雄之誄元后文實繁

第362行

吕释	范本	黄本	元本	宋本	唐本
穢沙鹿撮要而執疑成篇安有累德述尊而闊略四	穢，沙麓撮其（孫云唐寫本無其字）要，而摯（孫云唐寫本作執）疑成篇，（有脱誤顧校云沙麓似脱誤）安有累（孫云明抄本御覽作誄）德述尊，而闊略四	穢、沙麓撮其要、而摯疑成篇（有脱誤）安有累德述尊、而濶略四	穢沙麓撮其要而摯疑成篇安有累德述尊而濶略四	穢沙鹿撮其要而執疑成篇安有誄德述遵而闊略四	穢沙麻撮要而執疑成篇安有累德述尊而闊略四

第363行					
吕释	范本	黄本	元本	宋本	唐本
句乎杜篤之誄有譽前代吳誄雖工而他篇頗踈豈	句乎〔一〇〕？杜篤之誄，有譽前代。吳誄雖工，而他孫云御覽作結篇頗踈。豈	句乎杜篤之誄有譽前代吳誄雖工而他篇頗踈豈	句乎杜篤之誄有譽前代吳誄雖工而他篇頗踈豈	句乎杜篤之誄德有譽前代吳誄雖工而結篇頗踈豈	句乎杜篤之誄有譽前代吳誄雖工而他篇頗踈豈

第364行					
吕释	范本	黄本	元本	宋本	唐本
以見稱光武而改盼千金哉傅毅所製文體倫序蕤	以見稱光武而改盼顧校作盻千金哉〔一一〕？傅毅所制，文體倫序〔一二〕：孝山趙云孝山作蘇順	以見稱光武而改盼千金哉傅毅所制文體倫序孝山	以見稱光武而改盼千金哉傅毅所制文體倫序孝山	以見稱光武而顧眄千金哉傅毅所製文體倫序孝	以見稱光武而改盼千金哉傅毅所製文體倫序蕤

第365行

唐本	宋本	元本	黄本	范本	吕释
順崔瑗辯潔相參親其序事如傳辭靡律調固誄	崔瑗辯潔相參觀其序事如傳辭靡律調固誄	崔瑗辯潔相參觀序如傳辭靡律調固誄	崔瑗、辯絜相參、觀其序事如傳、辭靡律調、固誄	崔瑗，辨絜孫云唐寫本作潔相參；觀其序事黄云活字本無其事二字如傳，辭靡律調，固誄	順崔瑗辯潔相參觀其序事如傳辭靡律調固誄

第366行

唐本	宋本	元本	黄本	范本	吕释
之才也潘岳構思專師孝山巧於叙悲易入新切所以隔	之才也潘岳構意專師孝山巧於叙悲易入新麗所以隔	之才也潘岳構意專師孝山巧於序悲易入新切所以隔	之才也、潘岳構意、專師孝山、巧於序悲、易入新切、御覽作麗所以隔	之才也〔三〕。潘岳構意，孫云唐寫本意作思專師孝山，巧於序孫云唐寫本作敘悲，易入新切，御覽作麗所以隔	之才也潘岳構思專師孝山巧於叙悲易入新切所以隔

第367行

唐本	宋本	元本	黃本	范本	吕释
代相望能徵厥聲者也至如崔駰誄趙劉陶誄黄並	代相望能徵厥聲者也至如崔駰誄趙劉陶誄黄並	代相望能徵厥聲者也至如崔駰誄趙劉陶誄黄並	代相望能徵厥聲者也至如崔駰誄趙劉陶誄黄並	代相望，能徵（孫云唐寫本作徵）厥聲者也〔一四〕。至如崔駰誄趙，劉陶誄黄，並	代相望能徵厥聲者也至如崔駰誄趙劉陶誄黄並

第368行

唐本	宋本	元本	黃本	范本	吕释
得憲章工在簡要陳思叨名而體實繁緩文皇誄末百	得憲章貴在簡要陳思功名而體實繁緩文皇誄末百	得憲章工在簡要陳思叨名而體實繁緩文皇誄末旨	得憲章工在簡要陳思叨名而體實繁緩文皇誄末旨	得憲章，工（孫云御覽作貴）在簡要〔一五〕。陳思叨（孫云御覽作功）名而體實繁緩，文皇誄末，旨（趙云旨作百）	得憲章工在簡要陳思叨名而體實繁緩文皇誄末百

第369行	
唐本	言而自陳其乖甚矣若夫殷臣詠湯追褒玄鳥之祚
宋本	言自陳其乖甚矣若夫殷臣詠湯追褒玄鳥之祚
元本	言自陳其乖甚矣若夫殷臣詠湯追褒玄鳥之祚
黄本	言自陳其乖甚矣、若夫殷臣詠湯、追褒玄鳥之祚
范本	言自陳，其乖甚矣〔一六〕！若夫殷臣誄（孫云唐寫本作詠）湯，追褒玄鳥之祚；
吕释	言而自陳其乖甚矣若夫殷臣詠湯追褒玄鳥之祚

第370行	
唐本	周史哥文上闡后稷之烈誄述祖宗蓋詩人之則也至
宋本	周史歌文上闡后稷之烈誄述祖宗蓋詩之則也至
元本	周史歌文上闡后稷之烈誄述祖宗蓋詩人之則也至
黄本	周史歌文上闡后稷之烈、誄述祖宗蓋詩人之則也、至
范本	周史歌文，上闡后稷之烈；誄述祖宗，蓋詩人之（孫云明抄本御覽引無人字之作文）則也〔一七〕。至
吕释	周史哥文上闡后稷之烈誄述祖宗蓋詩人之則也至

第 371 行

唐本	宋本	元本	黄本	范本	吕释
於序述哀情則觸類而長傅毅之誄北海云白日幽光	於序述哀情觸類而長傅毅之誄北海云白日幽光	於序述哀情則觸類而長傅毅之誄北海云白日幽光	於序述哀情、則觸類而長傅毅之誄北海云白日幽光、	於序述哀情，則（孫云御覽無則字）觸類而長。傅毅之誄北海，云白日幽光，	於序述哀情則觸類而長傅毅之誄北海云白日幽光

第 372 行

唐本	宋本	元本	黄本	范本	吕释
雰霧杳冥始序致感遂為後式景而効者弥取於功	雰霞杳冥始序致感遂爲後式影而效者弥取於切	雰霧杳冥始序致感遂爲後式景而效者彌取於功	雰霧杳冥、始序致感（一作惑從御覽改）遂爲後式、景而效者、彌取於工（元作功謝改）	雰霧（顧云古文苑作淮雨）杳冥，始序致感，（一作惑從御覽改）遂爲後式。景（孫云唐寫本作影）而效者，彌取於工（元作功謝改孫云唐寫本作功御覽作工）	雰霧杳冥始序致感遂爲後式影而効者弥取於功

第373行

吕释	范本	黄本	元本	宋本	唐本
矣詳夫誄之為製蓋選言録行傳體而頌文榮始而	矣〔一八〕。詳夫誄之爲制，蓋選言（孫云御覽言下有以字）錄行，傳體而頌文，榮始而	矣詳夫誄之爲制。蓋選言録行。傳體而頌文。榮始而	矣詳夫誄之爲制蓋選言録行傳體而頌文榮始而	矣詳夫誄之爲制蓋選言以録行傳體而頌文榮始而	矣詳夫誄之為製蓋選言録行傳體而頌文榮始而

第374行

吕释	范本	黄本	元本	宋本	唐本
哀終論其人也曖乎若可覿述其哀也悽焉其可傷	哀終。論其人也，曖乎若可覿；道（孫云唐寫本作述）其哀也，悽焉如（孫云唐寫本作其）可傷：	哀終。論其人也。曖乎若可覿。道其哀也。悽焉如可傷。	哀終論其人也曖乎若可覿道其哀也悽焉如可傷	哀終論其人也曖乎若可覿送其哀也悽焉如可傷	哀終論其人也曖乎若可覿述其哀也悽焉其可傷

第375行

唐本	宋本	元本	黄本	范本	吕释
此其旨也 碑者裨也上古帝王紀号封禪樹石裨岳	此其旨也碑者裨也上古帝皇紀號封禪樹石裨岳	此其旨也碑者埤也上古帝皇始號封禪樹石埤岳	此其旨也。碑者埤也。上古帝皇、紀號封禪、樹石埤岳、	此其旨也。碑者，埤（孫云唐寫本作裨）也〔一九〕。上古帝皇，（孫云唐寫本作王）紀號封禪，樹石埤（孫云唐寫本作禆）岳，	此其旨也 碑者裨也上古帝王紀号封禪樹石裨岳

第376行

唐本	宋本	元本	黄本	范本	吕释
故曰碑也周穆紀跡于弇山之石亦碑之意也又宗廟有	故曰碑也周穆紀迹于弇山之石亦古碑之意也又宗廟有	故曰碑也周穆紀跡于弇山之石亦石碑之意也又宗廟有	故曰碑也、周穆紀跡于弇山之石、亦古碑之意也。又宗廟有	故曰碑也〔二〇〕。周穆紀跡于弇山之石，亦古（孫云唐寫本無古字）碑之意也〔二一〕。又宗廟有	故曰碑也周穆紀跡于弇山之石亦碑之意也又宗廟有

第377行					
吕释	范本	黄本	元本	宋本	唐本
碑樹之兩楹事止麗牲未勒勳績而庸器漸闕故後	碑，樹之兩楹，事止（元作正，孫云御覽作止）麗牲，未勒勳績，而庸器漸缺，故後	碑。樹之兩楹。事止（元作正）麗牲。未勒勳績。而庸器漸缺。故後	碑樹之兩楹事正麗牲未勒勳績而庸器漸闕故後	碑樹之兩楹事止麗牲未勒勳績而庸器漸闕故後	碑樹之兩楹事止麗牲未勒勳績而庸器漸闕故後

第378行					
吕释	范本	黄本	元本	宋本	唐本
代用碑以石代金同乎不朽自庿徂墳猶封墓也自後漢	代用碑，以石代金，同乎不朽，自廟徂墳，猶封墓也〔三〕。自後漢	代用碑。以石代金。同乎不朽。自廟徂墳。猶封墓也。自後漢	代用碑以石代金同乎不朽自廟徂墳猶封墓也自後漢	代用碑以石代金同乎不朽自廟徂墳猶封墓也自後漢	代用碑以石代金同乎不朽自庿徂墳猶封墓也自後漢

第379行

吕释	范本	黄本	元本	宋本	唐本
已来碑碣雲起才鋒所断莫高蔡邕觀楊賜之碑	以來，碑碣雲起〔三〕。才鋒所斷，莫高蔡邕。觀楊賜之碑，	以來、碑碣雲起才鋒所斷、莫高蔡邕、觀楊賜之碑、	巳來碑碣雲起才鋒所斷莫高蔡邕觀楊賜之碑	巳來碑碣雲起才鋒所斷莫高蔡邕觀楊賜之碑	己來碑碣雲起才鋒所斷莫高蔡邕觀楊賜之碑

第380行

吕释	范本	黄本	元本	宋本	唐本
骨鯁訓典陳郭二文句無擇言周胡衆碑莫非清允其	骨鯁訓典，陳郭二文，詞一作句從御覽改無擇言。周乎趙云乎作胡御覽亦作胡衆碑，莫非清孫云御覽作精允。其	骨鯁訓典、陳郭二文、詞一作句從御覽改無擇言、周乎衆碑、莫非清允、其	骨鯁訓典陳郭二文句無擇言周乎衆碑莫非清允其	骨鯁訓典陳郭二文詞無擇言周胡衆碑莫不精允其	骨鯁訓典陳郭二文句無擇言周胡衆碑莫非清允其

第381行

唐本	宋本	元本	黄本	范本	吕释
叙事也該而要其綴采也雅而澤清辭轉而不窮巧	序事也該而要其綴采巳雅而澤清辭轉而不窮巧	敘事也該而要其綴采也雅而澤清詞轉而不窮巧	敘事也該而要其綴采也雅而澤清詞轉而不窮巧	敘事也該而要，其綴采孫云御覽作辭也雅而澤。清詞轉而不窮，巧	叙事也該而要其綴采也雅而澤清辭轉而不窮巧

第382行

唐本	宋本	元本	黄本	范本	吕释
義出而卓立察其為才自然而至矣孔融所創有摹	義出而卓立察其爲才自然至矣孔融所創有慕	義出而卓立察其爲才自然而至孔融所創有慕	義出而卓立、察其爲才、自然而至、孔融所創、有慕	義出而卓立。察其爲才，自然而至孫云御覽無而字至下有矣字〔二四〕。孔融所創，有慕趙云慕作摹	義出而卓立察其為才自然而至矣孔融所創有摹

第383行	
唐本	伯喈張陳两文辭給之采亦其亞也及孫綽為文志在
宋本	伯喈張陳兩文辭洽之來亦其亞也及孫綽爲文志在
元本	伯喈張陳兩文辨給之采亦其亞也及孫綽爲文志在
黄本	伯喈、張陳兩文辨給足采、亦其亞也、及孫綽爲文、志在
范本	伯喈。張陳兩文，辨給足采，亦其亞也〔三五〕。及孫綽爲文，志在
吕释	伯喈張陳兩文辨給足采亦其亞也及孫綽為文志在

第384行	
唐本	於碑溫王郗庾辭多枝雜桓彝一篇冣為辨裁矣夫
宋本	於碑溫王郗庾詞多枝離桓彝一篇最爲辨裁矣此碑之致也
元本	碑誄溫王郗庾辭多枝雜桓彝一篇最爲辨裁夫
黄本	碑誄、溫王郤庾、辭多枝雜、桓彝一篇、最爲辨裁夫
范本	碑誄；趙云作志在於碑無誄字 溫王郤 孫云唐寫本郤作郗御覽亦作郗 庾，辭多枝雜；孫云御覽作離 桓彝一篇，最爲辨裁 孫云唐寫本有矣字御覽亦有矣字〔三六〕。夫
吕释	於碑溫王郗庾辭多枝雜桓彝一篇冣為辨裁矣夫

第385行	
唐本	属碑之体资乎史才其序则传其文则铭标叙盛德
宋本	屬碑之體資乎史才其序則傳其文則銘標序盛德
元本	屬碑之體資乎史才其序則傳其文則銘標序盛德
黄本	屬碑之體。資乎史才。其序則傳。其文則銘。標序盛德。
范本	屬碑之體，資乎史才。其序則傳，其文則銘。標序盛德，
吕释	屬碑之體資乎史才其序則傳其文則銘標叙盛德

第386行	
唐本	必见清风之华昭纪鸿懿必见峻伟之烈此碑之致也
宋本	必見清風之華照紀鴻懿必見峻偉之烈此碑之致也
元本	必見清風之華昭紀鴻懿必見峻偉之烈此碑之制也
黄本	必見清風之華。昭紀鴻懿。必見峻偉之烈。此碑之制也。
范本	必見清風之華；昭紀鴻懿，必見峻偉之烈：此碑之制（鈴木云御覽敦本制作致）也。
吕释	必見清風之華昭紀鴻懿必見峻偉之烈此碑之致也

第387行

唐本	宋本	元本	黄本	范本	吕释
夫碑實銘器銘實碑文因器立名事先於誄是以勒器	夫碑實銘器銘實碑文因器立名事光於誄是以勒器	夫碑實銘器銘實碑文因器立名事光於誄是以勒石	夫碑實銘器。銘實碑文。因器立名。事光（當作先）於誄。是以勒石	夫碑實銘器，銘實碑文，因器立名，事光（當作先。孫云唐寫本光作先）於誄。是以勒石（趙云唐寫本作器御覽亦作器）	夫碑實銘器銘實碑文曰器立名事先於誄是以勒器

第388行

唐本	宋本	元本	黄本	范本	吕释
讚勳者入銘之域樹碑述亡者同誄之區焉　讚曰寫	讚勳者入銘之域樹碑述亡者同誄之區焉	讚勳者入銘之域樹碑述已者同誄之區焉　贊曰寫	讚勳者。入銘之域。樹碑述己者。同誄之區焉。贊曰寫	讚勳者，入銘之域；樹碑述已（孫云唐寫本已作亡）者，同誄之區焉〔三七〕。贊曰：寫	讚勳者入銘之域樹碑述亡者同誄之區焉　讚曰寫

第 389 行

唐本	宋本	元本	黄本	范本	吕释
遠追虛碑誄以立銘德纂行光彩允集觀風似面聽		實追虛碑誄以立銘德慕行文采允集觀風似面聽	實追虛碑誄以立、銘德慕行、文采允集、觀風似面、聽	實（趙云實作遠）追虛，碑誄以立。銘德慕（孫云唐寫本作纂）行，文采（孫云唐寫本作光彩）允集。觀風似面，聽	遠追虛碑誄以立銘德纂行光彩允集觀風似面聽

第 390 行

唐本	宋本	元本	黄本	范本	吕释
辭如泣石墨鐫華頹影豈戢		辭如泣石墨鐫華頹影豈忒	辭如泣、石墨鐫華、頹影豈忒	辭如泣。石墨鐫華，頹影豈忒（孫云唐寫本忒作戢）〔二八〕。	辭如泣石墨鐫華頹影豈戢

第391行

吕释	范本	黄本	元本	宋本	唐本
哀弔第十三	哀弔第十三	哀弔第十三	哀弔第十三		哀弔弟十三

第392行

吕释	范本	黄本	元本	宋本	唐本
賦憲之謚短折曰哀哀者依也悲實依心故曰哀也以辭	賦憲（孫云當作議德黄云案馮本作賦憲）之謚〔一〕，短折曰哀〔二〕。哀者，依也。悲實依心，故曰哀也。以辭	賦憲（孫云當作議德）之謚短折曰哀哀者依也悲實依心故曰哀也以辭	賦憲之謚短折曰哀哀者依也悲實依心故曰哀也以辭	哀者依也悲實依心故曰哀也以辭	賦憲之謚短折曰哀哀者依也悲實依心故曰哀也以辭

第393行

唐本	遣哀蓋下流之悼故不在黄髮必施夭昏昔三良殉
宋本	遣哀蓋下流之悼故不在黃髮必施夭昏昔三良殉
元本	遣哀蓋下淚之悼故不在黃髮必施夭昏昔三良殉
黄本	遣哀蓋不淚之悼故不在黃髮必施夭（元作天）昏昔三良殉
范本	遣哀，蓋不（孫云明抄本御覽五九六引作下 鈴木云御覽敫本不淚作下流）淚之悼，故不在黃髮，必施夭（元作天）昏〔三〕。昔三良殉
吕释	遣哀盖下流之悼故不在黄髮必施夭昏昔三良殉

第394行

唐本	秦百夫莫贖事均夭枉黄鳥賦哀抑亦詩人之哀詞乎
宋本	秦百夫莫贖事均夭枉黃鳥賦哀抑亦詩人之哀辭乎
元本	秦百夫莫贖事均夭橫黃鳥賦哀抑亦詩人之哀辭乎
黄本	秦百夫莫贖事均夭橫黃鳥賦哀、抑亦詩人之哀辭乎、
范本	秦，百夫莫贖，事均夭橫，（孫云唐寫本橫作枉 御覽五九六亦作枉）黃鳥賦哀，抑亦詩人之哀辭乎〔四〕！
吕释	秦百夫莫贖事均夭枉黄鳥賦哀抑亦詩人之哀詞乎

第395行

唐本	宋本	元本	黄本	范本	吕释
暨漢武封禪而霍嬗暴亡帝傷而作詩亦哀辭之數	漢武封禪而霍嬗暴亡哀傷而作詩亦哀辭之類	暨漢武封禪而霍 暴亡帝傷而作詩亦哀辭之類	暨漢武封禪而霍子侯（元作光病 曹改又一本作霍嬗）暴亡帝傷而作詩亦哀辭之類	暨（孫云御覽無暨字）漢武封禪，而霍子侯（元作光病曹改又一本作霍嬗）暴亡，（孫云唐寫本作霍嬗暴亡）帝傷而作詩，亦哀辭之類	暨漢武封禪而霍嬗暴亡帝傷而作詩亦哀辭之類

第396行

唐本	宋本	元本	黄本	范本	吕释
矣降及後漢汝陽王亡崔瑗哀辭始變前式然腹突	也降及後漢汝陽主亡崔瑗哀辭始變前式然腹突	矣及後漢汝陽王亡崔瑗哀辭始變前戒然履突	矣及後漢汝陽王亡崔瑗哀辭始變前式（元作戒謝改）然履突	矣〔五〕。及（孫云及上有降字御覽亦有降字）後漢汝陽王亡，崔瑗哀辭，始變前式。（元作戒謝改）然履突	矣降及後漢汝陽王亡崔瑗哀辭始變前式然腹突

第 397 行

吕释	范本	黄本	元本	宋本	唐本
鬼門怅而不辭駕龍乘雲仙而不哀又卒章五言頗	鬼門，怪而不辭；孫云唐寫本辭作式御覽亦作式 駕龍乘雲，仙而不哀；又卒章五言，頗	鬼門怅而不辭、駕龍乘雲、仙而不哀、又卒章五言、頗	鬼門怪而不辭駕龍乘雲仙而不哀又卒章五言頗	鬼門怅而不辭駕龍乘雲僊而不哀又卒章五言頗	鬼门怅而不　駕龍乘雲仙而不哀又卒章五言頗

第 398 行

吕释	范本	黄本	元本	宋本	唐本
似哥謠亦髣歸乎漢武也至於蘇順張升並述哀文雖	似歌謠，孫云明抄本御覽作吟 亦彷彿乎漢武趙云武作式也〔六〕。至於蘇慎疑作順鈴木云御覽燉本作順張升，並述哀文〔七〕，雖	似歌謠亦彷彿乎漢武也、至於蘇慎疑作順張升、並述哀文、雖	似歌謠亦彷彿乎漢武也至於蘇慎張升並述哀文雖	似歌謠亦髣髴乎漢武也至於顯順張升並述哀文雖	似哥謠亦髣歸乎漢武也至於蘇順張升並述哀文雖

第399行

唐本	宋本	元本	黄本	范本	吕释
發其華而未極其心實建安哀詞唯偉長差善行	發其華而未極心實建安哀辭唯偉長差善行	發其情華而未極心實建安哀辭惟偉長差善行	發其情華、而未極心實、建安哀辭、惟偉長差善、行	發其情華，孫云御覽無華字鈴木云燉本無情字而未極心孫云唐寫本心上有其字御覽心作其實。建安哀辭，惟偉長差善，行	發其華而未極其心實建安哀詞唯偉長差善行

第400行

唐本	宋本	元本	黄本	范本	吕释
女一篇時有惻怛及潘岳繼作實踵其美觀其慮贍辭	女篇時有惻怛及潘岳繼作實鍾其美觀其慮贍辭	女篇一時有惻怛及潘岳繼作實踵其美觀其慮善辭	女一篇、時有惻怛、及潘岳繼作、實踵其美、觀其慮善辭	女一篇，時有惻怛〔八〕。及潘岳繼作，實踵趙云踵作鍾其美。觀其慮善孫云唐寫本善作贍明抄本御覽亦作贍辭	女一篇時有惻怛及潘岳繼作實鍾其美觀其慮贍辭

第401行	
吕释	變情洞哀苦敘事如傳結言摹詩促節四言鮮有緩句
范本	變，情洞悲（孫云唐寫本作哀）苦，敘事如傳；結言摹詩，促節四言，鮮有緩句；
黄本	變。情洞悲苦。敘事如傳。結言摹詩。促節四言。鮮有緩句。
元本	變情洞悲苦敘事如傳結言摹詩促節四言鮮有緩句
宋本	變情洞悲苦敘事如傳結言摹詩促節四言鮮有緩句
唐本	變情洞哀苦敘事如傳結言摹詩促節四言鮮有緩句

第402行	
吕释	故能義直而文婉體舊而趣新金鹿澤蘭莫之或繼
范本	故能義直而文婉，體舊而趣新，金鹿澤蘭，莫之或繼也（孫云唐寫本無也字）〔九〕。
黄本	故能義直而文婉、體舊而趣新、金鹿澤蘭、莫之或繼也、
元本	故能義直而文婉體舊而趣新金鹿澤蘭莫之或繼也
宋本	故能義直而文婉體舊而趣新金鹿澤蘭莫之或繼也
唐本	故能義直而文婉體舊而趣新金鹿澤蘭莫之或繼

第403行

吕释	范本	黄本	元本	宋本	唐本
原夫哀辭大體情主於痛傷而辭窮乎愛惜幼未成	原夫哀辭大體，情主於痛傷，而辭窮乎愛惜。幼未成	原夫哀辭大體。情主於痛傷。而辭窮乎愛惜。幼未成	原夫哀辭大體情主於痛傷而辭窮乎愛惜幼未成	原夫哀辭大體情主於痛傷而辭窮乎愛惜幼未成	原夫哀辭大抵情主於痛傷而辭窮乎愛惜幼未成

第404行

吕释	范本	黄本	元本	宋本	唐本
德故譽止乎察惠弱不勝務故悼加乎膚色隱心而結	德，（孫云御覽作性）故譽止於察惠；（譽字御覽作與言二字 孫云御覽作故與言）弱不勝務，故悼加乎膚色。（悼字下御覽有惜字膚一作容 孫云御覽作故悼惜加乎容色）隱心而結	德。故譽止於察惠。（譽字御覽作與言二字）弱不勝務。故悼加乎膚色。（悼字下御覽有惜字膚一作容）隱心而結	德故譽止於察惠弱不勝務故悼加乎膚色隱心而結	性故與言止於察惠弱不勝務故悼惜加乎容色隱心而結	德故譽止乎察惠弱不勝務故悼加（乎）膚色隱心而結

第405行

唐本	宋本	元本	黄本	范本	吕释
文則事愜觀文而屬心則體夸〻體爲辭則雖麗不哀	文則事愜觀文而屬心則體奢體奢爲辭則雖麗不哀	文則事愜觀文而屬心則體奢奢體爲辭則雖麗不哀	文則事愜。觀文而屬心則體奢。奢體爲辭。則雖麗不哀。	文則事愜，觀文而屬心則體奢。奢（趙云二奢字均作夸）體爲辭，則雖麗不哀；	文則事愜觀文而屬心則體夸〻體為辭則雖麗不哀

第406行

唐本	宋本	元本	黄本	范本	吕释
必使情往會悲文來引泣乃其貴耳 弔者至也詩云	弔者至也詩云	必使情往會悲文來引泣乃其貴耳弔者至也詩云	必使情往。會悲。文來。引泣。乃其貴耳。弔者至也、詩云	必使情往會悲，文來引泣，乃其貴耳〔一〇〕。弔者，至也〔一一〕。詩云：	必使情往會悲文来引泣乃其貴耳 弔者至也詩云

第407行

唐本	宋本	元本	黄本	范本	吕释
神之弔矣言神之至也君子令終定謚事極理哀故	神之弔矣言神至也君子令終定謚事極理哀故	神之弔矣言神至也君子令終定謚事極理哀故	神之弔矣言神至也君子令終定謚事極理哀故	神之弔矣，言神孫云唐寫本有之字至也〔二〕。君子令終定謚，事極理哀，故	神之弔矣言神之至也君子令終定謚事極理哀故

第408行

唐本	宋本	元本	黄本	范本	吕释
賓之慰主以至到爲言也壓溺乖道所以不弔又宋水	賓之慰主亦以至到爲言也壓溺乖道所以不弔矣又宋水	賓之慰主以至到為言也壓溺乖道所以不弔又宋水	賓之慰主以至到爲言也壓溺乖道所以不弔矣又宋水	賓之慰主，以孫云御覽以上有亦字至到爲言也〔三〕。壓溺乖道，所以不弔矣。孫云唐寫本無矣字〔四〕又宋水	賓之慰主以至到為言也壓溺乖道所以不弔又宋水

第409行

唐本	宋本	元本	黄本	范本	吕释
鄭火行人奉辭國災民亡故同弔也及晉築虎臺齊襲	鄭火行人奉辭國災人亡故同弔也及晉築虎臺齊襲	鄭火行人奉辭國災民亡故同弔也及晉築虎臺齊襲	鄭火行人奉辭、國灾民亡、故同弔也、及晉築虒元作虎孫改臺齊襲	鄭火，行人奉辭，國災民亡，故同弔也〔一五〕。及晉築虒元作虎孫改孫云御覽作虒臺，齊襲	鄭火行人奉辭国災民亡故同弔也及晉築虒臺齊襲

第410行

唐本	宋本	元本	黄本	范本	吕释
燕城史趙蘇秦翻賀為弔虐民搆敵亡亡之道凡斯之	燕城史趙蘇秦翻賀為弔害民構怨亦亡之道凡斯之	燕城使蘇秦翻賀為弔虐民搆敵亦亡之道凡斯之	燕城史趙元脫孫補蘇秦翻賀爲弔虐民搆敵亦亡之道凡斯之	燕城，史趙元脫孫補孫云御覽有趙字蘇秦，翻賀爲弔，虐民搆敵孫云御覽虐作害敵作怨，亦亡之道。凡斯之	燕城史趙蘇秦翻賀為弔虐民搆敵亦亡之道凡斯之

第411行

吕释	范本	黄本	元本	宋本	唐本
例弔之所設也或驕貴以殞身或猜忿而乖道或有志	例，弔之所設也〔一六〕。或驕貴而孫云唐寫本作以殞身，或猜忿御覽作介以孫云唐寫本作而乖道，或有志	例弔之所設也或驕貴而殞身或猜忿御覽作介以乖道或有志	例弔之所設也或驕貴而殞身猜忿以乖道或有志	例弔之所設也或驕貴以殞身或猜介以乖道或有志	例弔之所設也或驕貴以殞身或猜忿而乖道或有志

第412行

吕释	范本	黄本	元本	宋本	唐本
而無時或行美而兼累追而慰之並名為弔自賈誼浮	而無時，或美才趙云美才作行美而兼累：追而慰之，並名爲弔〔一七〕。自賈誼浮	而無時或美才而兼累追而慰之並名爲弔自賈誼浮	而無時或美才而兼累追而慰之並名為弔自賈誼浮	而無時或行美而兼累追而慰之並名爲弔自賈誼浮	而無時或行美而兼累追而慰之並名為弔自賈誼浮

第413行

吕释	范本	黄本	元本	宋本	唐本
湘發憤弔屈然體周而事覈辭清而理哀蓋首出之	湘，發憤弔屈，體同（孫云御覽作周）而事覈，辭清而理哀，蓋首出之	湘發憤弔屈、體同而事覈、辭清而理哀、蓋首出之	湘發憤弔屈體同而事覈辭清而理哀蓋首出之	湘發憤弔屈體周而事覈辭清而理哀蓋首出之	湘發憤弔屈然體周而事覈辭清而理哀蓋首出之

第414行

吕释	范本	黄本	元本	宋本	唐本
作也及相如之弔二世全為賦體桓譚以為其言惻愴讀	作也〔八〕。及相如之弔二世，全爲賦體，桓譚以爲其言惻愴，讀	作也、及相如之弔二世、全爲賦體、桓譚以爲其言惻愴、讀	作也及相如之弔二世全為賦體桓譚以為其言惻愴讀	作也及相如之弔二世全爲賦體桓譚以爲其言惻愴讀	作也及相如之弔二世全為賦體桓譚以為其言惻愴讀

第415行

唐本	宋本	元本	黄本	范本	吕释
者歎息及卒章要切斷而能悲也楊雄吊屈思積功寡	者歎息及卒章要切斷而能悲也楊雄序屈思積功寡	者歎息及平章要切斷而能悲也楊雄弔屈思積功寡	者歎息及平一作卒章要切斷而能悲也揚雄弔屈思積功寡	者歎息。及平一作卒孫云唐寫本平作卒御覽亦作卒章要切，斷而能悲也〔二九〕。揚雄弔孫云明抄本御覽作序屈，思積功寡，	者歎息及卒章要切斷而能悲也楊雄吊屈思積功寡

第416行

唐本	宋本	元本	黄本	范本	吕释
意深反騷故辭韻沈膇班彪蔡邕並敏於致詰然	意深文略故辭韻沉膇班彪蔡邕並敏於致詰然	意深文畧故辭韻沉膇班彪蔡邕並敏於致語然	意深文略、故辭韻沉膇、班彪蔡邕並敏于致語、然	意深文略，趙云文略作反騷故辭韻沈膇〔三〇〕。班彪蔡邕，並敏于致語，孫云唐寫本語作詰明抄本御覽作誥然	意深反騷故辭韻沈膇班彪蔡邕並敏於致詰然

第417行

唐本	影附賈氏難爲並驅耳胡阮之弔夷齊褒而無聞仲宣
宋本	影附賈氏難爲並驅耳故胡阮之弔夷齊褒貶而無文仲宣
元本	影附賈氏難爲並驅耳胡阮之弔夷齊褒而無聞仲宣
黄本	影附賈氏、難爲並驅耳、胡阮之弔夷齊、褒而無聞、仲宣
范本	影附賈氏，難爲並驅耳〔三〕。胡阮之弔夷齊，褒而（孫云明抄本御覽而上有貶字）無聞；（孫云唐寫本作間）仲宣
吕释	影附賈氏難爲並驅耳胡阮之弔夷齊褒而無聞仲宣

第418行

唐本	而書譏呵實工於胡阮嘉其清王子傷其溢各其
宋本	所製譏呵實工然則胡阮嘉其清王子傷其隘各其
元本	所制譏呵實工然則胡阮嘉其清王子傷其隘各
黄本	所制譏、呵實工、然則胡阮嘉其清、王子傷其隘、各（一本下有其字）
范本	所制，（孫云唐寫本作製）譏呵實工。然則胡阮嘉其清，王子傷其隘，（孫云明抄本御覽作溢）各（一本各下有其字趙云各下有其字鈴木云梅本上句隘字下此句志字上夾注補各其二字）
吕释	所製識呵實工然則胡阮嘉其清王子傷其隘各其

第419行

唐本	宋本	元本	黄本	范本	吕释
志也祢衡之弔平子縟麗而輕清陸機之弔魏武	志也祢衡之弔平子縟麗而輕清陸機之弔魏武	志也禰衡之弔平子縟麗而輕清陸機之弔魏武	志也、禰衡之弔平子、縟麗而輕清、陸機之弔魏武	志也〔三二〕。禰衡之弔平子，縟麗而輕清〔三三〕；陸機之弔魏武，	志也祢衡之弔平子縟麗而輕清陸機之弔魏武

第420行

唐本	宋本	元本	黄本	范本	吕释
序巧而文繁降斯已下未有可稱者矣夫弔雖古義	詞巧而文繁降斯已下未有可稱者矣夫弔雖古義	序巧而文繁降斯以下未有可稱者矣夫弔雖古義	序巧而文繁、降斯以下、未有可稱者矣、夫弔雖古義。	序（孫云御覽作詞）巧而文繁〔二四〕。降斯以下，未有可稱者矣〔二五〕。夫弔雖古義，	序巧而文繁降斯已下未有可稱者矣夫弔雖古義

第421行					
唐本	宋本	元本	黄本	范本	吕释
而華詞未造華過韻緩則化而為賦固宜正義以繩	而華辭未造華過韻緩則化而爲賦固宜正義以繩	而華辭未造華過韻緩則化而為賦固宜正義以繩	而華辭未造。華過韻緩。則化而為賦。固宜正義以繩	而華辭未（鈴木云案未末字之訛）造；華過韻緩，則化而為賦〔三六〕。固宜正義以繩	而華詞未造華過韻緩則化而為賦固宜正義以繩

第422行					
唐本	宋本	元本	黄本	范本	吕释
理昭德而塞違剖析褒貶哀而有正則無奪倫矣	理昭德而塞違析割褒貶哀而有正則無奪倫矣	理昭德而塞違割析褒貶哀而有正則無奪倫矣	理。昭德而塞違。割析褒貶。哀而有正。則無奪倫矣。	理，昭德而塞違，割析褒貶，哀而有正，則無奪倫矣。	理昭德而塞違剖析褒貶哀而有正則無奪倫矣

第423行

唐本	宋本	元本	黄本	范本	吕释
讚曰辭之所哀在彼弱弄苗而不秀自古斯慟雖有		贊曰辭定所表在彼弱弄苗而不秀自古斯慟雖有	贊曰辭定所表、在彼弱弄、苗而不秀、自古斯慟、雖有	贊曰：辭定所表，趙云定作之表作哀在彼弱弄〔二七〕。苗而不秀，自古斯慟〔二八〕。雖有	讚曰辭之所哀在彼弱弄苗而不秀自古斯慟雖有

第424行

唐本	宋本	元本	黄本	范本	吕释
通才迷方失控千載可傷寓言以送		通才迷方告控千載可傷寓言以送	通才、迷方告一作失控、千載可傷、寓言以送、	通才，迷方告一作失孫云唐寫本作失控〔二九〕。千載可傷，寓言以送。	通才迷方失控千載可傷寓言以送

第425行

吕释	范本	黄本	元本	宋本	唐本
雜文第十四	雜文第十四	雜文第十四	雜文第十四		雜文第十四

第426行

吕释	范本	黄本	元本	宋本	唐本
智術之子博雅之人藻溢於詞辯盈乎氣苑囿文情	智術之子，博雅之人，藻溢於辭，辭（孫云唐寫本作辯）盈乎氣，苑囿文情，	智術之子、博雅之人、藻溢於辭、辭盈乎氣苑囿文情、	智術之子博雅之人藻溢於辭辭盈乎氣苑囿文情		智術之子博雅之人藻溢於詞辯盈乎氣苑囿文情

第427行

吕释	范本	黄本	元本	宋本	唐本
故曰新而殊致宋玉含才頗亦負俗始造對問以申其	故日新殊致〔一〕。宋玉含才，頗亦負俗，始造對問，以申其	故日新殊致、宋玉含才、頗亦負俗始造對問以申其	故日新殊致宋玉含才頗亦負俗始造對問以申其		故日新而殊致宋玉含才頗亦負俗始造對問以申其

第428行

吕释	范本	黄本	元本	宋本	唐本
志放懷寥廓氣實使文及枚乘摛艷首製七發腴	志，放懷寥廓，氣實使之（趙云之作文）〔二〕。及枚乘摛豔，首製七發，腴	志、放懷寥廓、氣實使之、及枚乘摛豔首製七、發腴	志放懷寥廓氣實使之及枚乘摛艷首製七發腴	枚乘摛艷首製七發腴	志放懷寥廓氣實使文及枚乘摛艷首製七發腴

第429行

吕释	范本	黄本	元本	宋本	唐本
詞雲搆夸麗風駭蓋七竅所發々乎嗜欲始邪末	辭雲構，孫云御覽五百九十作搆夸麗風駭。蓋七竅所發，發乎嗜欲，始邪末	辭雲搆、夸麗風駭、蓋七竅所發。發乎嗜欲。始邪末	辭雲搆本麗風駭蓋七竅所發發乎嗜欲始邪末	辭雲構夸麗風駭蓋七竅所發發乎嗜欲始邪末	詞雲搆夸麗風駭蓋七竅所發々乎嗜欲始邪末

第430行

吕释	范本	黄本	元本	宋本	唐本
正所以戒膏粱之子也揚雄淡思文闊業深綜述碎	正，所以戒膏粱之子也〔三〕。揚雄覃趙云覃作淡思文闊，孫云御覽作闊無下業深綜述一句業深綜述，碎	正。所以戒膏粱之子也。揚雄覃思文闊、業深綜述、碎	正所以戒膏粱之子也揚雄覃思文闊業深綜述碎	正所以戒膏粱之子也自七揚雄	正所以戒膏粱之子也揚雄淡思文闊業深綜述碎

第431行

吕释	范本	黄本	元本	宋本	唐本
文璪語肇為連珠〻連其辭雖小而明潤矣凡三此文	文璪（孫云御覽作瓊）語，肇爲連珠，（玉海作揚雄覃思文閣碎文璪語肇爲連珠鈴木云案御覽玉海闕作閣玉海删棄深綜述四字）其辭雖小而明潤矣〔四〕。凡此三者，（孫云御覽無凡此三者三字唐寫本作凡此三文）	文璪語肇爲連珠（玉海作揚雄覃思文閣碎文璪語肇爲連珠）其辭雖小而明潤矣凡此三者文	文璪語肇爲連珠其辭雖丶丶而明潤矣凡此三者	雖小而明潤矣此	文璪語〻肇爲連珠〻連其辭雖小而明潤矣凡三此文

第432行

吕释	范本	黄本	元本	宋本	唐本
文章之枝派暇預之末造也自對閤已下〻後東方翔劾而	文章之枝派，（孫云御覽作流）暇豫之末造也〔五〕。自對問以後，東方朔效（孫云唐寫本作劾）而	章之枝派暇豫之末造也自對問以後東方朔效而	文章之枝派暇豫之末造也自對問以後東方朔效而	文章之枝流暇預之末造也	〻章之枝派暇預之末造也自對問已下後東方翔劾而

第433行

吕释	范本	黄本	元本	宋本	唐本
廣之名為客難託古慰志疏而有辨揚雄解嘲雜	廣之，名爲客難。託古慰志，疏而有辨。揚雄解嘲，雜	廣之、名爲客難託古慰志、疏而有辨、揚雄解嘲、雜	廣之名爲客難託古慰志疏而有辨揚雄解嘲雜		廣之名為客難託古慰志疏而有辨揚雄解嘲雜

第434行

吕释	范本	黄本	元本	宋本	唐本
以諧調迴環自釋頗亦為工班固賓戲含懿采之華	以諧謔，孫云唐寫本作調 迴環自釋，頗亦爲工。班固賓戲，含懿采之華〔六〕；	以諧謔、迴環自釋、頗亦爲工、班固賓戲、含懿采之華、	以諧謔迴環自釋頗亦爲工班固賓戲含懿采之華		以諧調迴環自釋頗亦為工班固賓戲含懿采之華

第435行

吕释	范本	黄本	元本	宋本	唐本
崔駰達旨吐典言之式張衡應問密而兼雅崔寔	崔駰達旨，吐典言之裁（孫云唐寫本作式）〔七〕；張衡應間，（孫云唐寫本作問鈴木云諸本皆作間）密而兼雅〔八〕；崔實（鈴木云黄氏原本作寔）	崔駰達旨吐典言之裁、張衡應問、密而兼雅、崔寔	崔駰達旨吐典言之裁張衡應問密而兼雅崔寔		崔駰達旨吐典言之式張衡應問密而兼雅崔寔

第436行

吕释	范本	黄本	元本	宋本	唐本
客譏整而微質蔡邕釋誨體奥而文炳郭璞客傲	客譏，整而微質〔九〕；蔡邕釋誨，體奥而文炳〔一〇〕；景純（孫云唐寫本作郭璞）客傲，	客譏、整而微質、蔡邕釋誨、體奥而文炳、景純客傲、	客譏整而微質蔡邕釋誨體奥而文炳景純客傲		客譏整而微質蔡邕釋誨體奥而文炳郭璞客傲

第437行					
唐本	宋本	元本	黄本	范本	吕释
情見而采蔚雖迭相祖述然屬篇之高者也至於陳		情見而采蔚雖迭相祖述然屬篇之高者也至於陳	情見而采蔚、雖迭相祖述、然屬篇之高者也、至於陳	情見而采蔚〔二〕：雖迭相祖述，然屬篇之高者也。至於陳	情見而采蔚雖迭相祖述然屬篇之高者也至於陳

第438行					
唐本	宋本	元本	黄本	范本	吕释
思客問辭高而理疎庾敳客諮意榮而文悴斯類		思客問辭高而理疎庾凱客咨意榮而文粹斯類	思客問、辭高而理疎、庾敳元作凱欽改客咨、意榮而文悴元作粹朱改斯類	思客問，辭高而理疎〔三〕；庾敳元作凱欽改客咨，孫云唐寫本作諮意榮而文悴元作粹朱改〔三〕。斯類	思客問辭高而理疎庾敳客諮意榮而文悴斯類

第439行

吕释	范本	黄本	元本	宋本	唐本
甚衆无所取才矣原夫茲文之設乃發憤而表志身	甚衆，無所取裁（孫云唐寫本裁作才）矣。原（孫云唐寫本有夫字）茲文之設，迺發憤以（孫云唐寫本作而）表志。身	甚衆無所取裁矣、原茲文之設。迺發憤以表志身	甚衆無所取裁矣原茲文之設迺發憤以表志身		甚衆无所取才矣原夫茲文之設乃發憤而表志身

第440行

吕释	范本	黄本	元本	宋本	唐本
挫憑乎道勝時乇寄扵情泰莫不淵岳其心麟鳳	挫憑乎道勝，時屯寄於（孫云唐寫本作乎）情泰，莫不淵岳其心，麟鳳	挫憑乎道勝。時屯寄於情泰。莫不淵。岳。其。心。麟。鳳	挫憑乎道勝時屯寄於情泰莫不淵岳其心麟鳳		挫憑乎道勝時乇寄扵情泰莫不淵岳其心麟鳳

第441行					
唐本	宋本	元本	黄本	范本	吕释
其采此立體之大要也自七發已下作者繼踵觀枚氏	也自七發以下作者繼踵觀枚氏	其采此立本之大要也自七發以下作者繼踵觀枚氏	其采。此立本之大要也自七。發以下作者繼踵觀枚氏	其采，此立本（孫云唐寫本作體）之大要也。自七發以下，作者繼踵。觀枚氏	其采此立體之大要也自七發已下作者繼踵觀枚氏

第442行					
唐本	宋本	元本	黄本	范本	吕释
首唱信獨拔而偉麗矣及傅毅七激會清要之工	首唱信獨拔而偉麗矣及傅毅七激會清要之工	首唱信獨拔而偉麗矣及傅毅七激會清要之工	首唱、信獨拔而偉麗矣、及傅毅七激、會清要之工、	首唱，信獨拔而偉麗矣。及傅毅七激，會清要之工〔一四〕；	首唱信獨拔而偉麗矣及傅毅七激會清要之工

第443行

唐本	宋本	元本	黄本	范本	吕释
崔駰七依入雅博之巧張衡七辯結采綿靡崔瑗七	崔駰七依入博雅之巧張衡七辨結采綿靡崔瑗七	崔駰七依入博雅之巧張衡七辨結采綿靡崔瑗七	崔駰七依入博雅之巧、張衡七辨、結采綿靡、崔瑗七	崔駰七依，入博雅之巧〔一五〕；張衡七辨，結采綿靡〔一六〕；崔瑗七	崔駰七依入雅博之巧張衡七辯結采綿靡崔瑗七

第444行

唐本	宋本	元本	黄本	范本	吕释
厲指義純正陳思七啓取美於宏壯仲宣七釋致辯	厲植義純正陳思七啓取美於宏壯仲宣七釋致辨	厲植義純正陳思七啓取美於宏壯仲宣七釋致辨	厲植義純正、陳思七啓、取美於宏壯、仲宣七釋、致辨	厲，植（孫云唐寫本作指）義純正〔一七〕；陳思七啓，取美於（孫云御覽無於字）宏壯〔一八〕；仲宣七釋，致辨	厲指義純正陳思七啟取美於宏壯仲宣七釋致辯

第445行	
唐本	於事理自桓麟七說己下左思七諷己上枚附影從十有
宋本	於事理
元本	於事理自桓麟七說以下左思七諷以上枚附影從十有
黄本	於事理、自桓麟七說以下左思七諷以上枝附影從、十有
范本	於事理〔一九〕。自桓麟七說以下〔二〇〕，左思七諷以上〔二一〕，枝附影從，十有
吕释	於事理自桓麟七說已下左思七諷已上枝附影從十有

第446行	
唐本	餘家或文麗而義暌或理粹而辭駁觀其大抵所
宋本	觀其大抵所
元本	餘家或文麗而義睽或理粹而辭駁觀其大抵所
黄本	餘家或文麗而義暌或理粹而辭駁觀其大抵所
范本	餘家。或文麗而義暌，或理粹而辭駁。觀其大抵所
吕释	餘家或文麗而義暌或理粹而辭駁觀其大抵所

第447行

吕释	范本	黄本	元本	宋本	唐本
歸莫不高談宮館壯語田獵窮瑰奇之服饌極蠱	歸，莫不高談宮館，壯語畋（孫云唐寫本作田御覽亦作田）獵，窮瓌奇之服饌，極蠱	歸莫不高談宮館、壯語畋獵窮瓌奇之服饌、極蠱	歸莫不高談宮館壯語畋獵窮瓌奇之服饌極蠱	歸莫不高談宮館壯語田獵窮瓌奇之服饌極蠱	歸莫不高談宮館壯語田獵窮瓌奇之服饌極蠱

第448行

吕释	范本	黄本	元本	宋本	唐本
媚之聲色甘意搖骨髓豔詞洞魂識雖始之以淫侈	媚之聲色；甘意搖骨體，（楊云當作髓孫云唐寫本作髓）豔詞動（孫云明抄本御覽作洞）魂識。雖始之以淫侈，而（孫云唐寫本無而字御覽亦無而字）	媚之聲色甘意搖骨體（楊云當作髓）豔詞動魂識雖始之以淫侈。而	媚之聲色甘意搖骨體豔詞洞魂識雖始之以淫侈而	媚之聲色甘意搖骨髓艷辭洞魂識雖始之以淫侈	媚之聲色甘意搖骨髓豔詞洞魂識雖始之以淫侈

第449行

吕释	范本	黄本	元本	宋本	唐本
終之以居正然諷一觀百勢不自反子雲所謂騁鄭聲	終之以居正〔三〕；然諷一勸百，勢不自反。子雲所謂先騁鄭衛之聲，孫云唐寫本無先衛之三字御覽亦無此三字	終之以居正。然諷一勸百。勢不自反。子雲所謂先騁鄭衛之聲。	終之以居正然諷以勸百勢不自反子雲所謂先騁鄭衛之聲	終之以居正然諷一勸百勢不自反子雲所謂騁鄭聲	終之以居正然諷一觀百勢不自反子雲所謂騁鄭聲

第450行

吕释	范本	黄本	元本	宋本	唐本
曲終而奏雅者也唯七例叙賢歸以儒道雖文非拔羣	曲終而奏雅孫云御覽有樂字者也〔三〕。唯七厲孫云御覽無唯字唐寫本厲作例敘賢，歸以儒道，雖文非拔羣，	曲終而奏雅者也。唯七厲敘賢歸以儒道雖文非拔羣、	曲終而奏雅者也唯七厲敘賢歸以儒道雖文非拔羣	曲終而奏雅樂者也七厲敘賢歸以儒道雖文非拔羣	曲終而奏雅者也唯七例叙賢歸以儒道雖文非拔羣

第451行

唐本	宋本	元本	黄本	范本	吕释
而意實卓尔矣自連珠以下擬者間出杜篤賈逵之	而意實卓尔矣自此已後擬者間出杜篤賈逵之	而意實卓爾矣自連珠以下擬者間出杜篤賈逵之	而意實卓爾矣、自連珠以下、擬者間出、杜篤賈逵之	而意實卓爾矣〔二四〕。自連珠以下，擬者間出。杜篤賈逵之	而意實卓尔矣自連珠以下擬者間出杜篤賈逵之

第452行

唐本	宋本	元本	黄本	范本	吕释
曹劉珎潘勗之輩欲穿明珠多貫魚目可謂壽陵	曹劉珎潘勗之輩欲穿明珠多貫魚目可謂壽陵	曹劉珍潘勗之輩欲穿明珠多貫魚目可謂壽陵	曹、劉珍潘勗之輩、欲穿明珠。多貫魚目。可謂壽陵	曹，劉珍潘勖之輩〔二五〕，欲穿明珠，多貫魚目。可謂壽陵	曹劉珎潘勗之輩欲穿明珠多貫奐目可謂壽陵

第454行

吕释	范本	黄本	元本	宋本	唐本
衡思新文敏而裁章置句廣於舊篇豈慕珠中四	衡運思，理趙云無運理二字新文敏，而裁章置孫云御覽作致句，廣於舊篇，豈慕朱仲孫云唐寫本作珠中四	衡運思、理新文敏、而裁章置句、廣於舊篇、豈慕朱仲四	衡運思理新文敏而裁章置句廣於舊篇豈慕珠仲四	衡運思理新文敏而裁意致句廣於舊篇豈慕朱仲四	衡思新文敏而裁章置句廣於舊篇豈慕珠中四

第453行

吕释	范本	黄本	元本	宋本	唐本
匍匐非復邯鄲之步里醜捧心不關西施之嚬矣唯士	匍匐，非復邯鄲之步，里醜元作配謝改孫云御覽作醜捧心，不關西施孫云御覽作子之嚬孫云御覽作顰矣。唯士	匍匐、非復邯鄲之步、里醜元作配謝改捧心、不關西施之嚬矣、唯士	匍匐非復邯鄲之步里配捧心不關西施之嚬矣唯士	匍匐非復邯鄲之步里醜捧心不關西子之嚬矣惟士	匍匐非復邯鄲之步里醜捧心不關西施之嚬矣唯士

第455行

吕释	范本	黄本	元本	宋本	唐本
寸之瑙乎夫文小易周思閑可贍足使義明而詞淨事	寸之瑙（孫云御覽作璠）乎〔二六〕！夫文小易周，思閑可贍；足使義明而詞淨，事	寸之瑙乎、夫文小易周思閑可贍、足使義明而詞淨事	寸之瑙乎夫文小易周思閑可贍足使義明而辭淨事	寸之璠乎夫文小易周思閑可贍足使義明而辭淨事	寸之瑙乎夫文小易周思閑可贍足使義明而詞淨事

第456行

吕释	范本	黄本	元本	宋本	唐本
圓而音澤落〻自轉可稱珠耳詳夫漢来雜文名号	圓而音澤，磊磊（趙云作落落）自轉，可稱珠耳。詳夫漢來雜文，名號	圓而音澤磊磊自轉可稱珠耳詳夫漢來雜文名號	圓而音澤磊磊自轉可稱珠耳詳夫漢來雜文名號	圓而音澤磊磊自轉可稱珠耳	圓而音澤落〻自轉可稱珠耳詳夫漢来雜文名号

第457行

吕释	范本	黄本	元本	宋本	唐本
多品或典誥誓問或覽略篇章或曲操弄引或吟諷	多品：或典誥誓問〔二七〕，或覽略篇章〔二八〕，或曲操弄引〔二九〕，或吟諷	多品、或典誥誓問或覽略篇章、或曲操弄引或吟諷	多品或典誥誓問或覽畧篇章或曲操弄引或吟諷		多品或典誥誓問或覽略篇章或曲操弄引或吟諷

第458行

吕释	范本	黄本	元本	宋本	唐本
謠詠總括其名並歸雜文之區甄別其義各入詩論之	謠詠〔三〇〕。總括其名，並歸雜文之區；甄別其義，各入討論之	謠詠、總括其名、並歸雜文之區、甄別其義各入討論之	謡詠總括其名並歸雜文之區甄別其義各入討論之		謠詠總括其名並歸雜文之區甄別其義各入討論之

第459行

唐本	宋本	元本	黄本	范本	吕释
域類聚有貫故不曲述也　讚曰偉矣前脩學堅才飽負		域類聚有貫故不曲述　贊曰偉矣前修學堅多飽負	域、類聚有貫、故不曲述　贊曰偉矣、前修、學堅多飽、負、	域〔三一〕：類聚有貫，故不曲述。孫云唐寫本有也字　贊曰：偉矣前修，學堅多孫云唐寫本作才飽〔三二〕。負	域類聚有貫故不曲述也　讚曰偉矣前脩學堅才飽負

第460行

唐本	宋本	元本	黄本	范本	吕释
文餘力飛靡弄巧枝辭攢映嘒若參昴慕嚬之徒		文餘力飛靡弄巧技辭攢映嘒若參昴慕嚬之	文餘力。飛靡弄巧。枝辭攢映嘒若參昴慕嚬之	文餘力，飛靡弄巧。枝辭攢映，嘒若參昴。慕嚬之	文餘力飛靡弄巧枝辭攢映嘒若參昴慕嚬之徒

第461行

唐本	宋本	元本	黄本	范本	吕释
心焉秖攪		心於焉衹攪	心、於焉祇攪、	心，於孫云唐寫本之下有徒字於字無焉祇攪。	心焉秖攪

第462行

唐本	宋本	元本	黄本	范本	吕释
諧讔第十五		諧讔第十五	諧隱第十五	諧隱第十五鈴木云嘉靖本王本岡本隱作讔燉本亦同	諧讔第十五

文字编、检字表和部首表

本文字编收录单字头1705字，刻帖例字6183字，占唐本之67.6%。此间，将古文学家之姓氏之字悉数收入，可据之查找所在篇行。

本文字编例字基本由郑本刻出，极少数郑本所缺或不清者，用林本或电子版本。个别笔道缺失不清之字，余小有描补。如此之编，基本上可以满足按部首临写单字之需要。

本文字编例字左下标注此字在《文心雕龙》中出现的篇数，右下标注此字在草书写卷中出现的行数。

本文字编共计95页，自带独立页码，以方便通过检字表或部首表查询。

检字表1705字为余手书，因文字编中字头之左有简化字，故在检字表中不另标出简化字。检字表共计10页，其中的字按照笔画数归类，字下方的数字是该字在文字编中的所在页数。

部首表共1页，按《汉语大字典》顺序。无例字者，部首下空白无页码（例如『牙』）。部首内所收之字，有依其他字典者。部首下方数字是该部首之字在文字编中的起始页数。

为方便辨识唐本之字，余在文字编内二百余处加注，尽量征引有据，冀有一得之助。然读书不够，虽『黾勉从事，不敢告劳』。

一部

一画

注：例字下、左邊爲所在篇，右邊爲所在行。如「一 二 12」，分别爲二篇、12行。

一	二	七	三	于	与	上	下
一 二 12	二 四 68	七 三 33	三 三 28	于 九 267	与 二 21	上 二 3	下 五 116
一 三 42	二 四 86	七 六 131	三 三 31	于 九 274	与 五 P3	上 七 172	下 八 220
一 三 5P	二 五 94	七 七 171	三 三 54	于 十 281	与 五 94	上 七 18P	下 九 246
一 四 69	二 六 126	七 七 17P	三 四 70	于 十 2PP	与 五 116	上 十 27P	下 十 289
一 五 103	二 六 136	七 十四 428	三 六 130	于 十一 352	与 六 136	上 九 258	下 十 305
一 五 120	二 八 210	七 十四 42P	三 六 140	于 十一 352	与 七 205	上 十 282	下 十一 333
一 六 144	二 八 231	七 十四 448	三 七 190	于 十二 361	与 八 216	上 十二 370	下 十三 3P3
一 六 157	二 十一 337	七 十四 443	三 九 253	于 十二 376	与 十 283	上 十二 375	下 十三 420
一 十一 338	二 十二 354	七 十四 443	三 十 27P			上 十四 445	下 十四 432
一 十三 400	二 十二 380	七 十四 445	三 十三 3P1				下 十四 441
一 十四 44P	二 十三 414	七 十四 450	三 十四 431		下 六 157	下 十四 451	下 十四 445

△与：《説文·勺部》：「与，賜予也。一勺爲与。此与與同。」此正字，今爲简化字。晋《爨寶子碑》以正書刻石，北魏至唐，一脉相承。

文心雕龍文字編 1

一部

一画

字	卷	行
万△	三	35
万	六	170
万	十	284
万	十二	357
井	十一	346

甲骨、戰国金文、楚简、漢隸、魏碑、《興龍顏碑》、唐褚遂良《雁塔聖教序》均有「万」。《玉篇·方部》：「万，萬俗字。」依上所述，余以为：「万乃古字，非俗字。」

字	卷	行
五	二	15
五	三	31
五	三	43
五	三	58
五	五	88
五	六	134
五	六	146
五	六	162
五	十一	341
五	十三	397
五	十五	462

字	卷	行
不	二	18
不	三	28
不	四	73
不	五	98
不	六	168
不	七	197
不	八	213
不	九	273
不	十△	311
不	十二	381
不	十四	458

△311不，原卷为「信由不衷」。乃颠倒号，古已有之。此句为「信不由衷」。

字	卷	行
世△	二	5
世	三	31
世	四	64
世	四	78
世	五	98
世	六	143
世	七	191
世	八	218
世	九	246
世	十二	361
世	十三	414

世，唐写本作「世」，此避唐太宗李世民之讳。唐陸柬之書《文賦》：「世」即作「世」。然亦有不避者，如唐裴休書《圭峯定慧禅師碑》：「世、世」并存。又唐高宗龍朔二年沈弘書《阿毗曇毗婆沙卷第五十五》二十餘個「世」，皆作「世」。太宗時歐陽询書碑，「世」皆作「世」。

字	卷	行
且	二	24
且	十	302

字	卷	行
丘	三	31
丘	九	252
丘	十二	358
更	四	68
亚	十二	383

「亚」上横之短似无上横。（𡧊）《漢字书法大字典》41頁，有四个亞字，均作「亞」，可供参考。唐《等慈寺碑》：「惡」作「惡」，可参看。

字	卷	行
事	二	7
事	五	109
事	六	150
事	七	204
事	八	228
事	九	272
事	十一	332
事	十一	364
事	十二	381
事	十三	407
事	十四	445

字	卷	行
兩（兩 两 △兩）	三	43
兩	六	145
兩	八	231
兩	十二	377
兩	十二	383

48行与278行之「雨」字，是卷草書均作「⿱」，与「兩」之草书相同，乃依传本校出。如今草书「兩」作「⿱」；「雨」作「⿱、⿱」。易分辨矣。

△兩《秦睡地简》作「兩」，漢《武威简》作「兩」，《隸辨》、曹魏《受禪表》、北魏墓誌皆作「兩」。唐敦煌小楷寫卷、大小歐陽、虞、褚、顏、徐，北宋四家、元趙孟頫亦皆作「兩」。王羲之暨智永「兩」字無作「兩」者。准此余手謝釋文作「兩」，可免印刷作「兩」之憾。

文心雕龍文字編

一画

						丿部	丨部
乘 十一 344	乖 十二 368	乎 十四 428	及 十三 396	(升)	乃 十一 325	(乃)	(中)
乘 十二 357	乖 十三 408	乎 十四 440	及 十三 414	升 十三 398	乃 十四 438	乃 二 9	中 三 37
乘 十二 358	乖 十三 411	乎 十四 455	(乎)	(及)	(川)	乃 四 66	中 五 92
乘 十三 387	(禹)△	(年)	乎 五 91	及 五 99	川 五 121	乃 四 68	中 五 120
乘 十四 428	禹 五 97	年 七 183	乎 五 104	及 六 133	川 五 125	乃 五 111	中 七 182
	禹 五 102	年 七 200	乎 六 156	及 七 176	(久)	乃 六 153	中 十 287
	禹 六 133	年 九 276	乎 七 174	及 七 186	久 三 28	乃 七 173	中 十四 454
	禹 九 267	(乖)	乎 九 256	及 八 215	久 三 48	乃 九 248	中 十一 332
	禹 十一 318	乖 四 71	乎 十 284	及 九 253	久 六 134	乃 九 253	
	(乘)	乖 四 78	乎 十一 322	及 十 281	久 六 144	乃 十 286	
	乘 五 97	乖 七 186	乎 十二 385	及 十 307	久 十一 321	乃 十一 345	
	乘 五 97	乖 七 203	乎 十四 426	及 十二 358	久 十一 350	乃 十三 406	

乘，漢碑作「乗」武梁祠、「乗」熹平石經和「乗」景君碑，魏碑承之。唐楷亦作「乗」和「乗」，而鮮見作「乘」者。

△禹，此草法，乃余初見。唯唐懷素《大草千字文》作「禹」，唐李懷琳《絕交書》作「禹」，與之近似。本編9頁六行「禽」作「禹」，可互照。

文心雕龍文字編 3

一画

丶部

字	卷	页
之		
之	二	7
之	三	36
之	四	75
之	五	90
之	六	159
之	七	191
之	八	213
之	九	249
之	十	288
之	十一	329
之	十二	356
之	十二	358
之	十二	368
之	十三	384
之	十三	402
之	十四	458
丹		
丹	四	70
主		
主	八	217
主	九	248
主	十三	403
主	十三	408
半		
半	六	142
州△		
州	十一	341

△州，作「州」。又見本編酉部「酬」，唐寫本作「酧」，彼此可互相參考。

乙部

字	卷	页
九		
九	三	31
九	五	104
九	五	106
九	五	113
九	五	113
九	五	116
九	六	133
九	七	172
九	七	178
九	九	244
九	九	246
九	十	312
九	十一	323
九	十一	334
也		
也	二	9
也	三	28
也	四	63
也	五	93
也	五	108
也	六	142
也	七	172
也	八	210
也	九	245
也	十	311
也	十二	367
乞		
乞	五	123
乱△		
乱	四	78
乱	五	92
乱	五	108
乱	八	223
乱	八	226
乱	八	224
承		
承	十二	361
丞△		
丞	七	203

△丞，作「丞」，下橫為四點。此種寫法自北魏至隋唐相沿成習。秦公《碑別字新編》於「丞」下收六個例字，其中五個字下之橫，皆作四點。

△乱，《廣韻·換韻》：「亂，俗作乱」。北魏鄭道昭《鄭文公下碑》與隋《龍藏寺碑》均以正書入石。「乱」今為「亂」之簡化字。

文心雕龍文字編 4

二画

十部						厂部	
⓵十	千（圈）	卓 十二 382		協（圈） 协△	博（圈）	原（圈）	厲（圈） 厉
十 三 33	千 二 26	卓 十四 451		協 七 183	博 二 11	原 六 167	厲 十一 352
十 四 69	千 三 48	直（圈）		協 七 202	博 二 13	原 八 218	厲 十四 444
十 八 232	千 四 67	直 六 146		南（圈）	博 四 81	原 八 236	
十 十 278	千 八 221	直 六 153		南 五 91	博 五 111	原 九 263	
十 十一 318	千 八 239	直 七 197		南 六 133	博 十一 327	原 十三 403	
十 十三 391	千 十二 364	直 十三 402		南 六 142	博 十一 333	原 十四 439	
十 十四 425	千 十三 424	卒（圈）△		南 六 170	博 十一 343	原 五 96	
十 十四 445	廿（圈）	卒 十二 359		南 七 174	博 十四 426	原 九 251	
十 十五 462	廿 十一 341	卒 十三 397		南 十 283	博 十四 443	△厥（圈）	
十 十二 354	卓（圈）	卒 十三 415			博 八 233	厥 八 218	
	卓 三 35	卒 八 224				厥 十二 367	

△卒，唐寫本作「卒」。《閣帖》卷二，晉劉穆之《推遷帖》，卒，作「卒」。《日本漢字書法大字典》藤原公任《北山抄》作「卒」；元曆《萬葉》二十作「卒」。可供參考。

△厥，唐本作「厥」。《干祿字書》：「厥、厥，上俗下正」。《馬王堆帛書》有「厥」，《隸辨》有「厥、厥」，魏碑亦然。唐代歐顏有「厥、厥」。

△協，唐本作「協」，字同。自魏碑至唐楷，「協、協」並行。

文心雕龍文字編 5

		亻人		冂	卜		匚	
		部		部	部		部	
(介)△	(入)	(人)	用 十一 322	(内)	(卜)	(區) 区	(巨)	二画
介 五 102	入 二 6	人 四 63	用 十一 347	内 52	卜 五 114	區 三 30	巨 六 168	
(今)	入 三 36	人 五 90	用 十一 350	内 298		區 七 206		
今 四 67	入 三 52	人 五 90	用 十二 378			區 八 226	(匡)	
今 五 115	入 五 119	人 五 120	用 二 21	(用)		區 八 228	匡 六 134	
今 十一 330	入 六 154	人 193		用 二 12		區 九 264	匡 六 139	
(以)	入 七 204	人 七 252	(冊) 冊	用 二 15		區 十二 388		
以 一 1	入 九 264	人 十 309	𠕋 二 4	用 三 36		區 十四 458	(匠)	
以 三 51	入 十二 366	人 十一 339	《说文·冊部》𠕋，同冊。	用 三 48			匠 三 34	
以 六 148	入 十二 388	人 十二 370		用 四 86		(匱) 匮	匠 三 60	
以 七 196	入 十四 443	人 十三 394		用 六 162		匱 八 235		
以 八 236	入 十四 458	人 二 4		用 九 275				

△介，唐写本作「[illegible]」，甲骨文作「[illegible]」，自此而下至秦汉简帛均依此形，唐《九成宫》作「[illegible]」，与汉碑同。

文心雕龙文字编 6

亻人部

二画

似	仰	仲	全	代	代	化	以
似 九 264	(仰)	仲 八 233	全 十一 348	代 十一 351	(代)	(化)	以 十 289
似 十二 389	仰 一 24	仲 九 255	全 十四 414	代 十二 378	代 二 5	化 二 6	以 十 307
(何)	仰 十 280	仲 九 271	(休)	(仙)	代 三 31	化 三 59	以 十二 364
何 六 151	(伊)	仲 十 321	休 四 73	仙 六 138	代 三 39	化 四 78	以 十四 414
何 九 259	伊 五 117	仲 十一 322	(伐)	仙 六 167	代 四 85	化 七 179	以 十四 430
何 十 309	伊 七 196	仲 十一 324	伐 十一 325	仙 六 158	代 五 120	化 九 246	以 十四 449
何 十一 334	伊 九 267	仲 十三 417	伐 十一 340	仙 十三 397	代 六 170	化 十三 421	(仁)
(但) △	伊 十 281	仲 十四 444	(仲)	(他)	代 七 183	(令)	仁 八 234
但 四 63	(似)	(任)	仲 二 22	他 十二 363	代 十 297	令 四 67	(什)
(伸)	似 四 76	任 五 100	仲 四 75	(全)	代 十 315	令 五 115	什 六 167
伸 七 198	似 八 242	任 六 150	仲 四 84	全 六 163	代 十一 337	令 六 130	(仇) △
	似 九 259		仲 六 164	全 十一 331	代 十一 342		仇 十 310

△秦公《碑别字新编》4页：「仇」作「仉」《魏崔懃造像》。又43页「究」作「宄」《隋陈常墓志》。余查唐代墓志有睿宗李旦文明元年（684）《唐皇甫文房墓志》18行：「究」作「宄」。知彼时加點情况。《隶辨》「究」注：碑变九从丸，今俗因之。

△但，唐写本作「𠊱」，同248、277行旦作「旦」，此避唐睿宗李旦之讳。唐写本暨作暨。涅作涅，怛作怛，皆是避讳之形。唐《杨执一志》袒作袒，同此为讳，日中少横。

文心雕龙文字稿 7

亻人部

二画

△修：唐本作「修」。「亻」作「彳」。此形見魏碑《充華嬪盧氏墓誌》

△侯：亦作「侯」，此与《松江本急就章》之「侯」一脉相承。而電子版为「侯」似段。

另可参看本编9頁第二行「侯」之「侯」。

文心雕龍文字編 8

							亻人 部
(傳) 传	(傅)	(偉) 伟	偽 四 71	(偕)	(備) 备	脩 三 48	(促)
傳 三 56	傅 六 145	偉 四 83	偽 四 77	偕 二 21	備 二 18	脩 十四 449	促 九 273
傳 四 91	傅 七 191	偉 八 232	偽 四 80	偕 七 188	備 四 71	(俱)	促 十三 401
傳 五 95	傅 九 257	偉 八 233	偽 九 261	(側) 侧	備 九 246	俱 七 188	(倚)
傳 五 99	傅 十二 364	偉 十二 386	(偏)	偶 八 227	備 十一 338	俱 十 283	倚 五 121
傳 五 100	傅 十二 371	偉 十三 399	偏 六 164	(偶)	備 六 135	(候)	(條) 条 △
傳 八 211	傅 十四 442	偉 十四 442	偏 十一 347	偶 六 158	備 六 141	候 四 65	條 三 32
傳 八 212	(儁) 俊	偉 十四 449	(假) △	(偽) 伪	(倍)	候 五 118	條 三 41
傳 九 270	儁 六 158	(禽)	依 △ 四 77	偽 四 64	倍 四 67	候 七 174	條 四 77
傳 十二 365	(傑) 杰	禽 八 226	假 四 80	偽 四 66	倍 四 72	(倫) 伦	條 九 275
傳 十二 373	傑 五 111	(傲)	假 五 124	偽 四 70	(偃)	倫 十二 364	(脩) △ 57
傳 十二 385	傑 八 333	傲 十四 436		偽 四 71	偃 九 247	倫 十三 422	脩 二 8

二画

△△此卷「條脩」皆作「彳」旁，「亻、彳」混用見於漢碑。《隸辨》條字，白石神君碑作條，而祖道氏碑、陳球碑皆作𠍴与𢓍。脩字白石神君碑、番嗘碑、郑固碑、史晨碑作脩，而孔龢、衡方、景君、曹全、孔宙諸碑作𢓍、𢓍。

△依，林釋「徵」，范釋「假」。余以为《松江本急就章·第廿九》「依」与此形同，乃釋「假」。（《急就章》句：「啬夫假佐扶致牢」。「啬夫依佐扶致牢」）

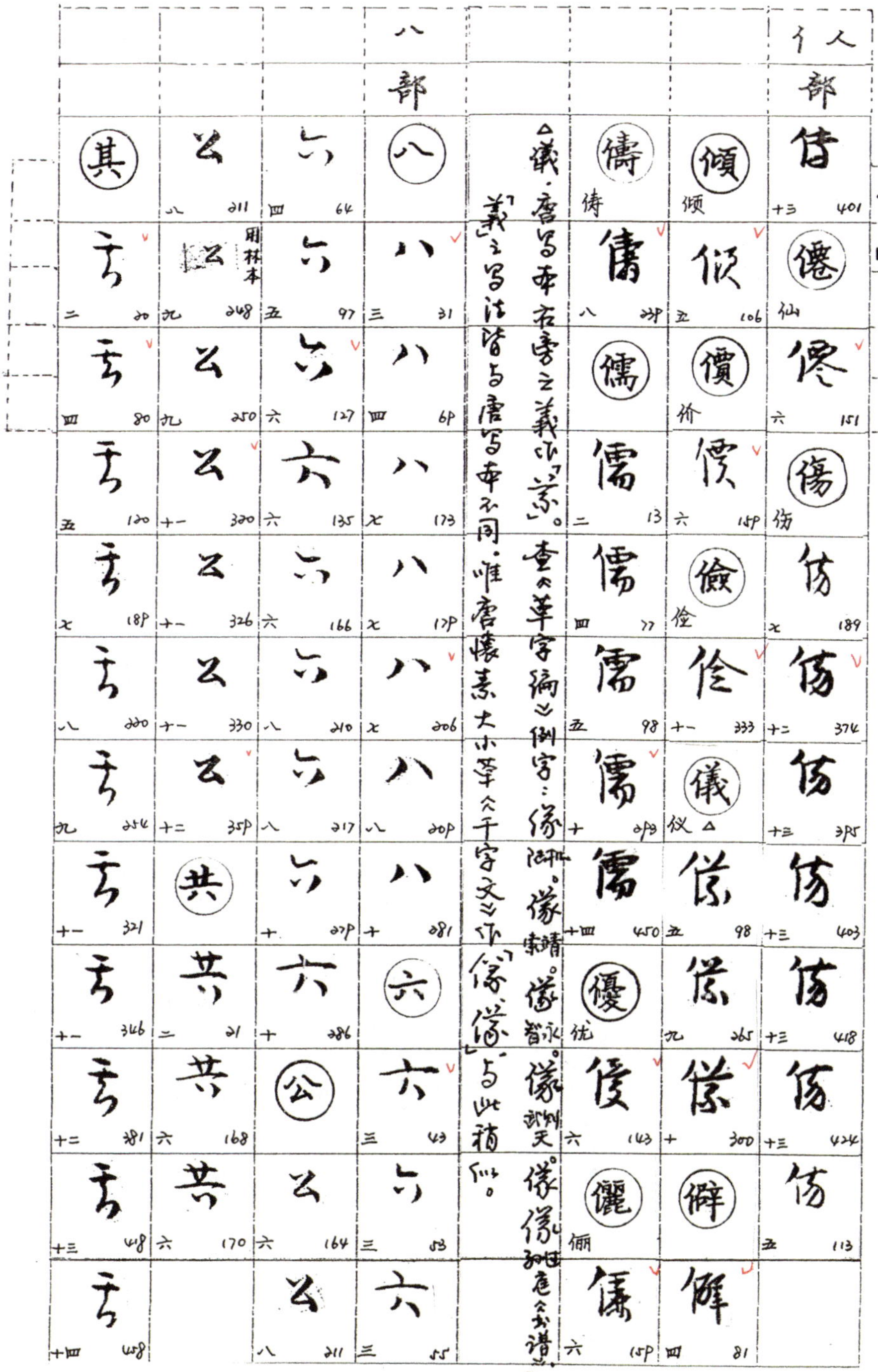

△儀，唐寫本右旁之義作「羕」。查《草字編》之例字：儀陸柬之、儀宋晴、儀智永、儀武則天、儀儀孫過庭《書譜》。「義」之寫法皆與唐寫本不同，唯唐懷素《大小草千字文》之作「儀、儀」與此稍似。

文心雕龍文字編 10

二画

匕部 北	勹部 匆	舆	興	真	前	典	八部 並
		十 280	兴 △			△	
七 174	二 24	十 287	三 40	四 64	三 48	三 31	三 51
七 188	九 250	十一 337	四 62	四 85	四 70	四 78	六 148
九 257		十一 340	五 103	兼	四 74	七 187	七 203
十二 371	匍	八 226	六 168	六 164	四 85	九 264	九 268
	十四 453	六 167	七 175	九 248	五 90	十一 353	十四 458
		「舆」，此之轉筆不出框外，可證懷素之帖，為唐人寫法。	七 178	九 272	九 248	十二 380	五 116
	匐		七 181	十 287	十一 335	十四 435	九 252
	十四 453		八 331	十 297	十一 342	十四 457	九 254
			八 236	十一 348	十二 356	六 138	十二 367
			八 236	十三 412	十二 363	六 147	十三 412
			九 265	十四 435	十三 396	九 257	十三 416

△典：從洪鈞陶《草字編》看，智永、歐陽詢均作行書「典」，而唐懷素《小草千字文》始作「典」形，與《文心雕龍》之「典」相同。

△興：二王、蕭衍、智永、陸柬之、李世民、李懷琳、孫過庭、賀知章，乃至劉熙、與《松江本〈急就章〉》皆為「興」、「興」，唯張旭《草書帖》《千字文》和懷素《自序帖》《聖母帖》作「舆」、「舆」之形。

文心雕龍文字編 11

			亠	几			儿	
			部	部			部	
商 △	亠 九 271	玄 191	亡	几	充	光 十二 364	元	二
商 四 70	亠 十二 376	玄 238	亡 七 186	几 十一 319	充 七 192	光 十二 371	元 七 186	画
商 六 134	亠 十二 383	玄 林本 284	亡 十 312	凢 同凡△	充 九 255	光 十二 389	元 十二 361	
商 六 136	亠 十四 427	玄 369	亡 十二 388	凡 七 199	克	先	允	
商 九 246	京	亦	亡 十三 395	凡 八 232	克 三 58	先 二 4	允 九 246	
商 九 248	京 八 222	亦 十一 328	亡 十三 396	凡 十 301	克 十 308	先 三 43	允 十二 380	
商 林本 十 284	京 八 231	亦 十一 330	亡 十三 401	凡 十一 344	克 十一 345	先 三 48	允 十二 389	
商 十一 337	夜	二 二 22	亡 十三 410	凡 十三 410	兎	先 三 57	光	
商 十二 356	夜 五 108	二 六 142	玄	凡 十四 431	兎 八 229	先 四 71	光 四 78	
率	夜 六 163	二 七 173	玄 五 94			先 十二 387	光 五 93	
率 六 150	夜 十 387	二 七 192	玄 六 131			兆	光 八 223	
		二 八 235	玄 六 156			兆 十 380	光 八 232	

△《汉语大字典》：「凢同凡。《字汇·几部》：『凡，俗作凢。』」

△洪钧陶《草字编》商下：商孙虔礼 商颜真卿 商赵佶 商赵构 商陆居仁 商文征明。若无此编，谁知唐代已有「商」之草法。

文心雕龙文字编 12

刀部		卩部	凵部		宀部		冫部
（切）	（卿）	（危）	（出）	（冠）	（宜）	（减）	（冲）
五 115	五 123	十 311	四 62	六 146	四 68	七 201	六 164
六 146	十一 341	（即）	四 63	十一 330	七 185		八 234
七 199		三 44	四 63	（冥）	七 201		（决）
十 313		三 52	四 73	十二 372	八 227		二 14
十一 348		九 268	六 166		十 288		（况）
十二 366		林本 十 285	七 180		十 302		八 216
十三 415		林本 十 285	八 242		十 314		（冶）
（分）		（卷）	九 262		十一 336		九 371
三 58		六 126	十二 382		十一 351		（准）
五 108		十一 317	十三 413		十三 421		十一 331
六 165	八 242		十四 451				

二画

△秦公《碑别字新编》冖部：冠，唐魏公先庙记。

文心雕龙文字稿13

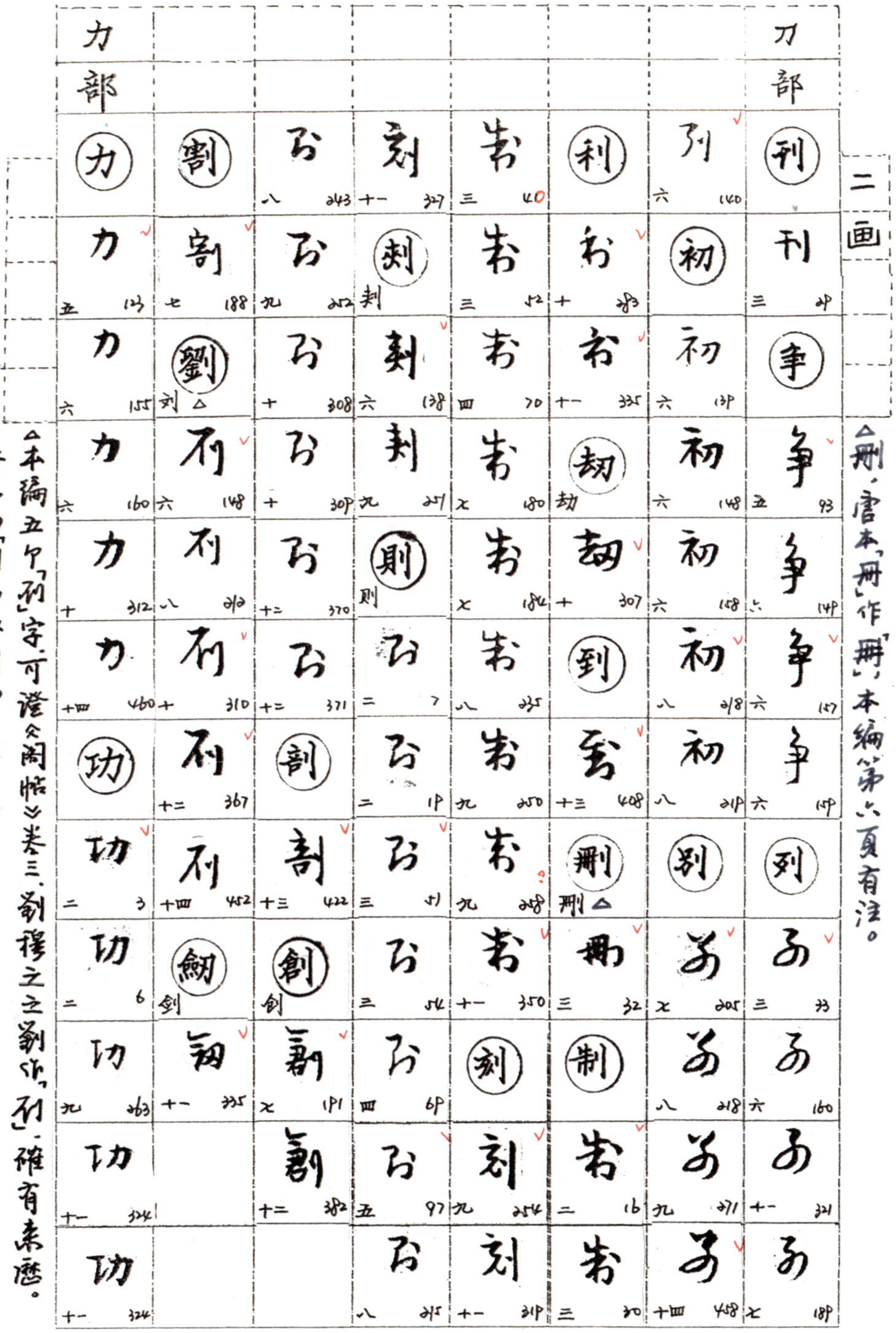

△刪，唐本「冊」作「册」，本編第六頁有注。

△本編五尺「刋」字，可證《閣帖》卷三，劉穆之之劉作「刋」，確有來歷。昔以為「刋」乃孤例而不敢用，有此編為例，今後可放心書之矣。

文心雕龍文字編 14

△勸：左字草書作「[illegible]」，与本論76頁「觀」可以互參。

△勲：《懷素自序帖》作[illegible]。《聖母帖》亦作[illegible]。与此卷写法相同。

△勒：敦煌漢簡作[illegible]。《閣帖》張芝作[illegible]。《懷素大草千文》亦作[illegible]，可見傳承。

△勳：此作[illegible]。《閣帖》司馬炎作[illegible]。王獻之亦作[illegible]。李世民《屏風帖》作[illegible]。可互參。

文心雕龍文字編 15

	工部	干部	三画	廴部			文部
巧	工	平	建 八 223	延	叙 八 222	取 十一 438	反
巧 二 8	工 十二 363	平 四 77	建 十 308	延 七 183	叙 十二 366	取 十四 444	反 十 310
巧 五 114	工 十二 368	平 四 84	建 十三 388	延 七 200	叙 十二 381	叔	反 十三 416
巧 五 120	工 十三 418	平 五 124		延 八 232	叙 十二 385	叔 六 144	反 十四 448
巧 六 150	工 十四 434	平 六 163		迴	叙 十二 385	叔 六 163	取
巧 八 228	工 十四 442	平 七 188		迴 六 167	叙 十四 450	叔 七 181	取 三 47
巧 八 235	左	平 十三 418		建	叡△	受	取 五 112
巧 八 237	左 五 94	幹 干		建 三 57	叡 二 25	受 八 215	取 六 144
巧 九 265	左 六 154	幹 六 164		建 六 147	北宋·文彦博《定將帖》濬作「濬」。知睿作「㱿」形，更為清晰。可補83頁「睿」之注。	叙	取 六 151
巧 十二 366	左 六 156	幹 八 212		建 六 155		叙 四 76	取 十 312
巧 十二 381	左 七 200			建 六 164		叙 五 117	取 十一 348
巧 十三 420	左 十四 445			建 七 202		叙 六 148	取 十二 372

二画—三画

△叡：此卷左旁作「㱿」，注見83頁《文字编》之「睿」字左側之文。日本《書法大字典》183頁「叡」下收有十八個例字，其中左上為「止」者十五個。可見字學唐人。

文心雕龍文字编16

叏 叙

						土部	工部
堯 六 132	㊀堅 坚	㊀袁	均 八 216	去 十二 383	士 十二 357	㊀土	巧 十四 443
㊀報 报	堅 三 100	袁 六 157	均 十三 394	去 十三 393	士 十二 358	去 三 97	巧 十四 460
报 十 280	堅 八 231	㊀垌 垌 jiōng	㊀壯	去 十三 423	士 十四 453	去 三 106	㊀巫
㊀壹	堅 九 255	垌 七 207	壯 三 125	㊀地	㊀在 △	去 七 176	巫 九 268
壹 六 153	堅 十四 459	㊀埃	壯 八 234	地 三 30	去 二 3	去 十 281	巫 十 394
㊀墓	㊀執 执	埃 四 93	壯 十四 444	地 三 106	去 二 27	㊀士	
墓 十二 378	执 三 42	㊀域	壯 十四 447	地 十 279	去 六 128	士 四 75	
㊀塗 涂	执 十 299	域 八 225	㊀垂 △	地 十 287	去 六 143	士 三 108	
塗 七 173	执 十二 362	域 九 265	垂 九 276	㊀坐	去 七 197	士 七 202	
塗 八 212	㊀堯 尧 △	域 十二 388	㊀城	坐 三 108	去 十 282	士 八 213	
	堯 四 69	域 十四 459	城 十三 410	㊀均	去 十 306	士 八 234	
	堯 三 102			均 八 215	去 十二 368	士 十 394	

三画

△一垂。漢碑隸書有以下兩種主要形態（承者陰外篆書）：一、垂 石門頌 垂 乙瑛。二、垂 禮器 垂 張遷。草書承之：一、丢 武威簡 郅 羅布泊簡（郵字用垂） 垂 羊欣月賦帖 垂 孫過庭書譜 垂 文心雕龍卷。二、垂 西晉濟白帖 垂 王右軍游目帖 垂 智永千字文。

〔垂 武威鼎仙太子碑 垂 懷素小草 垂 唐人月儀 垂 黃庭堅諸上座 垂 趙佶千字文（自）垂 傳空海惠果碑 垂 傳空海新撰類林抄。〕觀其草法：或省去兩小竪，或將兩小竪作點而省去二橫。

△堯，此卷草書作「𡍼」，可補入草書字典。43頁「曉」、45頁「澆」，皆用此法。

△在，此卷作「去」，每疑是「夫」。而此卷之「夫」，草書作「支」，彼此不混。

权竞 𡍼 坚 袁 文心雕龙文字编 门 去△ 去去
执 堺 垂 壮

三画

夫	大部	廾部		寸部			土部
夫	**大**	**弄**	**對** 对	**寸**	**鑿**	**壽** 寿	**塞** △
二 10	四 62	九 258	十四 427	十四 455	十 282	八 232	七 178
四 73	六 128	十三 423	十四 432	**封**		十四 452	十三 422
六 161	六 133	十四 457		十二 375		**墻** 墙	**境**
七 176	七 201	十四 460		十二 328		三 35	八 217
九 250	十 311	**弃**		十三 385		**壇** 同疆	**墜** 坠
十 308	十一 351	八 238		**專** 专		三 51	五 122
十三 420	八 217	十一 340		十二 366		**壅**	**墳** 坟
十四 428	一 303	**弇**		**尊**		九 250	三 31
十四 455	十二 355	十二 376		十二 362		**壓** 压	十二 378
十二 355	十二 358	**弈**		**尋** 寻		十三 △ 408	**增**
十 311	十四 446	十一 333		三 44		明·文徵明「壓」作「壓」。	七 201

鑿，唐顏真卿《多寳塔碑》、《干禄字書》作「鑿」。宋米芾《苕溪帖》作「鑿」与此卷右旁写法同。

△塞，此卷作「塞」。查中日草書字典，唯宋王升《千字文》作「塞」，与此卷近似。

可補草書字典「寒」之運用。

文心雕龍文字稿18

三画

尢部							大部
㊀尤	㊀奪 夺	奏 七 172	奇 五 122	㊀夷	失 九 259	㊀夭 △	㊀天
尤 二 19	奪 十三 422	奏 七 192	奇 六 159	夷 四 87	失 九 271	𡗜 十三 393	天 二 24
尤 十一 332	㊀獎 奖	奏 十四 450	奇 七 199	夷 五 106	失 十 396	𡗜 十三 394	天 三 30
	獎 九 273	㊀爽	奇 八 228	夷 十 307	失 十一 343	㊀太	天 四 69
	獎 十 312	爽 七 188	奇 十四 447	夷 十三 417	失 十一 346	太 三 48	天 四 73
	㊀獎	㊀奥	㊀契	㊀奉	失 十三 424	太 六 133	天 五 114
	獎 三 58	奥 三 30	契 二 11	奉 十三 409	㊀夸	太 六 164	天 七 172
	獎 十 290	奥 三 60	契 二 14	㊀奇	夸 五 110	太 六 234	天 七 185
	獎 十 307	奥 十四 436	契 六 170	奇 四 67	夸 八 229	太 十 286	天 十 279
	㊀奮 奋 △	㊀奠	㊀奏	奇 四 83	夸 十一 327	太 十 300	天 十 286
	奮 五 90	奠 十 302	奏 三 49	奇 五 89	夸 十三 405	㊀失	天 十 312
		奠 十 306	奏 四 84	奇 五 119	夸 十四 429	失 五 122	天 十二 357

△夭，此卷作「𡗜」。北魏《司馬景和妻孟敬訓墓誌銘》作「𡗜」，乃此卷之先聲。

△奮，此卷作「奮」。初釋毋疑是「舊」，然此字之位置，其文義確是「奮」。《碑别字新編》346頁奮字作「奮」（隋王世琛墓誌）。又（日）《書法大字典》318頁奮下三个例字均作「奮」，乃确信为奮。

文心雕龍文字編 10　夸　𡗜　奉

三画

				口部		小部	弋部
句 十二 363	史 十 288	古 十三 423	可 十三 424	(口)	尔 十四 451	(小)	(武)
句 十二 380	史 十 315	古 十三 433	可 十四 456	口 九 251	(尚)	小 五 92	武 三 52
句 十三 401	史 十二 370	(号) △	(古)	(可)	尚 二 18	小 七 228	武 五 125
句 十四 454	史 十三 385	号 八 216	古 三 58	可 二 6	尚 三 46	小 十四 431	武 九 250
(叨)	史 十三 410	号 十二 375	古 四 84	可 二 22	尚 七 223	小 十四 455	武 十 302
叨 十二 368	(句)	号 十四 456	古 五 115	可 五 92		(少)	武 十二 360
(吁)	句 二 13	(史)	古 七 201	可 五 95		少 十 288	武 十二 372
吁 十一 327	句 六 136	史 二 14	古 八 213	可 七 205		少 十一 332	武 十三 386
(吐)	句 六 158	史 九 256	古 九 273	可 十 292		(尔)	武 十三 398
吐 三 35	句 六 168	史 九 268	古 十一 330	可 十一 327		尔 三 38	武 十四 435
吐 六 137	句 九 274	史 十 281	古 十二 375	可 十一 342		尔 六 130	
吐 十一 330	句 十一 337	史 十 290	古 十三 420	可 十三 420		尔 九 272	

△号，見《說文》。段玉裁注：「凡嗁號字古作号……今字則號行而号廢矣。」今「号」为简化字。

文心雕龙文字编 20

口部

三画

君 十一 351	含 六 189	告 十 297	(吾)	名 十二 387	合 五 94	同 十二 388	呫 十四 435
君 十三 407	含 八 232	告 十 305	吾 十一 324	名 十三 412	合 五 99	同 十三 409	(吕)
君 十一 339	含 十四 427	(吟)	吾 十一 327	名 十四 433	合 五 100	同 六 168	吕 十一 323
(味)	含 十四 434	吟 五 120	(呈)	名 十四 458	合 六 163	(向)	(同)
味 三 47	(吹)	吟 六 131	呈 一 1	名 八 216	合 六 167	向 八 212	同 三 40
味 五 99	吹 七 204	吟 七 176	(吴)	名 十一 334	合 八 214	(后)	同 五 99
味 六 147	(君) △	吟 七 206	吴 十二 363	(各)	(名)	后 九 256	同 六 151
hē (呵)	君 二 8	吟 十四 457	(告)	各 六 157	名 五 98	后 十一 339	同 八 212
呵 十三 418	君 五 103		告 六 158	各 九 250	名 九 271	后 十二 361	同 九 247
(咒) 咒	君 五 106	(含)	告 九 267	各 九 257	名 十一 322	后 十二 370	同 九 271
咒 九 295	君 七 195	含 二 9	告 九 268	各 十三 418	名 十一 347	(合)	同 十 294
咒 九 296	君 十 314	含 三 56	告 十 284 林本	各 十四 458	名 十二 368	合 二 10	同 十一 348

△君、王羲之《日五期帖》作「君」、《轉佳帖》作「君」，王獻之《孤不度德量力帖》作「君」。

文心雕龍文字稿引

呵　君　吾　各　同

△哉，隋唐草書，𢦏（智永）、𢦏（李世民屏风帖）、𢦏（李怀琳绝交书）、𢦏（孙过庭书谱）。上部作「土」，下横甚长。此作「𢦏」，一改前態。後之高閑《千文》作「𢦏」，或由此法而來。

△哲，不避中宗之讳。中宗李顯，後更名哲。

△哭，作「关」。公元686年（日）释宝林書金刚场陀罗尼经作「关」。两者不但字形一致，而且时代相同。

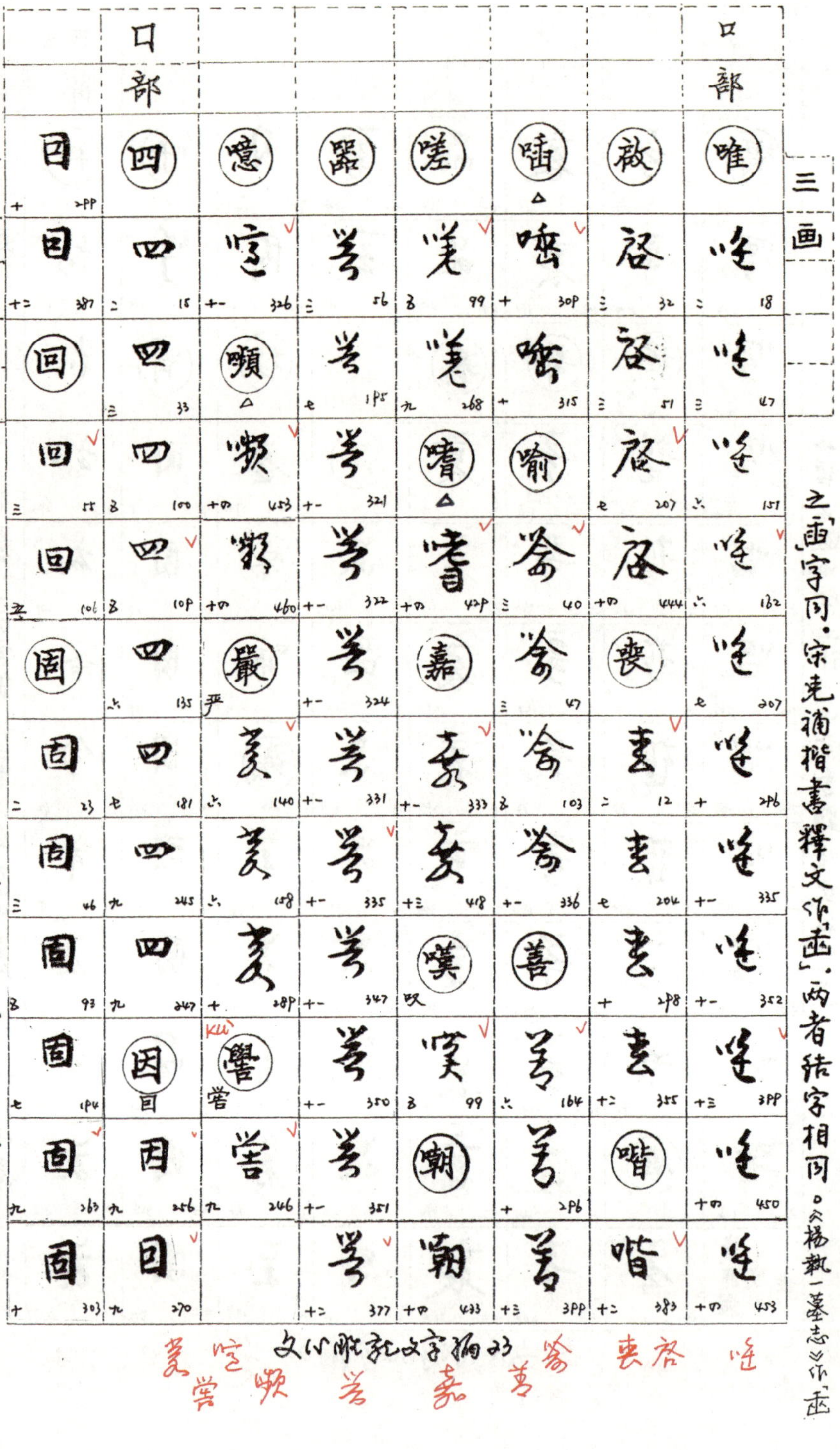

△唔：右旁「酉」作「𠃓」。与《松江本急就章》第廿章》第二句「欙樸束把函拔把」之「酉」字同。宋克補楷書釋文作「函」，兩者結字相同。○《楊執一墓志》作「函」

△嗜：唐本「耆」作「耆」，乃異體字，字同。

△东施效颦之「颦」，此卷作「嚬」。隋智永、唐歐陽詢、褚遂良、懷素、高閑《千字文》墨本均作「嚬」，正与此卷同。

三画

山部			巾部				囗部
(山)	帝 十一 319	(帛)	(巾)	圖 八 220	(圓) 圆	国 六 138	固 十一 329
山 二 26	帝 十二 375	帛 四 66	巾 十一 345	圖 八 242	圖 六 135	国 六 141	固 十二 365
山 三 52	帝 十三 385	(帝)	(布)	圖 四 63	圖 六 165	国 七 196	固 十三 421
山 四 82	(師) 师	帝 三 31	布 二 4		圖 十四 456	国 八 217	固 十四 434
山 五 118	师 二 17	帝 六 132	布 四 66		(圖) 图	国 八 222	you (囿)
山 五 121	师 七 177	帝 六 140	布 十 288		圖 四 70	国 九 247	囿 六 168
山 十 303	师 八 211	帝 六 148	(希)		圖 四 70	国 九 255	囿 十四 426
山 十 308	𢂞 三 57	帝 七 172	希 十三 412		圖 四 72	国 十一 344	pu (圃)
山 十一 324	𢂞 △ 十二 366	帝 七 182	希 十三 413		圖 四 73	国 十三 409	圃 五 95
山 十一 327	(席)	帝 七 186	希 十三 419		圖 四 74	(園) 园	(國) 国 △
山 十二 366	席 十一 320	帝 九 246	希 十三 430		圖 四 86	園 八 229	国 五 91
山 十二 376		帝 十 295			圖 六 167	《宋元以来俗字谱》：园，同園。	国 五 111

△國：唐本作「国」，見於北齊雋脩羅碑、劉碑造像記、道明墓誌。

△𢂞：右上加點。《草字編》黃庭堅、趙孟頫之書有之。(日)《書法大字典》之曆萬葉四、傳空海執撰類林抄有之。

席 师 𢂞𢂞 帝 文心雕龍文字稿 24 图 图 園

			彳部				山部
後 五 90	彼 十 283	(征)	(行)	崇 七 182	崔 十二 365	(峻)	(岑) cén
後 七 187	彼 十三 423	征 九 257	行 十二 373	崇 十 308	崔 十二 367	峻 三 35	岑 九 256
後 九 271	(律)	征 九 258	行 二 13	(嶠) jiào qiáo 峤	崔 十三 386	峻 三 46	(岳)
後 十 286	律 四 82	(徂) cú	行 三 38	嶠 十一 343	崔 十四 435	峻 六 152	岳 十 303
後 十 314	律 七 172	徂 二 26	行 三 56	嶠，此作「嶠」。《彝辯》喬、橋、僑作「喬、𫞪、槗、僑、僑」。其注：《說文》作喬，從夭折之夭。碑變從犬或從大。晋王珣《伯遠帖》作「嶠」。	崔 十四 435	峻 十二 386	岳 十一 328
後 十一 327	律 七 176	徂 十二 378	行 六 142		崔 十四 443	(崑) 昆	岳 十二 366
後 十一 351	律 七 184	(往)	行 八 222		崔 十四 443	崑 五 94	岳 十二 375
後 十二 378	律 七 188	往 三 47	行 十 287		(崙) 仑	崑 五 97	岳 十三 400
後 十三 386	律 七 192	往 五 115	行 十二 356		崙 五 94	(崔)	岳 十四 440
(徒)	律 十二 365	往 十三 406	行 十二 388		崙 五 97	崔 九 258	(岷)
徒 二 22	(後) 后	(彼)	行 十三 388		(崇)	崔 十一 332	岷 336
徒 五 111	後 三 42	彼 五 110	行 十三 408		崇 六 156	崔 十一 341	民，避李世民之讳。

三画

文心雕龍文字編 25

徒 後 往 往 往 彳 嶠 崇 崔

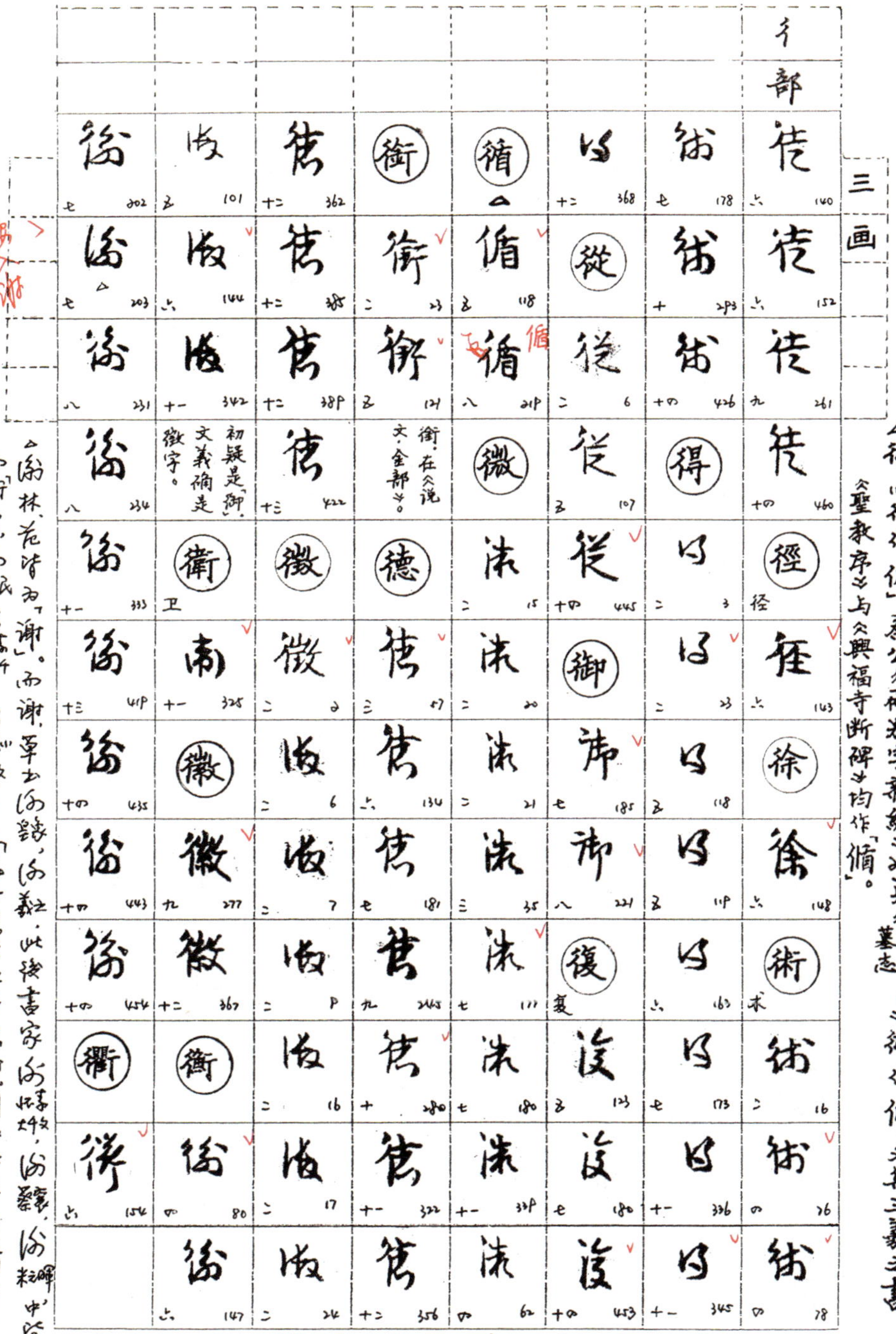

《循》118〈219 行作「偱」。秦公《碑别字新编》201页《隋張𡖴墓志》循作偱。文集王羲之書《聖教序》与《興福寺断碑》均作「偱」。

《衜》林，范作为「衜」。而「衜」，䓁出衜録，衜薮，此後書家衜林衜效，衜纂，衜粹中作「衜」。而「衜」字，衜林作衜殷，衜林衜效，則与「衜」無别。若他本為「衜」，則知此卷写错字了。

文心雕龙文字编 36

三画

广部		文部		夕部			彡部
(序)	(夔) kuí	(夏)	多 十二 384	(外)	影 九 276	(彩)	(形)
序 三 30	𦣻㚇 七 188	夏 三 38	多 十四 452	外 五 93	影 十二 372	彩 六 137 电子版	形 八 217
序 四 75	𦣻㚇 七 192	夏 六 135	多 十四 457	(夙)	影 十二 380	彩 六 145	形 八 227
序 六 133		夏 七 174		夙 十 287	影 十四 445	彩 八 210	形 九 245
序 六 170		夏 七 182		(多)	影 十三 417	彩 九 253	形 林本 十 284
序 八 212		夏 七 191		多 二 7		彩 十二 388	
序 九 255		夏 十一 323		多 四 68		(彫) 雕	(彦)
序 十一 328		夏 十一 337		多 六 152		彫 八 242	彦 八 235
序 十二 365		夏 十二 356		多 七 201		(彭)	(彪)
序 十二 371		(夐) xiòng		多 十 288		彭 五 107	彪 四 64
序 十二 372		夐 四 64		多 十一 332		(影)	彪 六 135
序 十三 420				多 十一 344		影 二 26	彪 十三 416

唐颜真卿《干禄字书》𦣻㚇𦣻㚇夔，注曰：「上俗中通下正」。依此知𦣻㚇乃夔之通用字。

《汉语大字典·首部》𦣻㚇kuí，人名用字，也作夔。

文心雕龙文字编 27

		宀					广
		部					部
宏	安 八 234	宇	廢 废	庿 十二 378	庿 十一 350	庶	府
宏 八 231	安 十二 362	宇 二 25	废 五 108	廓	庿 十二 377	庶 二 25	府 三 60
宏 十四 444	安 十三 399	宇 八 215	废 七 178	廓 十四 428	康	庶 七 176	府 七 171
宗		守	废 十 309	廉	康 四 74	庶 八 226	府 七 172
宗 二 17	宋	守 八 247		廉 十一 325	康 六 134	庶 十 286	府 七 183
宗 三 28	宋 二 6	宅		廣 广	庿 庙 △	庚 ←△	府 七 205
宗 三 53	宋 五 116	宅 十 282		廣 七 181	庿 七 187	庚 十 303	底
宗 七 192	宋 六 158	安		廣 七 186	庿 九 249	庚 十二 384	底 八 234
宗 九 249	宋 八 216	安 六 147		廣 八 215	庿 九 256	庚 十四 438	底 九 276
宗 九 256	宋 八 229	安 六 155		廣 九 258	庿 十 287	庸	庭
宗 十 279	宋 十三 408	安 六 163		廣 十四 433	庿 十 289	庸 八 217	庭 七 192
宗 十二 370	宋 十四 427	安 八 234	废 四 68	廣 十四 454	庿 十二 376	庸 十一 324	

三画

△庙，《说文》："廟，尊先祖皃也。从广，朝聲。眉召切。庿古文。"战国《中山王壶》作"庿"。唐颜真卿《祭侄稿》作"庿"。《字汇·广部》："庙，俗廟字。"庙，今为"廟"的简化字。

△庚，異體字作"庚、庚、庚"。

文心雕龙文字编 38

宀部

三画

- ⓪定；四 78；六 165；七 181；七 191；十 279；十 308；十一 328；十三 407；⓪官；七 176；十一 338
- 十一 341 ✓；十一 347；⓪宛；七 187 ✓；⓪宓（171）；五 105；⓪宣；五 99；六 164；七 186 ✓；八 233；十三 417
- 十四 444 ✓；⓪室；十 290 ✓；⓪宮；十四 447 ✓；⓪客；八 217 ✓；十四 433；十四 436；十四 436；十四 438；十四 438
- ⓪害（74页「轄」有注。害）；二 31；八 260 ✓；⓪家；三 52；五 90；六 150；八 233；九 275；十四 440；⓪容；七 181 ✓
- 八 227；九 245；九 245；九 247；九 256；九 257；九 276；十一 321；⓪宰；七 188 ✓；（宰）；漢《乙瑛碑》宰作「宰」。
- ⓪寂；九 263 ✓；十二 384；⓪寅；十 289 ✓；⓪寄；五 115 ✓；十四 440；⓪密；六 150；八 227；八 233
- 十四 435；⓪富 △；二 26；三 52；四 83 ✓；九 231；⓪寓；九 253；十二 384 ✓；⓪寔（实）；十四 435 ✓；寔，同實。
- ⓪寐；十 287 ✓；⓪寘（241）；十一 345 ✓；⓪宴（宴）；六 149 ✓；七 189；⓪寡 △（寡）；九 275；十一 344 ✓；十一 350；十三 415 ✓

△富，此卷作「畐」。《絫辨》：「畐后经论语残碑一而無點。按：說文富从宀，碑变从冖。」《碑别字新编》196页，富下收北魏至隋从冖之富四个。《漢語大字典》305页：「畐，同富。《正字通·冖部》：畐，俗富字。《正韻》富、畐兩存。」又古鈢有「畐」字。王羲之三《儀千字文》作「畐」。由是觀之，富，可作畐，其來尚矣。

△寘，今作寡。漢居延简寘。《絫辨》寘。《西狭颂》寘。《曹全碑》寘。《智永千文》寘。

《欧陽询化度寺碑》寘。此卷写法与上述碑帖写法相同。

文心雕龍文字编对

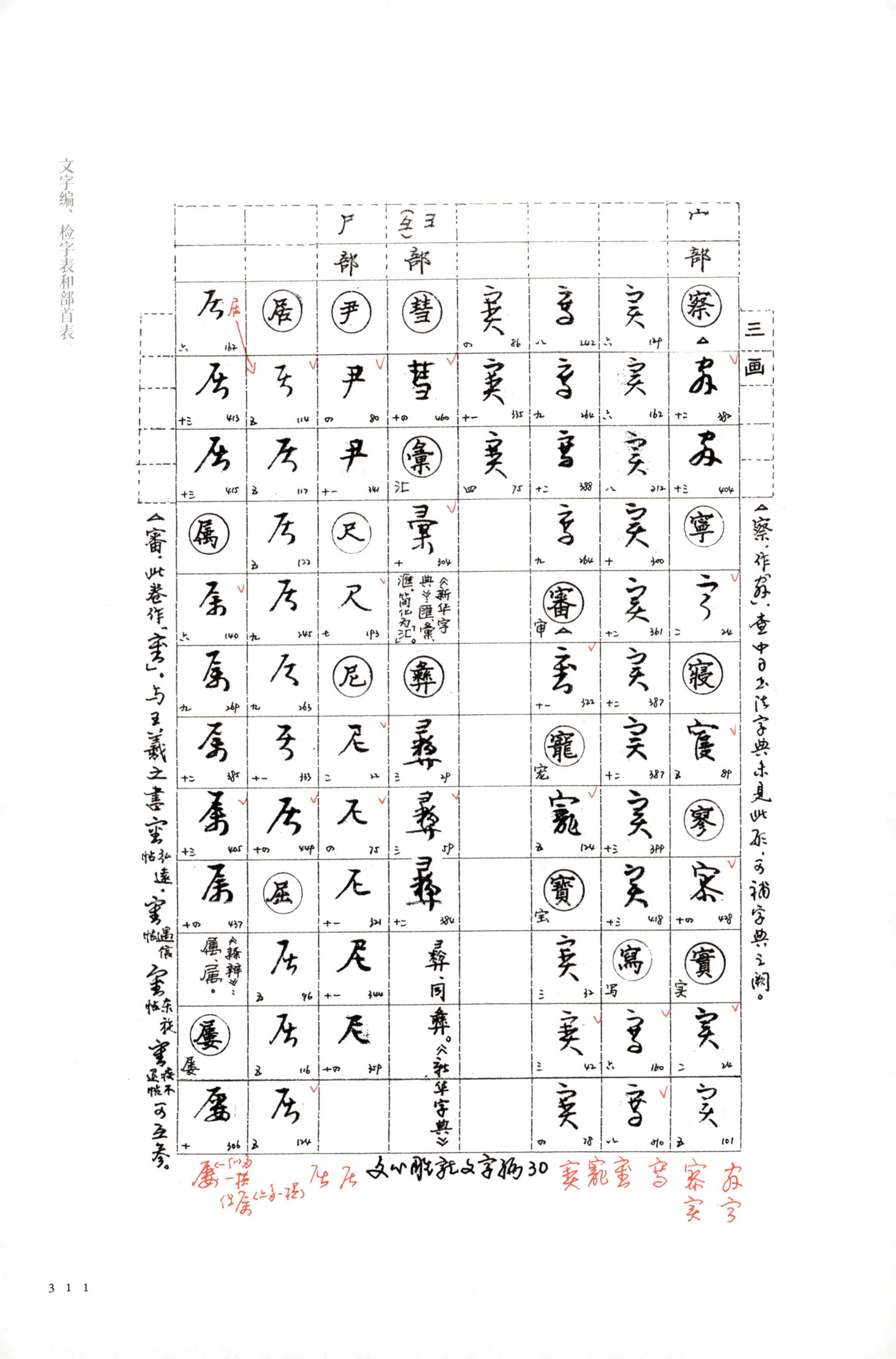

		尸部	彐（彑）部				宀部
居 六 162	㊀居	㊀尹	㊀彗	四 86	八 242	六 129	㊀寮 △
十三 413	五 114	四 80	十四 460	十一 335	九 264	六 162	十二 382
十三 415	五 117	十一 341	㊀彙 汇	四 75	十二 388	八 212	十三 404
㊀屬	五 122	㊀尺	十 304		九 264	十 300	㊀寧
六 140	九 245	七 193	《新华字典》：匯、彙，滙，简化为汇。		㊀審 审 △	十二 361	二 24
九 268	九 263	㊀尼	㊀彝		十一 322	十二 387	㊀寢
十二 385	十一 333	二 22	三 29		㊀寵 宠	十二 387	五 89
十三 405	十四 449	四 75	三 59		五 124	十三 388	㊀寥
十四 437	㊀屈	十一 321	十二 384		㊀寶 宝	十三 418	十四 438
《隸辨》：屢、屡。	五 96	十一 344	彛，同彝。《新华字典》		三 32	㊀寫 写	㊀實 实
㊀屢 屡	五 116	十四 359			三 42	六 160	二 24
十 306	五 124				四 78	八 210	五 101

三画

△寮，作「㝷」，查中日书法字典未见此形，可补字典之阙。

△審，此卷作「审」，与王羲之書审（弘远帖）、审（遇信帖）、审（东旋帖）、审（疾不适帖）可互参。

文心雕龙文字稿 30

三画

子部				弓部		己部	尸部
子（圈）	張 十一 329	弥 十二 372	弔 十三 409	引（圈）	已（圈）	己（圈）	履（圈）
子 三 32	張 十一 335	弱（圈）	弔 十三 411	引 二 16	己 三 44	己 五 94	履 八 223
子 四 69	張 十二 383	弱 十三 404	弔 十三 414	引 八 217	己 四 70	己 八 214	履 十 384 电子版
子 五 103	張 十三 398	弱 十三 423	弔 十三 419	引 八 223	己 五 116	己 林本 十 285	履 十一 353
子 六 142	張 十四 435	張（圈） 张	弘（圈） △	引 九 258	己 六 133	94行·唐本文：斑固以为露才揚己。285行唐本文：玄牡告天，以万方罪己。	屨（圈） 屦 jù
子 七 205	張 十四 443	張 三 33	弘 九 266	引 十 298	己 七 173		屨 十一 365
子 八 241	彌（圈）	張 四 80	弘 十一 348	引 十一 344	己 七 197		
子 十 294	彌 十一 319	張 六 147	弘 十一 353	引 十三 406	己 九 246		
子 十一 344	彊（圈） 强	張 六 154		引 十四 457	己 十 289	214行唐本文：括言短款，辭自己作。	
子 十三 407	彊 十 288	張 七 192	弥（圈）	弔（圈） 弔	己 十一 347		
子 十三 418		張 八 231	弥 六 170	弔 十三 391	己 十三 420		
子 十三 419		張 十 290	弥 十 315	弔 十三 406	己 十四 445		

△弘，此卷作「弘」。《隸辨》「弘華山碑 弘口孔龢碑 注：說文，弘從厶，厶古文厷字，碑變為口。」

文心雕龙文字摘引

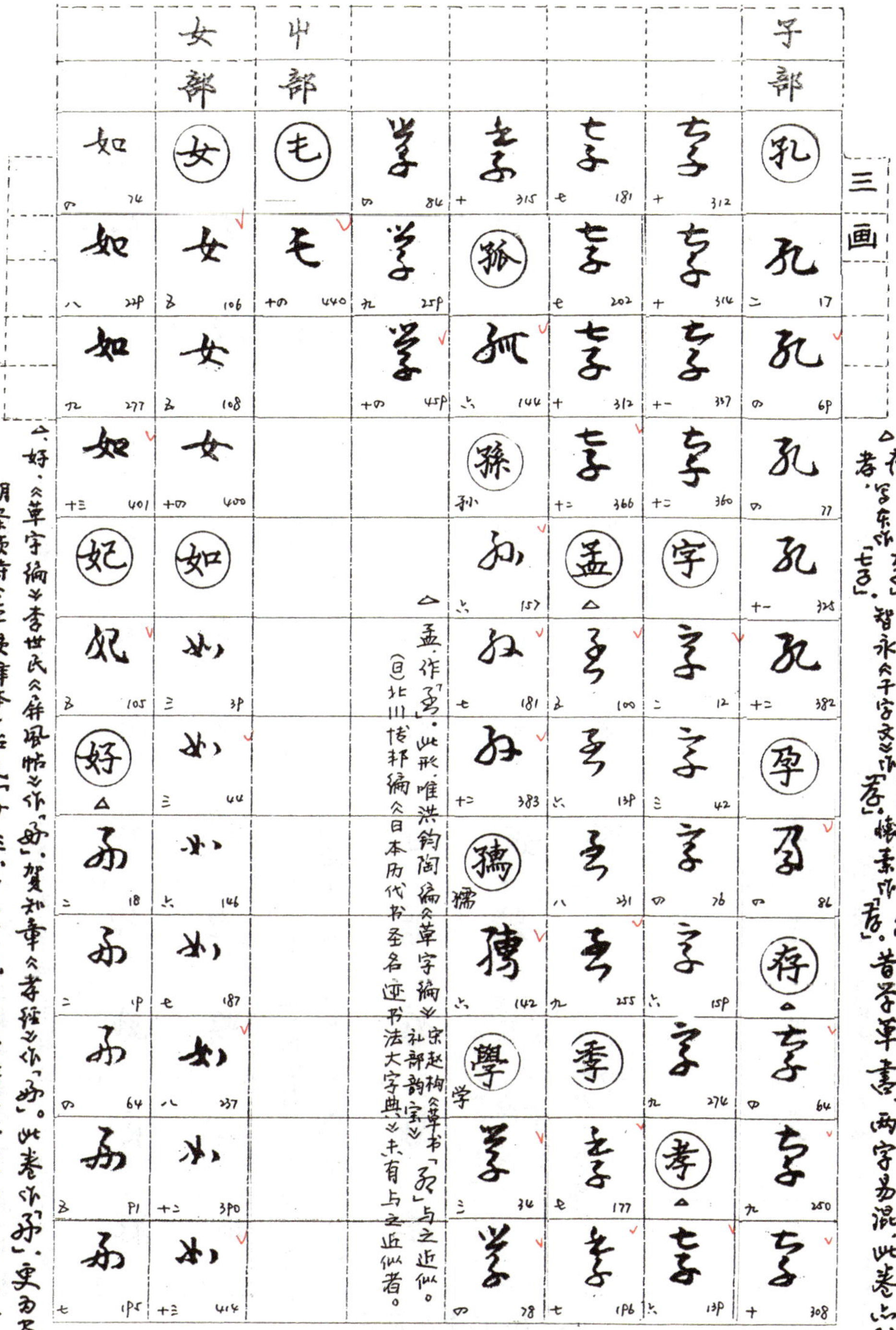

△存、孝，字宋作「孛」「𡥉」。智永《千字文》作「孛」「孛」，懷素作「存」「孛」。昔字草書，兩字易混，此卷亦然。

△孟，作「孟」。此形唯洪鈞陶編《草字編》宋赵构《草书礼部韵宝》「孟」与之近似。(日)北川博邦编《日本历代书圣名迹书法大字典》未有与之近似者。

△、好，《草字編》李世民《屏風帖》作「好」，賀知章《孝經》作「好」。此卷作「好」，更为省簡。明崇禎時《草訣辨体》始見「好」形，昔不重視《草訣辨体》，由此知有傳承，不可輕忽。

文心雕龍文字編 31

三画—四画

王部	四画 巛部	幺部					女部
㊀王	㊀邕	㊀幼 幼△	㊀婦 妇	㊀娱	妣 七 174	好 六 135	㊀妍
王 二 4	邕 九 289	幼 十二 357	婦 七 176	娱 五 108	㊀姚	好 六 167	妍 六 155
王 五 96	邕 十一 330	幼 十三 403	婦 十 304	㊀婕	姚 五 94	好 七 183	㊀妙
王 六 136	邕 十二 379	㊀幽	㊀媒	婕 六 141	㊀姬 △	好 八 229	妙 二 10
王 七 178	邕 十三 416	幽 四 62	媒 五 105	㊀婉	唐寫本作「姫」。	好 九 269	妙 二 25
王 八 220	邕 十四 436	幽 十 312	㊀媚	婉 二 15	姫 十 289	好 十一 328	妙 五 96
王 十 306		幽 十一 326	媚 十四 448	婉 二 20	《後周韓通妻董夫人墓志》九五五年刻。（人民美術出版社）其第三頁「樊姫」作「樊姫」。依此知唐至五代，「姬」可作「姫」。	好 十二 372	妙 五 113
王 十一 345		幽 十二 371	㊀嬗 △	婉 三 43		好 十三 386	妙 六 155
王 十二 375		△	嬗 十三 385	婉 五 98		好 十四 429	妙 六 165
王 十二 384		幼，北魏鄭道昭《鄭文公下碑》作「幼」。	①顏真卿《多宝塔》、②李邕《麓山寺碑》、③徐浩《不空和尚碑》，「擅」「嬗」右下「旦」皆作「旦」。	婉 六 146		好 十四 448	妙 七 184
王 十三 396				婉 十 187		㊀娥	㊀始
王 十三 418				婉 十三 402		娥 五 105	始 三 33

△嬗，此作「嬗」無右上點，其右下「旦」似「旦」。查「擅」字，武則天《昇仙太子碑》作「擅」，唐懷素《自序帖》作「擅」。可旁證此卷草法。余疑「旦」亦与避讳相関。

△《漢語大字典》1030頁：姬 ㄐㄧ。郝懿行疏：「姬字，《說文》《玉篇》所无，《藏経》本作『姫』。」

(旦)《漢字書法大字典》308頁：姬下收有四箇「姫」字，可参考。

文心雕龙文字编 33

△珎、琳、珍，字同。「珎」見於戰國秦陶，漢《鄭固碑》承之。「珍」偶見於魏碑。《干禄字書》「珎、珍，上通下正」。《玉篇·玉部》「珍」：「珎，同上。珎，俗。」及今觀之，「珎」乃初字，而非通俗。

△斑、琳、范本皆作班。《漢語大字典》引《廣雅·釋诂三》：「斑者，分也。」王念孙疏证：班者，《说文》云：「班，分瑞玉，从珏刀。」班与斑通。

文心雕龙文字稿34

木部

四画

xī (析) △	(杳)	东 七 175	(李)	(朱)	本 七 178	(末)	(木)
析 十三 422	杳 十二 372	东 十 295	李 六 141	朱 四 78	本 八 239	末 四 71	木 五 106
xī (析) 拆 △	chǔ (杵)	东 十四 432	李 十一 332	朱 四 87	本 八 224	末 八 239	木 十 282
析 六 128	杵 十一 334	(枝)	(杆)	朱 七 184	本 九 272	末 九 263	(未)
析 六 155	(枚)	枝 三 46	杆 十三 394	朱 七 205	本 十 280	末 十 300	未 三 48
(柢)	枚 五 119	枝 八 212	(林)	朱 八 238	本 十 288	末 十一 334	未 四 85
柢 三 46	枚 六 144	枝 八 240	林 八 230	朱 十 316	(札)	末 十四 429	未 十一 334
(柳)	枚 一 21?	枝 十二 384	林 九 258	朱 十一 330	札 七 177	末 十四 432	未 十二 356
柳 十二 360	枚 八 229	枝 十四 432	(東) 东	(杜)	札 七 186	(本)	未 十二 368
(柔)	枚 十四 428	枝 十四 445	东 四 74	杜 七 182	(朽)	本 三 50	未 十二 377
柔 三 41	枚 十四 441	枝 十四 460	东 四 77	杜 十二 363	朽 十二 356	本 三 58	未 十三 399
柔 六 155			东 七 175	杜 十四 451	朽 十二 378	本 六 162	未 十三 421

△拆(xī)、《廣韻·錫韻》：「拆，析的俗字」。△128、155行，依文意释「析」，字形与46页7、392行之「析」无别。

木旁、扌旁，在草書中每每混之。

文心雕龍文字稿35

四画

							木
							部
標 六 152	構 十四 429	業 十四 430	楚 六 138	極 五 125	(梁)	(格)	(桂)
標 七 206	(槨) 椁	(楊) 杨	楚 七 183	極 六 159	梁 六 134	格 二 5	桂 七 184
標 九 262	槨 十一 326	楊 十二 379	楚 八 216	極 八 217	梁 六 168	格 十 316	(桓)
標 十二 385	(榮) 荣	(槩) 概	楚 八 221	極 九 245	(楛)	(桊)	桓 四 80
標 五 114	榮 六 137 电子版	槩 七 176	楚 八 225	極 十三 399	楛 十一 323	桊 六 142	桓 九 274
(樂) 乐 △	榮 六 149	槩 八 235	楚 十 292	極 十三 407	(植)	桊 八 224	桓 十二 384
樂 五 108	榮 十二 373	(楹)	楚 十一 339	極 十四 447	植 九 272	(根)	桓 十三 414
樂 六 151	榮 十四 438	楹 十二 377		(楚)	(極) 极	根 三 46	桓 十四 445
樂 七 171	(樞) 枢	(構) 构 △	(楷)	楚 三 18	極 二 10	根 三 41	(栢) 柏
樂 七 176	樞 八 225	構 八 232	楷 十 302	楚 五 90	極 二 25	(梗)	栢 六 139
樂 七 186	(標) 标	構 十二 366	(業) 业	楚 五 110	極 三 30	梗 八 235	栢 六 168
樂 七 195	標 三 33	構 十三 410	業 九 276	楚 五 122	極 三 51	∨乃颠倒符号。古已有之	《類篇·木部》："栢，同柏"。

△構，自魏碑作「構」。唐避李世民諱，「世」作「廿」。

△樂，漢簡草書作「乐」。王羲之作「乐」，此後中日書家徒承此形。唐寫卷作「乐」，上多一點，可補《草書大字典》。

文心雕龙文字编36

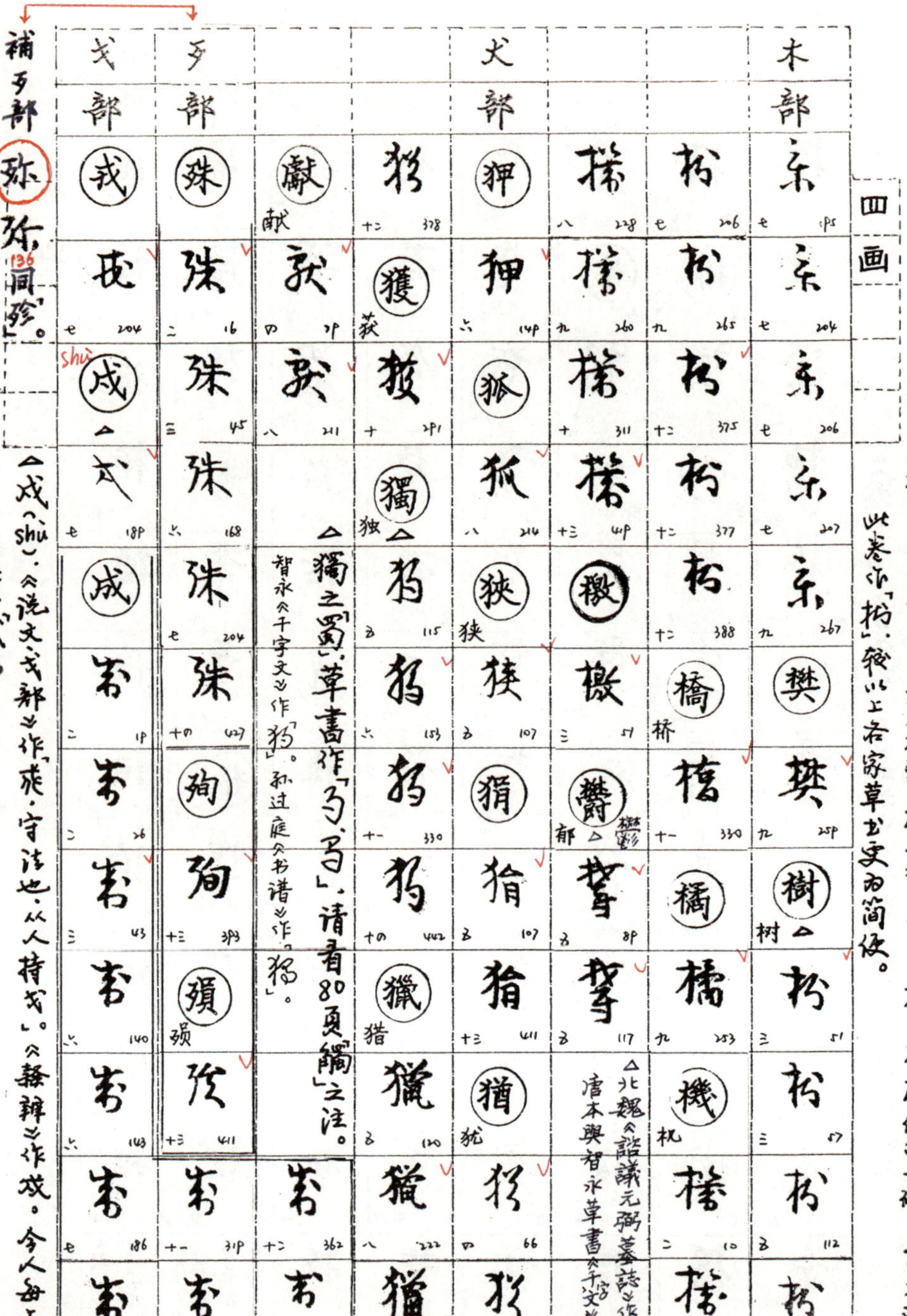

△樹：《草字编》中：樹 宋克补。樹 智永千文（墨本作樹）。樹樹 武则天昇仙太子碑。樹 孙过庭书谱。

此卷作「松」，较以上各家草书更为简便。

△北魏《諮議元弼墓誌》作「欝」。唐本與智永草書《千字文》同。

△獨之「蜀」，草書作「马马」，请看80页「觸」之注。

智永《千字文》作「狗」。孙过庭《书谱》作「猪」。

補歹部 殊

殊同「殄」。

△戍（shù）：《説文·戈部》作「戍」，守边也，从人持戈。《隸辨》作戍。今人每与「戌」混。

此作「戍」。

文心雕龙文字編37

止部	瓦部	比部					戈部
(止)	(甄) △	(比)	(戲) 戏	九 246	五 89	九 256	(戒)
十 297	十四 458	三 55	四 80	九 268	六 155	九 256	八 241
十二 377		四 78	十四 434	十 278	八 240	十四 446	九 265
十三 404		五 103	(戰) 战	十 286	十三 402	十三 411	十一 327
(正)		六 145	五 111	(戩) △	十三 412	十三 411	十一 332
二 18		六 154	十 291	十二 390	十四 446	十四 457	十一 348
三 33		九 253	十一 339	(截)	十四 457	十四 457	十四 430
四 67			十二 358	十 309	(咸)	(或)	(或) 同或
六 151			(戴)	(臧) △ zāng	五 107	二 11	二 11
七 186			九 255	十一 309	六 134	二 11	二 11
九 247				十一 332	七 173	四 74	二 24
十 312					七 193	四 76	六 144

四画

△甄，唐歐陽通《泉男生墓誌》廿二行作「甄」。(日)光明皇后杜家立成瓶，作「瓶」。(日)集琱玉甄，作「甄」。(日)《王勃詩序》甌，作「甌」。總此，知「瓦」之草書，唐代已傳至日本，而今可為草書字典增添寫法。

△戩，此卷作「戩」。《隸辨》戩又作戩戩。緝下注：「《說文》緝，從咠，碑變作咠。他碑咠，亦作咠、咠，与月相混無別。」唐太宗《晉祠銘》作「戩」。

△臧，此卷作「臧」。《漢鮮于璜碑》作「臧」。

文心雕龍文字編 38

△《漢語大字典》：「歷」同「歷」。简化字作「历」。歷，孫過庭《書譜》作「厯」，赵构作「厯」。

△《攷》《新華字典》入「方部」。《漢語大字典》入「攴部」。文字歸部以孰為正，頗費思量。

《教》左旁与孝作「𡥉」同。

文心雕龍文字編 37

四画

			日部				攴部
曲 九 265	（旦）△	（曰）△	（日）	（整）	（敷）	敝 九 264	（敏）
曲 十四 450	旦 九 248	ㄱ 二 3	日 二 10	整 十四 436	敷 五 97	敝（林本）十 284	敏 四 80
曲 十四 458	旦 九 277	ㄱ 二 24 / 二 25	日 二 26	（斃）毙	敷 七 178	敝 十 302	敏 十三 416
（旭）	（曲）	ㄱ 三 28 / 五 124	日 三 38	斃 五 106	敷 九 264	敝 十 303	敏 十四 454
旭 十一 328	曲 二 15	ㄱ 六 168 / 七 200	日 三 47		敷 十 313	敝 十一 331	（敢）
（旨）注見下頁	曲 二 20	ㄱ 八 210 / 八 242	日 五 93		（數）数	（敦）	敢 七 202
旨 二 11	曲 三 42	ㄱ 九 276 / 十 315	日 五 106		數 四 75	敦 十 305	（敬）
旨 二 13	曲 六 132	ㄱ 十一 351 / 十二 376	日（林本）十 284		數 六 161	（敳）ái	敬 十一 371
旨 三 43	曲 六 143	ㄱ 十二 388 / 十三 392	日 十 287		數 八 228	敳 十四 438	（散）
旨 三 46	曲 七 184	ㄱ 十三 423 / 十四 458	日 十一 320		數 九 276	（敺）qū 敺	散 六 165
旨 五 112	曲 七 191	ㄱ 七 206	日 十二 371		（敵）	敺 十 296	（敝）
旨 六 152	曲 七 197	曰 四 85	日 十四 407		敵 十三 410		敝 五 102

△曰，此卷作「ㄱ」，這種寫法，在敦煌其他草書卷中，多見之。

△旦，作「旦」，顯系避唐睿宗李旦之諱。是編但，作「但」。豎，作「豎」。涅，作「涅」。恒，作「恒」。量，作「量」。諸同此例。著名小楷帖《靈飛經》之旦，均作「旦」。

文心雕龍文字編 40

日部

四画

△旨，唐本作「旨」，篆作「㫖」，隸作「旨」。

△春，此作「春」，賀知章《孝經》作「春」，張旭《古詩四帖》作「春」與此正同。

△時，此作「时」，此種寫法始見于漢簡，「时 时 时 时 时」（陳建貢、徐敏《简牍帛书字典》397—398頁）

文心雕龍文字編41

△勗，与「冒」「勖」同。

△曼，魏碑作「𣈶」，唐木承之作「曼」。《漢語大字典》「曼」同「曼」。

△《正字通·日部》：「晋，俗晉(晉)字。」《宋元以来俗字表》：「晋」，《目蓮記》作晋。」

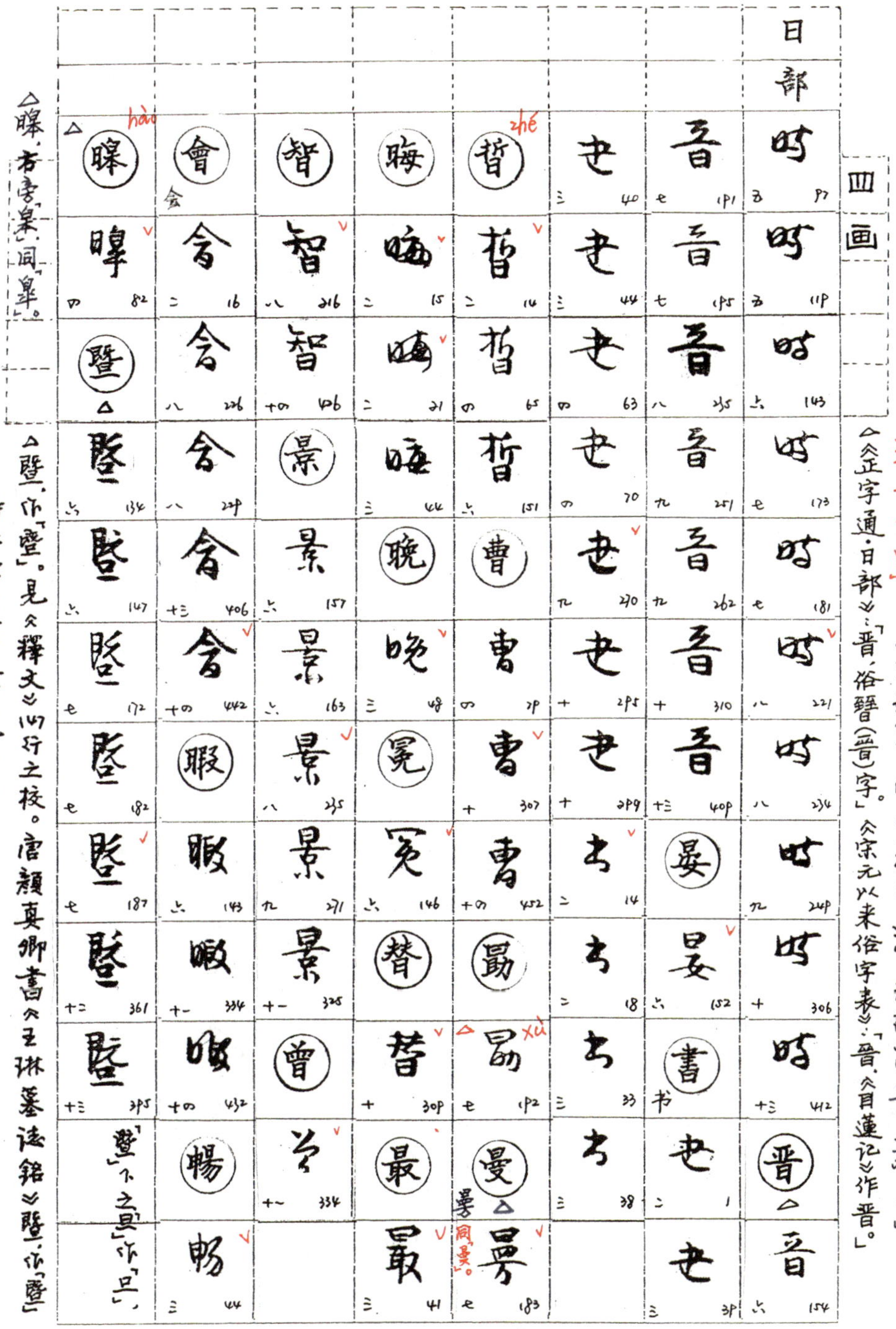

△暭，书写「皋」，同「皐」。

△暨，作「暨」。見《釋文》147行之校。唐顏真卿書《王琳墓誌銘》暨，作「暨」時在唐玄宗天寶元年（七五〇年）。又一實例。

文心雕龍文字編42

日部 水部

四画

(暴)	暴 十一 328	暴 十三 375	(曉) 晓	曉 三 38	曉 三 45	曉 七 191	(曆) 历 △	曆 三 32	(曖) 暧	曖 三 32	曖 十 282
曖 十二 374	(曠) 旷	曠 七 177	曠 七 188	曠 八 243	曠 九 273		△				
(水)	水 五 118	水 六 159	水 十 282	水 十一 346	水 十一 352	水 十三 408	(永)	永 六 128	永 六 170	永 七 172	(求)
求 五 105	求 六 150	求 十 304	(江)	江 五 94	江 六 156	(汎) △	汎 二 8	(汲) jí	汲 七 185	(池)	池 六 149
(汝)	汝 十三 396	(汪)	汪 九 265	(沛)	沛 四 79	沛 十 391	(沙)	沙 五 97	沙 十二 362	(沈) △	沈 十三 416
(沉) △	沉 五 94	沉 五 108	(泉)	泉 八 232	(泰)	泰 十四 440	(沫)	沫 十 307	(河)	河 三 48	河 四 63
河 四 73	河 四 74	河 四 86	河 七 185	河 十 308	(沿) △	沿 五 119	沿 九 256	(注)	注 九 272	(泣)	泣 十二 390
泣 十三 406	(沸)	沸 四 87	沸 七 180	(波)	波 五 119	(洪)	洪 三 36	洪 四 62	洪 十 309	(洞)	洞 三 30

△沈、沉，此卷字形同，依林范释文而作沈、沉。《王力古漢語字典》567頁沈㊀chén，也作沉。㊁shěn 通「瀋」，汁。㊂tán「沈沈」，宫室深邃貌。又沉 chén 同「沈」。《廣韻·侵韻》：「沉，没也。」「沉」俗。

△曆，懷素《自序帖》作「曆」。《漢語大字典》未有「曆」，乃置之「曆」下。

△沿，此卷作「㳂」。《懷仁集聖教序》作「㳂」。孫過庭《書譜》作「㳂」。

△汎，《秦公碑别字新編》宋·趙灵《語宫懷(目)侍宝海·孫藝種隋程諧墓誌作「沉」。《舊詩》作「沉」。智院式·作「沉」。《漢語大字典》有「汎」而无「沉」。

文心雕龍文字編 43

水部

四画

△派，此卷作「泒」，李世民《晉祠銘》派作「泒」。

△涅，此卷作「泹」，唐柳公權《玄秘塔碑》作「湼」。「旦」同「旦」，唐避李旦諱作「旦」。

洄	浃	浮	派	清	涿	淨	淡
洄 八 230	浃 七 178	浮 五 93	派 五 97	清 六 147	(涿)	淨 十四 455	(淡) △
洄 十三 401	(涉)	浮 六 152	派 八 213	清 六 152	涿 十 303	(淪) 沦	淡 十四 430
洄 十四 448	涉 九 267	浮 十三 412	派 八 234	清 六 162	(渠)	淪 十一 350 △	(深)
(派)	(涅) △	(流)	派 十三 383	清 九 256	渠 九 280	(淫) △	深 三 35
派 八 242	涅 五 93	流 三 32	(涕)	清 十一 335	(淺) 浅	淫 三 55	深 三 41
派 十四 432	(海)	流 三 58	涕 五 103	清 十一 342	淺 六 152	淫 五 92	深 三 56
(洛)	海 二 26	流 六 155	(浪)	清 十二 380	淺 七 185	淫 五 108	深 三 58
洛 四 63	海 三 53	流 六 162	浪 六 142	清 十二 381	淺 九 257	淫 七 178	深 六 135
洛 四 86	海 十 283	流 八 218	(浸)	清 十二 386	淺 十一 343	淫 七 186	深 六 152
(洋)	海 十二 371	流 八 242	浸 七 180	清 十三 413	(淮)	淫 七 187	深 八 232
洋 九 265	(浮)	流 十 298	浸 九 282	清 十三 418	淮 五 91	淫 八 228	深 九 256
(浃) 浃	浮 四 80	流 十二 361	(清)	清 十四 402	(淨)	淫 十四 448	深 十一 348

补电子版 十四 430 淡

偏是淡

二〇一六·十·廿

△淡，唐本初作「淡」，後改之似「談」。释文（余）从林本作「談」，仍以似「淡」而入此。

△淫，此卷作「滛」。《漢语大字典》1702頁，滛，「淫」的讹字。《五经文字·水部》：「淫，久雨曰淫，作滛，訛。」然古之文人每用之，米芾《蜀素帖》作「滛」。

文心雕龍文字編 44

水部

四画

列	字例（卷 页）
1	涂 十三 416；涂 十四 450；湘；湘 十三 413；湎；湎 五 108；湯（汤）；湯 五 102；湯 十 394；湯 十一 318；湯 十二 368；温
2	溫 三 40；溫 四 86；溫 七 98；溫 十一 363；溫 十二 384；淵 △；淵 三 37；淵 三 60；淵 五 124；淵 八 230；淵 十四 440
3	渝；渝 十 308；滋；滋 四 74；滋 六 158；滎（荥）；滎 十 △285（吏字版）；滅（灭）；滅 六 138；源；源 三 48；源 四 82
4	源 八 221；源 九 275；滄；滄 六 142；溢；溢 二 5；溢 八 263；溢 十四 426；溺；溺 六 156；溺 十一 331；溺 十三 408
5	溺 七 180；漢（汉）；漢 四 87；漢 五 99；漢 六 165；漢 七 187；漢 十 292；漢 十 308；漢 十一 336；漢 十二 361；漢 十三 395；漢 十三 396
6	漢 十四 456；滯（滞）；滯 八 242；漸；漸 十 295；漸 十二 377；漁（渔）；漁 五 115；澆（浇）△；澆 五 94；潔（洁）；潔 十二 365
7	潘（潘、同潘）；潘 六 156；潘 十 303；潘 十一 327；潘 十一 343；潘 十一 346；潘 十二 366；潘 十三 400；潘 十四 452；潤（润）；潤 三 48；潤 六 162
8	潤 六 163；潤 十一 349；潤 十四 431；澤（泽）；澤 六 136；澤 十 282；澤 十一 328；澤 十二 381；澤 十三 402；澤 十四 456；濁（浊）；濁 五 92

△淵，唐歐陽詢行書《千字文》作「㴊」。陸柬之書《文賦》作「𣶒」。唐懷素《小草千字文》作「𢸛」。皆避李淵之諱。懷素書與此卷相同。

△澆之堯，與17頁「堯」、163頁「曉」，構形相同。可見「堯」之草法，《草字編》「堯」自趙構始。（日）《書法文字典》「堯」傳嵯峨天皇李嶠詩。相比之下，「堯」之構形更為古老而近楷形。

文心雕龍文字稿45

四画

水部	牛部		手部				
激（○）	牡（○）	物 六 160	扌（○）	扣（○）	拜（○）	抵（○）△	拓 八 215
激 十 313	牡 十 284 电子版	物 八 210	扌 三 91	扣 八 218	拜 九 268	抵 九 275	持（○）
激 十四 442	牢（○）	物 八 236	扌 三 115	技（○）	拜 十 287	抵 十四 446	持 六 128
滥（○） 滥	牢 十 288	物 九 253	扌 三 120	技 四 75	拔（○）△	招（○）	持 六 128
滥 七 178	牧（○）	物 九 277	扌 六 150	折（○）	拔 六 158	招 三 114	持 六 130
齊（○） 齐	牧 十一 323	物 十 286	扌 六 163	折 二 7	拔 八 231	招 五 114	挺（○）
濟 三 57	牧 十一 341	物 十一 333	扌 七 188	折 十三 382	拔 十三 442	招 九 246	挺 三 34
濟 十一 344	物（○）	牲（○）	扌 十二 355	抑（○）	拔 十四 450	招 十 382	挺 六 158
瀆（○） 渎	物 二 18	牲 十二 377	扌 十二 385	抑 二 16	抽（○）	招 十一 318	括（○）
瀆 四 82	物 三 30	犧（○） 牺	扌 十三 424	抑 三 100	抽 三 88	披（○）	括 十四 458
	物 六 131	犧 十 280	扌 十四 427	抑 八 242	拊（○）	披 三 118	拾（○）
	物 六 186		扌 十四 438	抑 十三 384	拊 七 188	拓（○）	拾 三 121

△拔，《说文》作「犮」。《隶辨》作拔寿，拔衡方，拔张纳功。其注：《说文》拔从犮，碑变作友，友诸碑以为夭字与友异，拔字他碑变为犮与夭相混，故碑逐讹为夭。

《中国书法大字典》644页：拔北魏崔敬邕墓志、拔唐褚遂良孟法师碑、拔褚遂良兒宽赞

（日）《书法大字典》516页：拔附異写拔、拔。

△抵，此卷作「抵」。宋苏东坡《西楼苏帖》、米芾《群玉堂帖》均作「抵」。

文心雕龙文字编46

手部							
(指)	(挫)	(推)	扬 五 94 揚乙	扬 十四 433 揚雄	摛 十一 341	摛 十四 448	(摘) △
指 五 108	挫 十四 440	推 六 145	扬 五 99 揚雄	(提)	摛 十四 458	(摛) chī △	摘 四 67
指 五 109	(挽)	推 七 175	扬 五 100 抑揚	提 五 96	(揆)	摛 三 40	摘 四 72
指 六 150	挽 七 206	(採) 采	扬 五 119 馬揚	(揄)	揆 六 157	摛 七 206	(搋) △
指 十 312	(捃) jùn	採 三 42	扬 八 220 王揚	揄 九 265	(搴)	摛 八 210	搋 六 161
指 十一 341	捃 四 84	採 四 87	扬 八 241 揚子	(揔) 总 △	搴 七 182	摛 九 276	搋 十二 362
指 十四 444	(掌)	(控)	扬 八 243 必揚	揔 三 50	搴 十二 382 △	摛 十一 349	(撮)
(挍) jiào	掌 十 286	控 十三 424	扬 九 265 揄揚	揔 六 168	搴 十三 401	摛 十四 428	撮 七 183
挍 八 221	(捧)	(掇)	扬 十一 340 揚雄	揔 八 212	(損) 损	(摯) 挚	(播)
(振)	捧 十四 453	掇 六 137 电子版	扬 十二 361 揚雄	揔 八 223	損 七 201	摯 九 260 △	播 八 218
振 八 219	(掩)	(揚) 扬 △	扬 十三 415 揚雄	揔 九 270	損 八 240	(摭) zhí	(撰)
振 十 294	掩 五 103	扬 三 55 揚子	扬 十四 430 揚雄	揔 十 293	(操)	摭 四 84	撰 四 75

四画

《揚55行，林本引注：「子雲之姓，本从木不从手。」「古人……無从扌之揚姓。」此頁94、100、243、265为「揚」，餘皆为「揚」，分左右注录原文以别之。又高文《漢碑集釋》500頁：「漢碑揚州字無从手者。」

《揔（zǒng）同總、總。《集韻·董韻》：「總，《說文》聚束也。或从手。」

搋同撮（cuō）。《龍龕手鑑·手部》：「搋，同撮。」

文心雕龙文字编47

四画

手部		毛部	气部	片部	斤部		
據（据）	攀	毛	氣（气）	片	斯	新	斷（断）
三 41	十一 342	十 307	二 26	三 42	一 1	三 47	二 14
操	攢（攒）zǎn △	毫	五 115	牒 △	四 78	六 147	二 18
十四 457	十四 460	五 125	六 150	二 9	八 218	六 160	二 20
擇（择）	攬（揽）		七 177		八 227	七 187	十二 328
十二 380	十四 461 △		七 183		九 249	七 192	十三 415
擬（拟）			七 188		九 266	七 198	
五 98			十四 426		十一 337	八 228	
六 163			十四 428		十一 344	十一 320	
八 227					十三 420	十二 366	
九 256					十三 423	十三 402	
十四 451					十四 438	十四 454	

牒，此作「牃」，牃同牒。王彦坤《歷代避諱字典》399頁《游宦紀聞》卷九云：「世字因唐太宗讳世民，故今牒、葉、棄皆去世而从云。」依此作「牃、葉、弃」。

△新，此卷草書作「[illegible]、[illegible]」。宋王升《千字文》作「[illegible]」。明陳道復《古詩十九首》作「[illegible]」。有此足補唐代草書之空白。《东坡新歲展慶帖》作「[illegible]」，更近之。

文心雕龍文字稿48

四画

			月部	父部			爪部
胡 十三 418	翔 十四 432	有 八 235	(月)	(父)	(舜)	(爰)	(采)
(胄)	(肩)	有 十 285	月 二 10	又 十二 258	舜 五 102	爰 七 173	采 二 26
胄 七 178	肩 四 28	有 十二 355	月 二 26		舜 六 128	爰 八 216	采 四 86
(胥) △	肩 六 154	有 十三 422	月 三 38		舜 六 132	爰 九 254	采 五 125
胥 一 1	(服)	有 十四 433	月 五 83		舜 九 266	(為) 为 △ 爲	采 六 157
胥 五 107	服 二 12	有 十四 458	月 六 148		舜 十 283	為 二 5	采 七 176
胥 七 176	服 十四 447	(肌)	(有) △		(爵) 爵 △	為 五 81	采 八 234
(腴)	服 八 230	肌 五 112	有 二 20		爵 七 188	為 六 167	采 八 237
腴 四 83	(胡) △	肌 七 178	有 四 83			為 九 268	采 十一 335
腴 八 240	胡 十一 341	(翔) 翔	有 六 132			為 十 310	采 十二 383
腴 十四 428	胡 十二 380	翔 八 220	有 七 174			為 十三 421	采 十四 434
《字彙.肉部》：腴，俗腴字。	胡 十三 417	翔 十 285	有 七 203			為 十四 433	采 十四 443

△爲、爲：漢碑皆作「爲」，而漢簡草書則多作「為」。北魏時「為」字大興，与「爲」并存。初唐歐、虞、褚書官家之碑皆用「爲」，後之書家亦多以「為」入碑帖。以是而言：以繁體字印唐後古籍，不必死守「爲」字而弃「為」。

又：只有左上一點，此種写法，陸錫興《漢代簡牘草字編》又胥10 又居10.37。又《松江本急就章》作「又」。元·康里巎巎《漁父辭》作「又」。上述写法，一脉相承。如今義之簡化字作「义」，与之相混。

△爵、爵：自魏碑至唐楷並見刻石。「爵」减草寫之因。

△「ち」寫法獨特，若连写「ち」，则不怪矣。

△胥：唐虞世南《孔子廟堂碑》作「胥」，与此卷同為初唐写法。注見38頁「戢」字。

文心雕龍文字摘抄

△膚，此作「膏」，字中「田」作「口」，普見「膚賀知章孝經」与「膚懷素委曲帖」皆不敢用。覚此卷知懐素书有来歷也。(日)《书法大字典》978页「膚大田切」中作「口」。又「久松切、方契切」亦如此。

民，乃避李世民之讳。敦煌写卷常见之。

△我国《草字编》、(日)《书法大字典》臚之草书「盧」皆作「𠀋」，此作「𠀋」，变转甚小。

△施安昌编《颜真卿书干禄字书》18页：「膚膚膚 上俗中通下正」。（紫禁城出版社）

文心雕龙文字稿50

四画

			方部	文部		殳部	
旌	お 十二 366	於	方	文	瞉 hù	殷	歡 欢△
旌 十二 356	お 十四 457	お 二 17	方 二 4	文 二 8	縠 八 241	殷 七 175	歎 五 108
族	施	お 三 32	方 五 100	文 二 10		殷 八 235	
族 八 226	施 十一 346	お 三 46	方 六 140	文 二 33		殷 十 314	
	施 十一 351	お 四 69	方 六 159	文 三 30		殷 十二 369	
	施 十一 393	お 五 105	方 六 166	文 三 38		毅 毅△	
	施 十四 453	お 六 154	方 九 267	文 六 145		毅 六 145	
	旋	お 七 201	方 十 293	文 八 238		毅 十二 364	
	旌 十 305	お 八 215	方 十 295	文 九 246		毅 十二 371	
	旁	お 九 252	方 十 305	文 十一 331		毅 十四 442	
	旁 十 287	お 十 288	方 十三 424	文 十四 450		殿	
		お 十一 347	方 十四 432	文 十四 456		殿 八 222	

唐柳公權《玄秘塔碑》、《神策軍碑》之「族」皆作「族」。

△15頁「勸」、76頁「觀」左旁皆同。

△毅之寫法可補《草字編》之缺。王羲之《樂毅論》毅作「毅」。

文心雕龍文字稿51

畏，与58页畏同。

番，与45页「潘」写法同。与30页「審」不同。「審」为草書。

文心雕龙文字稿52

△煙：《說文》或作「烟」。因，又作「囙」（《漢史晨碑》），又作「囯」（《漢曹全碑》），又作「𡇈」（東魏敬使君碑），因此「烟」亦作「炯」（隋龍藏寺碑）。

△《干祿字書·平聲》：「囙、因」的俗字。

△然：此卷作「𤋎」，頗似草書「然」字。

△燔：查金文、楚簡、秦篆和漢碑，「番、審、悉、釋」之「釆」形皆作「米」。

心部

四画

㣺	心	必	志	忘	思	怨	快
㣺 十二 379	(心)	(必)	(志)	(忘)	思 七 175	(怨)	(快)
㣺 十三 409	心 三 35	必 五 101	志 三 40	忘 六 156	思 七 190	怨 五 92	快 五 118
㣺 十四 449 ✓	心 六 151	必 六 158	志 五 107	(忠)	思 十 296	怨 五 104	(性)
	心 七 175	必 七 198	志 六 152	忠 五 104	思 十三 415	怨 五 117	性 三 30
	心 七 194	必 八 233	志 七 190	忠 十 312	思 十四 444	怨 六 138	性 三 34
	心 七 195	必 八 237	志 八 222	忠 十 314	思 十四 445	怨 六 147	性 三 60
	心 九 250	必 八 242	志 十一 347	(忿)	思 十四 454	(急)	性 六 130
	心 十三 392	必 九 248	志 十二 383	忿 五 94	思 十二 368	急 七 193	性 六 165
	心 十三 399	必 十 311	志 十三 419	忿 十三 411	思 十四 430	(怛) △ dá	(怜) △
	心 十四 440	必 十 315	志 十四 428	(恩)	(怱) △	怛 十三 400 △	怜 六 149
	心 十四 453	必 十三 393	志 十四 433	恩 二 10	怱 六 166	怛、之旦作「旦」，「日」作「口」，卷中例字每見。	(怊) chāo
	心 十四 461	必 十三 406	志 十四 439	恩 六 148	怱林、范本释「怱」，余之释文从之。		怊 六 146

△怱（cōng）：《漢语大字典》2281頁：①同「聰」②匆忙。《集韻·東韻》：「怱，古作悤。」（日）《漢字書法大字典》454頁：「怱」首例字「怱」空海《聾瞽指歸》。如不误收，則唐时「怱」可代「悤」。孤例難定。

黃征《敦煌俗字典》（第二版）「怱」下收五個例字，四個為「怱」。其注：「按：此字看似『匆忙』之『匆』，然敦煌寫本『匆忙』之『匆』，通常作『悤』形，或借『葱』（『蔥』俗字）代之，故不相亂。」此注足以解惑。

△怛，作「怛」，言避李旦之讳，見釋文400頁之文。怛（dá），憂傷悲苦。

△怜，《干祿字書》：「怜、憐，上俗下正。」其實北魏《元譚墓誌》和隋《董美人墓誌》，早已楷字入碑。

文心雕龍文字摘 53

文心雕龍文字編 54

△王素《唐写本论语郑氏注及其研究》117页《俗体异体字表》：「怯〔怪〕，俗异体为怯。」

△恶 北魏牛橛、高树造像，隋《龙藏寺碑》，王羲之十月五日帖，二谢千字文，皆作「恶」。此「忎」乃从「恶」，

△惑，作「惑」最合草书要求；作「戚」易与「戚」「栽」之草书相混。然此卷之「惑」均作「惑」，与《松江本急就章》和索靖《出师颂》写法同，可见传承。

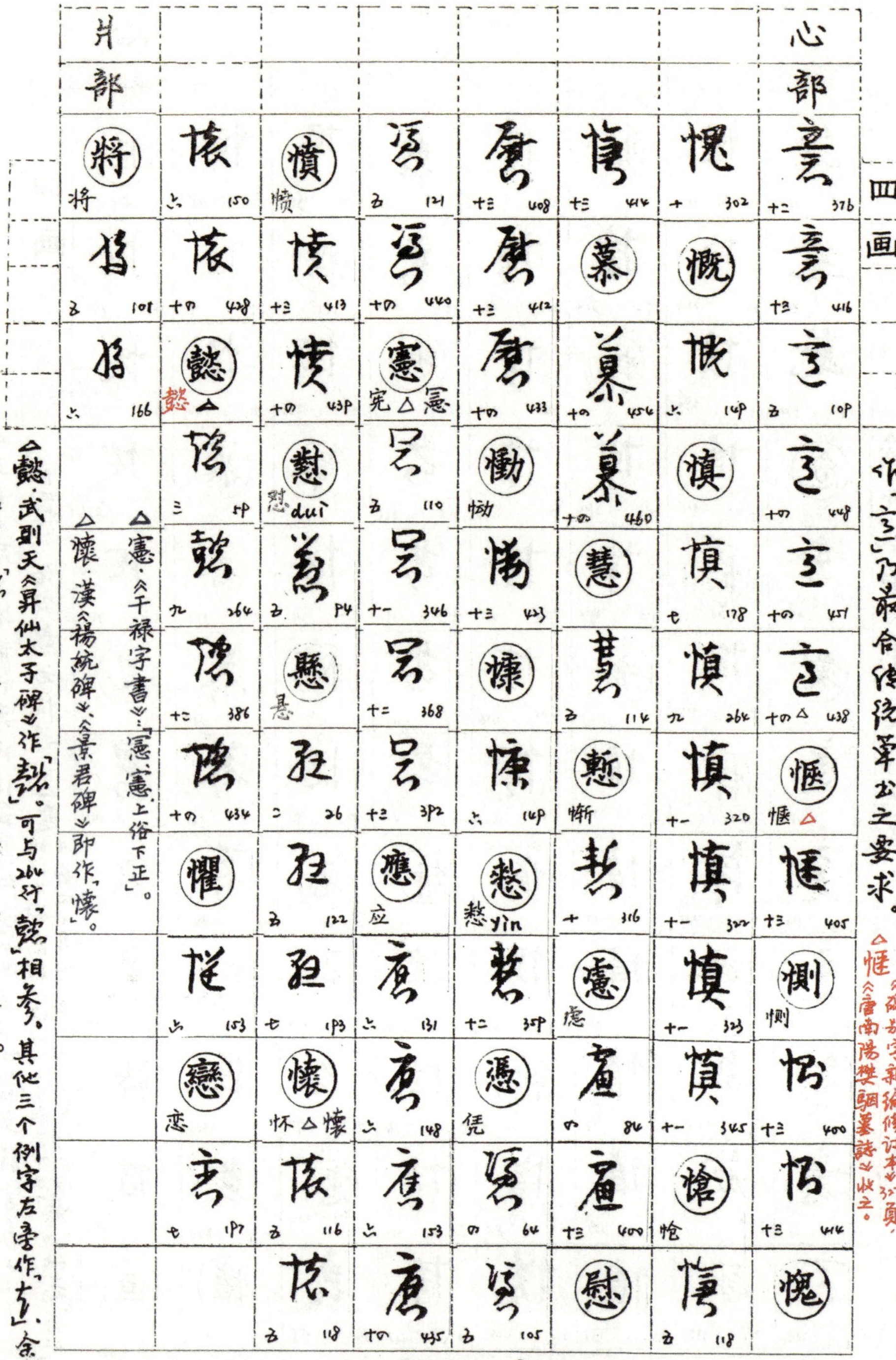

△「底」，书写者小有疑误，易与「適」混。以文义求之的是「恚」字。作「底」乃最合传统草书之要求。

△恒《碑别字新编修订本》327页，《唐南阳樊驷墓志》收之。

△憲，《干禄字书》：「憲憲，上俗下正」。

△懷，漢《楊統碑》、《景君碑》即作「懷」。

△懿，武则天《昇仙太子碑》作「懿」，可与264行「懿」相参。其他三个例字左旁作「壴」，余乃初见。264行作「懿」，左邊作「壴」。详注见94頁「鼓」下之注。

文心雕龙文字编 55

四画—五画

						五画 示部	母部
祭 十 303	(祢) 祢	祝 十 291	神 九 248	祖 七 181	(祈)	(示)	(每)
祭 十 304	祢 十三 419	祝 十 297	神 十 289	祖 七 188	祈 十 302	示 十一 327	每 五 103
(禁)	(祠)	祝 十 300	神 十 290	祖 七 191	祈 十 303	(礼)	
禁 四 84	祠 十 283	祝 十 305	神 十 300	祖 七 201	祈 十 312	礼 四 79	
(禀)	祠 十 303	祝 十 309	神 十 316	祖 十 308	(衹) 衹 △qí	礼 十 279	
禀 三 52	(祭)	祝 十 315	神 十三 407	祖 十二 370	衹 十 289	礼 十 293	
禀 六 131	祭 十 281	(祚)	(祝)	(神)	(袟) zhì	礼 十 297	
(禆) bì pí	祭 十 290	祚 十二 369	祝 三 50	神 二 10	袟 十 279	(社)	
禆 十二 375	祭 十 297	(祔)	祝 十 278	神 三 36	(祐)	社 十 288	
禆 十二 375	祭 十 297	祔 十 287	祝 十 280	神 四 62	祐 十 291	(祀)	祀 十 288
(福)	祭 十 297	(祗) △zhī	祝 十 282	神 四 68	(祖)	祀 七 183	祀 十 293
福 十 288	祭 十 302	祗 五 102	祝 十 290	神 六 170	祖 三 60	祀 九 267	祀 十 315

△祇qí，原句「所以寅虔於神祇」。周振甫注《文心雕龍注釋》：神祇：天神地祇，祇，地神」。

△衹，通「祇」(zhī)，敬也。余少時臨《三希堂》刻王羲之書《千字文》有「祗」而不敢用。見此《文心雕龍》，乃確知唐時即有此写法。「祇」古行草作「衹」。

(衹，見于《唐玄序集王羲之書金剛經》)

文心雕龍文字編 56

	目部			石部	甘部		示部	
相 八 237	(目)	(碎)	(碑)	(石)	(甘)	禋 三 33	(禋)	五画
相 九 255	目 五 106	碎 十一 333	碑 十一 331	石 三 43	甘 八 232	禋 三 41	禋 十 yīn 279	
相 九 269	目 十四 452	碎 十四 430	碑 十二 354	石 七 207	甘 十 279	禋 三 50	禋（电子版） 十 285	
相 十二 365	△(眄) 眄 miàn	(碣)	碑 十二 375	石 十一 325	甘 十 315	禋 七 208	(禡) 祃 mà	
相 十二 367	眄 五 123	碣 十一 329	碑 十二 376	石 十一 326	甘 十四 448	禋 八 216	禡 十 288	
相 十三 414	眄 十二 364	碣 十二 379	碑 十二 377	石 十一 337	(甚)	(禱) 祷	(禦) 御	
(睍)	(相)	(磊)	碑 十二 378	石 十二 375	甚 四 80	禱（电子版） 十 285	禦 十一 348	
睍 七 199	相 三 57	磊 六 150	碑 十二 379	石 十二 376	甚 十二 368	禱 十 291	(禪) 禅	
(睿)△	相 五 98	(磬)	碑 十二 384	石 十二 378	甚 十四 439	禱 十 302	禪 十二 375	
睿 十二 360	相 五 125	磬 七 193	碑 十二 385	石 十二 380	甚，依《王力古汉语字典》入「甘部」。	禱 十 303	禪 十三 395	
(睽)	相 七 196	(磨)	碑 十二 386	(确)			(禮) 礼	
睽 十四 446	相 八 229	磨 六 136	碑 十二 389	确 十一 348			禮 二 7	

△眄，同眄」。《玉篇·目部》：「眄，俗作眄。」

△睿，此卷作「𥈠」。《碑别字新编》284页「𥈠，唐等慈寺碑」。余查此碑清末拓本有「睿」，而无「𥈠」。《汉语文字典》1442页：「𥈠，睿之讹字。《字汇补·立部》：𥈠，睿字之讹。」可参1505「叡」之注。

文心雕龙文字编 57

五画

目部

- 瞽（圈）
- 瞽 七 185
- 瞽 八 211

田部

- 田（圈）
- 田 九 251
- 田 十 283
- 田 十四 447
- 由（圈）
- 由 十 311
- 甲（圈）
- 甲 七 174
- 甲 十一 338
- 甲 十一 342
- 申（圈）
- 申 三 31
- 申 十四 437
- 畏（圈）
- 畏 八 230
- 界（圈）
- 界 七 206
- 畢（圈） 毕 △
- 畢 八 220
- 畛（圈） 畛 zhěn
- 畛 十八 228
- 畝（圈） 亩 mǔ
- 畝 十 283
- 畝·趙佶《千字文》作「畝」。
- 異（圈） 异 △
- 異 二 16
- 異 二 18
- 異 三 46
- 異 五 106
- 異 五 108
- 異 六 161
- 異 六 162
- 異 八 212
- 異 九 257
- 異 十 294
- 異 十一 347
- 略（圈）
- 略 二 16
- 略 三 43
- 略 六 155
- 略 七 205
- 略 九 258
- 略 十一 332
- 略 十二 362
- 略 十四 457
- 畫（圈） 画
- 畫 二 22
- 畫 八 216
- 畫 八 238
- 畫 八 242
- 疊（圈） 叠 dié
- 疊 四 65

皿部

- 盂（圈）
- 盂 十一 320
- 盈（圈）
- 盈 十四 426
- 益（圈） △
- 益 四 83
- 益 八 261
- 益 九 267
- 益 十 311
- 盛（圈） △
- 盛 二 5
- 盛 六 156
- 盛 七 177
- 盛 八 222
- 盛 九 245
- 盛 十 280
- 盛 十 298
- 盛 十一 330
- 盛 十一 337
- 盛 十二 355
- 盛 十二 385
- 盖（圈）
- 盖 四 66
- 盖 七 203

△異，此作「异」，可補草書大字典之缺。

△畢，高清彩版作「畢」，自漢至唐，「畢」下多少一橫。

△益，作「𥁋」，与45頁「溢」之「益」草法相同。△盛作「盛」，均无右上點。

82—83頁「謚」作「謚」均同此法。

文心雕龍文字編 58

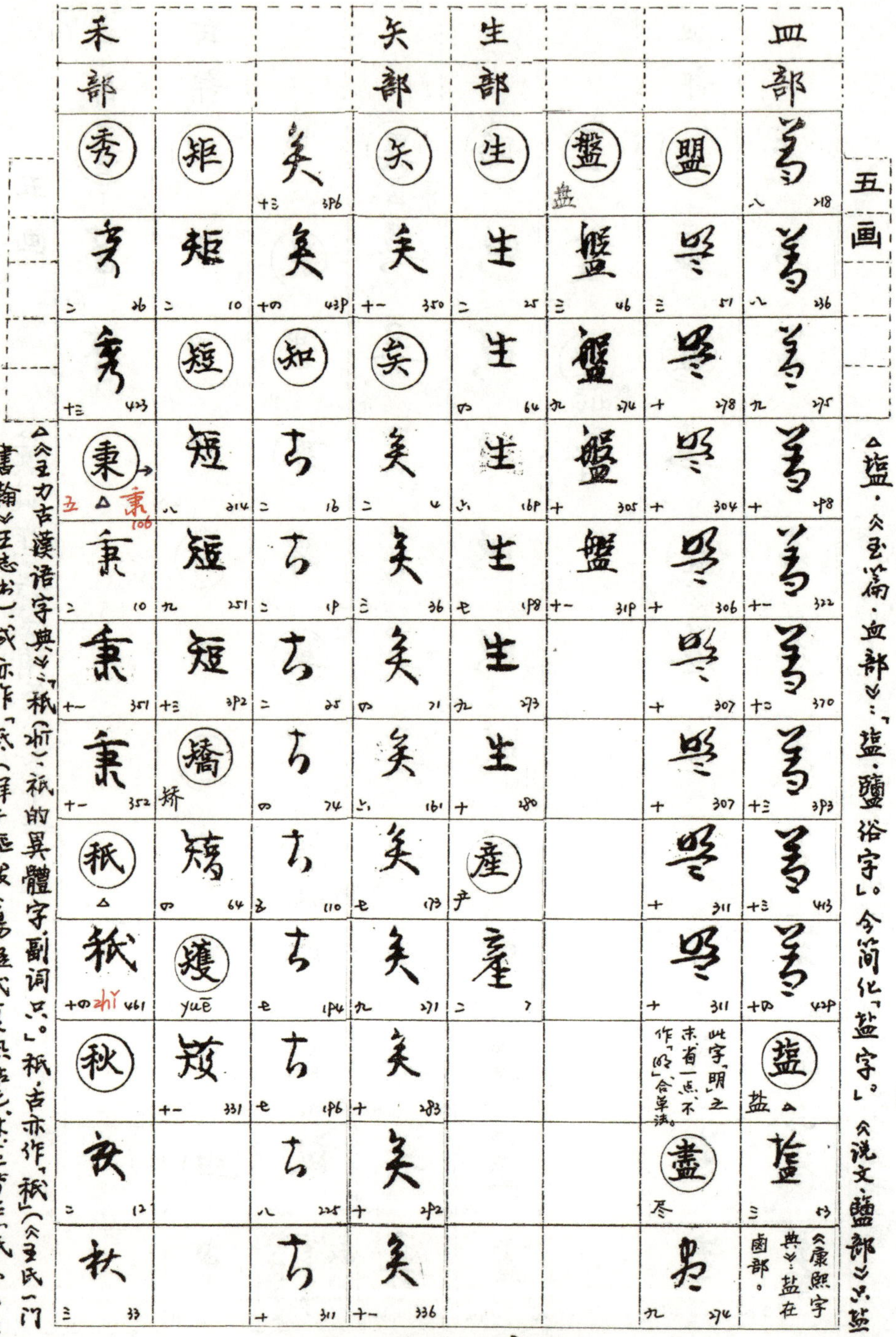

△秉：漢隸、魏碑至唐楷，「秉、秉」並存

△盐：《玉篇·皿部》：「盐，鹽俗字」。今简化「盐字」。《說文·鹽部》只「鹽」一字。

△《王力古漢语字典》：「秖（祈）：祇的異體字，副词「只」。」秖，古亦作「秖」（《王氏一门書翰》王志书）。或亦作「秖」（鲜于枢跋《杨凝式夏热帖》），林氏皆作「祇」而未注。

文心雕龍文字稿 58

	白部						禾部
白 十 293	（白）	積 八 220	稱 七 196	（稗） bài	秘 十 315	秦 六 138	秋 三 42
白 十一 338	白 四 82	積 九 262	稱 七 203	稗 八 248	（移）	秦 七 180	秋 三 45
白 十四 449	白 九 261	積 十一 332	稱 九 251	（稠）	移 七 175	秦 七 182	秋 三 51
了 五 98	白 十 305	積 十三 415	稱 十一 325	稠 四 65	移 十 294	秦 八 218	秋 四 70
了 六 130	白 十二 371	（穆）	稱 十二 357	（稽）△	（𥡴）△	秦 九 254	秋 六 137
了 十一 341	（百）△	穆 十 287	稱 十二 364	稽 三 59	𥡴 六 152	秦 十 307	秋 六 143
了 十三 394	百 六 140	穆 十一 331	稱 十三 420	稽 十一 360	（稍）	秦 十一 327	秋 七 189
（皃） 貌 皃	百 十二 368	穆 十二 376	（稷）	（稱） 秤	稍 六 154	秦 十三 394	秋 十 289
皃 一 1	白 二 26	（穖） 穊	稷 十 280	稱 二 5	稍 七 186	秦 十三 410	秋 十一 339
皃 五 118	白 三 51	穖 五 92	稷 十二 370	稱 二 18	稍 七 193	（秘）	（科）
皃 六 150	白 六 153	穖 十二 362	（積） 積	稱 三 37	（稊） tí	秘 四 77	科 二 10
皃 六 159	白 六 159		積 二 13	稱 四 69	稊 八 243	秘 十 293	（秦）

五画

△稽（jī）、《漢語大字典》2618頁《龍龕手鑑·禾部》：「稽」、「稽」的俗字。然《蘭亭序》中作「稽」。

△𥡴、古書家多作「𥡴」、或作「嵇」。可看劉建《行書編》。右上角「九」作「丸」，此加點法，唐人有之。

《碑别字新編》330頁「稽」作「稽」、「𥡴」。

△百、《文心雕龍卷》有三種寫法。一、看得出是「百」；二、似「白」；三、似「了」。

此編与林本、龙本相校而定，読者须留意。

文心雕龍文字編 60

五画

白部		疒部	文部			穴部	
八 215	十二 368	(疫)	(立)	(童) △	七 188	(空)	十二 381
八 217	(皆)	十 294	二 11	五 121		六 132	十三 403
八 231	四 68	(疾)	三 50	六 143		(突) △	十四 447
八 242	五 99	四 80	五 97	七 202		十三 386	(窺)
(皇)	(皭) jiào	十一 336	六 153	(竭)		(穿)	二 17
三 31	五 93	(痛)	七 183	六 136		十四 452	(窶) 窍
六 138		十三 403	八 238	(端)		(窮) 穷	十四 428
六 168			十 301	三 50		三 51	(竈) 灶 △
七 173			十 315	八 218		五 123	十一 346
九 262			十二 382	八 223		六 160	
十 282			十二 387	(竟) 竞 △		八 217	
十一 328			十二 388	六 160		八 230	

皭，之「爵」作「𦥑」，与49页「爵」作「𦥑」同。

童，此卷草書作「𥫗」，与传统草書「量」之作「𥫗」（智永《千字文》）相似。此篇「音部」之「章」作「𥫗」，与「童」作「𥫗」之草法统一。注意「𥫗、𥫗」二字上为「亠」，而「量」上为「旦」。

△《秦漢简帛》、《說文》与(日)《書法大字典》所收「竈」之例字，皆無「土」字。（說文或体竈除外。）

△竟，今作「競」，简化作「竞」。《釋辨》作「竸、競」，注：碑復變音為音。北魏《鄭文公下碑》作「竟」。北宋黄庭坚作「竟」（帖《秦郵》），元趙孟頫《公行道碑》《永君墓碣銘》亦作「竟」。

△突，此作「𡫁」。秦公《碑別字新編》(10)頁突之例字「𡫁」魏《兖州刺史元弼墓志》。唐孫過庭《書譜》草書作「𡫁」。可證字法傳承。

耳部		老部	耒部	六画 矛部		癶部	疋部
(耳)	者 九 245	(老)	(耕)	(務) 务	發 九 265	(登)	(疋)
耳 五 96	者 十 292	老 十 280	耕 十 283	務 六 156	發 九 275	登 八 211	疋 五 98
耳 十三 406	者 十二 355	(考)	(耜)	務 七 178	發 十一 326	登 八 236	疋 七 176
耳 九 272	者 十三 420	考 四 65	耜 十 283	務 七 195	發 十一 335	(發) 发	(疑)
耳 十三 417	(耆) △ 耆	(者)		務 八 227	發 十三 399	發 三 49	疑 六 142
耳 十四 456	耆 十 281	者 四 78		務 十 296	發 十三 413	發 四 80	疑 十二 362
(耶) △	秦公《碑别字新编》135頁「者」下收有四箇例字，有三个作「耆」。（二个为隋志）又集字王羲之《聖教序》作「耆」，知唐時如此。 參看本編70頁「耆」。《顏氏干祿字書》：「耆 耆 者 上俗中通下正」	者 五 92		務 十 301	發 十四 428	發 六 129	
耶 十 295		者 十二 367		務 十 301	發 十四 429	發 六 167	
(耿)		者 十三 415		務 十一 340	發 十四 439	發 六 169	
耿 五 102		者 三 29		務 十三 404	發 十四 441	發 七 175	
(聖) 圣 △		者 五 109				發 八 229	
聖 二 17		者 八 210				發 八 233	

五画—六画

△聖、《松江本急就章》作「圣」，唐本則更具古拙之趣。

文心雕龍文字編 62

△耶，范本釋「邪」。林本釋「邪」，注曰：潘重規《合校》：「重規按：六朝人『邪』『耶』兩作。」

△此頁「惡」作「𢙣」，此頁「要」作「𡖊」。兩字上之「西」，草法均作「二」。

△西、而，標準草書「西」作「𠧧」或「𠧧」，「而」作「𠂁」，然易渾。釋草每要看其字上下内容而定。

文心雕龍文字編 63

六画

部	字头	卷·页
至部	至	四 78；六 146；六 166；十一 336；十一 343；十二 360；十二 382；十三 398；十三 406；十三 407；十三 408
	致	三 36；三 58；五 123；八 230；九 260；九 275；十 290；十二 372；十二 386；十三 416；十四 427
	臺（台）	十三 409
虍部	虒 △	十三 408
	虐	十三 410
	虔	十 288
	虛（虚）	四 80；九 261；十二 388
	處（处）	十 313
	虞	十一 338；九 260；九 266；十一 341
虫部	虫 △	四 76；八 341；十 382
	虬	五 97；五 102
	虹	五 103
	蛻	五 92
	蜡	十 281
	蜆	五 103；十 310
	融 △	三 34；八 214；九 258；十二 382
	蟬（蝉）	五 92
	蠱（蛊）	十四 447

△虒・林本、范本皆释「虒」。范本注曰：《左传昭公・八年》『游吉相郑伯以如晋，亦贺虒祁也。（虒音斯）……』

云六、省去虞中之口。如此构形，此为初见。唐虞世南《夫子庙堂碑》作「虞」。

△虫・作「虫」。（日）《书法大字典》1053页・藤原行成《本能寺切》作「虫」。

△融・唐怀素《高坐帖》作「融」。左旁写法与此卷相同。

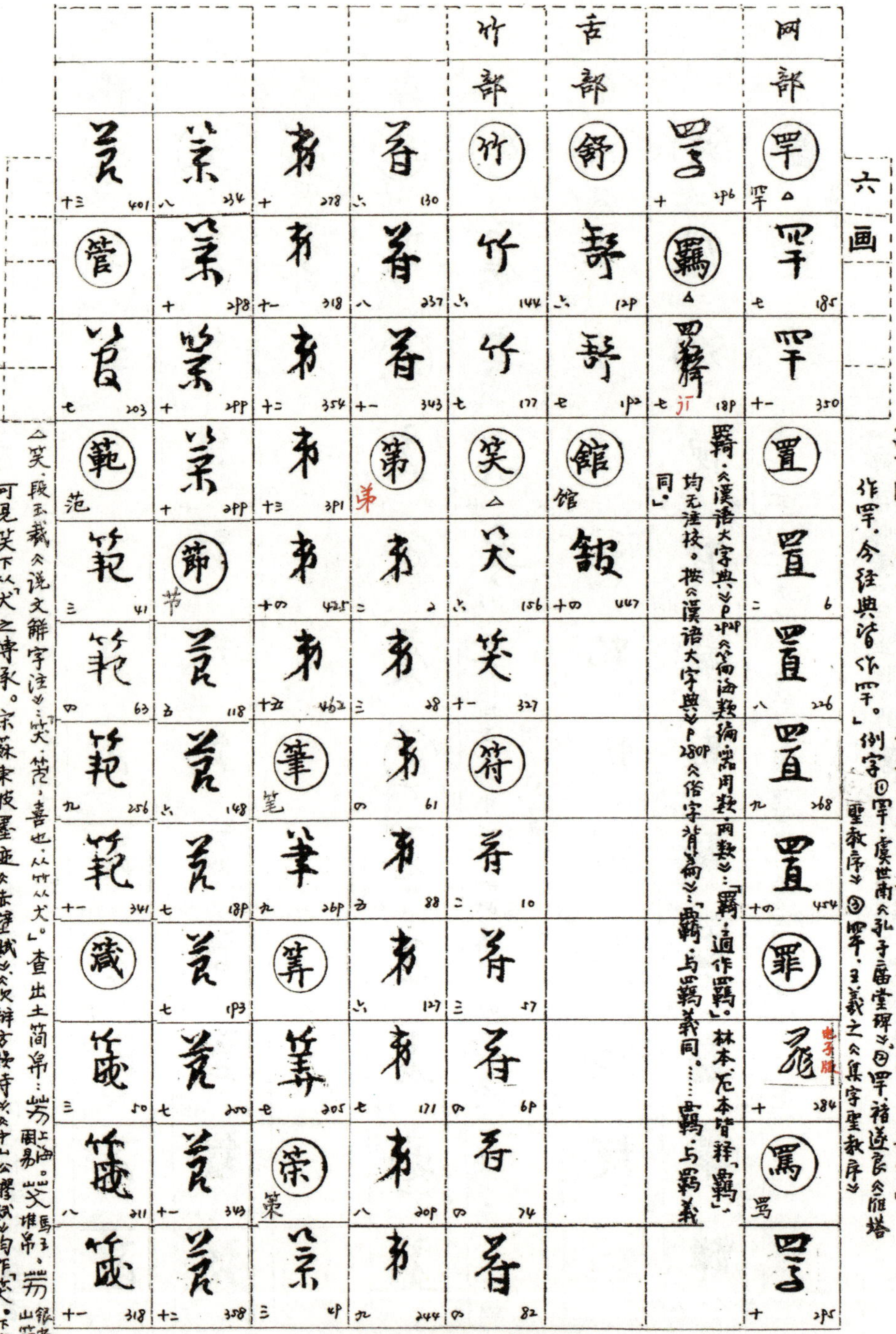

△罕（hǎn）。《说文》：「罕，网也。」郃㨌《群经正字》：「按：篆作罕，于隶法当作罕。今经典皆作罕。」例字①罕，虞世南《孔子庙堂碑》②罕，褚遂良《雁塔圣教序》③罕，王羲之《集字圣教序》

羁，《汉语大字典》P2929《俗书刊误·常用杂字·两字》：「羁，通作羁。」林本、范本皆释「羁」，均无注校。按《汉语大字典》P2809《俗字背篇》：「羁，与羁义同。……羁，与羁义同。」

△笑，段玉裁《说文解字注》：「笑，笑，喜也。从竹从犬。」查出土简帛：笑（上海图易）、笑（马王堆帛）、笑（银雀山简）。可见笑下从「犬」之传承。宋苏东坡墨迹《赤壁赋》、《次辩方赓诗》、《中山松醪赋》均作「笑」，下仍从犬。

自部			臼部				竹部
臯（圈）臯 △	自（圈）	舊（圈）旧	臼（圈）	巽（圈）(sǔn)	篝 十二 363	篇 の 6P	箴 十一 336
臯 八 gāo 220	自 三 32	舊 三 47	臼 十一 334	巽 十一 31P	篝 十の 451	篇 ろ 122	箴 十一 337
	自 の 72	舊 六 137	舉（圈）举 △ 𦥯	纂（圈）	築（圈）筑	篇 七 18P	箴 十一 338
	自 ろ 116	舊 七 182	𦥯 二 7	巽 十一 31P	築 十三 40P	篇 七 1P2	箴 十一 340
	自 六 155	舊 十一 326	𦥯 二 12	纂（圈）zuǎn	簣（圈）	篇 八 233	箴 十一 341
	自 七 1PP	舊 十三 402	𦥯 ろ 100	纂 十二 38P	簣 七 177	篇 九 273	箴 十一 345
	自 八 228	舊 十の 454	𦥯 ろ 10P		𥳑（圈）简	篇 十二 384	箴 十一 347
	自 十二 358		𦥯 六 161		𥳑 二 11	篇 十三 400	箴 十一 352
	自 十二 36P		𦥯 八 22P		𥳑 二 12	篇 十の 454	筋（圈）筋 △
	自 十二 382		𦥯 九 274		𥳑 九 260	篇 十の 457	筋 十 2P1
	自 十三 412		𦥯 十 304		𥳑 十一 34P	篤（圈）笃	篇（圈）
	自 十の 456		𦥯 十一 366		𥳑 十二 368	篝 の 78	篇 二 6

六画

△筋，《漢語大字典》第五册2PP3頁：「同筋。」《玉篇·竹部》：「筋，俗筋字。」宋·米芾《露筋之碑》、《天馬賦》、《戲戎帖》之「筋」，均作「筋」。

《王力古漢語字典》771頁：皋gāo，字亦作「臯」、「皐」。皐後起字。同「皋」。《正字通》：「皐，俗皋字。」今睋各字書如下：秦简「皋、臯」。秦印「皋」。漢简「臯、臯」。《天發碑》「皋」。《隸辨》「臯、睾、睪」。《索靖月儀帖》「皋」。《褚遂良倪寬贊》「臯」。《趙孟頫行书千字文》「皋」。觀秦漢简印，難以認可「臯，後起字」之說。

△舉，此作「𦥯」。昔讀《草字編》見张芝、皇象、陆机、王羲之直至趙佶、趙構皆作「𦥯」。元鲜于枢《行次昭陵》始作「𦥯」。覓此卷知「舉」草書上作「乁」，唐時已有。

「𦥯」，《漢語大字典》：同「舉」。《龍龕手鑑·乙部》：「𦥯，古文音舉。」《字彙補·乙部》：「𦥯，古文舉字。」

文心雕龍文字編 66

六画

				衣部		色部	血部
裹 十二 373	裹 九 251	被 九 252	(裏)	(衣)	艳 八 230	(色) △	(血)
裹 十三 418	(裹)	被 十二 357	裏 七 177	衣 五 119	艳 十四 428	色 五 91	血 十 309
裹 十四 428	裹 三 45	(裁)	裏 十 306	(表)	艳 十四 448	色 八 238	血 十 315
(褒)	裹 七 194	裁 三 40	(衷)	表 三 45		色 十三 404	(衆) 众 △
褒 二 5	(補) 补	裁 五 120	衷 三 41	表 三 51		色 十四 448	衆 七 189
褒 二 7	補 十 310	裁 六 165	衷 八 230	表 五 98		(艶) 艳	衆 十一 328
褒 二 12	補 十一 341	裁 八 225	衷 十 311	表 七 194		艳 三 58	衆 十二 380
褒 四 79	(製) 制	裁 十 296	衷 十一 345	表 九 255		艳 五 114	衆 十四 439
褒 五 100	製 六 156	裁 十二 384	(被)	表 十一 325		艳 五 116	元康里子山《谪龙说》衆作「衆」。可见其不妄写也。
褒 九 257	製 六 168	裁 十四 454	被 五 119	表 十一 352		艳 五 120	
褒 九 258	製 八 228	(裘)	被 七 176	表 十四 439		艳 五 125	
褒 九 263	製 十二 364	裘 八 216	被 七 200			艳 七 197	

△衷，唐本作「裹」。《碑别字新编修订本》收「裹」梁罗周敬墓志。黄征《敦煌俗字典》收「裹」《甘棠集》可参。

△色，《草字编》中，唯康里子山《谪龙说》作「色」，与此卷写法绝似。其余诸家之「色」，皆弱且不似。殆子山临写过唐人章草写卷乎？

△褒，唐·李邕《麓山寺碑》作「褒」。文物出版社《草字编》、《行书编》均未收录，临写于此，以资对照。

文心雕龙文字编 67

△差238，林釋「差」，范釋「著」，下注「孫云御覽作差」。差399，林、范均爲「差」。差，《北魏·張玄墓誌》作「差」，(日)聖德太子法華義疏作「差」。依此將238之「差」放入「差」中。

△羣，《草字編》收索靖「羣、羣」，智永「羣」，李世民「群」，孫過庭、懷素「羣」。又，日本空海作「群」，《粘葉本朗詠集》作「羣」。

70頁「蕭」作「蕭」，草頭少一横，而下部之「肅」，与此相同。

△美，此作「美」，右旁多一點。唐大書家顏真卿《宋璟碑》、《元結墓碑》、《八關齋記》、《顏勤禮碑》均作「美」，与此卷字形同。

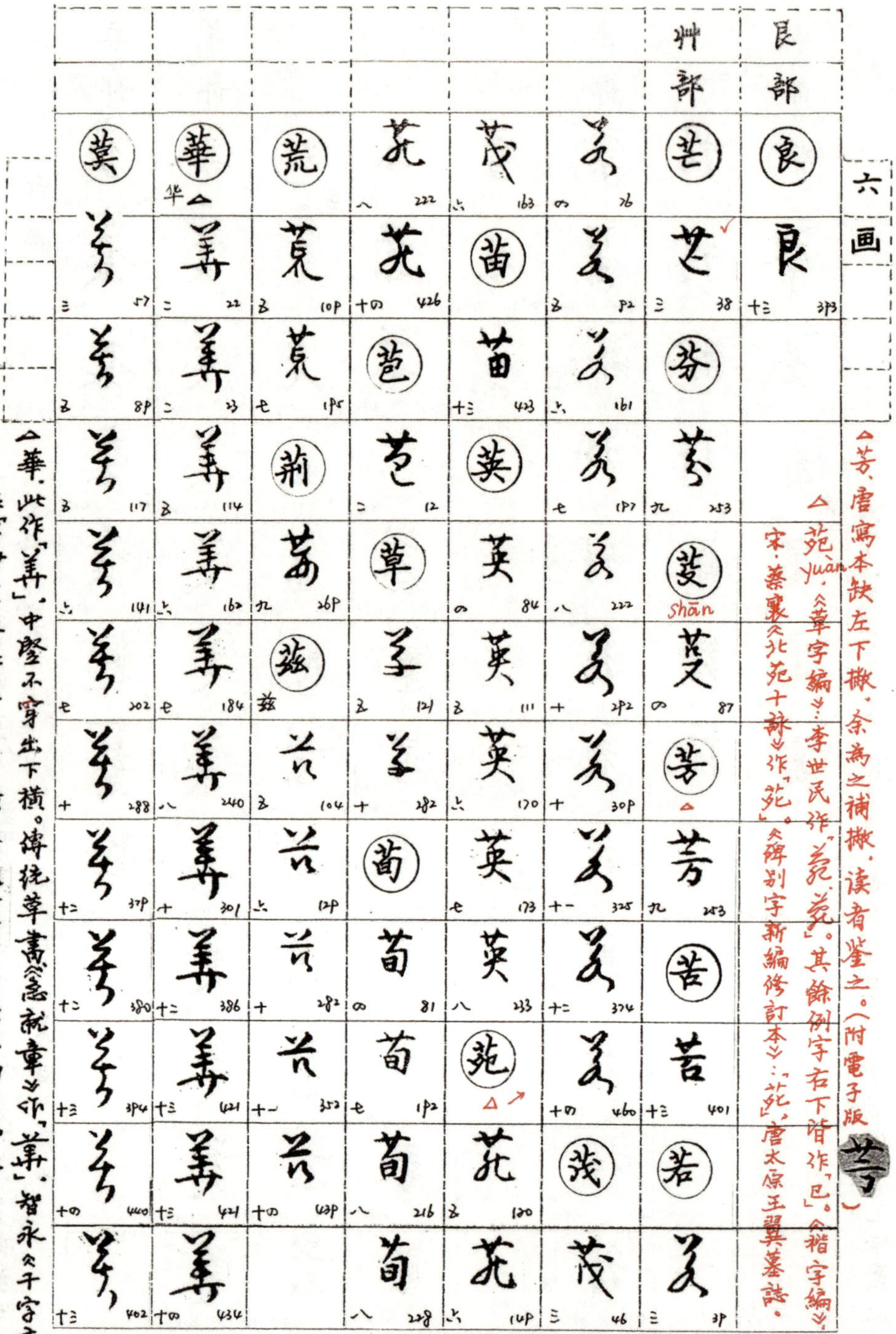

△芳，唐寫本缺左下撇，余爲之補撇，讀者鑒之。（附電子版 芳）

△苑 yuàn：《草字編》：李世民作「苑、苑」。其餘例字右下皆作「巳」。《楷字編》宋·蔡襄《北苑十詠》作「苑」。《碑别字新編修訂本》：「苑」，唐太原王翼墓誌。

△華，此作「䒷」，中竪不穿出下横。傳統草書《急就章》作「䒷」，智永《千字文》作「䒷」，中竪皆穿出下横。清乾隆時《草韻滙編》有「䒷」形，與此卷同。

文心雕龍文字編 69

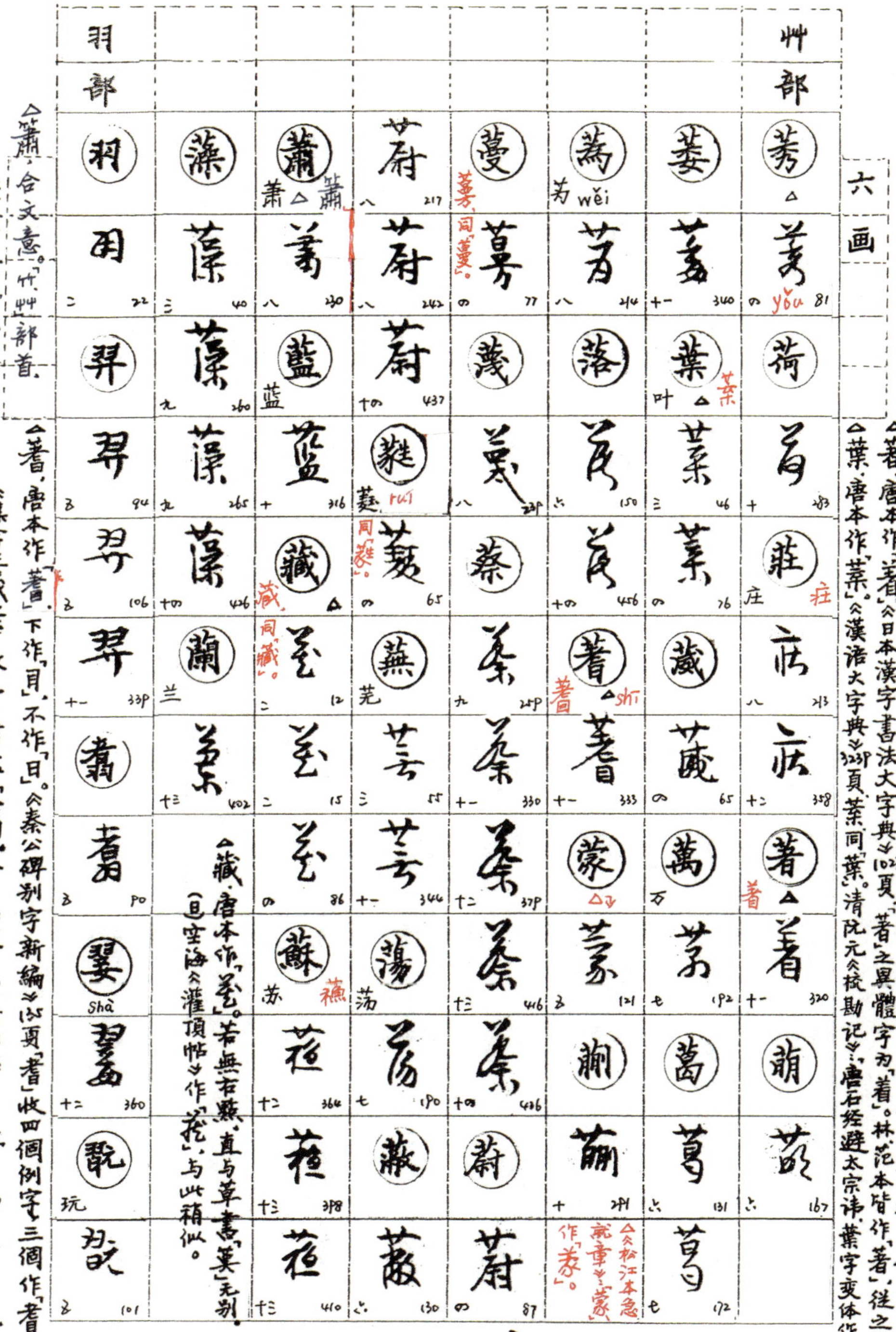

△蕭，合文意。「竹」「艸」部首。草書統作「艹」。

△著，唐本作「著」下作「目」，不作「日」。《秦公碑别字新编》150頁「者」收四個例字，三個作「者」。《集字王羲之聖教序》者，作「者」。又王羲之《康新婦帖》亦作「者」。可供参觀。

△藏，唐本作「臧」。若無右點，直与草書「箕」无别。(日)空海《灌頂帖》作「𦽀」，与此稍似。

△莠，唐本作「莠」。林、范本皆作「義」，惜皆未出校，故不知所據。余查通假无例，是以只能釋為「莠」。

△著，唐本作「著」。《日本漢字書法大字典》1027頁，「著」之異體字為「着」。林、范本皆作「著」，徙之。

△葉，唐本作「葉」。《漢語大字典》3238頁，葉同「葉」。清阮元《校勘記》：「唐石經避太宗讳，葉字变体作菜」。

文心雕龍文字編 70

六画

				纟	糸部		羽部
紿 七 180	累 十三 412	(組)	(純) 純△	紀 三 38	(約)	(耀)	翫 五 122
(結)	(終)	組 八 237	純 六 158	紀 七 180	約 三 46	耀 三 32	翫 九 277
結 六 145	終 三 52	組 十 282	純 八 235	紀 九 270	約 三 55	耀 四 63	(翦)
結 八 214	終 十 307	(細)	純 九 248	紀 十一 324	約 四 68	耀 五 114	翦 八 243
結 八 228	終 十 308	細 三 36	純 九 272	紀 十二 375	約 七 201		(翰)
結 九 273	終 十二 376	細 六 168	純 十四 444	紀 十二 376	約 九 260		翰 六 141
結 十 306	終 十四 449	細 九 253	(納)	紀 十二 386	約 九 270		(翳)△
結 十三 401	終 十四 450	細 九 275	納 三 35	(素)	約 九 274		翳 五 97
結 十三 404	終 十三 407	(累)	納 六 137 电子版	素 六 135	約 十一 346		(翼)
結 十四 443	(絃)	累 十二 355	納 十一 330	素 十 283 林本	約 十一 353		翼 三 33
(紫)	絃 六 132	累 十二 355	(紛)	(索)	(紀)		(翻) 翻△
紫 四 78	(絃)	累 十二 362	紛 三 32	索 三 31	紀 三 30		翻 十三 410

△羽部，羽作「羽」，二横穿過中竪，此乃初見。

△翻，左旁作「畨」，高明、涂白奎《古文字類編》周晚畨君鬲即作「畨」。《隸辨》中凡与「畨」相関之字皆作「畨」。初唐大歐《皇甫君碑》、小歐《道因法師碑》、褚遂良《聖教序》「翻」皆作「翻」。

△翳，敦煌藏李世民書《溫泉銘》拓片38行「醫」作「毉」，左「医」作「𠤷」。又黄征《敦煌俗字典》（第二版）951頁「毉」作「毉」。知唐代君臣用字相同。

△純，唐本作「純」。《隸辨》收「純、純、純」。吉林文史出版社《中國民間書法字典》收南朝梁及唐人寫經小楷九箇例字皆作「純」。

文心雕龍文字編 71

糸部

六画

△絕：王羲之墨迹《喪亂帖》作「絕」，西者「色」字絕似。恥想敦煌寫卷有臨王羲之《十七帖》者，由此推想此卷書者或臨過王右軍草書。

△經：《漢語大字典》收有「经、經、經」。

△絲：《干禄字書》：「絲、絲」上通下正。簡化字作「丝」乃自「絲」来。

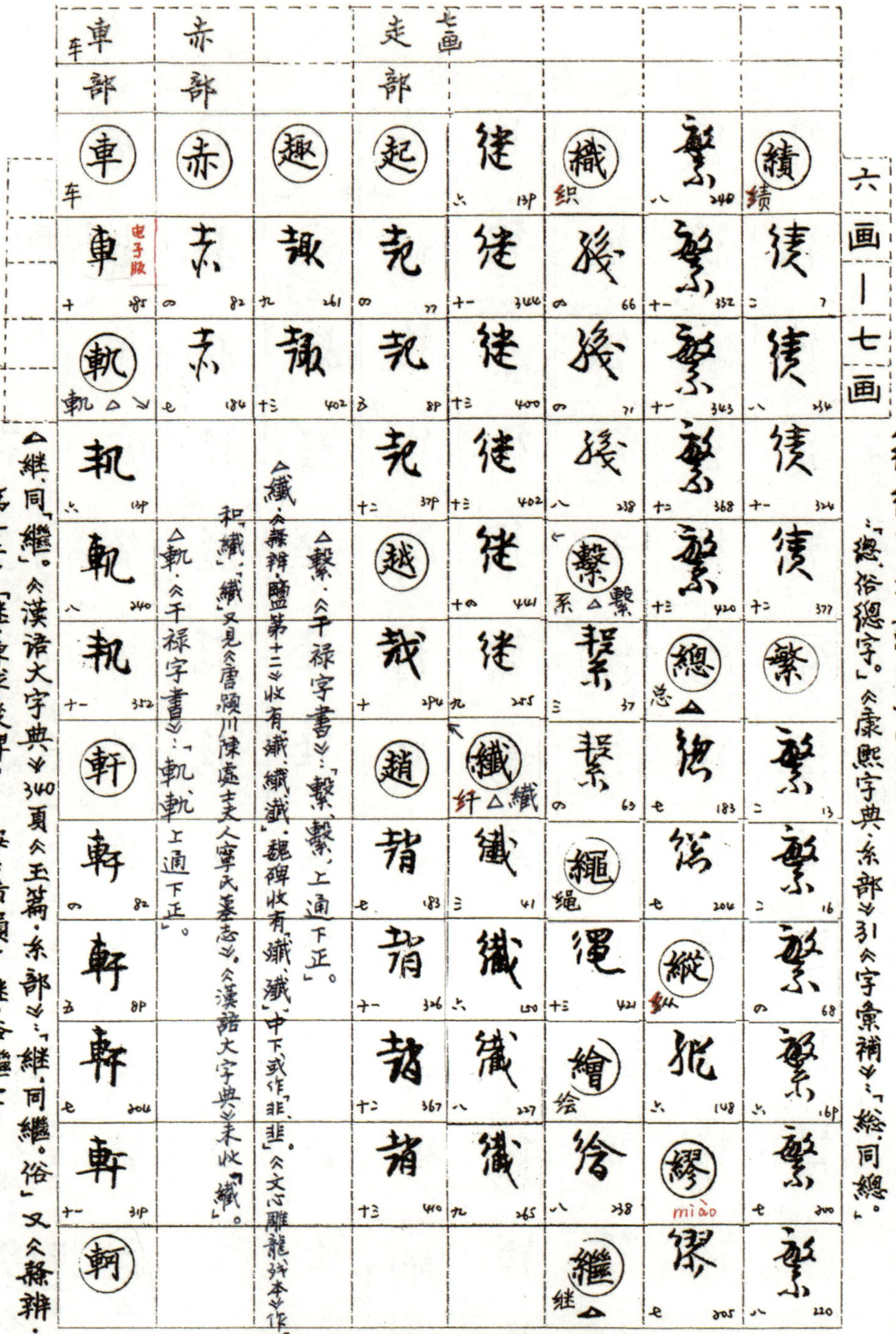

△總、綜，皆是「總」之異體字。《漢語大字典》3430頁与3417頁注之如下：《字彙·糸部》：「總，俗總字。」《康熙字典·糸部》引《字彙補》：「総，同總。」

△繫．《干祿字書》：「繫、繫，上通下正。」

△纖．《隸辨·鹽第十二》收有纎、纖、𢧐．魏碑收有𢧐、𢧐，中下或作「非、韭」。《文心雕龍殘本》作「纖」和「纎」、「纖」又見《唐潁川陳處士夫人寧氏墓志》。《漢語大字典》未收「纎」。

△軏．《干祿字書》：「軏、軏，上通下正。」

△継，同「繼」。《漢語大字典》340頁《玉篇·糸部》：「継，同繼。俗」又《隸辨·霽第十二》：「継，陳球後碑。……按《廣韻》：継，俗繼字。」

文心彫龍文字編 73

辰部		酉部	豆部					
(辰)	(酣)	(酌)	(豈) 岂	轡 六 148	(轄) 辖△	較 十 303	軔 九 269	七画
辰 三 39	酣 六 149	酌 三 52	豈 五 90	△轍、徹、澈，皆有「𣪠」。黄征《俗字典》有「轍」，唐寫卷有「徹」（神咒經·佛教法數略）。大欧《九成宫》有「澈」。可見唐人寫法。 △轄，《說文》：「害」，周晚《師害簋》作「害」。《睡虎地秦簡》作「害、害、害」。《隸辨》作「害、害」。《武威簡》作「害」。皆可參考。	轄 八 225	(輒)	(軾)	
(農) 农	酣 七 189	酌 四 65	豈 七 207		(轉) 转	輒 六 157	軾 五 121	
農 四 81	(酢)	酌 五 122	豈 九 258		轉 六 146	(輕) 轻	(載)	
農，工部之「曲」作「𠀎」。与本編「八部」典字上部作「𠀎」相同。 孫過庭《景福殿賦》作「農」，与此卷近似。	酢 六 zuò 137	酌 十一 351	豈 十二 363		轉 十二 381	輕 二 12	載 二 27	
	(酬)	(酒)	豈 十二 390		轉 十四 456	輕 六 156	載 五 95	
	酬 六 137	酒 五 108	豈 十四 454		(轍) 辙△	(輩) △	載 六 129	
	(醜) 丑	(配)	豈 五 124		轍 九 262	輩 十四 452 √	載 十一 335	
	醜 十三 453	配 四 73	(豐) 丰		(轢) 轹 lì	(輿)	載 十三 424	
		配 四 85	豐 三 46		轢 五 115	輿 九 251	(輊) △	
		配 十一 342	豐 四 83		(轡) 辔 pèi	輿 十一 319	輊 十三 419	
			豐 五 105		轡 五 122	輿 十一 344	(較)	

△輊，林、范本皆作「輕」。以文義考之良是。然其左旁「至」，与本編之「至」字，毫无二致。是以余釋為「輊」。然放心不下，乃遍查字書，見《碑別字新編》306頁之「輊」下收《唐王徽石浮图铭》作「輊」。录此以供参考。又，本頁「輊」乃「輕」，則「輊、輊」自當有別。

△輩，此作「羊」。《草字編》輩（索靖）、輩（[illegible]）、輩（[illegible]）、輩（[illegible]）、輩（[illegible]）。无作「羊」者。

文心雕龍文字編 14

七画

						貝部 贝	豕部
九 272	五 98	資	十 280	二 6	十 285 电子版	貞	象 △
十 298	五 111	七 184	十三 410	二 7	貶	三 55	二 14
賢 贤 △	八 20P	十 281	貽	二 8	12	五 122	二 15
四 81	八 210	十一 348	八 241	四 86	五 100	六 153	三 30
十四 450	八 211	十二 385	賈	七 201	九 263	十一 352	八 227
賤	八 23P	賓 宾 △ 賔	五 11P	八 227	九 270	負	豫
十二 357	十三 3P2	六 137 电子版	八 21P	十 316	十三 422	十四 427	四 84
賜	十三 3P4	十三 408	八 21P	十一 322	貫	十四 45P	六 143
六 136	十三 421	十四 434	八 230	十三 406	十 310	貢	十 309
十二 37P	贊 赞	賦	十三 412	十三 411	十四 452	五 97	
賫	九 267	三 49	十三 417	十二 357	十四 45P	六 135	
五 98	九 267	五 P5	十四 451 电子版	賀	貴	責	

△賓，《隸辨》收有「賓、賔、賔、賔」。

△象，《睡虎地秦簡》作「[glyph]」，《張遷碑》作「象」，晉《辟雍碑》作「[glyph]」。

△賢，居延漢簡180.19作「[glyph]」，元鄧文原《臨急就章》第二章作「[glyph]」，卅一章作「[glyph]」。

文心雕龍文字編 75

七画

貝部	見部	见				里部	
八 238	(見) 见	十二 386	七 207	六 145	十四 449	(里)	(野)
九 259	四 72	十二 386	八 236	七 189		三 48	六 146
十四 436	十一 328	(規)	八 237	八 228		四 67	七 207
(賵) fèng	二 4	二 10	(覽) 览	十一 328		十一 326	八 222
十 299	二 22	八 234	三 44	十二 359		十四 453	九 252
(贍) shàn	二 24	九 250	十四 457	十二 379		(重)	(量) △
八 231	三 42	九 265	(覿) 觌 dí	十三 405		二 12	十一 333
十三 400	四 62	十一 320	十二 374	十四 446		三 31	(釐) 厘
十四 455	四 70	(覘) chān	(觀) 观 △	十二 365		三 35	七 175
(贖) 赎	五 119	七 177	三 33	十二 389		五 104	
十三 394	五 124	(覩) 睹	三 45	十三 400		九 267	
	六 143	七 201	六 133	十四 441			

△觀：此卷草書作「[草書]」，初看每疑是「親」字。後友復看本卷之「新」字作「[草書]」（見本編48頁）。如此并字而觀之，則此卷「亲、雚」草書之形，可以明辨之。15頁「勸」，左旁与此同。51页歡同此。

△量：此作「[草書]」，上部「旦」作「[草書]」，吾疑其亦讳唐睿宗李旦而作「[草書]」。

文心雕龍文字編 76

七画

足部			邑部				身部
足	十二 363	躡 蹑△niè	邪	邵	都	七 207	身
十一 335	十四 433	五 116	五 103	六 142	八 231	八 213	二 8
二 8	十四 438	△躡之右「𦆘」，可補《草書大字典》之缺。	六 130	八 211	郭	十三 409	六 138
二 8	踵		六 143	郁	十二 380	十四 449	十四 439
二 9	十四 441		十四 429	二 6	十四 436	明、草書大家陳道復書《古詩十九首》之「鄭」作「鄉」。依此知「郑」作「郑」，在民间流传未绝也。郑板桥即作「郑」（书陆待国七绝十二首）	躬
十四 455	躋 跻jī		邠 bīn	郊	鄲 郸		十 285 电子版
路	十 284 电子版		二 13	七 187	十四 453		躭 耽dān
六 149	躍 跃		那	林本 十 285	鄭 郑△		六 170
跡	三 52		八 224	十 287	二 6		聵 聩kuì
十二 376	六 148		九 256	郗 xī	七 191		十 291
踈 疏△疏	七 199		邯	十二 384	七 196		職 职
十一 329			十四 453		七 199		七 198

△踈，《漢語大字典》："踈同疏"，"䟽同疏"。《說文》只有"疏"，《廣韻·魚韻》："疏，俗作踈"。觀秦漢簡帛碑刻，秦睡虎地簡作「䟽」，馬老甲作「踈」，馬老乙作「䟽」，淮源廟碑作「䟽」，居延、敦煌、武威簡作「踈、踈、踈、踈、踈」。《魯峻碑》作「疏」，左旁似「正」。以是觀之，秦漢時「踈、疏」左旁如「足」。

△鄭，此作「郑」。查我国《行草大字典》、《草字编》无作此形者。而（日）《书法大字典》闵户朗咏集作「郑」，写法与此卷基本相同。套用"礼失求诸野"，可见彼时书法交流。

文心雕龍文字編 77

辵部

七画

迂（△yū）	迎	述 十四 437	追 八 241	送 九 274	逐	造 十四 432	通 十一 331
迂 三 105	迎 十 287	述 十四 458	追 十一 342	送 十三 424	逐 六 150	逢	通 十三 424
迄（qì）	述	送	追 十二 368	迷	逐 八 238	逢 八 234	達
迄 十一 338	述 三 32	送 十四 437	追 十二 388	迷 四 84	造	通	達 十四 451
迅	述 三 117	迴	追 十三 412	迷 十三 424	造 四 70	通 二 16	過（过）
迅 八 231	述 六 148	迴 十四 434	追 九 248	退	造 四 74	通 二 21	過 三 101
迅 十一 335	述 七 188	追 △	迹	退 六 158	造 六 132	通 四 77	過 十 294
近	述 八 222	追 三 47	迹 三 116	退 十 306	造 六 138	通 四 78	過 十一 348
近 二 5	述 九 245	追 三 117	迹 九 277	連（连）	造 六 150	通 六 165	過 十三 421
近 三 47	述 十二 371	追 三 118	迹 十一 327	連 十四 431	造 十 391	通 八 234	進（进）
近 六 143	述 十二 374	追 六 160	送	連 十四 431	造 十三 421	通 九 248	進 十三 421
近 六 160	述 十三 398	追 七 207	送 八 224	連 十四 451	造 十四 427	通 十一 398	進 三 47

△「迂」之「于」作「亏」。《隸辨》：「亏」鄭固碑。「亏」夏承碑。隋人書章草墨迹《出師頌》中之「于」作「亏」。此「亏」之由来。

△「追」中之「𠂤」，《隸辨》：「追」樊安碑。「追」北海相景君銘。《居延草書簡》作「追」。王羲之《喪亂帖》作「追」。唐代楷書大家：褚遂良、歐陽通、顏真卿、柳公權之名碑亦用「追」。

文心雕龍文字編 78

辵部

七画

△遲、《隸辨》收「遲、遟、遅」

△達，三國魏鍾繇《宣示表》作「達」。東晉王羲之作「達」（《黃庭經》）。《甲骨文》作「达」。（見《說文》或體）。

△唐歐陽詢《九成宮》帖，逮字作「逯」。

《集韻·代韻》：「逮，及也。古作逯。」

△邃，唯魏碑《元新成妃李氏墓誌》同此，其餘魏碑皆作「邃」「邃」。隋唐隸書墓誌亦如此。唐武則天《昇仙太子碑》作「邃」，懷素《聖母帖》作「邃」，皆可證此卷寫法。

文心雕龍文字編 78

				讠	言部	角部	米部	
六 169	㊀訣	㊀記	㊀訓	㊀計	㊀言	㊀解 hú	㊀釋 释△	七画
七 191	七 197	三 50	三 29	十一 324	二 8	十一 333	十四 434	
七 198	㊀詁 gǔ	㊀許	三 38	㊀討	二 18	㊀解 觧	十四 436	
七 201	三 38	四 85	三 40	四 77	三 37	十四 433	十四 444	
九 251	三 40	㊀訛	三 59	八 221	三 57	㊀觸 触△		
十二 369	㊀評	九 263	四 68	㊀託	五 118	八 226		
十四 458	九 271	㊀設	四 72	四 64	六 128	十二 371		
㊀詞	㊀詛	十 307	六 130	四 69	六 166			
二 13	十 306	十三 411	七 179	四 81	九 268			
三 37	十 308	十四 439	十一 320	五 105	十一 320			
五 98	㊀詠	㊀訪	十一 339	九 270	十二 373			
六 150	六 158	三 45	十二 380	十四 433	十三 407			

△觸，此作「[illegible]」。王羲之《秋月帖》作「[illegible]」，而王羲之《獨坐帖》作「[illegible]」、孙過庭《書譜》作「[illegible]」。「蜀」之草字与此卷同。本編引見「獨」、「蜀」亦作「[illegible]」、「[illegible]」。

△釋，《說文·釆部》：「釋，解也。从釆，从睪聲。」又《說文·米部》：「釋，漬米也。从米睪聲。」《熹平石経》作「釋」。魏碑作「釋、釋、釋」。唐·褚遂良《雁塔聖教序》作「釋」，歐陽通《道因法師碑》作「釋」。顏真卿《多寶塔碑》作「釋」，柳公權《神策軍碑》作「釋」。依此知初唐之碑皆為「米」旁。至於草書，王羲之、智永、歐陽詢、張旭、懷素、高閑亦皆「釋」作「米」旁。

文心雕龍文字編 80

言部

七画

△誕，此作「誕」。(日)《書法大字典》1104頁：誕 王勃詩帖。誕 聖武天皇雜集。又爨寶子碑作「誕」。「延」作「延」，可供參考。

文心彫龍文字編81

言部 七画

△謀：此卷作"𫌌"。王彥坤《歷代避諱字典》400頁《金石文字記》唐石經："勩作勩"。葉作𦯓、渫、揲、𢜬、𫍙、㵤、偞，皆改从云。此避讳李世民之"世"。

△諫：春秋、曾孟孀諫盆作"諫"。漢趙寬碑作"諫"。北魏至隋唐"諫、諫"並存。

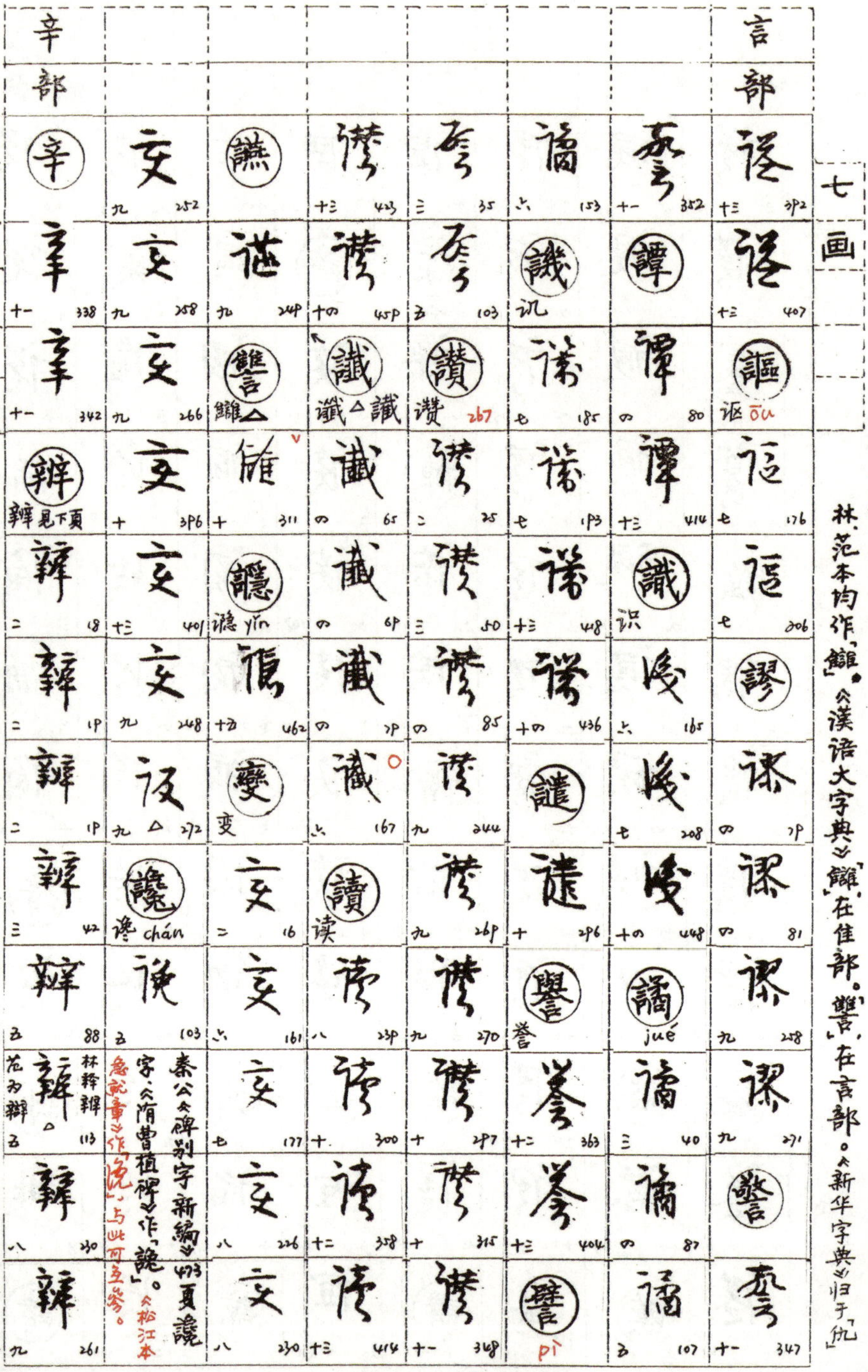

△「讎」(chóu)：王力《古漢语字典》：《尔雅·释诂》：讎，匹也。《说文》：雔（chóu）雙鳥也。「讐」是「讎」的異體。林、范本均作「讎」。《漢语大字典》「讎」在隹部。「讐」在言部。《新华字典》归于「仇」。

△「識」，參看93頁「織」之注。

秦公《碑别字新編》473頁讒字，《隋曹植碑》作「讒」。《松江本急就章》作「谗」，与此可互參。

△「诐」，查字書无此形，林本釋「變」，王素《唐写本論语郑氏注及其研究》147頁《俗體異體字表》「變」为「㝸」，乃上言下攵。「诐」左言右攵，可補字表。

△辨，今在「辛」部。秦簡作「辛、辛」，《繹辨》作「辛、辛」，魏碑作「辛、辛」，唐楷承之，後世繼之不輟，皆有來歷，並行不悖。「辨」秦簡作「辨」，漢武威簡作「辨」，足資參考。

△雨，此作「勿」，与本編第二頁「雨」作「勿」難以區别。注見彼頁。

《睡虎地秦簡》作「辯」，《銀雀山漢簡》作「辯」。依此而言：「辛」在秦漢時「辛、辛」並行，甚至作「辛」。

△非，唐人及其前草書，基本作「非」，右上作「亡」。此卷字作「非」，右上作「亡」。唐·張旭《肚痛帖》作「非」，与此卷写法同。65页「罪」作「罪」。

文心彫龍文字編84

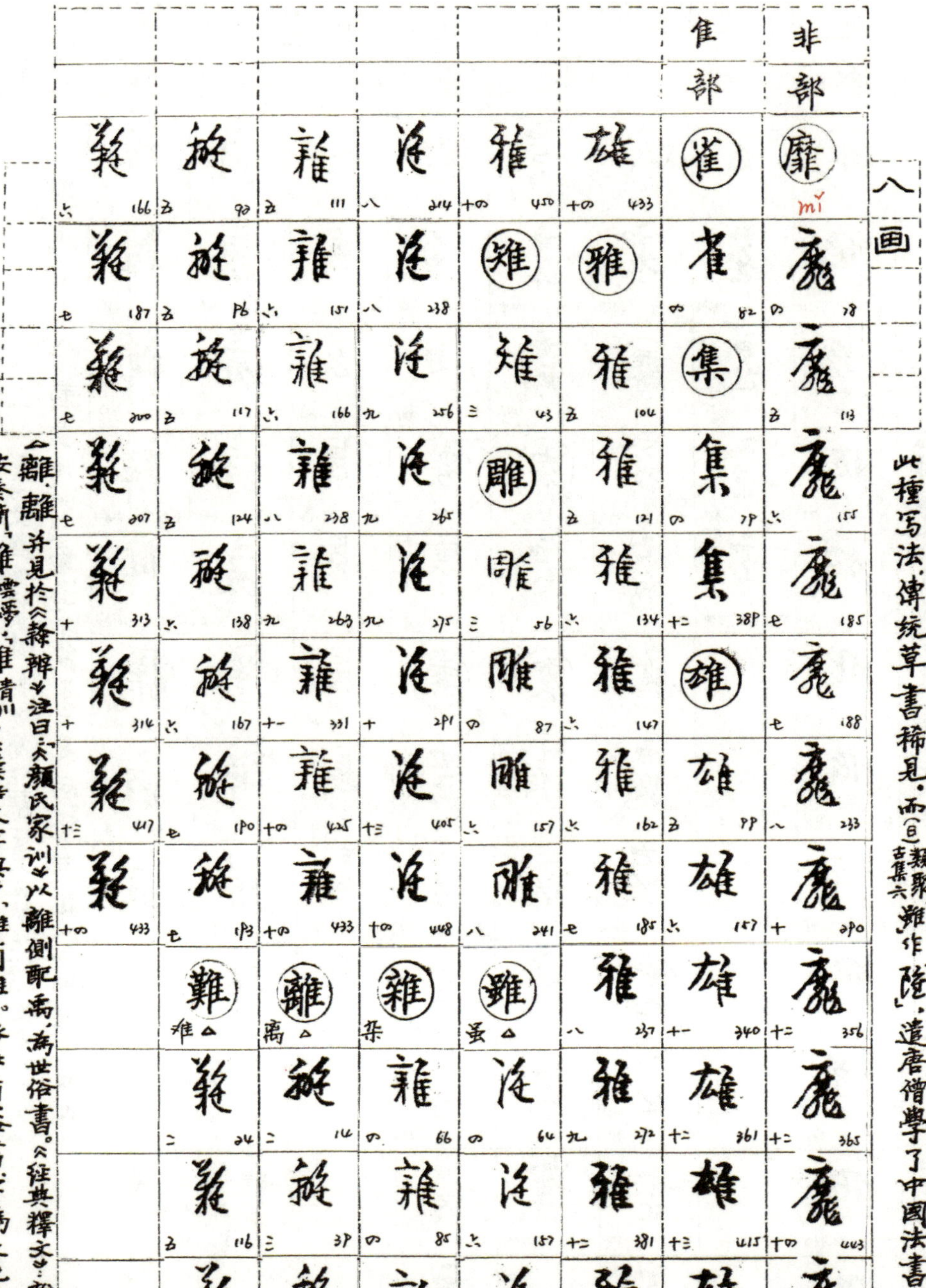

△本頁「雖、離、難」之「隹」，皆作「[illegible]」。本編25頁「崔」、55頁「懼」、77頁「躍」中之「隹」亦作「[illegible]」。此種写法，傳統草書稀見。而(日)類聚古集六「難」作「[illegible]」，遣唐僧學了中國法書。77頁「躍」亦用「[illegible]」。

△離、離并見於《隸辨》，注曰：「《顏氏家训》以離側配禹，爲世俗書。《经典釋文》：離遑作禹，直是字訛」。按秦簡「離」雲夢·效律、「離」青川木牍。《漢语大字典》：「離同離」。依此看，俗書字譌之说，似難成立。

文心雕龍文字稿 85

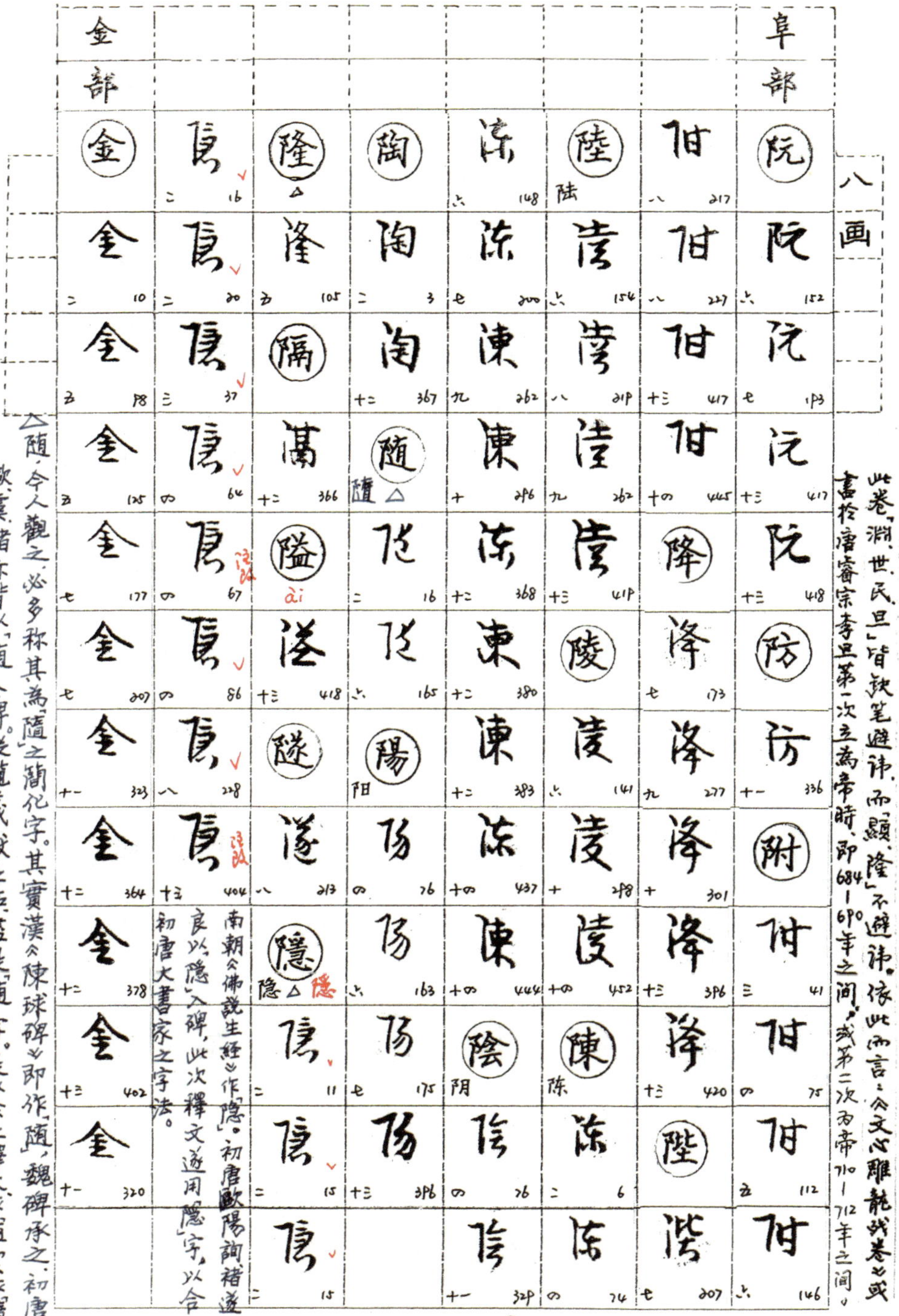

△隆，此卷作「隆」，不避唐玄宗之讳。王彦坤《歷代避讳字典》（李隆基）：「避偏讳隆字。」此卷「淵、世、民、旦」皆缺笔避讳，而顯「隆」不避讳。依此而言：《文心雕龍》残卷之或書於唐睿宗李旦第一次立為帝時，即684—690年之間；或第二次為帝710—712年之間。

南朝《佛説生經》作「隐」。初唐歐陽詢、褚遂良以「隐」入碑，此次釋文遂用「隐」字，以合初唐大書家之字法。

△随，今人觀之，必多称其為「隨」之簡化字。其實漢《陳球碑》即作「随」，魏碑承之，初唐歐、虞、褚亦皆以「随」入碑。縱攬羲獻之帖，盡是「随」字。是以余之釋文作「随」而不作「隨」。

文心雕龍文字編 86

							钅 金部
(鐵) 铁△鐵	(鏗) 铿△	鑒 十 314	錄 九 270	鋪 八 210	銘 十一 348	(銅) △	(針) 八画
鐵 十 310	鏗 七 180	鑒 十一 321	錄 十二 373	(鋒)	銘 十一 351	銅 三 53	針 十一 336
(鑄) 铸△鑄	(鏤) 镂	鑒 十一 352	(錙) zī	鋒 十二 378	銘 十二 387	銅 七 193	(鈍)
鑄 二 3	鏤 九 276	鑒 十 304	錙 五 125	(錯)	銘 十二 387	(銓)	鈍 十一 335
鑄 三 53	鏤 十一 324	(鍾) 钟△	(鑒) 鉴	錯 三 38	銘 十二 388	銓 八 208	(鈎)
鑄 五 112	(鏘) 锵△	鍾 三 36	鑒 二 10	(錫) △	(錚)	(銘)	鈎 三 36
鑄 十一 323	鏘 七 180	鍾 四 82	鑒 二 26	錫 八 216	錚 三 36	銘 三 50	鈎 七 172
(鑑) 鉴	(鐃) 铙 náo	鍾 十一 325	鑒 五 101	錫 十一 326	(銀) △	銘 十一 318	(鉤)
鑑 十一 342	鐃 七 204	鍾 十三 400	鑒 六 135	(錄) △	銀 四 82	銘 十一 321	鉤 四 65
(鑽) 钻?	(鐫) 镌 juān	(鎔)	鑒 六 161	錄 四 75	(鋪) △	銘 十一 326	(鉞)
鑽 二 24	鐫 十二 380	鎔 三 60	鑒 七 177	錄 六 140	鋪 六 160	銘 十一 331	鉞 十一 330
		鎔 五 112	鑒 十 312	錄 九 248	鋪 八 210	銘 十一 340	

△金旁作「钅」之注，書于88頁。

文心彫龍文字編 87

頁 页	革	九画			门	門	金 钅
部	部					部	部
(順)	(革)	(闔) △	(闊)	(閒)	(開) 开	(門) 门	(鑠) 铄 △
五 86	六 158	二 22	十二 362	二 4	三 34	三 43	三 60
六 134	十一 321	(關) 关 △	十四 430	二 24	(閑)	五 104	九 264
十二 365	(鞶) pán	十四 453	(闋)	十二 356	七 200	六 132	
十三 398	十一 342	(闌)	七 173	(閭) lǘ	十一 334	十三 387	
(頌)		四 62	(闋) què	九 253	十四 455	(問)	
九 263		十二 370	△ 七 182	(閣)	(間)	五 114	
五 111			(闕) 闕 △	十一 335	七 185	十四 427	
五 101			十一 338	(閱)	十三 417	十四 432	
六 135			十一 350	六 143	十四 451	十四 435	
八 213			十二 377	八 220	(閔) mǐn	十四 438	
九 244				八 221	八 224	十四 457	

八画—九画

△闔，《漢語大字典》4316頁，同「闔」。《廣韻·盍韻》：「闔，俗作闔」。

△87頁，銅、銀、鋪、錫、錄、鍾、鍇、鏘、鐵、鑄，88頁鑠，金旁皆作「钅」。《歐陽詢墨迹千字文》釣、鉅、鈞、銘、銀、鍾，金旁皆作「钅」。(目)《書法大字典》銅、錄、錦、鈌、鍱、鐵、鑠，亦如此，知「钅」之寫法，唐初常見。

△闕，此作「闕」。《漢鮮于璜碑》作「闕」。《碑别字新編》437頁作闕（魏皇甫驎墓誌、闕（齐邢多等五十人造象）。唐杜牧《張好好詩》作「闕」，可見寫法之傳承。

△闋、闋、闋三字同。《碑别字新編》399頁闋下收「闋」（唐孙君夫人宋氏墓誌）。(目)《書法大字典》1257頁闋之異體字為「闋」，下收四箇例字均是「闋」。《漢語大字典》4300頁「闋」，同「闋」。《古今韻会举要·錫韻》：「闋，毛氏曰：俗作闋。」4313頁《龍龕手鑑·門部》：「闋，闋的俗字。」

△《干禄字書》：「闕闕，上俗下正」。

	骨部	面部					页 頁部	九画
十四 448	(骨)	(面) 靣	(顛)	(顔)	(碩)	(領)	九 245	
(體) 体 △ 軆	三 31	十二 388	十 281	二 22	十 283	六 161	九 247	
二 11	五 112	《漢語大字典》：靣同「面」。《改併四聲篇海·面部》引《玉篇》：「靣」同「面」。	(顯) 显	(類) 类 △	(頻)	(頗)	九 253	
二 14	八 240		二 16	八 226	四 20	七 182	九 272	
三 41	十 281		三 42	八 230	(頮)	七 186	十二 373	
三 46	十二 380		三 43	九 253	十二 380	八 218	(預)	
三 53	十四 448		四 62	十 288	(顆)	九 260	四 72	
五 88	(髀) bì		四 67	十一 325	十一 324	十一 337	十四 432	
六 145	七 188		九 256	十二 371	(題)	十二 363	(顧) △	
七 184	(髓) 髄		九 257	十三 385	十一 320	十三 387	五 103	
七 206	三 31		九 263	十四 438	十一 347	十四 427	五 123	
八 222	七 178	△髓，參看86頁「髓」之註。	不避唐中宗李顯之諱	十四 458		十四 434	《晋孫夫人碑》均作「頋」。（《漢語大字典》4364頁）	

△類，林、范本均作「類」，而皆未出校。《漢語大字典》4384頁：類，同類。《五音集韻·至韻》：「類，善也；法也；等也；種也。」

△《玉篇·頁部》：「頋，同顧，俗。」《晋張朗碑》

△體，戰國中山王鼎作「軆」，左旁从「身」。秦睡虎地簡作「體」、「軆」，左旁从「月」。《馬王堆漢墓簡帛文字編》：收「體」、「軆」、「體」之例字39個，39個左旁从「月」。《大梁隸辨》別只有「體」、「軆」兩種字形，後世草書承之。余以為左旁之「子」、「𠂇」，亦可似「身」，亦可似「月」。

文心雕龍文字編 89

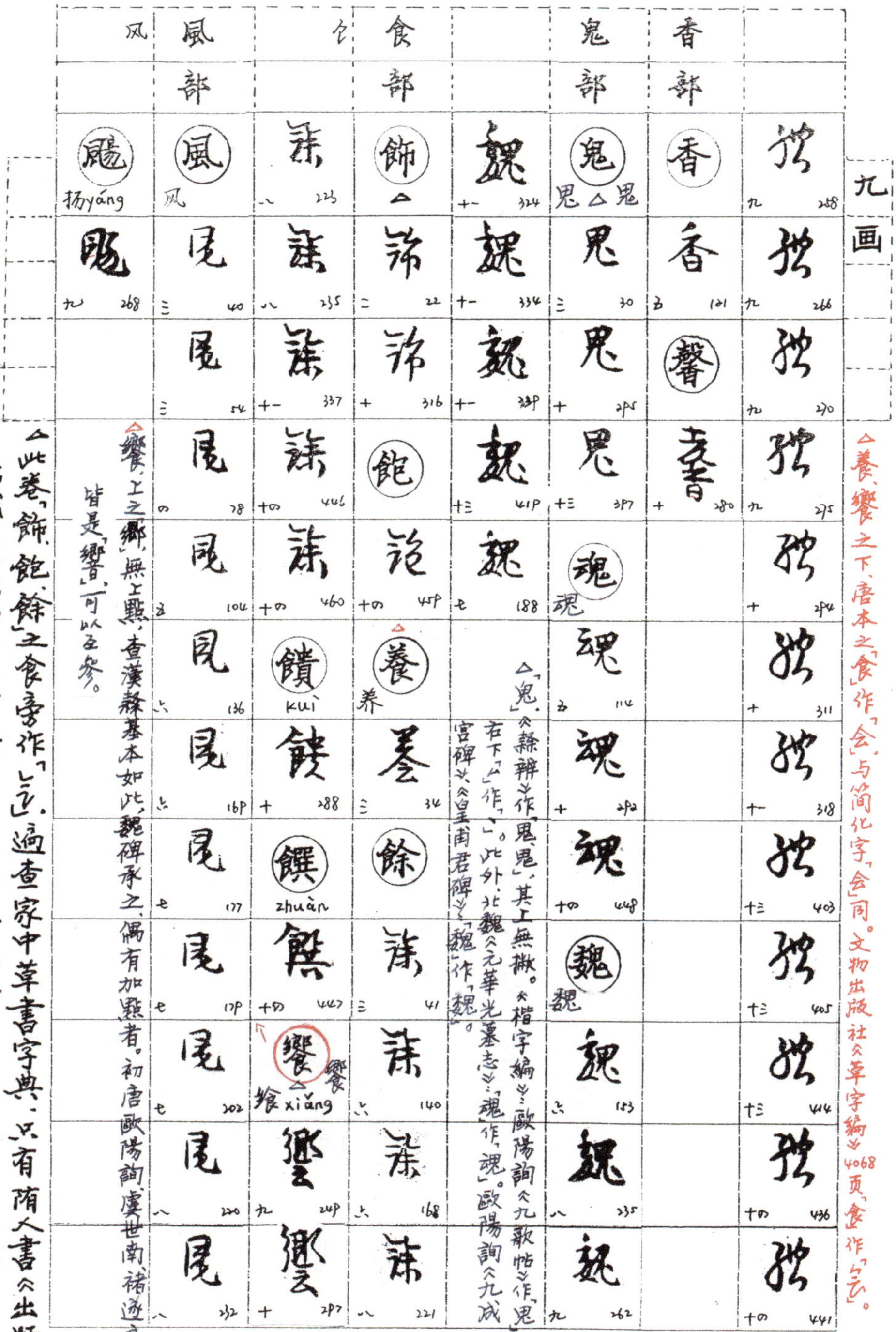

△養、饗之下，唐本之「食」作「会」，与简化字「会」同。文物出版社《草字编》4068页「食」作「会」。

△「鬼」，《隸辨》作「鬼」「鬼」，其上無撇。《楷字編》，歐陽詢《九歌帖》作「鬼」，右下「厶」作「乚」。此外，北魏《元華光墓志》「魂」作「䰟」，歐陽詢《九成宮碑》、《皇甫君碑》「魏」作「䰟」。

△饗，上之「鄉」無上點，查漢隸基本如此，魏碑承之，偶有加點者。初唐歐陽詢、虞世南、褚遂良作「饗」，皆是「饗」，可以互參。

△此卷「飾、飽、餘」之食旁作「飠」。適查家中草書字典，只有隋人書《出師頌》之「餞」作「𩟼」。如此可證《出師頌》之底本出於隋唐，而非偽本。

文心雕龍文字編 90

九画—十画

△韻，唐本「員」作「負」，字同。

部	字例（卷次 頁碼）
音部	㊀音；音 七 174；音 七 175；音 七 175；音 七 180；音 七 183；音 七 186；音 七 188；音 七 191；音 七 192；音 七 206；音 九 277
	音 十四 456；㊀章；章 二 3；章 二 13；章 三 44；章 三 60；章 五 113；章 六 142；章 八 224；章 十一 346；章 十三 387；章 十四 454
	章 十四 457；㊀韶；韶 七 182；韶 七 190；韶 七 207；㊀韻（韵△韻）；韻 六 140；韻 六 168；韻 八 214；韻 八 215；韻 九 274；韻 十二 361
	韻 十三 416；韻 十三 421；㊀響（响△響）；響 三 36；響 七 178；響 七 182；響 七 198；響 七 207
首部	㊀首；首 三 49；首 五 106；首 六 139；首 八 221；首 八 223；首 八 236；首 十三 413；首 十四 428；首 十四 442
韋部	㊀韋（韦）；韦 三 37；韦 六 139；㊀韠（韡 61）；韠△ 九 251
飛部	㊀飛（飞）；飛 五 90；飛 七 174；飛 七 198；飛 八 232；飛 十一 325；飛 十四 460
髟部（十畫）	㊀髣；髣 十三 398；㊀髮（发）；髮 十三 393；㊀髴；髴 十三 398

響之注，見90頁「饗」之注中。

韠，右旁作「畢」，下少一橫。此種字形漢隸已然，王羲之《蘭亭敘》即作「畢」。

文心雕龍文字編 91

	高部					马	馬部	十画
高 十四 438	(高)	騰 七 180	騰 五 72	(騁) △	(駕)	(馳)	(馬) 马	
高 十四 447	高 三 37	(驚) 惊	騰 五 96	騁 六 148	駕 五 105	馳 七 198	馬 四 62	
	高 三 51	驚 五 115	騰 五 113	騁 八 220	駕 十三 397	(駉) 駉 △	馬 五 109	
	高 五 120	驚 五 124	騰 五 124	騁 十四 449	(駰) yīn	駉 九 256	馬 六 140	
	高 五 125	(驕) 骄 △ 驕	騰 六 138	(騂) xīng	駰 十一 332	(駟)	馬 七 184	
	高 七 180	驕 十三 441	騰 七 184	騂 十 305	駰 十二 367	駟 五 97	馬 七 185	
	高 七 201	(驗) 验	騰 八 215	(駸) qīn	駰 十四 435	(駈) 驱	馬 八 219	
	高 八 211	驗 四 65	騰 十三 416	駸 十一 335	駰 十四 443	駈 五 123	馬 八 224	
	高 八 236	驗 七 193	(騰) 腾	(騷)	(駮) 驳 bó	駈 六 149	馬 九 258	
	高 九 352	(驪) 骊 lí	騰 三 52	騷 五 88	駮 十四 446	駈 六 150	馬 十 305	
	高 十二 378	驪 三 37	騰 四 87	騷 五 89	(駭)	駈 十三 417	(馭)	
	高 十四 437		騰 七 148	騷 五 91	駭 十四 429	《玉篇．馬部》：「駈，同驅。」	馭 八 122	

△駉 jiōng．此卷作「駉」。《漢語大字典》4557頁：《龍龕手鑑．馬部》：「駉，駉的俗字。」《字彙．馬部》：「駉，同駉。」

△騁．此卷作「騁」。武則天《昇仙太子碑》作「騁」。

△驕．此卷作「驕」。《松江本急就章》作「驕」。喬：《隸辨》作「喬、高」。注：《說文》作喬，從夭，折之夭，隸變從大或從大。」今見秦簡即作夭。

文心雕龍文字編 92

△鳩·此卷作「鴎」。(日)北川博邦《日本歷代書聖名迹書法大字典》1340頁，鳩下，收空海聾瞽指歸作「鳩」。《草字编》1374頁·沉〔沈〕同，供參考。

《漢語大字典》有鳩而無[illegible]。

「鷰」上之「燕」，可參看52頁之「燕」作「苙」。

「鷰」，《漢語大字典》：同「燕」。《集韻·霰韻》：「燕，《說文》：玄鳥也，或从鳥。」

△魚，作「奐」，未見於漢隸，至北魏《楊大眼造像記》与其他北魏墓誌每見之。初唐歐陽詢《行書千字文》有「鯡」，顏師古《等慈寺碑》有「鯢」。由此觀之，至唐楷書、行書，「奐」已登場。補：大歐《行書千字文》作「奐」。

△鹿，此卷皆作「康」，查中日草書字典，唯(日)花园天皇诫太子书作「康」，少右下一點，餘無近似者。然據形合理，可補草書字典之缺。

文心雕龍文字稿93

十一画—十六画

龍部	十六画 齒部（齿）	十五画 齊部（齐）	十四画 鼓部	十三画 黍部	黑部	鼎部	十二画 鹿部
㊣龍（龙 △龍）	㊣齡	㊣齊（齐）	㊣鼓 △	㊣黍 △	㊣黑	㊣鼎	麗 六 144
龍 四 62	齡 二 26	齊 七 183	鼓 七 204	黍 十 280	黑 九 246	鼎 十一 325	麗 六 164
龍 五 97		齊 十三 408			㊣墨	鼎 十一 331	麗 七 184
龍 五 102		齊 十三 417			墨 十二 380		麗 七 188
龍 五 105					㊣黯		麗 八 228
龍 十 308					黯 七 185		麗 八 237
龍 十三 387					㊣黷 △		麗 八 243
					黷 十 288	麗 十四 442	麗 十 282
						麗 十四 446	麗 十二 377
						㊣麟	麗 十三 405
						麟 十四 440	麗 十三 418
						麟 十四 445	麗 十四 428

△昔读《草字编》，见武则天《升仙太子碑》：「懿」作「懿」，「鼓」作「鼓」。「壹、壴」之旁无别。今著此编见55页草书「懿」之「壹」旁，与本页草书「鼓」之「壴」旁无别。又264行「懿」作「懿」，左旁与「鼓」旁全同。乃查字书，见《楷字编》与（日）《北魏楷书字典》中北魏墓志《穆玉容志》、《元绪志》、《元斑志》、《李超志》之「懿」皆作「懿」，「壹」旁作「壴」。而《元遥志》、《卢贵兰志》、《元怿志》、《王僧志》暨唐颜真卿《干禄字书》之「鼓」皆作「皷」，「壴」旁作「壹」。至此乃知，两旁相混，起於北魏，至唐仍存。《文心雕龙》卷「懿」作「懿」与「懿」，皆有据可征。

「鼓」形，又可参本编58页之「瞽」。

△龍，乃《说文》小篆之字形。《睡虎地秦简》作「龍」、「龍」。《隸辨》收「龍、龍、龍、龍、龍」。初唐欧阳询作「龍」，虞世南、褚遂良作「龍」。

△高清本作「黍」。

△高清本作「黷」，「賣」似作「賣」。可参看394行「黷」。

△麗，智永《千字文》作「麗」，（日）藤原佐理《国申文帖》作「麗」。其上皆作「西」。此卷上作「西」，比中日传统草书少一竖。此字形乃余初见。

文心雕龙文字编 94

十七画

龜部

(龜) 龟

𪚦 1 62

𪚦 一 11 333

𪚦 十一

存疑

存疑字七個：䛖、𢕟、𨙻、蕦、䡾五箇字乃余臨書，秉乃写卷原字，淡为影摹。

存疑

䛮 十四 430

林本作（談）（覃）。范本作「覃（范云覃作淡）」。余释文作「談」，从两大家之意也。然觀其形似「淡」，或改为「談」为此，本編44頁將之放入「淡」下。具体校文請看43頁释文右方，文长不录。此編82頁有「談」，可以互看。

䛖 △ 九 272

林、范本皆作「變」，皆未出校。余之釋文与《文字編》亦皆为「變」，并分别引《银雀山漢简》之「𧥮」（注：𧥮乃「變」之省体。）亦引王素《唐写本論語郑氏注及其研究》之《俗体異体字表》之「𧥮」以證之。兩證之「𧥮」皆上下結構，此乃左右結構。錄此可補字書之闕。黄征《敦煌俗字典》23頁「變」下收「𧥮」、「䛖」，有證矣。

𢕟 △ 二、6、7、P.16、17、24、101、144 十、342

林、范本皆作「徵」，本卷只有一个例字作「徵」，其餘九个皆作「𢕟」。余釋文從林、范，然每疑此形似「御」。乃遍查中日书家之草書，皆无「𢕟」形。就此卷文義而言，「𢕟」诚是「徵」，可補草書字典之闕。

𨙻 七 203

林、范本皆作「謝」。余之釋文依林、范本作「謝」。余以其似「衘」，此編收入「衘」中而注之。此卷别無「謝」之例字，錄此以供大家商榷。

秉 五 106

林、范本皆作「康」，皆未出校。以文義求之確是「康」，以字形求之確是「秉」。参看本編「广部・康」字和「禾部・秉」字即知是「秉」。余在釋文中作「秉」，將例字放入存疑。

蕦 四 81

林、范本皆作「蕺」，皆未出校。余查手頭所有字書，「蕺」与「蕦」不可通，是以余在釋文和《文字編》中皆作「蕦」字。錄此以待方家明示。

䡾 十三篇 49

林、范本皆作「輕」，皆未出校。余釋文從林、范本，在《文字編》中釋為「輕」，並加注以進行考證，引秦公《碑别字新編》之《唐王璬石浮图銘》「輕」作「䡾」。然今时「轻」、「䡾」绝不能混。

△ 颜之推《颜氏家训・雜藝第十九》：「北朝喪亂之餘，書籍鄙陋，加以專輒造字，猥拙甚于江南。乃以百念为憂，言反为變。」

文心雕龍文字編 95

文心雕龙文字编检字表

一画		一	二画		二	七	乃	九	十	卜	人	入	八	几
文字编页		1			1	1	3	4	5	6	6	6	6	12
力	又	三画		三	于	与	上	下	万	川	久	之	也	乞
14	15			1	1	1	1	1	2	3	3	4	4	4
千	允	亡	工	土	士	寸	大	小	口	巾	山	已	巳	子
5	12	12	16	17	17	18	18	20	20	24	24	31	31	31
乇	女	才	四画		井	五	不	中	升	及	丹	廿	巨	内
32	32	46			2	2	2	3	3	3	4	5	6	6
介	今	以	仁	什	仇	化	六	公	勿	元	允	切	分	云
6	6	6	7	7	7	7	10	10	11	12	12	13	13	15
反	夫	天	夭	太	尤	少	尹	尺	引	弔	孔	王	无	木
16	18	19	19	19	19	20	30	30	31	31	32	33	34	35
比	止	日	曰	水	毛	片	父	月	氏	欠	文	方	火	户
38	38	40	40	43	48	48	49	49	50	50	51	51	52	52
心	五画		世	且	丘	乎	主	半	用	令	代	仙	他	北
53			2	2	2	3	4	4	6	7	7	7	7	11
玄	出	刊	功	加	去	平	左	巧	失	尔	可	古	号	史
12	13	14	14	15	15	16	16	16	19	20	20	20	20	20
句	叨	四	布	外	尼	弘	孕	幼	玉	未	末	本	札	正
20	20	23	24	27	30	31	32	33	34	35	35	35	35	38
旦	永	民	必	示	礼	甘	石	目	田	由	甲	申	生	矢
40	43	50	53	56	56	57	57	57	58	58	58	58	59	59
白	立	疋	六画		年	州	匡	匠	册	全	休	伐	仲	任
60	61	62			3	4	6	6	6	7	7	7	7	7

文心雕龙文字编检字表

仰	伊	似	共	光	先	兆	充	亦	冲	决	危	争	列	在
7	7	7	10	12	12	12	12	12	13	13	13	14	14	17
地	夸	夷	式	吁	吐	吕	同	向	后	合	名	各	因	回
17	19	19	20	20	20	21	21	21	21	21	21	21	23	23
吊	行	夙	多	宇	守	宅	安	存	字	如	妃	好	朽	朱
24	25	27	27	28	28	28	28	32	32	32	32	32	35	35
戎	戍	成	此	曲	旭	旨	江	汎	池	汝	扣	有	肌	次
37	37	37	39	40	40	40	43	43	43	43	46	49	49	50
百	老	考	耳	臣	西	而	至	虫	竹	臼	自	血	色	衣
60	62	62	62	63	63	63	64	64	65	66	66	67	67	67
芒	羽	邪	邠	那	迁	迄	迅	阮	防	七	画	更	乱	何
69	70	77	77	77	78	78	78	86	86			2	4	7
但	伸	作	伯	伶	位	克	免	况	冶	宜	即	初	别	利
7	7	8	8	8	8	12	12	13	13	13	13	14	14	14
助	延	巫	坐	均	壮	弄	弃	吾	呈	吴	告	吟	含	吹
15	16	17	17	17	17	18	18	21	21	21	21	21	21	21
君	岑	形	序	宋	宏	孝	妍	妙	杜	李	戒	或	步	攻
21	25	27	27	28	28	32	33	33	35	35	38	38	39	39
改	旱	求	汪	汲	沛	沙	沈	沉	牡	牢	技	折	抑	灼
39	41	43	43	43	43	43	43	43	46	46	46	46	46	52
灾	志	忘	每	社	祀	肟	矣	秀	兑	虬	良	芬	芰	芳
52	53	53	56	56	56	57	59	59	60	64	69	69	69	69
赤	車	辰	見	里	廷	邯	郤	身	近	迎	言	辛	附	
73	73	74	76	76	77	77	77	77	78	78	80	83	86	

2

文心雕龙文字编检字表

八	画	亞	事	兩	乖	承	亟	卓	直	卒	協	來	佳	侍
		2	2	2	3	4	4	5	5	5	5	8	8	8
使	例	佩	侚	侈	依	其	並	典	京	夜	卷	刼	到	刪
8	8	8	8	8	8	10	11	11	12	12	13	14	14	14
制	刻	効	取	叔	受	迴	建	垂	奉	奇	尚	味	呵	咒
14	14	15	16	16	16	16	16	17	19	19	20	21	21	21
和	命	呼	周	咎	咏	固	帛	岳	岷	征	徂	往	彼	府
22	22	22	22	22	22	23	24	25	25	25	25	25	25	28
底	宗	定	官	宛	宓	居	屈	弥	孟	季	孤	始	枉	林
28	28	28	29	29	29	30	30	31	32	32	32	33	35	35
東	枝	杳	杵	枚	柎	析	狎	狐	或	武	歧	放	昊	昔
35	35	35	35	35	35	35	37	37	38	39	39	39	41	41
昆	昌	明	昏	易	沫	河	沿	注	泣	沸	波	牧	物	拔
41	41	41	41	41	43	43	43	43	43	43	43	46	46	46
抽	拊	抵	招	披	拓	采	朋	肩	服	於	所	忠	忿	怛
46	46	46	46	46	46	49	49	49	49	51	52	53	53	53
快	性	怜	怡	怪	祈	祇	盂	知	秉	空	者	耶	罕	表
53	53	53	53	54	56	56	58	59	59	61	62	62	65	67
苦	若	茂	苗	英	苑	苞	郁	郊	述	迭	長	雨	非	降
69	69	69	69	69	69	69	77	77	78	78	84	84	84	86
金	門	九	画	禹	南	信	修	俎	侯	俗	促	前	俞	冠
86	88	弥 37		3	5	8	8	8	8	8	9	11	11	13
刺	則	敘	城	封	弇	弈	契	奏	哉	品	哀	囿	帝	律
14	14	16	17	18	18	18	19	19	22	22	22	24	24	25

3

文心雕龙文字编检字表

後	彥	庭	宣	室	宮	客	娀	姚	幽	珎	既	柢	柳	柔
25	27	28	29	29	29	29	33	33	33	34	34	35	35	35
咸	政	故	春	昧	是	映	星	昴	昭	泉	洪	洞	派	洛
38	39	39	41	41	41	41	41	41	41	43	43	43	44	44
洋	牲	拜	持	挺	括	拾	指	挍	爰	胡	胄	胥	施	炳
44	46	46	46	46	46	46	47	47	49	49	49	49	51	52
炫	思	怨	怒	急	恃	恒	祑	祐	祖	神	祝	祚	祔	祇
52	53	53	53	53	54	54	56	56	56	56	56	56	56	56
祢	祠	甚	相	畏	界	盈	矩	秖	秋	科	皇	皆	疫	突
56	56	57	57	58	58	58	59	59	59	60	61	61	61	61
穿	要	虐	虹	美	差	草	荀	荒	荊	兹	羿	約	紀	軌
61	63	64	64	68	68	69	69	69	69	69	70	71	71	73
貞	負	重	郗	迴	追	迹	送	迷	退	計	陛	革	面	骨
75	75	76	77	78	78	78	78	78	78	80	86	88	89	89
香	鬼	風	音	首	韋	飛	十	画	乘	原	倚	條	脩	俱
90	90	90	91	91	91	91			3	5	9	9	9	9
候	倫	倫	倍	真	兼	准	冥	卿	剖	衰	坰	埃	哥	哲
9	9	9	9	11	11	13	13	13	14	17	17	17	22	22
哭	唐	圃	師	席	峻	徒	徑	徐	夏	害	家	容	宰	弱
22	22	24	24	24	25	25	26	26	27	28	29	29	29	31
孫	姬	娛	邕	珠	桂	桓	栢	格	案	根	狹	狷	殊	殉
32	33	33	33	34	36	36	36	36	36	36	37	37	37	37
時	晉	晏	書	泰	浹	涉	涅	海	浮	流	涕	浪	浸	振
41	42	42	42	43	44	44	44	44	44	44	44	44	44	47

4

文心雕龙文字编检字表

挫	挠	捃	氣	腴	朗	能	效	般	旄	旁	烟	烈	烏	恩
47	47	47	48	49	50	50	50	51	51	51	52	52	52	54
息	恭	悟	悝	悔	悦	畢	眦	畝	益	泰	秘	疾	務	耕
54	54	54	54	54	54	58	58	58	58	60	60	61	62	62
耆	耿	致	虒	凌	笑	衰	衷	被	羞	華	莫	莠	荷	莊
62	62	64	64	64	65	67	67	67	68	69	69	70	70	70
素	索	純	納	紛	起	軒	豈	酌	酒	配	貢	都	郭	躬
71	71	71	71	71	73	73	74	74	74	74	75	77	77	77
連	逐	造	逢	通	討	託	訓	記	陸	陵	陳	陰	陶	針
78	78	78	78	78	80	80	80	80	86	86	86	86	86	87
馬	高	十一		區	偃	偕	側	偶	僞	徧	假	偉	匐	商
92	92	画		6	9	9	9	9	9	9	9	9	11	12
率	減	勒	勖	動	參	域	堅	執	專	爽	唱	唾	唯	敚
12	13	15	15	15	15	17	17	17	18	19	22	22	23	23
國	崑	崔	崙	崇	術	得	從	彪	彩	彫	庶	庚	庸	康
24	25	25	25	25	26	26	26	27	27	27	28	28	28	28
庿	寂	寅	寄	密	彗	張	婕	婉	婦	理	梗	梁	教	敗
28	29	29	29	29	30	31	33	33	33	34	36	36	38	39
敏	敢	晳	曹	勗	曼	晦	晚	冕	清	涿	渠	淺	淮	淨
40	40	42	42	42	42	42	42	42	44	44	44	44	44	44
淪	淫	淡	深	捧	掩	推	採	控	掇	毫	望	欲	旌	族
44	44	44	44	47	47	47	47	47	47	48	50	50	51	51
焕	焉	患	情	悵	惜	悽	悼	惟	惛	悴	將	祭	異	略
52	52	54	54	54	54	54	54	54	54	54	55	56	58	58

文心雕龙文字编检字表

盛	盖	産	移	耜	虚	處	符	第	著	萌	萋	組	細	累
58	58	59	60	62	64	64	65	65	70	70	70	71	71	71
終	絃	絡	象	責	敢	貫	規	野	就	逵	過	進	逸	遠
71	71	71	75	75	75	75	76	76	77	78	78	78	79	79
斛	許	訛	設	訪	訣	雩	雀	随	陽	隆	閒	章	黄	烏
80	80	80	80	80	80	84	85	86	86	86	88	91	93	93
魚	麻	鹿	十二画		博	厥	禽	傲	傅	儁	傑	創	割	勞
93	93	93			5	5	9	9	9	9	9	14	14	15
堯	報	壹	尊	尋	奥	奠	喪	喈	哂	喻	善	嗟	御	復
17	17	17	18	18	19	19	23	23	23	23	23	23	26	26
循	彭	富	寓	寔	寐	屬	彌	媒	媚	琢	琨	斑	楛	植
26	27	29	29	29	29	30	31	33	33	34	34	34	36	36
極	猶	敬	散	敧	敦	替	最	智	景	曾	湘	涵	湯	温
36	37	40	40	40	40	42	42	42	42	42	45	45	45	45
淵	渝	滋	掌	揚	提	揄	揔	揆	滌	斯	爲	舜	朝	勝
45	45	45	47	47	47	47	47	47	48	48	49	49	50	50
煮	無	然	惡	惠	悲	愜	惻	愧	慨	裨	确	畫	短	嵇
52	52	52	54	54	54	55	55	55	55	56	57	58	59	60
稍	稊	痛	童	登	發	覃	舒	筆	皐	衆	義	補	葉	葳
60	60	61	61	62	62	63	65	65	66	67	67	67	70	70
萬	葛	蒍	落	結	紫	給	絢	絳	絶	統	絲	越	軻	酣
70	70	70	70	71	71	72	72	72	72	72	72	73	73	74
酢	貴	賀	貽	覘	量	達	逾	遊	道	遂	道	適	違	詁
74	75	75	75	76	76	79	79	79	79	79	79	79	79	80

文心雕龙文字编检字表

評	詛	詠	詞	詐	雲	雺	集	雄	雅	隔	隘	鈍	鈞	鈎
80	80	80	80	81	84	84	85	85	85	86	86	87	87	87
開	閑	間	閔	順	馭	鼎	黑	黍	十	三	僞	傳	僊	傷
88	88	88	88	88	92	94	94	94	画		5	9	10	10
傾	勢	勤	勠	斡	墓	塗	塞	嗜	園	圓	微	廓	廉	寘
10	15	15	15	16	17	17	18	23	24	24	26	28	28	29
宴	彙	瑒	瑞	瑰	瑗	楚	楷	業	楊	槩	楹	戢	甄	歲
29	30	34	34	34	34	36	36	36	36	36	36	38	38	39
會	暇	滅	源	滄	溢	溺	損	搖	摛	新	腹	腿	毅	殿
42	42	45	45	45	45	45	47	47	47	48	50	50	51	51
煨	照	感	愈	愛	意	慎	愴	禁	稟	福	裡	碑	碎	睨
52	52	54	54	54	54	55	55	56	56	56	57	57	57	57
蓋	盟	稗	稠	稽	聖	虞	蜕	置	罪	筭	筞	節	裘	裏
59	59	60	60	60	62	64	64	65	65	65	65	65	67	67
義	羣	粱	肅	著	蒙	蒯	經	軾	載	輕	較	豊	酬	農
68	68	68	68	70	70	70	72	74	74	74	74	74	74	74
賈	資	路	跡	遠	遣	遙	解	誄	詩	詰	誠	訾	誕	詭
75	75	77	77	79	79	79	80	81	81	81	81	81	81	81
詼	詳	雉	鉞	頌	預	魂	飾	飽	馳	鼓	十	四	匱	境
81	81	85	87	88	89	90	90	90	92	94	画		6	18
墜	對	奪	獎	嘉	嘆	圖	銜	夐	廣	賓	察	寧	寢	寥
18	18	19	19	23	23	24	26	27	28	29	30	30	30	30
實	屢	構	榔	榮	殞	截	臧	歷	鼓	暢	暤	暨	滎	漢
30	30	36	36	36	37	38	38	39	40	42	42	42	45	45

7

文心雕龙文字编检字表

滯	漸	漁	摹	摭	摘	撤	膏	歌	慕	慟	慷	禍	碣	睿
45	45	45	47	47	47	47	50	50	55	55	55	57	57	57
睽	盡	稱	竭	端	疑	聚	臺	蜡	蜺	管	製	精	粹	肇
57	59	60	61	61	62	63	64	64	64	65	67	68	68	68
蔓	蔑	蔡	蔚	蓄	髮	緒	綺	綽	網	綿	綜	綠	綴	緇
70	70	70	70	70	70	72	72	72	72	72	72	72	72	72
趙	輒	輕	賓	踈	鄲	鄭	適	誠	誓	語	誚	誥	誨	說
73	74	74	75	77	77	77	79	81	81	81	81	81	81	81
誦	隧	銅	銓	銘	錚	銀	聞	閣	閤	頗	領	頗	碩	養
82	86	87	87	87	87	87	88	88	88	89	89	89	89	90
韶	髦	鳴	鳳	塵	齊	十	五	價	儉	儀	僻	劉	勳	墳
91	91	93	93	93	94	画		10	10	10	10	14	15	18
增	壽	弊	嘲	嶠	德	徵	衛	影	廢	寫	審	履	鵜	璪
18	18	19	23	25	26	26	26	27	28	30	30	31	32	34
樞	標	樂	樊	戲	毆	敷	數	敵	暴	澆	潔	潘	潤	摯
36	36	36	37	38	40	40	40	40	43	45	45	45	45	47
撮	播	撰	賫	歎	慧	憖	慮	慰	磊	盤	稷	竟	窮	罵
47	47	47	50	50	55	55	55	55	57	59	60	61	61	65
範	箴	簕	篇	褒	糅	黎	蕪	蕩	蔽	凱	翦	練	緝	緩
65	65	66	66	67	68	70	70	70	70	70	71	72	72	72
緰	緯	趣	輩	豫	賦	贊	賢	賤	賜	質	覩	邁	遺	遷
72	72	73	74	75	75	75	75	75	75	75	76	79	79	79
選	請	誹	諸	論	調	諂	諒	談	誼	震	鋪	鋒	閱	餘
79	82	82	82	82	82	82	82	82	83	84	87	87	88	90

8

文心雕龙文字编检字表

駿	騑	駉	駟	駓	駕	鴈	鴆	魯	墨	十六画		儔	儒	興
91	91	92	92	92	92	93	93	93	94			10	10	11
𥎞	叡	墙	壇	壅	奮	器	噫	彊	學	嬗	璞	樹	橋	橘
14	16	18	18	18	19	23	23	31	32	33	34	37	37	37
機	獲	獨	戰	整	曉	曆	澤	濁	激	據	操	擇	穀	燔
37	37	37	38	40	43	43	45	45	46	48	48	48	51	52
燕	憖	憑	憲	憤	禪	磬	磨	積	穆	窺	融	館	篤	築
52	55	55	55	55	57	57	57	60	60	61	64	65	66	66
舉	蕭	翰	縟	醜	賵	覽	踵	邊	還	諜	諫	諧	諠	謂
66	70	71	72	74	76	76	77	79	79	82	82	82	82	82
諷	諮	辨	霏	霍	雕	隱	錯	錫	錄	錙	頻	頹	駰	駮
82	82	83	84	84	85	86	87	87	87	87	89	89	92	92
駭	龍	十七画		優	壓	壑	徽	衛	夔	璫	環	檄	戴	曖
92	94			10	18	18	26	26	31	34	34	37	38	43
濫	濟	擬	爵	應	禦	禮	矯	聲	聯	臨	黄	舊	藍	藏
46	46	48	49	55	57	57	59	63	63	63	66	66	70	70
翳	翼	績	繁	總	縱	繆	輿	轄	邃	謨	謇	謠	謐	霜
71	71	73	73	73	73	73	74	74	79	82	82	82	82	84
雖	鍪	鍾	闊	闕	顆	髀	魏	騁	騂	駿	鴻	鮮	龜	謝 此在衛中
85	87	87	88	88	89	89	90	92	92	92	93	93	95	26
十八画		彝	獵	歸	甕	瞶	瀆	擯	斷	懟	禱	簪	遷	穢
		30	37	39	40	43	46	48	48	55	57	58	59	60
竅	聽	蟬	簡	冀	翻	織	轉	釐	謳	謬	霧	雜	離	鎔
61	63	64	66	66	71	73	74	76	83	83	84	85	85	87

闌	闕	題	顔	類	颺	鯁	十	九	勸	嚬	嚴	寵	寶	攀
88	88	89	89	89	90	93	画		15	23	23	30	30	48
懷	叢	簾	艷	蘇	藻	繫	繩	繪	轍	贈	職	警	譚	識
55	63	66	67	70	70	73	73	73	74	77	77	83	83	83
譎	譏	辭	靡	難	鏗	鏤	鏘	闔	關	鞶	顛	韻	韡	騷
83	83	84	85	85	87	87	87	88	88	88	89	91	91	92
鶉	麗	二	十	嚳	瓌	獻	犧	臚	懸	纂	蘭	耀	繼	贍
93	93	画		23	34	37	46	50	55	66	70	71	73	76
釋	觸	譴	譽	譬	鐃	鐫	闡	馨	饋	饌	響	騰	齡	饗
80	80	83	83	83	87	87	88	90	90	90	91	92	94	90
廿	一	儷	夔	歡	爛	懼	竈	纖	躋	躍	辯	露	鐵	髓
画		10	27	51	52	55	61	73	77	77	84	84	87	89
黯	廿	二	懿	疊	嚼	襲	轢	巒	贖	覿	讚	讖	讀	鑄
94	画		55	58	61	68	74	74	76	76	83	83	83	87
鑑	體	鷙	驕	廿	三	攬	戀	蠱	讌	讐	讔	變	鑽	鑠
87	89	92	92	画		48	55	64	83	83	83	83	87	88
顯	驗	麟	廿	四	衢	羈	觀	讒	靈	廿	五	鬱	躡	
89	92	94	画		26	65	76	83	84	画		37	77	
廿	七	鸞	驥	廿	九	驪								
画		93	94	画		92								

文心雕龍文字編部首表

一画		
一		1
丨	亅同	3
丿		3
丶		4
乙	乛乚同	4
二画		
十		5
厂	𠂆同	5
匚	匸同	6
卜	⺊同	6
冂	⺆同	6
人	入亻同	6
八	丷同	10
勹		11
匕		11
儿		12
几	⺇同	12
亠		12
冫		13
冖		13
凵		13
卩	㔾同	13
刀	⺈刂同	13
力		14
厶		15
又		15
廴		16
三画		
干		16
工		16
土	士同	17
寸		18
廾		18
大		18
尢	兀尣同	19
弋		20
小	⺌同	20
口		20
囗		23
巾		24
山		24
彳		25
彡		27
夕		27
夂	夊同	27
广		27
宀		28
彐	彑同	30
尸		30
己	巳同	31
弓		31
子		31
屮		32
女		32
幺		33
巛		33
四画		
王	玉同	33
无	旡同	34
木		35
支		
犬	犭同	37
歹	歺同	37
戈		37
比		38
牙		
瓦		38
止		38
攴	攵同	39
日	曰日同	40
水	氵氺同	43
牛	⺧同	46
手	扌同	46
毛		48
气		48
片		48
斤		48
爪	爫同	49
父		49
月	月同	49
氏	民同	50
欠		50
殳		51
文		51
方		51
火		52
斗		
户		52
心	忄⺗同	53
爿	丬同	55
毋	母同	56
五画		
示	礻同	56
甘		57
石		57
目		57
田		58
皿		58
生		59
矢		59
禾		59
白		60
瓜		
疒		61
立		61
穴		61
疋	⺪同	62
皮		
癶		62
矛		62
六画		
耒		62
老	耂同	62
耳		62
臣		63
襾	覀西同	63
而		63
至		64
虍	虎同	64
虫		64
网	罒冈同	65
肉		
缶		
舌		65
竹	⺮同	65
臼		66
自		66
血		67
舟		
色		67
衣	衤同	67
羊	⺶⺷同	68
米		68
聿	⺺⺻同	68
艮		69
艸	艹卝同	69
羽		70
糸	纟同	71
七画		
走		73
赤		73
車	车同	73
豆		74
酉		74
辰		74
豕		75
貝	贝同	75
見	见同	76
里		76
足	⻊同	77
邑	阝(右)同	77
身		77
辵	辶⻍同	78
釆		80
谷		
豸		
角	⻇同	80
言	讠同	80
辛		83
八画		
青		
長	长镸同	84
雨		84
非		84
隹		85
阜	阝(左)	86
金	钅同	86
門	门同	88
隶		
九画		
革		88
頁	页同	88
面		89
韭		
骨		89
香		90
鬼		90
食	飠饣同	90
風	风同	90
音		91
首	𩠐同	91
韋	韦同	91
飛	飞同	91
十画		
鬥		
髟		91
馬	马同	92
鬲		
高		92
十一画		
黃		93
麥	麦同	
鹵	卤同	
鳥	鸟同	93
魚	鱼同	93
麻		93
鹿		93
十二画		
黹		
鼎		94
黑		94
黍		94
十三画		
鼓		94
黽	黾同	
鼠		
十四画		
鼻		
齊	齐同	94
十五画		
齒	齿同	94
十六画		
龍	龙同	94
十七画		
龠		
龜	龟同	95
存疑		95

后记

我父亲年幼时便与《文心雕龙》结缘，因介怀于年幼初见此书之时无法知晓其义，因而一生对此书多有留意，没想到其人生最后一部著作便是《文心雕龙》的校释。仿佛其一生所学之文、史、哲、书法，都是为了最终编写此书而备一样。人生借由一书首尾相顾，不免落在一个『缘』字上，父亲对此也曾唏嘘感叹。他花费诸多心血编著此书，希望此书可助所需学者一臂之力，以结善缘。

父亲自幼酷爱书法，七十余年来临池不辍，遍习各体名碑名帖且熟稔于心，尤善楷行草隶，半百后对草书更为热爱，对传统草书字形了然于胸。2002 年，55 岁的父亲偶然翻阅到敦煌学者郑汝中先生编写的《敦煌写卷行草书法集》（甘肃人民美术出版社），便被书中收录的 954 行草书深深吸引，因其古质之气浓厚，笔法老到精熟。但其中许多字与传统草书又显有区别，且较难识读。父亲便意识到在现在已有草书体系之外，应还有不少遗漏的草书字形，正藏在敦煌写卷中静静地等待发掘整理，由此萌生了破解敦煌草书写卷的想法。之后毕十年之功，父亲编纂出版了《唐净眼因明论草书释校》，并在机缘巧合之下，通过郑汝中先生，又有幸结识了敦煌研究院敦煌文献研究所的所长马德教授，由此接触到大量的敦煌写卷原卷，其中便有《文心雕龙》一部。虽仅是只有中间十三篇正文的残卷，但却是目前存世最早的《文心雕龙》抄本。依该写卷不但可核对宋、元、明刻本之异同及错误，而且对考证唐代文字之源流有极大的帮助，对破解敦煌其他行草写卷中的疑难字有重要的启示作用。此外，该写卷在风格上与敦煌藏经洞出土的其他佛经写卷也有所不同，应是当时儒家文人所书，而后者则多为佛家高僧书写。纵观全篇，字卷清晰，结字上乘，楷书有欧褚之精神，又有魏碑之遗风；行书潇洒流美，右军字样蕴含其中；今草婀娜别致，每每可补传世草书字典之缺。对于父亲而言，无论是出于情怀羁绊，还是对于书法及文学的热爱，都让他坚定了决心，立志即使再需潜心数年，也要力图完成《六体〈文心雕龙〉》合校一书。

该敦煌残卷以行草书写成，其中包含大量的通假字、异体字、俗体字及避讳字，不乏偏难疑怪之字。父亲每每确认这类字都十分慎重，秉承不能只有孤证的理念，从多角度证明后才会郑重注以释字。但凡还存有疑惑或仅有孤证，父亲都会把疑似的释字写出，并附上疑点和破解思路，为他人后续的进一步完善提供线索。

那几年，父亲在编写此书时未有丝毫懈怠，常常为释一字而反复临摹推敲，穷源溯流，尽心竭力，个中艰辛，难以言表。因为知道我素来繁忙，便没有让我帮忙。但哪知在书稿思路已定，难关皆已打通，只差将各个部分加以整合之际，父亲查出恶疾，无奈之下委托我完成后续工作，目光中饱含期许之余又兼有歉意。整理期间，我越发感到父亲不易，他出书并非为了名利，而是想让同道之人确实受益，因此单独为此书编写了文字编，只为能让他人更好地利用此写卷来研习草书字。因为父亲不擅长使用电脑，所以在编写文字编部分时，就全凭复印、手写、剪贴等方法来完成。在排序、补漏、排版方面可谓耗尽心力。当我接手后，审校此部分时，时常心酸遗憾，总在想如果我早一点加入此书的编纂，应该能为父亲排忧解难不少，也许他也不会独自一人做得那么辛劳。

对于此书的编纂，父亲一直牵挂不已。因此在整理过程中，我不停地熬夜赶工，但遗憾的是，当我带着完成的初稿走入父亲的病房时，只看到医生在全力地给父亲做心肺复苏，但一旁的心电监护仪上却只有三条直线。我瞬间泪目，痛苦与遗憾交织。我俯身在父亲耳边反复大声说着：『书稿我已经完成，可以交给马老师了，您快看看……』突然心电监护仪发出『嘟、嘟、嘟』的声音，几个三角波有序出现，但几秒后便又归于平直。手上按压动作不停的医生抬头肯定地对我说：『您父亲应该已经知道了。』事后我才知晓，父亲的心电图其实已经平直 15 分钟了，但他应该是一直放心不下书稿，直到听到我的话才安心离去。

之后的几周里，我的情绪一直难以平稳，故而埋头对初稿再次打磨，特别是对其中的大部分图片重新进行了整理。这一过程历时数月，只为给父亲有个更好的交代。虽然过程繁忙，但其间的忙碌和信念也助我熬过了那段极其悲痛的时光。那些日子里，我时不时会梦到父亲，奇怪的是在梦中我总是意识不到他已过世，所以还会问他对于此书的编写有什么意见，但梦中的父亲只会问我有什么思路，当我一一作答后想听取他的反馈时，父亲只是淡淡笑着说那就按照你的思路来做吧，便又像往常一样全神贯注于翻阅桌面上的书卷，往往就在我嗔怪父亲为什么不补充自己的想法时，却又一次在黑夜中醒来。

在对此书内容进行整理的过程中，我尽心尽力地争取做到不遗漏、不歪曲，并参考了父亲早年出版的《唐净眼因明论草书释校》，以期最大化还原父亲心中此书的模样，圆其遗愿。很遗憾此书以遗作的形式和读者见面，我总觉得如果我能让此书再早些面世，父亲就有机会和同道之士就后续问题进行切磋交流了。希望此书可以对书法学习者、文史研习者都能有所帮助。

最后，我想衷心感谢敦煌研究院的马德教授，以及甘肃教育出版社的编辑老师，他们的倾力相助让此书的问世成为可能。

吕洞达